LAUREN KATE

Oscuros

Lauren Kate creció en Dallas, Texas. Tras licenciarse en la Universidad de Emory, se trasladó a Nueva York y poco después cursó un máster en escritura creativa en la Universidad de California, Davis. Ha escrito varias novelas juveniles, entre las cuales se encuentran *Tormento* y *Pasión*, las dos entregas próximas de la exitosa serie *Oscuros*. Actualmente vive en Los Ángeles con su esposo.

Oscuros

Oscuros

LAUREN KATE

Traducción de Alfonso Barguñó

Vintage Español
Una división de Random House, Inc.
Nueva York

PRIMERA EDICIÓN VINTAGE ESPAÑOL, MAYO 2011

Copyright de la traducción © 2010 por Alfonso Barguñó Viana

Todos los derechos reservados. Publicado en coedición con
Random House Mondadori, S. A., Barcelona, en los Estados Unidos
de América por Vintage Español, una división de Random House, Inc.,
Nueva York, y en Canadá por Random House of Canada Limited,
Toronto. Originalmente publicado en inglés en EE.UU. como *Fallen*
por Delacorte Press, un sello de Random House Children's Books,
una división de Random House, Inc., Nueva York, en 2009.
Copyright © 2009 por Tinderbox Books, LLC y Lauren Kate. Esta
traducción fue originalmente publicada en España por Random House
Mondadori, S. A., Barcelona, en 2010. Copyright de la presente edición
para todo el mundo © 2010 por Random House Mondadori, S. A.

Vintage es una marca registrada y Vintage Español y su colofón
son marcas de Random House, Inc.

Esta novela es una obra de ficción. Los nombres, personajes,
lugares e incidentes o son producto de la imaginación de la autora o se
usan de forma ficticia. Cualquier parecido con personas, vivas o
muertas, eventos o escenarios son puramente casuales.

Información de catalogación de publicaciones disponible en la
Biblioteca del Congreso de los Estados Unidos.

Vintage ISBN: 978-0-307-74500-2

www.vintageespanol.com

Impreso en los Estados Unidos de América
10 9 8 7 6 5

Para mi familia,
con gratitud y amor

Pero han cerrado el paraíso a cal y canto...
Debemos dar una vuelta al mundo
para ver si se han dejado abierta una puerta trasera.

HEINRICH VON KLEIST
Sobre el teatro de marionetas

En el principio

Al filo de la medianoche acabó de dar forma a los ojos. Tenían una mirada felina, entre atrevida y confusa, desconcertante. Sí, aquellos eran sus ojos, coronados por una frente fina y elegante, a pocos centímetros de una cascada de cabello negro.

Alejó un poco el papel para valorar sus progresos. Era difícil dibujarla sin tenerla delante, pero, por otra parte, nunca habría podido hacerlo en su presencia, porque desde que llegó de Londres (no, desde la primera vez que la vio) había procurado guardar siempre las distancias.

Pero ella cada día se le acercaba más, y a él cada día le resultaba más difícil resistirse. Por eso iba a marcharse por la mañana, a la India, a América, no lo sabía ni le importaba, porque en cualquier otro lugar las cosas serían más fáciles que allí.

Se inclinó de nuevo sobre el dibujo y suspiró mientras difuminaba con el pulgar el carboncillo para perfeccionar el mohín del carnoso labio inferior. Ese trozo de papel inerte no era más que un impostor cruel, pero también la única forma de poder llevársela consigo.

Luego, irguiéndose en la silla tapizada en cuero de la biblioteca, sintió aquel roce cálido y familiar en la nuca.

Era ella.

Su sola proximidad le proporcionaba una sensación extraordinaria, como el calor que desprende un tronco cuando se resquebraja en la chimenea y va reduciéndose a cenizas. Lo sabía sin tener que volverse: ella estaba allí. Escondió el retrato entre el fajo de papeles que tenía en el regazo; de ella, sin embargo, no iba a poder esconderse tan fácilmente.

Miró hacia el sofá de color marfil que había al fondo del salón, donde apenas unas horas antes ella, con un vestido de seda rosa y algo rezagada de los demás invitados, se había levantado súbitamente para aplaudir a la hija mayor del anfitrión, que acababa de interpretar una pieza al clavicordio de forma magistral. Miró hacia el otro lado de la estancia, al mismo lugar donde el día anterior se le había acercado sigilosamente con un ramo de peonías salvajes en las manos. Ella aún creía que la atracción que sentía por él era inocente, que el hecho de que se encontraran tan a menudo bajo la pérgola era solo… una feliz coincidencia. ¡Había sido tan ingenua! Pese a ello, él nunca la sacaría de su error: solo él debía cargar con el peso del secreto.

Se levantó, dejó los bocetos en la silla de cuero y se dio media vuelta. Y allí estaba ella, apoyada contra la cortina de terciopelo escarlata con un sencillo vestido blanco. El pelo se le había destrenzado, y su mirada era la misma que él había esbozado tantas veces, pero sus mejillas parecían arder. ¿Estaba enfadada? ¿Avergonzada? Ansiaba saberlo, pero no podía preguntárselo.

—¿Qué haces aquí?

Captó la aspereza involuntaria en su propia voz y lamentó que ella nunca fuera a comprender a qué se debía.

—No... no podía dormir —balbució ella, mientras se dirigía hacia la chimenea y la silla—. He visto que había luz en tu habitación y luego... —vaciló antes de acabar la frase y bajó la mirada hacia sus manos— tu baúl en la puerta. ¿Te vas a alguna parte?

—Iba a decírtelo... —Se interrumpió.

No debía mentir. Nunca había pretendido que ella conociera sus planes. Decírselo solo empeoraría las cosas, y ya había dejado que llegaran demasiado lejos con la esperanza de que en esta ocasión fuera diferente.

Ella se le acercó un poco más y reparó en el cuaderno de bocetos.

—¿Estabas dibujándome?

El tono sorprendido de la pregunta le recordó que vivían en mundos separados por un abismo. Pese a todo el tiempo que habían pasado juntos en las últimas semanas, ella aún no había llegado a vislumbrar por qué, en verdad, se atraían el uno al otro.

Aquello era, cuando menos, lo mejor que podía hacer. Durante los últimos días, desde que decidió marcharse, había intentado distanciarse de ella, pero el esfuerzo le cansaba tanto que, cuando se encontraba a solas, tenía que rendirse al deseo reprimido de dibujarla. Había llenado las páginas del cuaderno con esbozos de su cuello arqueado, su clavícula de mármol, el abismo negro de su cabello.

Se volvió para mirar de nuevo el retrato, no porque le avergonzara que lo hubiera sorprendido dibujándola, sino por un motivo peor. Sintió que un escalofrío le recorría todo el cuerpo al advertir que lo que ella había descubierto —lo que él realmente sentía— acabaría con ella. Tendría que haber sido más cuidadoso: siempre empezaba así.

—Leche templada con una cucharadita de melaza —murmuró, todavía de espaldas a ella. Luego añadió con un deje de tristeza—: Te ayudará a dormir.

—¿Cómo lo sabes? Vaya, es justo lo que mi madre acostumbraba...

—Lo sé —dijo, dándose la vuelta para mirarla.

Su asombro no le extrañó, pero no podía explicarle cómo lo sabía, ni confesarle cuántas veces él mismo le había dado aquel brebaje, cuando las sombras se acercaban a ellos, y cómo luego la había abrazado hasta sentir que se dormía en sus brazos.

Cuando su mano le tocó el hombro, tuvo la impresión de que le quemaba a través de la camisa y se quedó boquiabierto. Nunca antes se habían tocado en esta vida, y el primer contacto siempre lo dejaba sin aliento.

—Contéstame —susurró ella—. ¿Vas a marcharte?

—Sí.

—Entonces, llévame contigo —le espetó.

Justo en ese instante ella se dio cuenta de que contenía la respiración y se arrepentía de lo que acababa de decir. Notó cómo la progresión de sus emociones se manifestaba en la arruga que se le formaba entre los ojos: iba a sentirse impulsiva, desconcertada y luego avergonzada de su propio atrevimiento. Siempre hacía lo mismo, y demasiadas veces él había cometido el error de consolarla.

—No —musitó, porque recordaba... Siempre recordaba...—. Mi barco zarpa mañana. Si de verdad te importo, no digas ni una sola palabra más.

—Que si me importas... —repitió ella como para sí—. Yo te...

—No lo digas.

—Tengo que hacerlo. Te… te quiero, de eso no tengo la menor duda, y si te vas…

—Si me voy, tu vida estará a salvo.

Lo dijo poco a poco, intentando llegar a algún rincón de ella capaz de recordar algo. ¿O acaso no guardaba ninguno de esos recuerdos, acaso estos permanecían enterrados en alguna parte?

—Hay cosas más importantes que el amor. No lo entenderías, pero tienes que confiar en mí.

Su mirada se clavó en la de él. Retrocedió un paso y se cruzó de brazos. Aquello también era culpa de él: siempre que le hablaba con condescendencia, provocaba que emergiera su lado más rebelde.

—¿Me estás diciendo que hay cosas más importantes que esto? —le preguntó con tono desafiante, al tiempo que le cogía las manos y se las llevaba al corazón.

¡Oh, cómo deseaba ser ella y no saber qué era lo que venía a continuación! O, al menos, ser más fuerte de lo que era y no dejarla avanzar un paso más. Si no la detenía, ella nunca aprendería y el pasado volvería a repetirse, torturándoles una y otra vez.

Aquel conocido calor de la piel bajo sus manos le hizo inclinar la cabeza hacia atrás y gemir: intentaba obviar cuán cerca estaba de ella, cuán irresistible era la sensación que le producía el roce de sus labios, cuán doloroso le resultaba que todo aquello tuviera que acabar… Pero ella le acariciaba los dedos con tal suavidad… Incluso podía percibir los latidos su corazón a través del fino vestido de algodón.

Sí, ella tenía razón: no había nada más importante que aquello. Nunca lo había habido. Estaba a punto de darse por vencido y abrazarla cuando, de repente, notó que ella lo miraba como si estuviera viendo un fantasma.

Lo apartó de sí y se llevó una mano a la frente.

—Qué sensación más extraña… —suspiró.

Oh, no… ¿Era ya demasiado tarde?

Sus ojos se entornaron hasta adoptar la forma de los que él había dibujado. Entonces se le acercó de nuevo con las manos sobre el pecho y los labios separados, expectante.

—Creerás que estoy loca, pero juraría que esto ya lo he vivido antes…

Sí, realmente era demasiado tarde. Alzó la vista, temblando, y empezó a percibir cómo la oscuridad descendía. Aprovechó la última oportunidad para abrazarla, para estrecharla entre sus brazos con fuerza, como había deseado hacer desde hacía semanas.

En el instante en que sus labios se fundieron, ya no hubo nada que hacer: ya no podían resistirse. El sabor a madreselva de su boca provocó en él una sensación de mareo. Cuanto más la estrechaba contra sí, más se le revolvía el estómago por la emoción y la agonía del momento. Sus lenguas se tocaron y el fuego estalló entre ambos, refulgiendo con cada caricia, con cada nuevo descubrimiento… aunque, en realidad, nada de todo aquello fuera nuevo.

La habitación tembló, y alrededor de ambos empezó a formarse un aura.

Ella no advirtió nada, no se dio cuenta de nada, nada existía más allá del beso.

Solo él sabía lo que iba a ocurrir, qué oscuras compañías estaban a punto de interrumpir su velada. Aunque una vez más fuera incapaz de alterar el curso de sus vidas, sabía lo que iba a ocurrir.

Las sombras empezaron a arremolinarse sobre sus cabezas, tan cerca que él podría haberlas tocado, tan cerca que se preguntó si alcanzaría a oír lo que susurraban. Observó cómo la nube pasaba frente a la cara de ella: por un instante, en sus ojos vio un destello de reconocimiento.

Después, ya no hubo nada: nada en absoluto.

1
Perfectos desconocidos

Luce entró con diez minutos de retraso en el vestíbulo iluminado con luces fluorescentes de la escuela Espada y Cruz. Un guarda de torso corpulento y mejillas sonrosadas, con un portapapeles bajo el brazo, que parecía de hierro, ya estaba dando instrucciones, lo cual significaba que Luce volvía a ir a remolque.

—Así que, recordad: recetas, residencias y rojas —le espetó el guarda a un grupo de tres estudiantes que estaban de espaldas a Luce—. Si seguís estas reglas básicas, estaréis a salvo.

Luce no perdió tiempo y se unió al grupo. Aún no estaba segura de si había cumplimentado bien aquel montón de documentos que le habían entregado, ni si el guarda de cabeza rapada que tenía delante era un hombre o una mujer, ni si alguien la ayudaría a llevar la enorme maleta que acarreaba, ni siquiera si sus padres iban a deshacerse de su querido Plymouth Fury en cuanto volvieran a casa. Durante todo el verano la habían amenazado con venderlo, y ahora tenían un motivo que ni siquiera Luce podía rebatir: a ningún alumno se le permitía tener coche en la nueva escuela. Bueno, en el nuevo reformatorio, para ser exactos.

Todavía se estaba acostumbrando a esa palabra.

—Eh… perdone, pero ¿podría repetir eso que ha dicho? —le pidió al guarda—. ¿Cómo era? ¿Recetas…?

—Vaya, mirad quién ha llegado —dijo en voz alta el guarda, y luego repitió lentamente—: Recetas. Si eres una de las alumnas que necesita medicación, allí te darán las pastillas que te ayudarán a no volverte loca y seguir respirando, ¿entiendes?

«Es una mujer», concluyó Luce después de estudiar a la guarda. Ningún hombre podría ser lo bastante sarcástico para decir todo aquello con un tono de voz tan edulcorado.

—Lo pillo. —Luce sintió arcadas—. Recetas.

Hacía años que había dejado de medicarse. Aunque el doctor Sanford, su especialista en Hopkinton —y la razón por la cual sus padres la habían enviado a un internado en la lejana New Hampshire—, había considerado la posibilidad de medicarla de nuevo a raíz del accidente del verano anterior, después de un mes de análisis varios se convenció de la relativa estabilidad de Luce, y ella por fin pudo olvidarse de aquellos antipsicóticos nauseabundos.

Ese era el motivo de que en su último año de estudios ingresara en Espada y Cruz un mes después de que hubieran comenzado las clases. Ya era bastante pesado ser nueva en la escuela para además empezar las clases cuando el resto ya sabía de qué iba todo. Sin embargo, a juzgar por lo que estaba viendo en la visita introductoria, aquel no era el primer día de clase solo para ella.

Miró de reojo a los otros tres alumnos dispuestos en semicírculo a su alrededor. En el último colegio en el que había estudiado, el Dover, conoció a su mejor amiga, Callie, en la visita introductoria del campus, aunque, en cualquier caso, en un colegio donde el resto de los estudiantes prácticamente habían crecido juntos, ya habría bastado con que Luce y Callie fueran las únicas que no eran ricas herederas; además, no tardaron en darse cuenta de que también compartían la misma pasión por las películas antiguas, sobre todo las protagonizadas por Albert Finney. Después de descubrir, mientras veían *Dos en la carretera*, que ninguna de las dos llegaría a conseguir hacer palomitas sin que saltara la alarma de incendios, Callie y Luce no se separaron ni un momento. Hasta que… las obligaron a hacerlo.

A ambos lados de Luce había dos chicos y una chica, y de esta última no era muy difícil hacerse una idea de lo que cabía esperar: rubia y guapa como las modelos de los anuncios de cosméticos y con las uñas pintadas de rosa pastel a juego con la carpeta de plástico.

—Soy Gabbe —dijo arrastrando las palabras y mostrándole una gran sonrisa que se esfumó con la misma rapidez con que había aparecido incluso antes de que Luce pudiera devolverle el saludo. El efímero interés de la chica le recordó más a una versión sureña de las chicas de Dover que a lo que habría esperado de Espada y Cruz. Luce no pudo saber si eso era reconfortante o no, ni tampoco pudo imaginar qué hacía en un reformatorio una chica con aquella pinta.

A su derecha había un chico de pelo castaño y corto, ojos marrones y algunas pecas en la nariz. Pero, por la forma en que le evitaba la mirada y se dedicaba a morderse un pellejo del pulgar, Luce tuvo la impresión de que, como ella, todavía debía de estar confundido y avergonzado de encontrarse allí.

El que tenía a su izquierda, en cambio, se correspondía con lo que Luce imaginaba de aquel lugar, incluso con demasiada exactitud. Era alto y delgado, llevaba al hombro una mochila de *disk jockey* y el pelo negro desgreñado. Tenía los ojos verdes, grandes y hundidos, y unos labios carnosos y rosados por los que la mayoría de las chicas matarían.

En la nuca, un tatuaje negro con forma de sol que le asomaba por el cuello de la camiseta negra casi parecía arder sobre su piel clara.

A diferencia de los otros dos, cuando este chico se volvió le sostuvo la mirada. Su boca dibujaba una línea recta, pero sus ojos eran cálidos y vivos. La observó, inmóvil como una estatua, provocando que también Luce se sintiera clavada en el suelo y se le cortara la respiración: aquellos ojos eran intensos y seductores, y también un poco apabullantes.

La guarda interrumpió el trance de los chicos con un carraspeo. Luce se sonrojó y fingió estar muy ocupada rascándose la cabeza.

—Los que ya sabéis cómo funciona todo podéis iros después de dejar aquí vuestras mercancías peligrosas. —La guarda señaló una enorme caja de cartón situada bajo un cartel en el que estaba escrito con grandes letras negras: MATERIALES PROHIBIDOS—. Y, Todd, cuando digo que podéis iros… —Posó una mano en el hombro del chico pecoso, que dio un respingo—, me refiero a que vayáis al gimnasio a encontraros con los alumnos mentores que os hayan asignado. Tú —Señaló a Luce—, deja aquí tus mercancías peligrosas y quédate conmigo.

Los cuatro se acercaron de mala gana a la caja, y Luce observó, perpleja, cómo empezaban a vaciarse los bolsillos. La chica sacó una navaja roja de ocho centímetros del ejército suizo. El chico de ojos verdes dejó a regañadientes un aerosol de pintura y un cúter. Incluso el desafortunado Todd se desprendió de varias cajas de cerillas y de un pequeño cargador de mecheros. Luce se sintió casi estúpida por no tener ninguna mercancía peligrosa, pero cuando vio a los otros sacar del bolsillo los teléfonos móviles y dejarlos en la caja, se quedó sin palabras.

Al inclinarse para leer mejor el cartel de MATERIALES PROHIBI-DOS, vio que los móviles, los buscapersonas y los radiotransmisores estaban prohibidos. ¡Así que no solo se quedaba sin coche! Con una mano sudorosa, Luce cogió el móvil que tenía en el bolsillo, su único medio de contacto con el mundo exterior. Cuando la guarda percibió su mirada, le dio unas palmaditas en la mejilla.

—Niña, no te desvanezcas, que no me pagan lo suficiente para resucitar a los alumnos. Además, podrás hacer una llamada semanal desde el vestíbulo principal.

Una llamada… ¿semanal? Pero…

Miró por última vez su teléfono y vio que había recibido dos nuevos mensajes de texto. Parecía imposible que aquellos fueran a ser sus últimos mensajes. El primero era de Callie.

¡Llámame enseguida! Esperaré al lado del teléfono toda la noche para que me lo expliques todo. Y acuérdate del mantra que te dije que practicaras. ¡Sobrevivirás! Además, por si te interesa, creo que todo el mundo se ha olvidado de…

Típico de Callie: se había enrollado tanto que aquel teléfono de mierda había omitido las últimas cuatro líneas. En cierta forma, se sentía casi aliviada. No quería que le escribieran sobre cómo todo el mundo de su antigua escuela ya había olvidado lo que le había ocurrido, lo que había hecho para acabar en ese lugar.

Suspiró y leyó el segundo mensaje. Era de su madre, que apenas hacía unas semanas le había cogido el tranquillo a eso de escribir mensajes, y que seguro que no sabía lo de la llamada semanal, porque, si no, de ningún modo la habría abandonado allí. ¿O sí?

Mi niña, pensamos en ti a todas horas. Sé buena e intenta comer suficientes proteínas. Te llamaremos en cuanto podamos. Te queremos, mamá y papá.

Luce suspiró y cayó en la cuenta de que sus padres lo sabían. ¿Cómo, si no, se explicaba sus caras ojerosas cuando se había despedido de ellos aquella mañana desde la puerta del colegio con la maleta en la mano? Durante el desayuno había intentado bromear porque al fin iba a perder el descarado acento de Nueva Inglaterra que había cogido en Dover, pero sus padres ni siquiera habían sonreído. Creía que todavía estaban enfadados con ella, porque, cuando la lió, no le montaron el número de los gritos, sino que recurrieron al ya conocido silencio. Pero ahora comprendía la conducta tan extraña de aquella mañana: sus padres ya se estaban lamentando porque iban a separarse de su única hija.

—Seguimos esperando a alguien —dijo la guarda—. Me pregunto quién será.

La atención de Luce volvió de golpe a la caja de las mercancías peligrosas, que ahora rebosaba de objetos de contrabando que ni siquiera reconocía. Percibía que los ojos verdes del chico de cabello oscuro seguían clavados en ella. Alzó la vista y notó que todos la miraban. Le tocaba a ella. Cerró los ojos y poco a poco relajó los dedos hasta que el teléfono cayó sobre la cumbre del montón con un ruido seco y triste: el sonido de la soledad absoluta.

Todd y Gabbe *la Robot* se dirigieron a la puerta sin siquiera mirar a Luce, pero el tercer chico se volvió hacia la guarda.

—Yo podría ponerla al corriente de todo —se ofreció, señalando a Luce con la cabeza.

—Esas no son las normas —repuso la guarda de forma automática, como si hubiera estado esperando aquel diálogo—. Vuelves a ser un alumno nuevo, y eso significa que se te aplican las restricciones de los alumnos nuevos. Tienes que volver a empezar desde cero. Si no te gusta, deberías haberlo pensado mejor antes de quebrantar la libertad condicional.

El chico se quedó inmóvil, inexpresivo, mientras la guarda tiraba de Luce —que se había quedado de piedra al oír las palabras «libertad condicional»— hacia el fondo del vestíbulo amarillo.

—Venga, adelante —dijo, como si no hubiera pasado nada—. Residencias.

Señaló la ventana que daba al oeste, desde donde se divisaba a lo lejos un edificio de color ceniza. Luce vio a Gabbe y a Todd arrastrando los pies hacia allí, y al tercer chico andando sin prisa, como si alcanzarlos fuera la última cosa que tuviera que hacer.

La residencia de estudiantes era un edificio imponente y cuadrangular, un bloque sólido y gris cuyas gruesas puertas dobles no revelaban nada de lo que ocurría dentro. En medio del césped amarillento había una enorme placa de piedra y Luce recordaba haber visto en la web de la escuela las palabras RESIDENCIA PAULINE cinceladas en su superficie. En realidad, el complejo parecía incluso más feo bajo la brumosa luz de aquella mañana que en la anodina fotografía en blanco y negro.

Incluso desde aquella distancia, Luce atisbaba el moho negro que cubría la fachada de la residencia. En todas las ventanas había hileras de gruesas barras de acero. Luce entornó los ojos: ¿de verdad la valla estaba rematada por un alambre de púas?

La guarda bajó la vista hacia el dossier y abrió la ficha de Luce.

—Habitación sesenta y tres. Por ahora, deja la maleta en mi despacho con las de los demás. Podrás deshacerla esta tarde.

Luce arrastró su maleta roja hacia los otros tres baúles negros e insulsos. Luego, en un acto reflejo, hizo el ademán de coger el móvil, porque era donde acostumbraba anotar las cosas que tenía que recordar. Pero, al ver que su bolsillo estaba vacío, suspiró y no le quedó más remedio que memorizar el número de la habitación.

Aún era incapaz de entender por qué no podía quedarse con sus padres; su casa de Thunderbolt estaba a menos de media hora de Espada y Cruz. Le había sentado tan bien volver a su hogar en Savannah, donde, como siempre decía su madre, «hasta el viento soplaba con pereza»… El ritmo más ligero y tranquilo de Georgia se adaptaba a Luce mucho mejor de lo que el de Nueva Inglaterra lo había hecho nunca.

Pero Espada y Cruz, el lugar inerte y gris que el tribunal le había asignado, no se parecía a Savannah ni a ningún otro lugar. Luce había oído accidentalmente una conversación de su padre con el director; su padre había ido asintiendo con ese característico lío mental propio de los profesores de Biología y había acabado respondiendo:

—Claro, claro, quizá lo mejor es que esté controlada todo el tiempo. No, por supuesto, no nos gustaría poner trabas al sistema de la escuela.

Sin duda, su padre no había visto las condiciones en las que supervisaban a su única hija. Aquel lugar parecía una prisión de máxima seguridad.

—¿Y qué significa eso… cómo ha dicho… las rojas? —preguntó Luce a la guarda cuando ya estaba a punto de concluir la visita introductoria.

—Las rojas —contestó la guarda señalando hacia un pequeño dispositivo eléctrico que colgaba del techo: una lente con una luz roja parpadeante. Luce no se había percatado, pero, en cuanto la guarda señaló el primero, vio que había infinidad por todas partes.

—¿Cámaras?

—Muy bien —respondió la guarda con cierto tono de condescendencia—. Las dejamos a la vista para que no olvidéis que están ahí. En cualquier momento, en cualquier lugar, os estamos vigilando. Así que no la fastidies, si lo que quieres es lo mejor para ti.

Cada vez que alguien hablaba a Luce como si fuera una psicópata, ella casi acababa creyendo que lo era.

Los recuerdos la habían hostigado todo el verano, en sueños y en los raros momentos en que sus padres la dejaban sola. Algo había ocurrido en aquella cabaña, y todos (incluida Luce) se morían por saber exactamente qué. La policía, el juez, los asistentes sociales habían intentado sonsacarle la verdad, pero ella sabía tan poco como ellos. Había estado bromeando con Trevor y se habían perseguido el uno al otro hasta llegar a la hilera de cabañas que había frente al lago, lejos del resto de sus compañeros. Intentó explicar que había sido una de las mejores noches de su vida… hasta que se convirtió en la peor.

Había dedicado mucho tiempo a recrear aquella noche en su memoria, oyendo la risa de Trevor, sintiendo cómo sus manos le rodeaban la cintura… y a intentar conciliar la certeza instintiva de que ella era en verdad inocente.

Pero ahora todas las normas y regulaciones de Espada y Cruz parecían contradecir esa idea, parecían sugerir que ella era peligrosa de verdad y que era preciso controlarla.

Luce notó una mano firme en el hombro.

—Mira —le dijo la guarda—, si te hace sentir mejor, te aseguro que no eres ni de lejos el peor caso que hay aquí.

Fue el primer gesto humano que la guarda dedicó a Luce, y ella creyó que en realidad sí tenía la intención de hacerla sentir mejor. Pero ¿la habían enviado allí a causa de la muerte enigmática de un chico por el que estaba loca y, aun así, no era «ni de lejos el peor caso que hay aquí»? Luce se preguntó qué otros casos podía haber en Espada y Cruz.

—De acuerdo, se ha acabado la presentación —concluyó la guarda—. A partir de ahora te las arreglarás sola. Aquí tienes un mapa por si necesitas encontrar algo.

Le dio una fotocopia de un mapa chapucero dibujado a mano y consultó el reloj.

—Tienes una hora antes de la primera clase, pero la teleserie que sigo empieza en cinco minutos, así que… —le hizo un gesto con la mano— piérdete un poco por el colegio. Y no lo olvides —añadió señalando las cámaras una última vez—: las rojas te están vigilando.

Antes de que Luce pudiera responder, una chica flaca y con el pelo negro apareció frente a ella moviendo sus largos dedos frente a la cara.

—Ooooooh —dijo la niña imitando la voz de un contador de historias de terror y bailando a su alrededor—. Las rojas te están vigilandoooooo.

—Lárgate de aquí, Arriane, antes de que te haga una lobotomía —espetó la guarda; aunque estaba claro, a juzgar por su sonrisa breve pero sincera, que sentía un cariño algo desafectado por esa niña loca.

También estaba claro que Arriane no sentía lo mismo. Hizo un gesto a la guarda como si se estuviera masturbando, y luego miró a Luce, con la esperanza de que estuviera ofendida.

—Y por hacer eso —dijo la guarda mientras apuntaba una nota con brusquedad en el cuaderno— hoy te has ganado la tarea de enseñarle el colegio a Little Miss Sunshine.

Señaló a Luce, que parecía cualquier cosa menos reluciente, vestida como iba con unos tejanos negros, unas botas negras y un top negro. En la sección de las «Normas de vestimenta», la página web de Espada & Cruz sostenía con entusiasmo que, mientras los alumnos se portaran bien, podían vestirse como quisieran, respetando solo dos condiciones: el estilo no podía ser llamativo y el color debía ser negro, así que en realidad no había mucho donde elegir.

La camiseta de manga larga y cuello alto que su madre le había obligado a ponerse aquella mañana no resaltaba para nada su figura, e incluso su mayor atractivo había desaparecido: casi le habían cortado por completo el cabello negro y voluminoso, que solía llegarle hasta la cintura. El fuego de la cabaña le había dejado la cabeza chamuscada y con pequeñas calvas, así que tras el camino de vuelta, largo y silencioso, de Dover a casa, su madre la había metido en la bañera, había cogido la maquinilla eléctrica de papá y sin decir una palabra le afeitó la cabeza. Durante el verano le había crecido un poco, lo suficiente para que el envidiable cabello ondulado de antes ahora se hubiera convertido en una sucesión de rulos desmañados asomando justo detrás de sus orejas.

Arriane le echó un vistazo mientras uno de sus dedos tamborileaba en sus labios pálidos.

—Perfecto —dijo, y dio un paso al frente para enlazar su brazo con el de Luce—. Precisamente estaba pensando que me hacía falta una nueva esclava.

La puerta del vestíbulo se abrió y entró el chico alto de ojos verdes. Negó con la cabeza y le dijo a Luce:

—En este lugar no tienen reparos en desnudarte para registrarte. Así que, si llevas encima cualquier otro tipo de «mercancía peligrosa» —alzó una ceja y tiró un puñado de cosas irreconocibles en la caja—, ni lo intentes.

Detrás de Luce, Arriane intentaba aguantarse la risa. El chico levantó la cabeza y, cuando se dio cuenta de que estaba Arriane, abrió la boca, luego la cerró, como si no supiera cómo reaccionar.

—Arriane —dijo sin alterar la voz.

—Cam —respondió ella.

—¿Lo conoces? —susurró Luce, pensando que en los reformatorios quizá habría el mismo tipo de pandillas que hay en las escuelas como Dover.

—No me lo recuerdes —contestó Arriane, y se llevó a Luce afuera, donde la mañana seguía gris y húmeda.

La parte de atrás del edificio principal daba a una acera desconchada que bordeaba un campo abandonado. La hierba había crecido tanto que, a pesar de que había un marcador descolorido y unas gradas de madera al aire libre, parecía más un solar vacío que las instalaciones de un colegio.

Algo más lejos había cuatro edificios de aspecto sobrio: el que estaba más a la izquierda era un bloque residencial de color ceniza; a la derecha, una iglesia inmensa muy fea; y en medio otras dos estructuras anchas que Luce supuso que eran las aulas.

No había nada más. Todo su mundo se reducía a la lamentable vista que se extendía enfrente.

Arriane giró enseguida hacia la derecha, fuera del sendero, llevó a Luce hasta el campo, y una vez allí se sentaron en lo más alto de una de las gradas de madera llenas de agua.

Las instalaciones equivalentes que había en Dover estaban destinadas a los aprendices de atleta de la Ivy League, de modo que Luce siempre las había evitado. Pero aquel campo vacío, con las porterías combadas y oxidadas, era algo muy diferente, algo que Luce aún no podía comprender. Tres buitres volaban sobre sus cabezas, y un viento lúgubre azotaba las ramas desnudas de los robles. Luce metió la barbilla bajo el cuello de su camiseta.

—Buenooo —dijo Arriane—. Ahora ya has conocido a Randy.

—Pensaba que se llamaba Cam.

—No estamos hablando de él —respondió Arriane con rapidez—. Me refiero al travesti ese de antes. —Arriane movió la cabeza en dirección a la oficina donde la guarda se había quedado frente al televisor—. ¿Qué dirías, tío o tía?

—Eh… ¿tía? —preguntó Luce con indecisión—. ¿Es un test o qué?

Arriane sonrió.

—El primero de muchos, y este lo has pasado, o al menos creo que lo has pasado. El sexo de gran parte del cuerpo docente de aquí es un debate continuo entre todos los alumnos. No te preocupes, ya te enterarás.

Luce pensó que Arriane estaba bromeando; en tal caso, no pasaba nada. Pero todo aquello suponía un cambio tan radical respecto a Dover… En su antiguo colegio, los futuros senadores con corbata verde casi parecían brotar de los pasillos, del silencio elegante con que el dinero parecía cubrirlo todo.

Los niños de Dover solían mirar a Luce de reojo, como diciendo «no-pringues-las-paredes-blancas-con-los-dedos». Intentó imaginar a Arriane allí: holgazaneando en las gradas y haciendo bromas groseras y ordinarias. Luce intentó imaginar qué pensaría Callie de ella, porque en Dover no había nadie parecido a Arriane.

—Vamos, suéltalo —le ordenó Arriane. Se dejó caer sobre la grada más alta y con un gesto invitó a Luce a que se acercara—. ¿Qué hiciste para que te metieran aquí?

El tono de Arriane era juguetón, pero de repente Luce sintió la necesidad de sentarse. Era ridículo, pero había esperado pasar el primer día de colegio sin que el pasado la atosigara y la privara de aquella fina capa de calma que había mantenido hasta entonces. Pero, claro, la gente de allí quería saberlo.

Podía sentir la sangre palpitándole en las sienes. Siempre ocurría lo mismo cuando quería recordar —recordar de verdad— aquella noche. Nunca había dejado de sentirse culpable por lo que le había ocurrido a Trevor, pero también intentaba con todas sus fuerzas no dejarse enredar en las sombras, que hasta el momento eran lo único que podía visualizar de aquella noche. Aquellos seres oscuros e indefinibles de los que no podía hablar a nadie.

Pero volvió a intentarlo… estaba empezando a contarle a Trevor que esa noche sentía una presencia extraña, que había unas formas retorcidas suspendidas sobre sus cabezas que amenazaban con estropear aquel momento perfecto. Pero para entonces ya era demasiado tarde. Trevor se había esfumado, su cuerpo había ardido hasta quedar irreconocible, y Luce era… era… ¿culpable?

No le había contado a nadie que a veces veía unas formas turbias en la oscuridad que siempre iban hacia ella. Hacía tanto tiempo que iban y venían, que Luce no podía recordar cuándo fue la primera vez que las vio. Pero podía recordar la primera vez que comprendió que las sombras no se le aparecían a todo el mundo… O, mejor dicho, que solo se le aparecían a ella. A los siete años, fue de vacaciones con su familia a Hilton Head y sus padres la llevaron a hacer una travesía en barco. Al ponerse el sol, las sombras empezaron a moverse sobre el agua, y ella se dirigió a su padre y le dijo:

—¿Qué haces cuando vienen, papá? ¿Por qué no te dan miedo los monstruos?

No había monstruos, le aseguraron sus padres, pero la insistencia con que Luce repitió que había algo tembloroso y oscuro le acarreó una serie de consultas con el oculista de la familia, y luego las gafas, y luego más consultas con el otorrino, tras cometer el error de describir el ruido ronco y fantasmagórico que a veces hacían las sombras… y luego terapia, y luego más terapia y, por último, una prescripción para tomar medicamentos antipsicóticos.

Pero nada hizo que desaparecieran.

A los catorce años se negó a tomar la medicación. Fue cuando conocieron al doctor Sanford, y, muy cerca, estaba la escuela Dover. Tomaron un vuelo hasta New Hampshire, y su padre condujo el coche de alquiler por una carretera larga y con curvas hasta una mansión llamada Shady Hollows, que estaba en la cima de la colina. Pusieron a Luce frente a un hombre con bata blanca y le preguntaron si aún tenía sus «visiones». Las palmas de las manos de sus padres estaban sudadas cuando la cogieron de la mano; estaban muy serios, porque temían que había algo en su hija que funcionaba terriblemente mal.

Nadie le contó que, si ella no le decía al doctor Sanford lo que todos ellos querían que dijera, puede que pasara mucho más tiempo en Shady Hollows. Al mentir y actuar como si no pasara nada, le autorizaron matricularse en Dover, y solo tenía que visitar al doctor Sanford dos veces al mes.

Le permitieron dejar de tomar aquellas asquerosas pastillas tan pronto como fingió que ya no veía más sombras. Pero, aun así, seguían apareciendo cuando les daba la gana. Lo único que sabía era que trataba de evitar en la medida de lo posible todo aquel catálogo mental de lugares donde se le habían aparecido las sombras en el pasado —bosques frondosos, aguas turbias—. Lo único que sabía era que, cuando llegaban las sombras, sentía un escalofrío, una sensación terrible que no se parecía a nada en el mundo.

Luce se sentó a horcajadas sobre una de las gradas y se frotó las sienes con los dedos pulgar y corazón. Si quería superar ese primer día, tendría que esforzarse en no ahondar en su memoria. Seguramente no podría soportar los recuerdos de aquella noche, así que bajo ninguna circustancia podía permitirse airear el menor detalle truculento ante aquella desconocida extravagante y desequilibrada.

En vez de responder, observó a Arriane, tendida sobre la grada con unas gafas de sol enormes que le cubrían gran parte de la cara. Aunque no pudiese asegurarlo, probablemente también ella debía de haber estado mirando a Luce, pues al cabo de un instante se incorporó y le sonrió.

—Me voy a cortar el pelo como tú —dijo.

—¿Cómo? —exclamó Luce—. Pero si tienes un pelo precioso.

Era verdad: Arriane lucía unos mechones largos y voluminosos, como los que Luce tanto echaba de menos. Sus rizos sueltos y negros resplandecían con la luz del sol y desprendían un matiz rojizo. Luce se pasó el cabello por detrás de las orejas, pero como no era lo bastante largo, volvía a echársele hacia delante.

—Te queda genial —dijo Arriane—. Es sexy, atrevido. Quiero llevarlo igual.

—Eh… vale —respondió Luce. ¿Era un cumplido? No sabía si se tenía que sentir halagada u ofendida por la forma en que Arriane daba por sentado que podía tener lo que quisiera, incluso si lo que quería pertenecía a otra persona. —¿Y dónde vamos a conseguir…?

—¡Tachán!

Arriane metió la mano en su bolso y sacó la navaja color rosa del ejército suizo que Gabbe había dejado en la Caja de Mercancías Peligrosas.

—¿Qué pasa? —dijo al ver la reacción de Luce—. Mis dedos pegajosos siempre están atentos cuando los nuevos alumnos han de dejar sus cosas el primer día. El mero hecho de pensar en ello me ayuda a sobrevivir a la canícula durante mi estancia en el campo de internamiento… eh, quiero decir, de verano, de Espada & Cruz.

—¿Te has pasado todo el verano… aquí? —preguntó Luce haciendo una mueca.

—¡Ja! Hablas como una verdadera novata. Seguro que crees que tendremos vacaciones en primavera —le tiró la navaja suiza—. No nos dejan salir de este agujero infernal. Nunca. Ahora, córtame el pelo.

—¿Y qué pasa con las rojas? —preguntó Luce, mientras miraba a su alrededor con la navaja en la mano. Seguro que allí fuera había cámaras en alguna parte.

Arriane negó con la cabeza.

—No pienso juntarme con miedicas. ¿Te atreves o no?

Luce asintió.

—Y no me vengas con que nunca le has cortado el pelo a nadie.
—Arriane le quitó la navaja de las manos, desplegó las tijeras y se la devolvió—. Ni una palabra más hasta que me digas lo fantástica que estoy.

En la bañera de sus padres —el único «salón de belleza» que había visto Luce—, su madre le había hecho una cola de caballo antes de cortarle el pelo. Luce estaba segura de que había formas más prácticas de cortar el pelo, pero, como casi no había pisado una peluquería en su vida, el corte de la coleta era lo único que conocía. Sujetó el pelo de Arriane entre sus manos, lo recogió con una goma elástica que llevaba en la muñeca, empuñó las tijeras pequeñas con fuerza y empezó a cortar.

La cola de caballo cayó a sus pies, Arriane dio un pequeño grito y se volvió al momento. La cogió y la alzó al sol. El corazón de Luce se estremeció al verla. Ella misma todavía no había superado la pérdida de su pelo, y todas las otras pérdidas que este simbolizaba. Pero Arriane esbozó una sonrisa sutil. Resiguió la cola de caballo con los dedos y la introdujo en el bolso.

—Increíble —dijo—. Sigue, sigue.

—Arriane —susurró Luce, antes de quedarse paralizada—. Tu cuello. Está todo...

—¿Lleno de cicatrices? —preguntó Arriane completando la frase—. Puedes decirlo.

La piel del cuello de Arriane, desde la clavícula hasta la parte de atrás de la oreja izquierda, estaba llena de cortes y tenía una textura jaspeada y reluciente. Luce se acordó de Trevor, de aquellas terribles imágenes. Incluso sus propios padres no se atrevieron a mirarla después de verlas. En ese instante era ella quien lo estaba pasando mal mientras observaba a Arriane.

Arriane tomó la mano de Luce y la puso contra su piel. Estaba caliente y fría a la vez, era suave y rugosa.

—A mí no me da miedo —dijo Arriane—. ¿Y a ti?

—No —dijo Luce, aunque deseaba que Arriane retirara la mano, y así ella también podría hacerlo. Pensó que así fue como debió de quedar la piel de Trevor, y le revolvió el estómago.

—¿Tienes miedo de quién eres realmente, Luce?

—No —respondió de nuevo con rapidez. Sin duda se le notaba que estaba mintiendo. Cerró los ojos. Todo cuanto quería era empezar de nuevo en Espada & Cruz, estar en un lugar donde la gente no la mirara del modo en que lo estaba haciendo Arriane en aquel momento. Cuando esa misma mañana, a las puertas del colegio, su padre le había susurrado al oído el lema de la familia Price («Los Price nunca se rinden»), ella había sentido que podría conseguirlo; pero ahora se sentía tan abatida y vulnerable… Apartó la mano.

—Así pues, ¿qué te pasó? —preguntó mirando al suelo.

—¿Recuerdas que yo no te he presionado cuando no has dicho ni mu sobre por qué te han metido aquí? —le preguntó Arriane enarcando las cejas.

Luce asintió.

Arriane señaló las tijeras con un gesto.

—Que quede bien por detrás, ¿vale? Quiero estar muy guapa, tan guapa como tú.

Aunque le hiciese exactamente el mismo corte, Arriane solo podría llegar a convertirse en una versión diluida de Luce. Mientras Luce intentaba dejar lo más igualado posible el primer corte de pelo de su vida, Arriane profundizaba en los detalles de la vida cotidiana en Espada & Cruz.

—Ese bloque de celdas de allí es Augustine. Es donde celebramos los llamados «eventos sociales» los miércoles por la noche. Y también donde damos todas las clases —dijo señalando una construcción del color de unos dientes amarillentos que albergaba dos edificios, a la derecha de la residencia. Parecían diseñados por el mismo sádico que había engendrado a Pauline. Era totalmente cuadrado y parecía una fortaleza, cercado con el mismo alambre de púas y las mismas ventanas con barrotes. Una neblina gris que parecía artificial cubría las paredes como si fuera musgo, impidiendo ver si había alguien allí dentro.

—Quedas advertida —continuó Arriane—: vas a odiar las clases que te darán aquí. No serías humana si no lo hicieras.

—¿Por qué? ¿Qué tienen de malo? —preguntó Luce. Quizá a Arriane no le gustaba el colegio en general. Las uñas esmaltadas de negro, los ojos pintados de negro, el bolso negro que solo parecía lo bastante grande para guardar la navaja suiza, no le daban precisamente aspecto de intelectual.

—Las clases son la muerte —dijo Arriane—. Peor: las clases te dejan como muerto. De los ochenta chavales que hay aquí, diría que solo quedan tres que sigan vivos. —Alzó la vista—. Y no es que sirvan de mucho, la verdad…

Aquello no sonaba muy prometedor, pero a Luce le había llamado la atención un detalle que había mencionado Arriane.

—¿Solo hay ochenta alumnos en toda la escuela?

El verano antes de su ingreso en Dover, Luce había estudiado con detenimiento el manual para futuros estudiantes y memorizó todas las estadísticas. Pero todo cuanto sabía hasta el momento de Espada & Cruz la había sorprendido, y se dio cuenta de que había entrado en aquel reformatorio completamente desinformada.

Arriane asintió, y sin querer Luce le cortó de un tijeretazo un mechón que pensaba dejar. Glups. Con suerte, Arriane no se daría cuenta, o a lo mejor solo pensaría que era atrevido.

—Ocho clases, diez chavales cada una. Enseguida acabas sabiendo qué clase de mierda pringa a cada uno de ellos —dijo Arriane—. Y viceversa.

—Supongo —convino Luce mientras se mordía el labio. Arriane estaba de broma, pero Luce se preguntó si estaría sentada allí con ella dedicándole aquella simpática sonrisa a sus ojos azul pastel si supiera con pelos y señales cuál era su historia personal. Cuanto más tiempo consiguiera mantener oculto su pasado, mejor.

—Y será mejor que evites los casos complicados.

—¿Casos complicados?

—Los que llevan las pulseras de localización —dijo Arriane—. Más o menos una tercera parte de los estudiantes.

—Y ellos son quienes…

—Mejor no tener problemas con ellos. Hazme caso.

—Vale, ¿y qué han hecho?

Aunque Luce quería que su historia fuera un secreto, tampoco le gustaba que Arriane la tratara como si fuera una boba. Fuera lo que fuera lo que habían hecho los otros no podía ser mucho peor que lo que todo el mundo le decía que había hecho ella. ¿O sí? Después de todo, no sabía casi nada de aquellas personas ni de aquel lugar. Solo con pensar en las posibles causas de su internamiento, sentía un miedo frío y gris atenazándole la boca del estómago.

—Bueno, ya sabes —dijo arrastrando las palabras—. Instigaron o participaron en actos terroristas, descuartizaron a sus padres y los tostaron en el horno… —Se volvió y le guiñó un ojo a Luce.

—Venga ya, no digas chorradas —repuso Luce.

—Lo digo en serio. Esos psicópatas están mucho más controlados que el resto de los chiflados de aquí. Los llamamos «los grilletes».

A Luce le resultó gracioso el tono dramático con que lo pronunció.

—El corte de pelo ya está —dijo, y pasó las manos por el cabello de Arriane para atusarlo un poco. De hecho, había quedado bastante bien.

—Perfecto —dijo Arriane.

Se volvió para ponerse frente a Luce. Cuando se pasó la mano por el cabello, los antebrazos sobresalieron por las mangas del jersey negro, y Luce vio que llevaba una pulsera en ambas muñecas: una negra con hileras de tachuelas plateadas, y otra que parecía más… mecánica. Arriane se fijó en su mirada y levantó las cejas diabólicamente.

—Te lo he dicho —prosiguió—. Unos jodidos psicópatas. —Sonrió—. Vamos, te enseñaré lo que queda.

Luce no tenía muchas más opciones. Descendió por las gradas detrás de Arriane, agachándose cada vez que algún buitre volaba peligrosamente bajo. Arriane, que parecía no darse cuenta, señaló la iglesia revestida de líquenes que se encontraba a la derecha del campo.

—Por allí está nuestro gimnasio vanguardista —dijo imitando el tono nasal de los guías turísticos—. Sí, sí, para quien no está acostumbrado parece una iglesia, y antes lo era. Espada & Cruz constituye una especie de infierno arquitectónico de segunda mano. Hace algunos años, irrumpió un psiquiatra demente y calisténico que se dedicó a despotricar contra los adolescentes sobremedicados que arruinaban la sociedad. Puso un montón de pasta y transformaron la iglesia en un gimnasio. Ahora las autoridades piensan que podemos desahogar nuestras «frustraciones» de una «forma natural y productiva».

Luce gruñó. Siempre había detestado la clase de gimnasia.

—Veo que pensamos igual —se lamentó Arriane—: la entrenadora Diante es el deeemooonio.

Mientras Luce corría para alcanzarla, examinó el resto del recinto. El patio interior de Dover estaba tan bien cuidado, lleno de árboles podados con esmero y distribuidos armónicamente, que, en comparación, parecía que se hubieran olvidado de Espada & Cruz y la hubieran abandonado en medio de una ciénaga. Unos sauces llorones descolgaban sus ramas hasta el suelo, el kudzu crecía por las paredes como una sábana, y a cada dos pasos se hundían en el fango.

Y no era solo el aspecto de aquel lugar. Cada vez que respiraba aquel aire húmedo era como si se le clavara en los pulmones. El mero hecho de respirar en Espada & Cruz la hacía sentirse como si se hundiera en arenas movedizas.

—Al parecer, los arquitectos tuvieron serios problemas para modernizar el estilo de los edificios de la antigua academia militar, y el resultado fue una mezcla de penitenciaría y de zona de torturas medieval. Y sin jardinero —dijo Arriane mientras se sacudía los restos de limo que se habían adherido a sus botas de combate—. Asqueroso. Ah, allí está el cementerio.

Luce miró hacia donde apuntaba el dedo de Arriane, a la izquierda del patio, justo después de la residencia. Un manto de niebla aún más espeso se cernía sobre la parcela de tierra amurallada. Un frondoso robledal circundaba tres de sus lados. No se podía ver el cementerio propiamente dicho, que parecía hundido bajo la superficie de la tierra, pero se podía oler la putrefacción y se oía el coro de cigarras que zumbaban en los árboles. Por un instante le pareció ver el temblor de las sombras, pero parpadeó y las sombras desaparecieron.

—¿Eso es un cementerio?

—Pssse. Todo esto antes había sido una academia militar, en los tiempos de la Guerra Civil, y allí es donde enterraban a los muertos. Es superespeluznante. Y *Dioz* —añadió Arriane con un falso acento del sur—, apesta al séptimo cielo —dicho lo cual, le guiñó un ojo a Luce—. Solemos ir mucho por esa parte.

Luce miró a Arriane para ver si bromeaba, pero Arriane se encogió de hombros.

—Vale, vale, solo fuimos una vez, y después de pillar una buena turca.

Vaya, aquella era una palabra que Luce podía reconocer.

—¡Ajá! —exclamó Arriane—. He visto cómo se te ha encendido una luz. Así que hay alguien en casa. Bueno, querida Luce, puede que hayas ido a las fiestas del internado, pero nunca has visto cómo se lo montan los de un reformatorio.

—¿Qué diferencia hay? —preguntó Luce, intentando soslayar el hecho de que en Dover nunca había asistido a una gran fiesta.

—Ya lo verá. —Arriane se detuvo y miró a Luce—. Pásate esta noche y podrás comprobarlo, ¿vale? —Inesperadamente, le cogió la mano—. ¿Lo prometes?

—Yo pensaba que habías dicho que debía mantenerme alejada de los casos complicados —dijo Luce con ironía.

—Regla número dos: ¡no me hagas caso! —respondió Arriane riéndose y moviendo la cabeza—. ¡Estoy oficialmente loca!

Empezó a correr otra vez, y Luce la siguió.

—¡Espera! ¿Cuál era la regla número uno?

—¡Mantente alerta!

Cuando dieron la vuelta a la esquina del bloque de color ceniza donde estaban las aulas Arriane frenó en seco y derrapó.

—Rollo tranquilo —dijo.

—Tranquilo —repitió Luce.

Los demás estudiantes se apiñaban alrededor de la densa arboleda de kudzus frente al Augustine. Nadie parecía especialmente contento de estar fuera, pero tampoco aparentaban ganas de entrar.

En Dover no había algo parecido a unas normas de vestimenta, así que Luce no estaba acostumbrada a la uniformidad que esta confería a los estudiantes. Pero, incluso aunque todos llevasen los mismos vaqueros negros, la camiseta negra de cuello alto y mangas largas, y el jersey negro sobre los hombros o anudado en la cintura, seguían apreciándose diferencias sustanciales en la forma de personalizarla.

De pie, con los brazos cruzados, un grupo de chicas tatuadas lucían brazaletes hasta el codo. Los pañuelos negros que llevaban en el pelo le recordaron a Luce una película sobre una banda de chicas motoristas. La alquiló porque pensó: «¿Qué es más flipante que una banda de motoristas formada solo por chicas?». En ese momento la mirada de Luce se topó con la de una de las chicas que se encontraban al otro lado del césped. Cuando Luce notó que aquellos ojos de gato pintados de negro se entrecerraban sin dejar de mirarla fijamente, apartó la vista de inmediato.

Un chico y una chica que iban cogidos de la mano se habían cosido una bandera pirata con lentejuelas en el dorso de sus jerséis negros. Cada dos por tres, uno de ellos se acercaba al otro para darle un beso en la sien, en el lóbulo de la oreja o en los ojos. Cuando se abrazaron, Luce pudo observar que ambos llevaban la pulsera con el dispositivo de localización. Parecían un poco brutos, pero era evidente que estaban muy enamorados. Cada vez que veía centellear el *piercing* que llevaban en la lengua, Luce sentía un pellizco de melancolía en el pecho.

Tras ellos, había un grupo de chicos rubios apoyados en la pared que llevaban el jersey puesto a pesar de que hacía calor. Todos llevaban camisas blancas tipo Oxford con el cuello almidonado y los pantalones negros les llegaban justo hasta los empeines de sus zapatos impecables. De todos los estudiantes del patio, estos eran lo más parecido a lo que Luce había visto en Dover. Pero al prestarles un poco más de atención, enseguida se dio cuenta de que eran distintos de los chicos a los que ella estaba acostumbrada. Chicos como Trevor.

Así, en grupo, aquellos tipos irradiaban una dureza especial, por la forma en que miraban. Era difícil de explicar, pero de repente Luce se dio cuenta de que, al igual que ella, todos en aquella escuela tenían un pasado. Todos, seguramente, tenían secretos que no querían compartir. Sin embargo, no sabía si eso la hacía sentirse más o menos sola.

Arriane notó que Luce estaba observando a los demás.

—Todos hacemos lo que podemos para sobrevivir —comentó con indiferencia—. Pero, por si aún no te habías fijado en los buitres volando bajo, te diré que este lugar apesta a muerte.

Se sentó en un banco que había bajo un sauce llorón y dio un golpecito a su lado para que Luce hiciera lo mismo.

Antes de sentarse, Luce apartó unas hojas mojadas que se habían caído, y en ese instante detectó otra violación de las normas de vestimenta.

Una violación de las normas de vestimenta muy atractiva.

Llevaba una bufanda de color rojo vivo enrollada al cuello. Aunque no hacía frío, también llevaba una chaqueta de cuero negro de motero, además del jersey negro. Quizá se debió a que aquella era la única mancha de color que había en todo el patio, pero el hecho es que Luce no podía mirar a ninguna otra parte. En comparación, todo lo demás palidecía, y durante un buen rato Luce se olvidó de dónde estaba.

Observó su cabello de un dorado intenso, la piel bronceada, las mejillas prominentes, las gafas de sol que le cubrían los ojos, la forma suave de sus labios. En todas la películas que había visto Luce, y en todos los libros que había leído, el pretendiente era alucinantemente guapo, pero con un pequeño defecto. Un diente mellado, un precioso mechón de pelo o una interesante cicatriz en la mejilla izquierda. Ella sabía por qué: si el héroe era «demasiado» perfecto corría el riesgo de ser inalcanzable. Pero, tanto si era inalcanzable como si no, Luce siempre había sentido debilidad por lo que era eminentemente bello. Como aquel chico.

Estaba apoyado en el edificio, con los brazos cruzados. Y, por una fracción de segundo, Luce se imaginó a sí misma entre sus brazos. Negó con la cabeza, pero la imagen siguió tan viva en su mente que casi se fue directa hacia él.

Era una locura, ¿no? Incluso en un colegio lleno de locos, Luce sabía perfectamente que aquella reacción instintiva era una insensatez. Ni siquiera lo conocía.

Estaba hablando con un chaval más bajo, con rastas y de sonrisa dentuda. Ambos estaban riendo a carcajadas, de una forma que a Luce le hizo sentirse celosa. Intentó recordar cuándo fue la última vez que había reído, de verdad, como ellos lo estaban haciendo.

—Ese es Daniel Grigori —dijo Arriane, que se inclinó hacia ella y le leyó la mente—. Me parece que a alguien le ha llamado la atención.

—Y a quién no —asintió Luce, un poco avergonzada por cómo había mirado a Arriane.

—Bueno, claro, si te gustan así.

—¿Y de qué otra forma te pueden gustar?

—El amigo de al lado es Roland —dijo Arriane señalando con un gesto al chico de las rastas—. Es simpático. Es de los que te pueden conseguir cosas, ya sabes.

«No, no sé», pensó Luce mordiéndose el labio.

—¿Qué tipo de cosas?

Arriane se encogió de hombros, y con la navaja suiza robada cortó los hilos sueltos de un rasgón que tenía en los tejanos.

—Cosas. Pide y conseguirán el material.

—Y de Daniel —preguntó Luce—, ¿qué sabes?

—Vaya, la niña no se rinde. —Arriane se rió y se aclaró la garganta—. No está muy claro —dijo—. No sale mucho de su papel de hombre misterioso; encajaría a la perfección en tu estereotipo del típico gilipollas de reformatorio.

—No sería el primer gilipollas con el que me cruzo —respondió Luce, pero, en cuanto aquellas palabras salieron de sus labios, ya deseaba no haberlas pronunciado. Después de lo que le pasó a Trevor, fuese lo que fuese, había quedado claro que a ella no se le daba nada bien saber qué tipo de persona tenía delante. Pero lo que más le preocupaba era que durante las pocas ocasiones en que había hecho la más mínima referencia a aquella noche, el trémulo velo de sombras había vuelto a ella, casi como si estuviera de nuevo en el lago.

Miró de nuevo a Daniel. Este se quitó las gafas, las metió en un bolsillo de su chaqueta y luego se volvió par mirarla.

Sus miradas se encontraron, y Luce observó que al principio abría los ojos de par en par, aunque al momento los entrecerró, como si estuviera sorprendido. Pero no… había algo más. De repente, mientras seguían mirándose, sintió que le faltaba el aire: lo había visto antes en algún lugar.

Sin embargo, si hubiese conocido a alguien como él se acordaría, se acordaría de haberse sentido tan alterada como se sentía en ese momento.

Se dio cuenta de que seguían mirándose cuando Daniel le sonrió. Se sintió invadida por una ola de calor y tuvo que apoyarse en el banco para no caerse. Notó que sus labios se abrían para devolverle la sonrisa, y en ese momento él levantó la mano.

Le enseñó un dedo.

Luce dejó escapar un gritito y bajó la vista.

—¿Qué? —preguntó Arriane, que no se había dado cuenta de nada.

—Olvídalo —respondió—. No hay tiempo, ya suena el timbre.

El timbre sonó en el momento justo, y poco a poco todos los alumnos empezaron a entrar en el edificio. Arriane tiraba de la mano de Luce mientras le decía atropelladamente dónde y cuándo podrían encontrarse más tarde. Pero Luce no dejaba de pensar en por qué aquel completo extraño le había enseñado el dedo. El instantáneo delirio que le había provocado Daniel se desvaneció en un momento; y quería saber de qué iba aquel tío.

Antes de entrar en su primera clase, se armó de valor y miró atrás. Él, por supuesto, ni siquiera se había inmutado: seguía mirándola mientras ella se alejaba.

2
Hecha una furia

Luce tenía una hoja con el horario, un cuaderno que había empezado a escribir en la clase de Historia Europea Contemporánea del año anterior en Dover, dos lápices del número dos, su goma preferida, y el repentino mal presentimiento de que Arriane podría tener razón respecto a las clases de Espada & Cruz.

El profesor aún no había aparecido, los endebles pupitres estaban dispuestos en hileras desordenadas, y un montón de cajas llenas de polvo hacía de barricada frente al armario del material escolar.

Y lo que es peor: nadie parecía darse cuenta del caos. De hecho, nadie parecía darse cuenta de que se encontraban en una clase. Estaban todos apiñados junto a las ventanas, dando las últimas caladas a los cigarrillos o clavándose en otro lugar de la camiseta los imperdibles extragrandes que exhibían. Solo Todd estaba sentado, grabando un dibujo intrincado con el bolígrafo en el pupitre. Sin embargo, los demás alumnos nuevos ya parecían haber encontrado su lugar. Cam estaba rodeado por los chicos con pinta de pijos de Dover. Debieron de conocerse la primera vez que ingresó en Espada & Cruz. Gabbe estaba saludando a la chica del *piercing* en la lengua, a la que había visto antes fuera liándose con el tipo del *piercing* en la lengua. Luce sintió una envidia estúpida porque no se atrevió a nada que más que a sentarse al lado del inofensivo Todd.

Arriane revoloteaba entre los demás, susurrando cosas que Luce no podía entender, como si fuera un princesa gótica. Cuando pasó al lado de Cam, este le alborotó el pelo recién cortado.

—Bonita rapada, Arriane —dijo sonriente mientras le tiraba de un mechón de la nuca—. Mis felicitaciones al estilista.

Arriane le dio un manotazo.

—Quita la manos, Cam. O lo que es lo mismo: ni en sueños. —Movió la cabeza señalando a Luce—. Y puedes felicitar a mi nueva mascota, que está allí.

Los ojos color esmeralda de Cam brillaron al posarse en Luce, que se puso tensa.

—Claro que lo haré —respondió, y empezó a caminar hacia ella.

Sonrió a Luce, que estaba sentada con los pies cruzados bajo la silla y las manos enlazadas sobre el pupitre pintarrajeado.

—Los alumnos nuevos tenemos que mantenernos unidos —dijo—. ¿Sabes a qué me refiero?

—Pero ¿tú no habías estado aquí antes?

—No creas todo lo que diga Arriane. —Se volvió para mirar a Arriane, que los observaba con recelo desde la ventana.

—Ah, no, ella no me ha dicho nada de ti —replicó Luce con rapidez al tiempo que intentaba recordar si era verdad o no. Estaba claro que Cam y Arriane no se llevaban bien, y aunque Luce le agradecía que la hubiera acompañado aquella mañana, aún no estaba preparada para tomar partido por nadie.

—Me acuerdo de cuando era nuevo aquí… por primera vez. —Se rió para sus adentros—. Mi grupo acababa de separarse y estaba perdido. No conocía a nadie. Alguien que no hubiese tenido —miró a Arriane— nada que hacer podría haberme enseñado cómo funcionaba todo.

—Vaya, ¿y tú no tienes nada que hacer? —preguntó Luce, sorprendida al notar una cadencia coqueta en su propia voz.

Cam sonrió confiadamente y le arqueó una ceja.

—Y pensar que no quería volver aquí…

Luce se sonrojó. No solía mezclarse con rockeros, aunque también era cierto que hasta el momento ninguno de ellos se había acercado tanto a su mesa, ni se había agachado a su lado, ni la había mirado con unos ojos tan verdes. Cam se llevó la mano al bolsillo y sacó una púa verde de guitarra con el número 44.

—Este es el número de mi habitación. Ven cuando quieras.

La púa tenía un color bastante parecido al de sus ojos, y Luce se preguntó cómo y cuándo las había conseguido, pero antes de que pudiera responderse —y quién sabe cuál hubiese sido la respuesta— Arriane tiró con fuerza del hombro de Cam.

—Perdona, me parece que no me has entendido: yo la he visto primero.

Cam resopló y respondió la mirada en Luce.

—Verás, pensaba que aún existía algo parecido al libre albedrío. Quizá tu mascota piense por sí misma y tenga otra idea.

Luce abrió la boca para decir que sí, que por descontado pensaba por sí misma, solo que era su primer día allí y todavía estaba viendo cómo funcionaba todo, pero, en el momento en que iba a decirlo, sonó el timbre y la pequeña reunión alrededor de su pupitre se disolvió.

Los demás se sentaron en los pupitres que había a su alrededor, y enseguida Luce dejó de llamar la atención por el hecho de estar allí sentada, correcta y formal, sin dejar de mirar a la puerta, a la espera de que apareciese Daniel.

Comprobó, por el rabillo del ojo, que Cam la miraba con disimulo. Se sintió halagada… y nerviosa, y también frustrada. ¿Daniel? ¿Cam? ¿Cuánto llevaba en la escuela? ¿Cuarenta y cinco minutos? Y su cabeza ya hacía malabarismos con dos chicos diferentes. La única razón por la que estaba en aquel internado era porque, la última vez que le interesó un chico, las cosas fueron terriblemente, terriblemente mal. No podía enamorarse (¡dos veces!) el primer día de clase.

Miró a Cam, que volvió a hacerle un guiño y se apartó el cabello oscuro de los ojos. Aparte de ser guapo —que lo era—, le pareció que su amistad podría resultarle útil. Como ella, todavía se estaba adaptando a la escuela, aunque era evidente que ya había estado por allí otras veces. Y era amable con ella. Pensó en la púa verde con el número de su habitación, y esperó que no se la diera a todo el mundo. Podrían ser… amigos. Quizá era todo lo que Luce necesitaba. Quizá entonces ella dejaría de sentirse tan fuera de lugar en Espada & Cruz.

Quizá entonces sería capaz de olvidar que la única ventana de la clase tenía el tamaño de un sobre, estaba cubierta de cal, y daba a un impresionante mausoleo del cementerio.

Quizá entonces podría olvidar el olor a peróxido que desprendía la punki rubia de bote que se sentaba delante de ella y que le hacía cosquillas en la nariz.

Quizá entonces podría prestar atención al estricto y bigotudo profesor que entró en el aula diciendo «dejaddehacertonteríasysentaos» y cerró la puerta con decisión.

Sintió una punzada de decepción en el pecho. Le llevó un instante saber por qué. Hasta el momento en que el profesor cerró la puerta, había mantenido la leve esperanza de que Daniel también asistiría a su primera clase.

¿Qué tenía en la hora siguiente? ¿Francés? Consultó el horario para saber en qué aula era. Justo en ese momento, un avión de papel pasó deslizándose por encima de su horario, rebasó el pupitre y aterrizó cerca de su bolsa. Se cercioró de que nadie se hubiese dado cuenta, pero el profesor estaba ocupado rompiendo un trozo de tiza a medida que escribía algo en la pizarra.

Luce miró algo inquieta hacia la izquierda. Cuando Cam le devolvió la mirada, le guiñó un ojo y la saludó con la mano, flirteando, ella sintió que todo su cuerpo se tensaba. Pero él no parecía haber visto lo que había ocurrido, ni tampoco que fuese el responsable del avión.

—Pssst —alguien chistó detrás de él. Era Arriane, que con la barbilla le indicaba que cogiera el avión de papel.

Luce se agachó para recogerlo y vio su nombre escrito con letras pequeñas y negras en una de las alas. ¡Su primer mensaje!

¿Ya estás buscando una salida?
No es una buena señal.
Estaremos en este infierno hasta la hora de comer.

Sin duda, tenía que tratarse de una broma. Luce revisó el horario y comprobó horrorizada que las tres clases de la mañana eran en esa misma aula, la 1, y las tres las daba el señor Cole.

El profesor se apartó de la pizarra y empezó a desplazarse por el aula con aspecto soñoliento. No hizo presentación alguna para los nuevos alumnos, y Luce no tenía claro si se alegraba de ello o no. El señor Cole se limitó a tirar un programa de la asignatura sobre las mesas de los nuevos alumnos. Cuando las hojas grapadas aterrizaron delante de ella, Luce se inclinó con interés para echarles un vistazo. «Historia Mundial —decía—. Sorteando la maldición de la humanidad.» Hummm, la historia siempre había sido la asignatura que mejor se le daba, pero ¿sortear las maldiciones?

Un estudio más detallado del programa bastó para que Luce comprendiera que Arriane tenía razón con lo del infierno: un montón de lecturas imposibles, **EXAMEN**, en mayúsculas y en negrita, cada trimestre y un trabajo de treinta páginas sobre —¿en serio?— el dictador depuesto que escogieras. Los temas que Luce se había perdido durante las primeras semanas aparecían marcados con grandes paréntesis en rotulador negro. En los márgenes, el señor Cole había escrito: «Venga a verme para la elección del trabajo de investigación». Si había una manera más efectiva de hundir a alguien, Luce se moriría de miedo.

Al menos tenía a Arriane sentada en la fila de atrás. Luce estaba contenta de que ya existiera un precedente para el envío de mensajes de SOS. Solía intercambiarse mensajes a hurtadillas con Callie, pero, para poder hacer algo parecido allí, Luce sin duda tendría que aprender a construir aviones de papel. Arrancó una hoja del cuaderno e intentó tomar el de Arriane como modelo.

Tras minutos de origami frustrado, otro avión aterrizó en su pupitre. Miró hacia Arriane, que asintió con la cabeza y puso los ojos en blanco como diciendo: «Aún tienes mucho que aprender».

Luce se encogió de hombros a modo de disculpa, se volvió de cara a la pizarra y desplegó el segundo mensaje:

Ah, y hasta que no tengas buena puntería, mejor que no me envíes mensajes que tengan algo que ver con Daniel. El tipo que tienes detrás es famoso en el campo de fútbol americano por sus recepciones.

Era bueno saberlo. Ni siquiera había visto que Roland, el amigo de Daniel, se había sentado detrás de ella. Se volvió apenas y pudo verle las rastas con el rabillo del ojo. Echó un vistazo a su cuaderno abierto y consiguió leer su nombre completo: Roland Sparks.

—Nada de enviar mensajes —dijo el señor Cole con severidad, lo cual hizo que Luce volviera la cabeza de inmediato para prestar atención—. Nada de copiar, ni de mirar los apuntes de los demás. No pasé por la universidad para que ustedes me atiendan a medias.

Luce asintió al unísono con todos los demás alumnos atontados al tiempo que un tercer avión aterrizaba en medio de su pupitre.

¡Solo quedan 172 minutos!

Ciento setenta y tres agobiantes minutos después, Arriane conducía a Luce a la cafetería.

—¿Qué te ha parecido?

—Que tenías razón —respondió Luce en estado catatónico, mientras trataba de recuperarse de las tres primeras horas de clase, que habían sido un suplicio—. ¿Quién querría enseñar una asignatura tan deprimente?

—Ah, Cole se relajará pronto. Siempre que hay alumnos nuevos pone esa cara de «nada de impertinencias». En todo caso —dijo Arriane dándole un golpecito con el codo—, podía haber sido peor. Te podía haber tocado la señorita Tross.

Luce consultó su horario.

—La tengo en Biología por la tarde —dijo con desazón.

En el mismo instante en que Arriane se echaba a reír, Luce sintió un empujón en el hombro. Era Cam, que pasaba a su lado de camino al comedor. Luce se habría caído si él no llega a sujetarla.

—Eeeh, cuidado.

Sonrió, y ella se preguntó si la había empujado adrede. Pero no parecía tan infantil. Luce miró a Arriane para ver si se había dado cuenta de algo. Arriane arqueó las cejas, casi invitando a Luce a decir algo, pero ninguna de las dos lo hizo.

Al cruzar los polvorientos ventanales que separaban el lóbrego vestíbulo de la aún más lóbrega cafetería, Arriane cogió a Luce del codo.

—Evita a toda costa la pechuga de pollo frita —le aconsejó mientras seguían a la muchedumbre hacia el jaleo del comedor—. La pizza está buena, el chili es pasable y, de hecho, la sopa de verduras no está mal. ¿Te gusta el pastel de carne?

—Soy vegetariana —respondió Luce. Miraba hacia las mesas buscando a dos personas en particular: Daniel y Cam. Se sentiría mucho más cómoda si supiera dónde estaban, porque así podría comer fingiendo que no los había visto. Pero por el momento no los veía…

—Vegetariana, ¿eh? —Arriane frunció la boca—. ¿Padres *hippies*, o es un pobre intento de rebelión?

—Nada de eso, es solo que a mí no…

—¿… te gusta la carne? —Arriane cogió a Luce por los hombros y la hizo girar noventa grados para que pudiera mirar directamente a Daniel, que estaba sentado al otro lado del comedor. Luce exhaló un profundo suspiro. Allí estaba—. ¿Te refieres a toda clase de carne, esa incluida? —exclamó Arriane— ¿A «él» tampoco le hincarías el diente?

Luce le propinó un cachete a Arriane y la arrastró hasta la cola. Arriane se estaba partiendo de risa, pero Luce notaba que se había sonrojado muchísimo, lo cual debía de resultar espantosamente evidente bajo aquella luz fluorescente.

—Cállate, te ha oído—susurró.

Una parte de Luce se alegraba de poder bromear sobre los chicos con una amiga. Suponiendo que Arriane fuera su amiga.

Todavía estaba confundida por el modo en que había reaccionado aquella mañana cuando vio a Daniel. La atracción que sentía hacia él… no podía entender de dónde venía y, aun así, ahí estaba otra vez. Se obligó a apartar los ojos de su cabello rubio, de la línea suave de su mandíbula. Se negaba a que la pillaran mirando. No quería darle otro motivo para que le hiciera aquel gesto obsceno con el dedo por segunda vez.

—Bah —se burló Arriane—, está tan concentrado en esa hamburguesa que no oiría ni la llamada de Satán.

Señaló a Daniel, que parecía realmente concentrado en masticar la hamburguesa. Aunque, para ser más exactos, su aspecto era el de alguien que finge estar muy concentrado en masticar una hamburguesa.

Luce observó a Roland, el amigo de Daniel, que estaba al otro lado de la mesa. La estaba mirando directamente. Cuando sus miradas se encontraron, movió las cejas, y aunque Luce no supo con qué intención lo hacía, se sintió algo incómoda.

Luce se volvió hacia Arriane.

—¿Por qué todos son tan raros en este colegio?

—No me lo tomaré como una ofensa —dijo Arriane mientras cogía una bandeja de plástico y le pasaba otra a Luce—. Ahora pasaré a explicarte el delicado arte de elegir asiento en la cafetería. Verás, nunca hay que sentarse cerca de… ¡Luce, cuidado!

Todo lo que hizo Luce fue dar un paso hacia atrás, pero, al hacerlo, sintió que alguien le propinaba un brusco empujón. Supo inmediatamente que iba a caerse. Alargó las manos en busca de algo en lo que apoyarse, pero lo único que encontró fue la bandeja llena de comida de otra persona. Se lo llevó todo por delante y cayó en el suelo de la cafetería emitiendo un ruido sordo, y con un cuenco de sopa de verduras entero en la cara.

Cuando logró apartarse los suficientes trozos de remolacha pastosa de los ojos para ver, Luce alzó la vista. El duendecillo más enfadado que nunca había visto se hallaba de pie ante ella. La chica llevaba el pelo teñido de rubio y de punta, exhibía al menos diez *piercings* en la cara y tenía una mirada asesina. Le enseñó los dientes a Luce y susurró:

—Si el mero hecho de verte no me hubiese quitado el apetito, te habría obligado a pagarme otra comida.

Luce se disculpó tartamudeando. Intentó levantarse, pero la chica le clavó el tacón de aguja de su bota negra en el pie. Luce sintió una punzada de dolor y tuvo que morderse el labio para no gritar.

—Creo que lo dejaré para otra ocasión —dijo la chica.

—Ya basta, Molly —intervino Arriane con aire conciliador, y se agachó para ayudar a Luce a levantarse.

Luce se estremeció de dolor. Sin duda el tacón de aguja iba a dejarle un cardenal.

Molly se irguió para enfrentarse a Arriane, y Luce tuvo la sensación de que no era la primera vez que se veían las caras.

—Qué deprisa te has hecho amiga de la novata —gruñó Molly—. Eso es mal comportamiento, A. ¿No se suponía que estabas en libertad condicional?

Luce tragó saliva. Arriane no había mencionado nada sobre la libertad condicional. Además, tampoco entendía que aquello tuviera que impedirle hacer nuevas amigas. Pero aquellas palabras bastaron para que Arriane cerrase el puño y lo descargase sobre el ojo derecho de Molly.

Molly retrocedió tambaleándose, pero fue Arriane quien llamó la atención de Luce. Había empezado a convulsionarse, levantando y sacudiendo los brazos.

Luce se horrorizó al comprender que se trataba de la pulsera. Estaba emitiendo algún tipo de descarga a través del cuerpo de Arriane. Increíble. Sin duda, aquel era un castigo cruel e inusual. Se le revolvió el estómago al ver cómo le temblaba todo el cuerpo a Arriane pero Luce pudo cogerla justo cuando se iba a caer al suelo.

—Arriane —susurró—, ¿estás bien?

—Genial. —Arriane abrió los ojos, parpadeó y al instante volvió a cerrarlos.

Luce dio un grito ahogado; luego, uno de los ojos de Arriane volvió a abrirse.

—Te he asustado, ¿eh? Oh, qué tierno. No te preocupes, las descargas no van a matarme —musitó—. Solo me hacen más fuerte, y además, valía la pena ponerle un ojo morado a esa vaca, ¿sabes?

—¡Venga ya, disolveos, disolveos! —tronó una voz ronca a sus espaldas.

Randy jadeaba en la puerta de salida, con la cara roja. Ya era un poco tarde para intervenir, pensó Luce, pero entonces vio que Molly se acercaba hacia ellas tambaleándose, con los tacones de aguja resonando en el suelo de linóleo. Aquella chica no tenía ninguna vergüenza. ¿De verdad quería darle una paliza a Arriane con Randy allí delante?

Por suerte, los fornidos brazos de Randy la detuvieron a tiempo. Molly pataleó intentando liberarse y se puso a gritar.

—Será mejor que alguien empiece a hablar —les espetó Randy al tiempo que estrujaba a Molly hasta dejarla sin fuerzas—. Pensándolo mejor, vosotras tres: castigadas mañana por la mañana. En el cementerio. Al amanecer. —A continuación miró a Molly—. Y tú, ¿ya te has calmado?

Molly asintió con frialdad, y Randy la soltó. Se agachó para ver a Arriane, que seguía en el regazo de Luce con los brazos cruzados sobre el pecho. Al principio Luce pensó que Arriane estaba enfurruñada, como un perro rabioso con un collar eléctrico, pero entonces sintió que el cuerpo de Arriane daba una pequeña sacudida y comprendió que todavía se encontraba a merced de la pulsera.

—Venga —dijo Randy con un tono más suave—, vamos a desconectarte eso.

Alargó el brazo para ayudar a Arriane a incorporar su cuerpo pequeño y tembloroso, y solo se volvió un instante en la puerta para recordarles sus órdenes a Luce y Molly.

—¡Al amanecer!

—Lo estoy deseando —respondió Molly con voz melodiosa, y luego se agachó para coger el plato de pastel de carne que se le había caído de la bandeja.

Lo balanceó un segundo por encima de la cabeza de Luce, luego le dio la vuelta y le aplastó la comida contra el pelo. Luce pudo oír el chof de su propia mortificación al tiempo que todos en Espada & Cruz contemplaban a la nueva alumna, la chica pastel de carne.

—Impagable —dijo Molly mientras sacaba una cámara plateada minúscula del bolsillo trasero de sus vaqueros negros— Di... «pastel de carne» —ordenó con voz cantarina mientras tomaba unos primeros planos—. Esto quedará genial en mi blog.

—¡Bonito sombrero! —se mofó alguien al otro lado de la cafetería.

Luce miró inquieta a Daniel, rezando para que de alguna forma no hubiera presenciado la escena. Pero no. Estaba negando con la cabeza y parecía enfadado.

Hasta ese instante, Luce había pensado que tenía una oportunidad de levantarse y deshacerse del problema... literalmente. Pero cuando vio la reacción de Daniel... eso la destrozó.

No iba a llorar delante de todas aquellas personas horribles. Tragó saliva con dificultad, se puso en pie y se encaminó a toda prisa hacia la puerta más cercana; necesitaba un poco de aire fresco.

Sin embargo, cuando salió, la humedad sureña de septiembre la asfixiaba, la ahogaba. El cielo tenía ese color indefinido, un marrón grisáceo de una insipidez tan opresiva que hasta resultaba difícil saber dónde estaba el sol. Luce fue reduciendo el paso, pero no se detuvo hasta llegar al final del aparcamiento.

Deseaba que su coche viejo y abollado estuviera allí, para hundirse en el asiento de tapicería desgastada, pisar el acelerador, encender el estéreo y largarse de aquel lugar. Pero allí de pie, en el asfalto negro y caliente, se impuso la realidad: estaba encadenada a aquel lugar, y dos enormes puertas metálicas la separaban del mundo exterior de Espada & Cruz. Además, aunque pudiera escapar… ¿adónde iría?

Aquel mal sabor de boca era cuanto necesitaba saber: aquella era su última parada, y las cosas no pintaban nada bien.

Era tan deprimente como cierto: Espada & Cruz era todo cuanto tenía.

Se llevó las manos a la cara, sabía que debía volver. Pero, al levantar la cabeza, los restos de comida que había en sus manos le recordaron que aún estaba cubierta por el pastel de carne de Molly. Puaj. Primera parada, el baño más cercano.

De nuevo en el interior, Luce aprovechó que la puerta del lavabo de las chicas aún se balanceaba para colarse dentro. Gabbe, que ahora parecía aún más rubia e impecable que Luce (que daba la impresión de haber estado buceando en un contenedor de basura), se hizo a un lado.

—Huy, perdona, cielo —dijo. Su acento del sur era agradable, pero su cara se arrugó por completo al ver a Luce—. Oh, Dios, estás horrible. ¿Qué ha pasado?

¿Qué ha pasado? Como si no lo supiera ya todo el colegio. Seguramente se estaba haciendo la tonta para que Luce reviviera la mortificante escena.

—Espera cinco minutos —le respondió Luce, algo más brusca de lo que hubiera querido—. Estoy segura de que aquí los chismes se propagan como la peste.

—¿Quieres que te deje mi base de maquillaje? —le preguntó Gabbe al tiempo que le enseñaba una cajita de cosméticos azul pastel—. Todavía no te has visto, pero creo que vas a…

—Gracias, pero no. —Luce la cortó y se metió en el baño. Abrió el grifo sin mirarse al espejo, se mojó la cara con agua fría, y por fin se dejó llevar. Mientras lloraba, apretó el dispensador del jabón e intentó limpiarse el pastel de carne de la cara con un poco de aquel polvo rosa barato. Pero aún no sabía qué hacer con el pelo y con su ropa, que sin duda había tenido mejor aspecto y olor. Ahora tampoco era cuestión de preocuparse por causar una buena primera impresión a nadie.

La puerta del baño crujió al abrirse, y Luce se pegó a la pared como un animal en una jaula. Entró una chica desconocida, y Luce se tensó, temiéndose lo peor.

La chica era rechoncha y baja, y llevaba un montón de ropa superpuesta que no lo disimulaba en absoluto. El cabello negro y rizado le cubría la cara, que era más bien ancha, y usaba unas gafas de color púrpura que se tambaleaban cuando se sorbía la nariz. Parecía bastante sencilla, pero eso no significaba nada, las apariencias engañan. Ocultaba las manos tras la espalda, un detalle que, después de todo lo que le había sucedido a Luce aquel día, no le infundía mucha confianza.

—Oye, se supone que no deberías estar aquí sin autorización…
—le dijo la chica. Por el tono uniforme de su voz parecía que estaba hablando en serio.

—Lo sé. —La mirada de la chica confirmaba la sospecha de Luce, era imposible tomarse un respiro en aquel lugar. Empezó a suspirar, vencida—. Yo solo quería…

—Es broma —le dijo la chica; sonrió, miró al techo y adoptó una postura más relajada—. He pillado un poco de champú del vestuario para ti —añadió, mostrándole dos inofensivas botellas de plástico de champú y de acondicionador—. Venga —le dijo al tiempo que le acercaba una silla plegable destartalada—, vamos a lavarte bien. Siéntate.

De los labios de Luce brotó un sonido inédito, entre gemido y risa al mismo tiempo. Supuso que era un sonido de alivio. En realidad, aquella chica estaba siendo agradable con ella, no agradable como alguien podría llegar a serlo en un reformatorio, sino agradable como una persona normal. Y sin ningún motivo aparente, lo cual le provocó tal perplejidad que casi pierde el equilibrio.

—¿Gracias? —logró articular Luce, que todavía no acababa de dar crédito a cuanto estaba sucediendo.

—Oh, y seguramente necesitarás cambiarte —dijo la chica. Miró su jersey negro y se lo quitó; debajo llevaba otro idéntico.

Al ver la cara de sorpresa de Luce, añadió:

—¿Qué quieres que te diga? Tengo un sistema inmunitario hostil. Me veo obligada a llevar un montón de ropa.

—Bueno, ¿y estarás bien sin este? —preguntó Luce, más que nada por educación, pues lo cierto era que habría hecho cualquier cosa por quitarse de encima aquella capa de carne que llevaba adherida.

—Claro —contestó, haciendo un gesto con la mano para restarle importancia—. Tengo tres más debajo, y un par más en el vestuario, así que no te preocupes. Me duele ver a una vegetariana cubierta de carne: me pongo en el lugar de los demás con facilidad.

Luce se preguntó cómo aquella extraña podía saber cuáles eran sus preferencias alimenticias, aunque algo la intrigaba más:

—Eh… oye, ¿por qué eres tan buena conmigo?

La chica rió, suspiró y negó con la cabeza.

—No todo el mundo en Espada & Cruz es una puta o un chulo de playa.

—¿Eh?

—«Cruz & Espada… Putas y chulos de playa», es el pareado más bien cutre que utilizan en el pueblo para referirse a esta escuela, aunque está claro que aquí no hay auténticos chulos de playa. No voy a aburrirte con los nombres más vulgares que se les han ocurrido.

Luce rió.

—Lo que quería decir es que no todo el mundo aquí es un completo imbécil.

—¿Solo la mayoría? —preguntó Luce, y al instante se odió por sonar tan negativa. Pero había sido una mañana tan larga, y le habían pasado tantas cosas, que quizá aquella chica la perdonaría por haber sido un poco brusca.

Para su sorpresa, la chica sonrió.

—Exactamente. Y por su culpa los demás tenemos que cargar con el nombre. —Extendió la mano—. Soy Pennyweather van Syckle-Lockwood. Pero puedes llamarme Penn.

—Entendido —dijo Luce, demasiado cansada para darse cuenta de que, en una vida anterior, quizá habría reprimido una risa al oír un nombre así. Sonaba como si lo hubieran sacado directamente de las páginas de una novela de Dickens. Aquella chica, que incluso con un nombre así se las arreglaba para presentarse sin complejos, tenía algo que le inspiraba confianza—. Yo soy Lucinda Price.

—Y todo el mundo te llama Luce —prosiguió Penn—. Y te han trasladado del internado Dover, de New Hampshire.

—¿Cómo sabes todo eso? —le preguntó Luce lentamente.

—Ah, ¿sí? ¿Lo he adivinado? —Penn se encogió de hombros—. No, es broma, leí tu ficha, claro. Es una afición que tengo.

Luce la miró sin expresión. Quizá se había precipitado al pensar que podía confiar en ella. ¿Cómo podía Penn tener acceso a su ficha?

Penn hizo correr el agua; cuando salió caliente, le indicó a Luce que bajara la cabeza para ponerla bajo el grifo.

—Verás, la cuestión es que —explicó— yo no estoy loca. —Levantó la cabeza mojada de Luce—. Sin ánimo de ofender. —Volvió a bajársela—. Soy la única chica de este colegio que no está aquí por orden judicial. Y quizá no lo creas, pero estar legalmente sana tiene sus ventajas. Por ejemplo, soy la única a la que le permiten ser ayudante administrativa. Lo cual no es muy inteligente por su parte, pues tengo acceso a un montón de mierda confidencial.

—Pero si no tienes que estar aquí…

—Cuando tu padre es el bedel del colegio, de alguna forma te dejan ir por libre, así que… —Penn dejó de hablar.

¿El padre de Penn era el bedel? Por el aspecto del lugar, a Luce ni siquiera se le había pasado por la cabeza que tuvieran un bedel.

—Ya sé lo que estás pensando —dijo Penn, mientras ayudaba a Luce a lavarse los últimos restos de salsa del pelo—. Que las instalaciones no están especialmente bien cuidadas, ¿verdad?

—No —mintió Luce, porque quería caerle bien y alargar el rollo de sé-mi-amiga, y no tenía el menor interés en aparentar que le importaba de verdad con qué frecuencia se cortaba el césped en Espada & Cruz—. No, no, están muy bien.

—Mi padre murió hace dos años —explicó Penn con tranquilidad—. Consiguieron que el viejo director Udell se convirtiera en mi tutor legal, pero nunca llegaron a contratar a un sustituto de papá.

—Lo siento —dijo Luce bajando la voz. Así que allí había alguien que sabía lo que era superar una pérdida importante.

—No pasa nada —repuso Penn, y se echó un chorro de acondicionador en la palma—. De hecho, la escuela está muy bien. Me gusta mucho estar aquí.

Luce levantó la cabeza de golpe, salpicando de agua todo el baño.

—¿Estás segura de que no estás loca? —bromeó.

—Es coña. Odio este lugar, es una mierda.

—Pero tú puedes irte —dijo Luce ladeando la cabeza con curiosidad.

Penn se mordió el labio.

—Sé que es un poco tétrico, pero, incluso si no estuviera atada a Udell, no podría irme. Mi padre está aquí. —Señaló el cementerio, que no se veía desde donde estaban—. Es todo lo que tengo.

—Supongo que eso es más de lo que otros tienen en este colegio —dijo Luce, pensando en Arriane. Recordó cómo le había cogido de la mano antes en el patio, y aquella mirada suplicante en sus ojos cuando le hizo prometer a Luce que se pasaría por su habitación esa noche.

—Se pondrá bien —dijo Penn—. No sería lunes si a Arriane no la llevaran a la enfermería víctima de un ataque.

—Pero no ha sido un ataque —replicó Luce—. Ha sido la pulsera. Lo he visto. Le estaba dando una descarga.

—En Espada & Cruz tenemos una definición muy amplia de qué es un «ataque». Por ejemplo, Molly, tu nueva enemiga, ha tenido algunos legendarios. Siguen diciendo que le van a cambiar la medicación. Con suerte, tendrás el placer de presenciar al menos una buena ida de olla antes de que lo hagan.

Penn estaba muy bien informada. A Luce se le pasó por la cabeza preguntarle cuál era el historial de Daniel, pero pensó que probablemente era mejor no tratar de satisfacer su intenso y complicado interés por él, de momento. Al menos hasta que pudiera hacerse una idea clara de lo que sentía.

Notó cómo las manos de Penn le escurrían el cabello.

—Bueno, ya hemos acabado —dijo Penn—. Creo que ya estás completamente libre de carne.

Luce se miró en el espejo y se mesó el pelo. Penn tenía razón. Aparte de la conmoción emocional y del dolor en el pie derecho, ya no quedaba ninguna señal de la pelea con Molly en el comedor.

—Me alegro de que tengas el pelo corto —añadió Penn—. Si lo hubieras tenido tan largo como en la foto de la ficha, nos habría llevado mucho más tiempo.

Luce la miró boquiabierta.

—Parece que no tendré que perderte de vista, ¿verdad?

Penn la rodeó con su brazo y la llevó de camino a la puerta.

—Si me haces caso, nadie saldrá herido.

Luce la miró con preocupación, pero el rostro de Penn no dejaba entrever nada.

—Estás de broma, ¿no? —preguntó Luce.

Penn sonrió, repentinamente contenta.

—Venga, va, que tenemos que ir a clase. ¿No te alegra que por la tarde estemos en el mismo edificio?

Luce se rió.

—¿Cuándo vas a parar de saberlo todo sobre mí?

—No en un futuro próximo —dijo Penn mientras la guiaba hacia el vestíbulo y luego hacia el ceniciento edificio donde estaban las aulas—. Pronto estarás encantada, te lo prometo, resulta muy ventajoso tenerme como amiga.

3
Al anochecer

Luce caminaba hacia su habitación por el vestíbulo frío y húmedo de la residencia arrastrando de la bolsa roja de Camp Gurid, de la que colgaba una correa rota. Las paredes tenían el color de una pizarra llena de polvo, y en todo el lugar reinaba un silencio extraño que solo rompía el zumbido monótono de los fluorescentes que colgaban del mohoso techo falso.

Lo que más le sorprendía a Luce eran todas aquellas puertas cerradas. En Dover, siempre había deseado más intimidad, un descanso de las fiestas que se montaban a todas horas en la residencia. Allí no podía llegar a su habitación sin tropezarse con una reunión de chicas con las piernas cruzadas y los vaqueros idénticos, o una pareja enrollándose contra la pared.

Pero en Espada & Cruz... bueno, o todos habían comenzado ya sus trabajos trimestrales de treinta páginas... o el tipo de vida social de aquel lugar era más bien de puertas adentro.

Hay que reconocer que las puertas en sí eran algo digno de verse. Si los alumnos de Espada & Cruz disponían de recursos para saltarse las normas de vestimenta, cuando se trataba de personalizar sus espacios también eran sencillamente ingeniosos. Luce ya había pasado frente a una puerta con una cortina con cuentas, y por delante de otra que tenía un felpudo de bienvenida con un detector de movimientos que la invitó a «mover el culo».

Se detuvo ante la única puerta intacta del edificio. Habitación 63. Hogar, amargo hogar. Rebuscó en el bolsillo frontal de su mochila hasta dar con la llave, respiró hondo y abrió la puerta de su celda.

Resultó no ser tan terrible. O tal vez no fuera tan terrible como esperaba Luce. Había una ventana de un tamaño decente que abrió para dejar entrar el aire un poco menos agobiante de la noche. Y a través de las barras de acero, la imagen de las instalaciones a la luz de la luna resultaba, en cierto modo, interesante, si no prestaba demasiada atención al cementerio de más allá. Había un armario y un lavamanos pequeño, un escritorio donde estudiar… Pensándolo bien, lo más triste que Luce veía en la habitación era a sí misma reflejada en el espejo de cuerpo entero que había detrás de la puerta.

Apartó la mirada con rapidez, porque sabía demasiado bien qué podía encontrar en ese reflejo: la cara cansada y demacrada, los ojos de color avellana que dejaban entrever la angustia, el cabello que parecía el pelo del caniche histérico que tenían en casa después de una tormenta. El jersey de Penn le quedaba como un saco y estaba temblando. Las clases de la tarde no habían sido mejores que las de la mañana, sobre todo por el hecho de que su peor temor se había materializado: la escuela entera ya había empezado a llamarla Pastel de Carne, por el cantente de Meat Loaf. Y por desgracia, más o menos como con su tocayo, parecía que el apodo iba a perdurar.

Quería deshacer las maletas y convertir la genérica habitación 63 en su propia habitación, un lugar adonde podría ir para estar sola y sentirse bien, pero solo llegó a abrir la cremallera de la bolsa antes de desplomarse destrozada en la cama. Se sentía tan lejos de casa… Solo había veintidós minutos en coche desde la desvencijada puerta trasera de su hogar hasta la cancela oxidada de Espada & Cruz, pero podían haber sido perfectamente veintidós años.

Esa mañana, durante la primera parte del viaje en silencio con sus padres, los barrios que había visto eran todos más o menos iguales: suburbios-dormitorio de la clase media del sur. Pero luego el camino pasó a ser una carretera elevada rumbo a la costa, y el paisaje se volvió cada vez más cenagoso. Los manglares marcaban la entrada a los pantanos, pero al cabo de poco incluso estos desaparecían, y las últimas diez millas hasta Espada & Cruz eran deprimentes, de un marrón grisáceo, monótonas, abandonadas. La gente de Thunderbolt, su antiguo hogar, siempre bromeaba sobre el extrañamente famoso hedor a podrido de aquel lugar: sabías que estabas en las marismas cuando el coche empezaba a apestar a abono encharcado.

Aunque Luce había crecido en Thunderbolt, en realidad no conocía demasiado bien las zonas que estaban más al este del condado. Cuando era niña, sencillamente, había supuesto que era porque no había nada que ver allí, porque todas las tiendas, los colegios y toda la gente a la que conocía su familia estaban en la parte oeste. El este estaba menos desarrollado. Eso era todo.

Echó de menos a sus padres, que le habían pegado un Post-it en la primera camiseta que vio al abrir la bolsa: «¡Te queremos! ¡Los Price nunca se rinden!» Echaba de menos su habitación, que tenía vistas a las tomateras de su padre. Echaba de menos a Callie, que seguramente ya le habría enviado al menos diez mensajes tipo «no-te-lo-vas-a-creer». Echaba de menos a Trevor…

Bueno, tampoco era eso exactamente. Lo que echaba de menos era cómo se había sentido al hablar por primera vez con Trevor, y tener a alguien en quien pensar cuando no podía dormir por las noches, un nombre que garabatear como una tonta en sus cuadernos. La verdad era que Luce y Trevor no tuvieron tiempo suficiente para conocerse bien el uno al otro. El único recuerdo que tenía era una foto que les hizo Callie a escondidas desde el otro lado del campo de fútbol mientras Trevor hacía flexiones, cuando él y Luce hablaron durante quince segundos sobre… hacer flexiones. Y la única cita que tuvo con él no fue siquiera una verdadera cita, solo una hora robada cuando se escabulleron de la fiesta. Una hora de la que se iba a arrepentir el resto de su vida.

Todo había empezado de forma bastante inocente, dos personas que van a dar un paseo por el lago, pero no pasó mucho tiempo antes de que Luce comenzara a sentir las sombras merodeando por encima de su cabeza. Entonces Trevor la besó, y una ola de calor inundó el cuerpo de Luce, y los ojos de él se pusieron en blanco de terror… Segundos después, la vida tal y como la conocía se había ido al traste.

Luce se revolvió en la cama y escondió la cabeza entre los brazos. Se había pasado meses llorando la muerte de Trevor y en ese momento, tendida en aquella habitación extraña, con los muelles del colchón clavándosele en la piel, sintió la futilidad egoísta que lo dominaba todo. No había conocido a Trevor mejor de lo que había conocido a… bueno, Cam.

Un golpe en la puerta hizo que Luce se levantara de inmediato. ¿Quién podía saber que ella estaba allí? Se acercó de puntillas a la puerta y la abrió. Asomó la cabeza por el pasillo totalmente vacío. No había oído pasos fuera y no había señal alguna de que alguien acabara de llamar a la puerta.

Excepto por el avión de papel que habían clavado con una tachuela de latón en el centro del tablero de corcho que había junto a la puerta. Luce sonrió al ver su nombre escrito con rotulador negro en el ala, pero cuando desplegó la nota solo había una flecha negra que apuntaba abajo, hacia el vestíbulo.

Arriane la había invitado a su habitación esa noche, pero aquello había sido antes del incidente con Molly en el comedor. Luce miró el pasillo vacío y se preguntó si debía seguir la flecha misteriosa. Luego observó su bolsa gigante, que aún estaba por deshacer. Se encogió de hombros, cerró la puerta, se metió la llave en el bolsillo y empezó a caminar.

Se detuvo delante de una puerta en el otro extremo del pasillo para contemplar el enorme póster de un músico ciego que sabía, por la colección de discos de su padre, que tocaba la armónica de forma increíble. Se acercó para leer el nombre que figuraba en el corcho de la puerta y dio un salto al ver que se trataba de la habitación de Roland Sparks. Enseguida, y de un modo irritante, una pequeña parte de su cerebro empezó a calcular las posibilidades de que Roland estuviera con Daniel, y de que únicamente los separara una delgada puerta.

Un zumbido mecánico la sobresaltó. Miró directamente a la cámara de vigilancia colgada sobre la puerta de Roland. Las rojas. Enfocando de cerca cada uno de sus movimientos. Retrocedió, avergonzada por razones que ninguna cámara podría discernir. De todas formas, había ido allí a ver a Arriane, cuya habitación, descubrió, estaba justo al otro lado del pasillo, frente a la de Roland.

Delante de la habitación de Arriane, Luce sintió una pequeña punzada de ternura. La puerta entera estaba cubierta de pegatinas, algunas de ellas de verdad, y otras claramente caseras. Había tantas que se solapaban, cada lema cubría parcialmente y a menudo contradecía al anterior. Luce rió en voz baja al imaginar a Arriane juntando pegatinas de forma indiscriminada (LOS GOBERNANTES SON MEZQUINOS... MI HIJA ES UNA J... ALUMNA DE ESPADA & CRUZ... VOTA NO A LA PROPUESTA DE LEY 666), y luego pegándolas de manera caprichosa, pero entregada, en el panel de la puerta.

Luce se podía haber pasado una hora leyendo la puerta de Arriane, pero pronto se dio cuenta de que estaba frente a la puerta de una habitación a la que solo suponía que la habían invitado. Entonces vio el segundo avión de papel. Lo desprendió del tablero de corcho y desplegó el mensaje:

Querida Luce:

Si al final has venido para pasar un rato, ¡guay! Vamos a llevarnos muuuy bien.

Si me has dejado colgada, entonces... ¡saca tus pezuñas de esta nota personal, Roland! ¿Cuántas veces tengo que decírtelo? Dios...

De todas formas: sé que te he dicho que quedábamos esta noche, pero he tenido que pirarme directamente de la sesión de recuperación de la enfermería (la parte buena de mi tratamiento eléctrico de hoy) para recuperar la clase de Biología con la Albatros. O sea que, ¿lo dejamos para otro día?

Besos psicóticos,

A.

Luce se quedó de pie con la nota en la mano sin saber qué hacer. La aliviaba saber que alguien cuidaba de Arriane, pero aun así le había

gustado verla en persona. Quería oír por sí misma el tono despreocupado de la voz de Arriane, y de este modo sabría cómo sentirse
con respecto a lo sucedido aquel día en la cafetería.

Pero allí, de pie en el pasillo, Luce se sentía aún más incapaz de
procesar todo lo ocurrido. Un pánico sordo se apoderó de ella en
cuanto fue consciente de que había anochecido, y estaba sola, en Espada & Cruz.

Oyó el crujir de una puerta a sus espaldas. Una franja de luz se
abrió paso hasta sus pies y oyó la música que provenía de la habitación.

—¿Qué estás haciendo? —Era Roland, de pie en la puerta con
una camiseta blanca hecha polvo y unos tejanos. Llevaba las rastas
recogidas en una cola con una goma amarilla sostenía una armónica
cerca de la boca.

—He venido a ver a Arriane —dijo Luce, reprimiendo el deseo de
comprobar si había alguien más en la habitación—. Teníamos que…

—No hay nadie —respondió en tono misterioso.

Luce no sabía si se refería a Arriane, a los demás alumnos de la
residencia, o a qué. Roland tocó algunos compases con la armónica
sin dejar de mirarla. Luego abrió la puerta un poco más y arqueó las
cejas. Ella no supo si la estaba invitando a entrar.

—Bueno, solo me he pasado de camino de la biblioteca —mintió
con rapidez, y empezó a irse por donde había venido—. Hay un libro que quiero consultar.

—Luce —dijo Roland.

Ella se volvió. Aún no los habían presentado, y no esperaba que
él supiera su nombre. Roland le dirigió una sonrisa y con la armónica le indicó la dirección contraria.

—La biblioteca está hacia allí —dijo, y luego se cruzó de brazos—. No te pierdas las colecciones especiales que hay en el ala este. Valen la pena.

—Gracias —respondió Luce, cambió de dirección y se sintió agradecida de verdad.

Le pareció tan normal, mientras le decía adiós con la mano y tocaba una melodía de despedida. Pensó que quizá antes se había puesto nerviosa porque se trataba de un amigo de Daniel, pero, por lo que sabía, Roland podía ser un chico muy agradable. Se le fue subiendo el ánimo mientras caminaba por el pasillo. Aunque la nota de Arriane había sido brusca y sarcástica, luego había tenido un encuentro decente con Roland Sparks; y, además, de hecho sí quería ir a la biblioteca. Las cosas iban mejorando.

Cerca del final del pasillo, donde se torcía para llegar a la biblioteca, Luce encontró la única puerta entreabierta que había en la planta. No estaba decorada, pero la habían pintado de negro. Al acercarse, Luce pudo oír la música heavy metal que sonaba dentro. Ni siquiera se tuvo que parar a leer el nombre en la puerta: era la de Molly.

Luce se apresuró, repentinamente consciente del ruido de cada paso que daban sus botas negras de montar. No se dio cuenta de que había estado aguantando la respiración hasta que empujó las puertas de madera veteada de la biblioteca y espiró.

Miró alrededor de la biblioteca y la invadió una sensación de tranquilidad. Siempre le había encantado el dulce y ligero olor a viejo que solo una sala llena de libros despedía y se dejó llevar por el sonido suave y ocasional de las hojas al pasar. La biblioteca de Dover siempre había sido su refugio, y Luce se sintió aliviada al ver que aquella también podía darle esa misma sensación de santuario. Casi no podía creer que aquel lugar estuviera en Espada & Cruz. Resultaba casi... resultaba... atrayente.

Las paredes eran de color caoba oscuro, y los techos, altos. A un lado había una chimenea de ladrillo, y unas largas mesas de madera iluminadas por lámparas antiguas con pantallas verdes, pasillos llenos de libros que se extendían más allá de la vista. Cuando traspasó el umbral, una gruesa alfombra persa amortiguó el taconeo de sus botas.

Había unos pocos alumnos estudiando, ninguno al que Luce conociera de nombre, pero incluso los que tenían más pinta de punkis parecían menos peligrosos con la cabeza hundida en un libro. Se acercó al mostrador principal, que era un gran mueble circular en medio de la sala. Había pilas de libros y papeles, y un desorden acogedor, con un aire intelectual que a Luce le recordó la casa de sus padres. Las montañas de libros eran tan altas que casi no se podía ver a la bibliotecaria que se hallaba sentada tras ellas. Estaba husmeando entre el papeleo con el ímpetu de un buscador de oro. Cuando Luce se acercó, asomó la cabeza por encima del muro de papel.

—Hola —saludó la mujer con una sonrisa (sí, sonreía). No tenía el cabello gris, sino plateado, con una especie de brillo que resplandecía incluso a la suave luz de la biblioteca. Su cara parecía vieja y joven a la vez. Tenía la piel pálida, casi incandescente, los ojos de un negro intenso y una naricita respingona. Cuando se dirigió a Luce, se arremangó las mangas del jersey de cachemira blanco, dejando al descubierto un montón de brazaletes de perlas que llevaba en ambas muñecas—. ¿Puedo ayudarte en algo? —preguntó en un risueño susurro.

Luce se sintió cómoda con aquella mujer al instante y miró la placa del mostrador con la inscripción de su nombre: Sophia Bliss. Deseó tener algo que perdirle. Aquella mujer era la primera autoridad que había visto en todo el día con quien realmente le habría gustado tratar. Pero Luce solo estaba deambulando… y entonces se acordó de lo que le había dicho Roland Sparks.

—Soy nueva aquí —le explicó—. Lucinda Price. ¿Podría decirme dónde está el ala este?

La mujer la miró con la sonrisa de «a-ti-te-gusta-leer» que siempre le dedicaban todos los bibliotecarios.

—Por allí —respondió, y señaló una hilera de ventanas altas al otro lado de la sala—. Yo soy Miss Sophia, y si mi lista es correcta, estás en mi seminario de Religión de los martes y los jueves. ¡Ah, lo vamos a pasar bien! —Le guiñó un ojo—. Entretanto, si necesitas algo más, estaré aquí. Encantada de conocerte, Luce.

Luce le dio las gracias con una sonrisa, le dijo que al día siguiente se verían en clase y se dirigió hacia las ventanas. Fue entonces cuando se quedó pensando en la forma extraña e íntima con que la mujer la había llamado por su diminutivo.

Había atravesado la sala principal y estaba pasando entre las estanterías altas y elegantes cuando una presencia oscura y macabra se cernió sobre su cabeza. Miró hacia arriba.

«No. Aquí no, por favor. Dejadme al menos este lugar.»

Cuando las sombras iban y venían, Luce nunca estaba segura de lo que harían ni de cuánto tiempo tardarían en volver.

En ese momento no sabía qué podría ocurrir, pues había notado algo distinto. Estaba aterrorizada, sí, pero no tenía frío. De hecho, se había ruborizado ligeramente. En la biblioteca hacía calor, pero no tanto. Y entonces sus ojos vieron a Daniel.

Estaba de cara a la ventana, de espaldas a ella, inclinado sobre un estrado en el que se leía COLECCIONES ESPECIALES en letras blancas. Llevaba las mangas de la vieja chaqueta de piel arremangadas hasta los codos, el pelo rubio resplandecía bajo la luz. Tenía los hombros estaban encorvados y, de nuevo, Luce deseó instintivamente que la abrazase; pero se sacó aquella idea de la cabeza y se puso de puntillas para poder verlo mejor. No podía estar segura, pero, desde donde estaba, le pareció ver que estaba dibujando algo.

Mientras observaba los movimientos ligeros de su cuerpo al dibujar, Luce sintió que se abrasaba por dentro, como si se hubiera tragado algo ardiendo. No podía decir por qué, y no parecía razonable, pero tenía el presentimiento de que Daniel la estaba dibujando.

No debería ir hacia él. Después de todo, ni siquiera lo conocía y nunca había hablado con él. Hasta el momento sus comunicaciones se habían limitado a un dedo corazón en alto y un par de miradas asesinas. Aunque, por alguna razón, sintió que era importante averiguar qué había dibujado en el cuaderno.

Fue entonces cuando sintió la sacudida del sueño que había tenido la noche anterior. De repente, le llegó un brevísimo destello: era noche cerrada, una noche húmeda y fría, y ella iba vestida con ropa larga y holgada. Estaba apoyada contra una ventana con cortinas, en una habitación que no le resultaba familiar. Solo había otra persona allí, un hombre… o un chico, no llegó a verle la cara. Esbozaba su retrato en un bloc grueso de papel: el cabello de Luce, su cuello, el contorno exacto de su perfil. Permaneció detrás de él, demasiado asustada para hacerle notar su presencia, y demasiado intrigada para marcharse.

De pronto, Luce dio un paso al frente al sentir que algo le pellizcaba el hombro y a continuación flotaba sobre su cabeza. La sombra había reaparecido. Era negra, y tan espesa como una cortina.

El latido de su corazón se hizo tan fuerte que dejó de oír el crujido oscuro de las sombras y el sonido de sus propios pasos. Daniel alzó la vista y pareció dirigir los ojos al lugar exacto donde flotaba la sombra, pero no se sobresaltó como Luce.

Por supuesto, él no podía verlas. Dirigió su mirada tranquila más allá de la ventana.

Luce cada vez tenía más calor, y estaba tan cerca que pensaba que él notaría aquel calor emanando de su piel.

Con cuidado, trató de ver el dibujo por encima de su hombro. Por un instante, su mente vio la página con la curva de su propio cuello desnudo esbozada a lápiz. Pero entonces parpadeó y, cuando volvió a enfocar el papel, tragó saliva con dificultad.

Era un paisaje. Daniel estaba dibujando la vista del cementerio desde la ventana con todo detalle. Luce nunca había visto nada que la entristeciera tanto.

Ni siquiera sabía por qué. Era una locura —incluso para ella— haber esperado que su extraña intuición se materializara. Daniel no tenía ninguna razón para dibujarla. Lo sabía. De la misma forma que sabía que él no tenía por qué haberle hecho aquel gesto por la mañana. Pero lo había hecho.

—¿Qué haces por aquí? —le preguntó. Cerró el cuaderno y la miró con seriedad. Sus labios carnosos tenían una expresión seria, y sus ojos grises parecían apagados. No parecía enfadado, para variar; parecía exhausto.

—He venido a ver un libro de las Colecciones Especiales —dijo con voz temblorosa. Pero cuando miró a su alrededor se dio cuenta del error. Colecciones Especiales no era una sección de libros, sino una zona abierta en la biblioteca para una exposición de arte sobre la

Guerra Civil. Daniel y Ella estaban en una pequeña galería donde se exhibían bustos de bronce de héroes de guerra, vitrinas de cristal llenas de viejos pagarés y mapas de la Confederación. Era la única sección de la biblioteca donde no había ni un solo libro que consultar.

—Suerte con eso —replicó Daniel, y abrió de nuevo su bloc, como si le dijera adiós de forma anticipada.

Luce tenía un nudo en la lengua, estaba avergonzada, y habría deseado salir de allí corriendo. Sin embargo, las sombras seguían vagando a su alrededor y, por alguna razón, Luce se sentía mejor cuando estaba cerca de Daniel. No tenía sentido, porque no había nada que él pudiera hacer para protegerla de ellas.

Estaba clavada en el suelo. Él la miró y suspiró.

—Déjame preguntarte algo, ¿te gusta que te acosen?

Luce pensó en las sombras y en lo que le estaban haciendo en ese preciso momento. Sin pensarlo, negó con la cabeza bruscamente.

—Vale, pues ya somos dos. —Se aclaró la garganta y la miró, dándole a entender de forma inequívoca que ella era la intrusa.

Quizá podría explicarle que se sentía un poco mareada y que solo necesitaba sentarse un minuto.

—Verás, ¿podría…? —empezó a decir. Pero Daniel cogió el bloc y se puso de pie.

—He venido aquí para estar solo —la interrumpió—. Si no vas a irte, lo haré yo.

Metió el bloc en la mochila. Cuando pasó a su lado, sus hombros se tocaron. Aunque el contacto fue muy breve, y aunque llevaban varias capas de ropa, Luce sintió una descarga de electricidad estática.

Por un momento, Daniel también se quedó parado. Se volvieron para mirarse, y Luce abrió la boca. Pero, antes de que pudiera hablar,

Daniel ya había dado media vuelta y caminaba a paso ligero hacia la puerta. Luce se lo quedó mirando mientras las sombras flotaban en círculos sobre su cabeza y a continuación salían por la ventana para desaparecer en la noche.

La estela de frío que dejaron la hizo temblar, y durante un buen rato se quedó de pie en la zona de las Colecciones Especiales, acariciándose el hombro que había tocado Daniel y sintiendo cómo aquel calor iba desapareciendo.

4
El turno del cementerio

Aaah, martes. Día de gofres. Hasta donde alcanzaba a recordar, los martes de verano significaban café frío, cuencos a rebosar de frambuesas y nata montada y una pila inacabable de gofres dorados y crujientes. Incluso ese verano, cuando sus padres ya empezaban a mostrar cierto miedo de ella, Luce podía contar con el día de gofres. Podía estar remoloneando en la cama un martes por la mañana y, antes de ser consciente de nada más, saber instintivamente qué día era.

Luce inhaló, mientras volvía en sí lentamente, y repitió la operación con algo más de entusiasmo. No, no olía a masa de mantequilla y nata, sino al perfume avinagrado de la pintura desconchada. Se desperezó y observó la estrecha habitación. Parecía la foto del «antes» de uno de esos programas en los que se renueva una casa. La larga pesadilla que había sido el lunes le volvió a la cabeza: la renuncia a su móvil, el accidente con el pastel de carne y los ojos centelleantes de Molly en el comedor, Daniel alejándose de ella en la biblioteca... Luce no tenía ni idea de por qué él la trataba tan mal.

Se incorporó en la cama y miró por la ventana. Todavía era de noche, y aún no había ni rastro del sol en el horizonte. Jamás se levantaba tan temprano y, de hecho, no recordaba haber visto nunca la salida del sol. En realidad, había algo en el amanecer que siempre la había puesto nerviosa. Durante aquellos momentos de espera, justo antes de que el sol asomara por el horizonte, se sentó en la oscuridad y miró más allá de la franja de árboles. El momento de mayor audiencia para las sombras.

Luce exhaló un suspiro sonoro y nostálgico, lo cual hizo que echara de menos su casa y se sintiera más sola todavía. ¿Qué iba a hacer durante las tres horas entre el amanecer y su primera clase? «Amanecer»... ¿por qué resonaba aquella palabra en su cabeza? Oh. Mierda. Se suponía que debía estar cumpliendo su castigo.

Se levantó de la cama como pudo, se tropezó con la bolsa aún por deshacer y sacó otro aburrido jersey negro que estaba sobre una pila de aburridos jerséis negros. Se puso los vaqueros negros que llevaba el día anterior, hizo una mueca al ver el desastroso estado de su pelo e intentó peinarse un poco con los dedos mientras salía por la puerta a toda prisa.

Llegó a la cancela de hierro forjado del cementerio sin aliento. Aquel omnipresente olor a col hervida la asfixiaba, y además se sentía demasiado sola con sus pensamientos. ¿Dónde estaban los demás? ¿Es que no tenían la misma definición de «amanecer»? Miró la hora en su reloj. Ya eran las seis y cuarto.

Todo lo que le habían dicho es que se encontrarían en el cementerio, y Luce estaba bastante segura de que esa era la única entrada. Se quedó delante de la verja, donde el asfalto arenoso del aparcamiento daba paso a un manglar lleno de malas hierbas. Vio un diente de león solitario, y se le pasó por la cabeza que una Luce más joven lo habría cogido, y habría soplado pidiendo un deseo, pero en aquel momento sus deseos eran demasiado grandes para algo tan pequeño.

Las puertas labradas de la cancela eran lo único que separaba el cementerio del aparcamiento, lo cual llamaba bastante la atención en una escuela donde había alambre de púas por todas partes. Luce pasó la mano por la cancela, resiguiendo el diseño floral con los dedos; debía de ser de la época de la Guerra Civil, como le había contado Arriane, de cuando el cementerio se usaba para enterrar a los soldados caídos. Cuando la escuela anexa no era un hogar para psicóticos caprichosos. Cuando el lugar tenía menos maleza y no resultaba tan sombrío.

Era extraño... el resto del complejo era plano como una hoja de papel, pero de alguna manera el cementerio tenía una forma cóncava, como si fuera un cuenco. Desde allí podía divisar toda la pendiente que se extendía ante ella. Hileras y más hileras de lápidas sencillas se alineaban como espectadores en un estadio.

Pero hacia la mitad, en el punto más bajo del cementerio, el camino giraba hacia un laberinto de tumbas más grandes y talladas, estatuas de mármol y mausoleos. Probablemente, para los oficiales de la Confederación, o para los soldados que provenían de familias adineradas. Seguramente, de cerca serían bonitas, pero desde donde Luce se encontraba daba la impresión de que el peso de las lápidas hundía el cementerio, casi como si todo el lugar estuviera desapareciendo por un desagüe.

Oyó unos pasos detrás de ella. Luce se dio la vuelta y vio una figura achaparrada y vestida de negro que salía de detrás de un árbol. ¡Penn! Tuvo que contenerse para no abrazarla. Luce nunca había estado tan contenta de ver a alguien, aunque le costaba creer que hubieran castigado a Penn alguna vez.

—¿No llegas tarde? —preguntó Penn. Se paró a unos pasos de Luce y sacudió la cabeza como diciendo: «Ay, pobre novata».

—Llevo diez minutos aquí —repuso Luce—. ¿No eres tú la que llega tarde?

Penn sonrió con suficiencia.

—Para nada, suelo levantarme temprano. A mí nunca me castigan. —Se encogió de hombros y se subió las gafas color púrpura—. Pero tú sí que estás castigada junto con otras cinco almas desafortunadas, que en este momento deben de estar echando chispas por tener que esperarte en el monolito de allí abajo.

Se puso de puntillas y señaló un lugar detrás de Luce, hacia la estructura de piedra de mayor tamaño que se erguía en la parte más baja del cementerio. Si Luce entrecerraba los ojos, podía ver a duras penas un grupo de figuras negras reunidas al pie del monolito.

—Solo dijeron que nos encontraríamos en el cementerio —se defendió Luce, pero ya se sentía derrotada—. Nadie me dijo dónde tenía que estar.

—Bueno, pues te lo digo yo: en el monolito. Venga, baja hasta allí —dijo Penn—. No vas a hacer muchos amigos si aún les haces perder más tiempo.

Luce tragó saliva. Una parte de ella quería pedirle a Penn que le mostrara el camino. Desde allí arriba, parecía un laberinto, y Luce no quería perderse en el cementerio. De repente tuvo aquella conocida sensación, entre nerviosa y nostálgica, y supo que las cosas iban a empeorar.

Hizo crujir los nudillos y se quedó allí pasmada.

—¿Luce? —la interpeló Penn, sacudiéndola suavemente por los hombros—. Sigues aquí.

Luce intentó dedicarle a Penn una valiente sonrisa de agradecimiento, pero el gesto se convirtió en un extraño tic facial. Después, se
apresuró a bajar la pendiente en dirección al corazón del cementerio.

El sol aún no había salido, pero poco faltaba, y esos últimos momentos eran los que más la aterraban. Se abrió paso entre las lápidas
más sencillas. En algún momento debieron de estar derechas, pero
ahora eran tan viejas que la mayoría se inclinaban hacia un lado o hacia el otro, con lo que el aspecto general del lugar era el de un lúgubre juego de dominó.

Descendió por la pendiente chapoteando entre el barro y las hojas muertas con sus Converse negras. Cuando pasó la zona de par-
celas más modestas y llegaba a la zona de las tumbas más ornamentadas, el terreno se había aplanado, y se dio cuenta de que estaba
totalmente perdida. Dejó de correr e intentó recuperar el aliento. Voces. Si paraba de jadear, podía oír voces.

—Cinco minutos más y, si no, me voy —dijo un chico.

—Es una lástima que tu opinión no tenga ningún valor, señor
Sparks.

Era una voz áspera, que Luce reconoció de las clases del día anterior. La señorita Tross… la Albatros. Después del incidente del pastel
de carne, Luce llegó tarde a clase y no le causó precisamente la más fa-
vorable de las impresiones a la severa y esférica profesora de Ciencias.

—A menos que alguien quiera perder sus privilegios sociales de
esta semana —se oyeron quejas entre las tumbas—, esperaremos pa-
cientemente, como si no tuviéramos nada mejor que hacer, hasta que
la señorita Price quiera honrarnos con su presencia.

—Estoy aquí —exclamó Luce jadeando, al tiempo que aparecía
por detrás de la estatua de un querubín gigante.

La señorita Tross tenía los brazos en jarras y llevaba una variante del vestido negro holgado del día anterior y el cabello fino y castaño aplastado contra el cráneo. Sus ojos castaños y apagados sólo reflejaban irritación. A Luce la Biología siempre se le había dado mal, y por el momento no parecía que sus notas fueran a mejorar en la clase de la señorita Tross.

Detrás de la Albatros estaban Arriane, Molly y Roland, alrededor de un círculo de pedestales encarados a la gran estatua central de un ángel. Comparada con las demás, aquella estatua parecía menos antigua y más grande y blanca. Y, apoyado en el muslo esculpido del ángel —Luce casi lo pasó por alto—, estaba Daniel.

Llevaba la vieja chaqueta negra de cuero y la bufanda de color rojo intenso en la que Luce había reparado el día anterior. Observó su cabello rubio y alborotado, aún despeinado por el sueño… lo cual le hizo pensar en la pinta que tendría Daniel mientras dormía… lo cual la hizo sonrojarse tanto que, para cuando su mirada descendió del pelo a los ojos, se sintió profundamente avergonzada.

A esas alturas él ya la estaba fulminando con la mirada.

—Lo siento —se excusó—. No sabía dónde habíamos quedado. Prometo que…

—Ahórratelo —la interrumpió la señorita Tross, y se pasó un dedo por el cuello—. Ya nos has hecho perder bastante tiempo a todos. Seguro que todos recordáis qué acto despreciable habéis cometido para encontraros aquí. Podéis reflexionar sobre ello durante las dos horas de trabajo que tenéis por delante. Distribuíos por parejas. Ya sabéis lo que tenéis que hacer. —Miró a Luce y exhaló un profundo suspiro—. Vale, ¿quién quiere encargarse de esta desamparada?

Para horror de Luce, todos se miraron los pies. Hasta que, tras un minuto infernal, un quinto alumno apareció en una esquina del mausoleo.

—Yo lo haré.

Cam. La camiseta negra con cuello de pico ceñía sus anchas espaldas. Era casi un palmo más alto que Roland, que se apartó cuando Cam se abrió paso hacia Luce. Se acercó seguro y con suavidad sin apartar los ojos de ella, parecía tan cómodo con el uniforme del reformatorio… justo al contrario que Luce. Una parte de ella quería desviar la vista, pues la forma en que Cam la contemplaba delante de todos resultaba embarazosa, pero, por alguna razón, estaba fascinada. No pudo romper aquel momento… hasta que Arriane se interpuso entre ambos.

—A esta —dijo— me la he pedido yo.

—No, no lo has hecho —replicó Cam.

—Sí, lo he hecho, pero tú no podías oírme desde tu extraño pedestal de ahí. —Las palabras salieron disparadas de la boca de Arriane—. La quiero yo.

—Yo… —comenzó a balbucir Cam.

Arriane ladeó la cabeza, a la expectativa. Luce tragó saliva. ¿Es que iba a decir que él también la quería? ¿Por qué no se limitaban a dejarlo correr simplemente? ¿No podían cumplir el castigo en grupos de tres?

Cam le dio a Luce una palmadita en el brazo.

—Nos vemos luego, ¿vale? —le dijo, como si ella le hubira hecho prometerlo antes.

Los demás se levantaron de las tumbas en las que estaban sentados y se dirigieron hacia un cobertizo. Luce los siguió, colgada del brazo de Arriane, quien, sin pronunciar palabra, le tendió un rastrillo.

—Entonces, ¿qué prefieres? ¿El ángel vengador o los gordos amantes abrazados?

No mencionaron lo que había ocurrido el día anterior, ni la nota de Arriane, y Luce sintió que por el momento lo mejor sería no sacar el tema. Miró a su alrededor y se vio flanqueada por dos estatuas gigantes. La más cercana parecía un Rodin. Un hombre y una mujer desnudos, de pie, se fundían en un complicado abrazo. En Dover había estudiado escultura francesa, y siempre había pensado que las obras de Rodin eran las más románticas. Pero ahora le costaba mirar a aquellos amantes sin pensar en Daniel. «Daniel.» Quien la odiaba. Si no tenía bastantes pruebas después de que saliera disparado de la biblioteca la noche anterior, solo le bastaba con recordar la mirada que le había dirigido esa mañana.

—¿Dónde está el ángel vengador? —le preguntó a Arriane al tiempo que exhalaba un suspiro.

—Buena elección. Por allí.

Arriane condujo a Luce hacia la enorme escultura de mármol de un ángel que evitaba el impacto de un trueno. Debió de ser una obra interesante, cuando la tallaron, pero en ese momento, cubierta de barro y musgo, solo se veía vieja y sucia.

—No lo pillo —dijo Luce—. ¿Qué tenemos que hacer?

—Dejarlo como los chorros del oro —respondió Arriane casi cantando—. Me gusta fingir que les estoy dando un baño.

Dicho lo cual, se encaramó al ángel gigante y subió hasta el brazo de la estatua que detenía el trueno, como si estuviera escalando un viejo y robusto roble.

Aterrorizada ante la idea de que la señorita Tross creyera que buscaba más problemas, Luce empezó a pasar el rastrillo por la base de la estatua e intentó dispersar lo que parecía un montón infinito de hojas húmedas.

Tres minutos después, los brazos la estaban matando. Sin lugar a dudas, no llevaba la vestimenta adecuada para aquel tipo de trabajo manual y fangoso. En Dover no la habían castigado nunca, pero por lo que había oído el castigo allí consistía en escribir unos cientos de veces: «No copiaré de Internet».

Esto, en cambio, era brutal. Sobre todo teniendo en cuenta que ella solo había tropezado por accidente con Molly en el comedor. No quería hacer juicios precipitados en ese momento, pero... ¿limpiar la mugre de las tumbas de personas que llevaban más de un siglo muertas? Luce odiaba su vida por completo.

Un rayo de luz se filtró entre los árboles, y de pronto el cementerio empezó a adquirir color. Luce se sintió más ligera al momento. Podía ver a más de tres metros delante de ella. Podía ver a Daniel... trabajando codo con codo con Molly.

A Luce se le cayó el alma a los pies, y aquella sensación de serenidad se esfumó.

Se volvió hacia a Arriane, que le lanzó una mirada comprensiva como diciendo «esto da asco», y siguió trabajando.

—Oye... —le susurró Luce.

Arriane se llevó un dedo a los labios y le hizo un gesto para que escalara hasta su lado.

Con mucha menos gracia y agilidad, Luce se agarró al brazo de la estatua y con un gran esfuerzo logró subir al pedestal. Una vez estuvo bastante segura de que no iba a caerse al suelo, le susurró:

—Así que... ¿Daniel y Molly son amigos?

Arriane dio un resoplido.

—Qué va, se odian a muerte —dijo con rapidez, y al momento se detuvo—. ¿Por qué lo preguntas?

Luce señaló a sus dos compañeros, que en lugar de barrer estaban el uno muy cerca del otro apoyados en los rastrillos hablando. Luce deseó desesperadamente poder oírles.

—Pues a mí me parecen amigos.

—Estamos castigados —dijo Arriane con rotundidad—. Tienes que buscar una pareja. ¿Crees que Roland y Don Juan son amigos? —Señaló a Roland y a Cam. Parecían estar discutiendo sobre cuál era la mejor forma de repartirse el trabajo en la estatua de los enamorados—. Los colegas de castigo no son necesariamente los colegas de la vida real.

Arriane se volvió hacia Luce, que podía sentir cómo se le desencajaba la cara, pese a estar haciendo un gran esfuerzo para parecer inmutable.

—Espera, Luce, no quería decir... —Y se interrumpió—. Mira, a pesar de que esta mañana nos has hecho perder unos buenos veinte minutos, no tengo ningún problema contigo; de hecho, te encuentro bastante interesante, algo fresca. Dicho lo cual, no sé cuántos amiguitos esperas hacer aquí en Espada & Cruz. Pero deja que sea yo la primera en decírtelo: no es tan fácil. La gente acaba aquí porque carga con un equipaje considerable. Estoy hablando de tener que facturar las maletas y de pagar una multa por sobrepeso. ¿Lo pillas?

Luce se encongió de hombros avergonzada.

—Era solo una pregunta.

Arriane se rió por lo bajo.

—¿Siempre estás tan a la defensiva? Pero ¿qué demonios hiciste para que te metieran aquí?

Luce no tenía ganas de hablar de ello. Quizá Arriane tenía razón, lo mejor sería intentar no hacer amigos. Bajó de un salto y siguió atacando el musgo del pie de la estatua.

Por desgracia, Arriane se había quedado intrigada, así que también saltó tras ella y bloqueó el rastrillo de Luce con el suyo.

—Vaaa, dime, dime, dime —repitió con sorna.

Luce tenía el rostro de Arriane muy cerca. Le recordó el día anterior, cuando se agachó a su lado después de que empezaran las convulsiones. Había algo entre ellas, ¿no? Y una parte de Luce necesitaba desesperadamente hablar con alguien. Había pasado un verano tan largo y agobiante con sus padres… Suspiró y descansó la frente en el mango del rastrillo.

Sentía un regusto salado, de inquietud, pero no pudo quitárselo de la boca. La última vez que había explicado lo que le ocurrió fue por orden del tribunal. Le hubiera gustado olvidar todos los detalles, pero, cuanto más la miraba Arriane, más se agolpaban las palabras en su garganta, y se precipitaban hasta la punta de su lengua.

—Fue una noche, con un amigo —empezó a explicar, y respiró profundamente—. Y pasó algo terrible. —Cerró los ojos, al tiempo que rezaba por no echarse a llorar al recordarlo—. Hubo un incendio. Yo conseguí escapar… y él no.

Arriane bostezó, mucho menos horrorizada que Luce por la historia.

—De todas formas —siguió Luce—, luego no pude recordar los detalles de lo ocurrido. Por lo que podía recordar… al menos lo que le conté al juez… supongo que pensaron que estaba loca. —Intentó sonreír, pero su gesto era forzado.

Para sorpresa de Luce, Arriane le dio un apretón en el hombro. Por un segundo su cara pareció sincera de verdad. Luego recuperó su sonrisita.

—Somos unos incomprendidos, ¿no? —Con un dedo le dio un golpecito a Luce en la barriga—. ¿Sabes? Precisamente Roland y yo estábamos hablando de que no teníamos ningún amigo pirómano. Y todo el mundo sabe que se necesita a un buen pirómano para gastar una broma de reformatorio que valga la pena. —Ya estaba haciendo planes—. Roland pensó que quizá podría valer el otro novato, Todd, pero yo apuesto por ti. Deberíamos colaborar algún día.

Luce se resignó. Ella no era una pirómana. Pero ya estaba harta de hablar de su pasado; ni siquiera tenía fuerzas para replicar.

—Guauuu, espera a que Roland lo sepa —dijo Arriane bajando el rastrillo—. Eres un sueño hecho realidad.

Luce abrió la boca para protestar, pero Arriane ya se estaba alejando. «Perfecto», pensó Luce, mientras oía el ruido de los zapatos de Arriane en el barro. Ahora solo era cuestión de minutos que la noticia se propagara por el cementerio hasta Daniel.

De nuevo sola, alzó la vista a la estatua. Aunque ya había limpiado un montón de musgo y de mantillo, el ángel parecía aún más sucio. Toda aquella tarea parecía tan estúpida. Dudaba de que nadie fuera nunca a visitar aquel lugar. También dudaba de que alguno de los otros chicos castigados estuviera todavía trabajando.

Y entonces su mirada se posó en Daniel, que sí estaba trabajando. Con un cepillo metálico limpiaba muy serio el moho que había en la placa de bronce de una tumba. Incluso se había arremangado, y Luce podía ver sus músculos tensándose mientras trabajaba. Suspiró —no pudo evitarlo— y apoyó un codo en la estatua de mármol para observarlo.

«Siempre ha sido tan trabajador.»

Luce sacudió la cabeza con rapidez. ¿De dónde había sacado eso? No tenía ni idea de lo que quería decir, y aun así, era ella quien lo había pensado. Era el tipo de frase que a veces surgía en su mente justo antes de dormirse. Un balbuceo incomprensible que no tenía sentido más allá de sus sueños. Pero allí estaba completamente despierta.

Tenía que comprender qué le ocurría con Daniel. Lo conocía desde hacía un día, y ya podía sentirse deslizando hacia un lugar extraño y desconocido.

—Por tu bien, te recomiendo que te mantengas a distancia de él —dijo una voz fría a sus espaldas.

Cuando Luce se dio la vuelta vio a Molly en la misma postura en que la había visto el día anterior: con los brazos en jarras, y bufando con fuerza por su nariz llena de *piercings*. Penn le había explicado que la sorprendente norma que permitía llevar *piercings* en la cara provenía de la negativa del director a quitarse el pendiente de diamantes que llevaba en la oreja.

—¿De quién? —preguntó Luce, a sabiendas de que su duda sonaba estúpida.

Molly puso los ojos en blanco.

—Oye, hazme caso cuando te digo que enamorarte de Daniel sería una idea muy, muy mala.

Antes de que Luce pudiera responder, Molly ya se había marchado. Pero Daniel —era casi como si hubiera oído su nombre— la estaba mirando directamente. Y entonces echó a andar directamente hacia ella.

Luce sabía que el sol se había ocultado detrás de una nube. Lo habría visto por sí misma si hubiese sido capaz de apartar los ojos de Daniel. Pero no podía alzar la vista, no podía mirar hacia otro lugar y, por alguna razón, tuvo que entornar los ojos para verlo a él. Casi como si Daniel estuviera creando su propia luz, como si la estuviera cegando. Le zumbaban los oídos, y sus rodillas empezaron a temblar.

Quiso coger el rastrillo y fingir que no lo veía venir. Pero ya era demasiado tarde para hacer como si nada.

—¿Qué te ha dicho? —le preguntó.

—Eeeh… —trató de salirse por la tangente buscando una mentira verosímil. No encontró nada. Se hizo crujir los nudillos.

Daniel le cogió las manos.

—No soporto que hagas eso.

Luce retrocedió de forma instintiva. El contacto de sus manos había sido efímero, pero sintió cómo se sonrojaba. Daniel se refería a que era algo que él en general no soportaba, que el crujido le molestaba en cualquiera, ¿no? Porque decir que lo odiaba cuando ella lo hacía implicaba que la había visto hacerlo antes. Y eso no era posible, apenas se conocían.

Pero, entonces, ¿por qué tenía la sensación de que se trataba de una discusión que ya habían mantenido antes?

—Molly me ha dicho que me mantenga alejada de ti —dijo al final.

Daniel balanceó la cabeza de un lado a otro, como si lo estuviera pensando.

—Probablemente tiene razón.

Luce sintió un escalofrío. Una sombra pasó sobre sus cabezas y oscureció la cara del ángel lo suficiente para que Luce se inquietara. Cerró los ojos e intentó respirar, rezando por que Daniel no notara nada extraño.

Pero el pánico fue creciendo en su interior. Quería correr, pero no podía. ¿Y si se perdía en el cementerio?

Daniel siguió su mirada hacia el cielo.

—¿Qué pasa?

—No, nada.

—Así, ¿vas a hacerlo o no? —preguntó cruzándose de brazos, como si la desafiara.

—¿El qué? —preguntó. «¿Correr?»

Daniel dio un paso hacia ella. Estaban a menos de treinta centímetros el uno del otro. Ella contuvo la respiración, con el cuerpo inmóvil, y esperó.

—¿Vas a mantenerte alejada de mí?

Casi sonaba como si estuviera ligando.

Pero Luce estaba totalmente indispuesta. Tenía la frente húmeda por el sudor, y se apretó las sienes con los dedos para recuperar el control de su cuerpo y no quedar a su merced. Le resultaba imposible responderle como si estuviera ligando. Es decir, si lo que él estaba haciendo realmente era ligar.

Retrocedió un paso.

—Supongo.

—No te he oído —musitó él, enarcando una ceja mientras se acercaba otro paso.

Luce volvió a dar un paso atrás, más largo esta vez. Casi chocó contra el pie de la estatua, sintió el pedestal de piedra arenosa del ángel rozando su espalda. Una segunda sombra más oscura y fría silbó sobre ellos. Habría jurado que Daniel temblaba con ella.

Y luego el crujido de algo pesado los sobresaltó a ambos. Luce dio un grito ahogado cuando la estatua de mármol empezó a tambalearse, como la rama de un árbol oscilando por el viento. Por un momento, pareció quedar suspendida en el aire.

Luce y Daniel se quedaron de pie mirando el ángel. Los dos sabían que estaba a punto de caerse. La cabeza del ángel se inclinó hacia ellos lentamente, como si estuviera rezando, y luego tomó velocidad al empezar a desplomarse. Luce sintió al instante la mano de Daniel sujetándola con fuerza de la cintura, como si supiera exactamente dónde empezaba y dónde acababa su cuerpo. Con la otra mano le cubrió la cabeza y la obligó a agacharse mientras la estatua se venía abajo por encima de ellos. Cayó justo allí donde habían estado de pie. Con un estruendo atronador, la cabeza se estrelló de lleno contra el suelo, pero los pies permanecieron anclados al pedestal, formando una especie de triángulo bajo el cual Luce y Daniel permanecieron a salvo.

Estaban jadeando, frente a frente, y los ojos de Daniel parecían asustados. Entre sus cuerpos y la estatua solo quedaba un espacio de pocos centímetros.

—¿Luce? —susurró Daniel. Todo lo que ella pudo hacer fue asentir. El chico entornó los ojos—. ¿Qué has visto?

Entonces apareció una mano, y Luce sintió que la arrastraban fuera del hueco bajo la estatua. Sintió un roce en la espalda y a continuación una leve brisa. Vio de nuevo el destello de la luz del sol. Los demás chicos los miraban boquiabiertos, excepto la señorita Tross que los fulminaba con la mirada, y Cam, que estaba ayudando a Luce a levantarse.

—¿Estás bien? —le preguntó Cam, mientras la examinaba en busca de golpes o arañazos y le sacudía la suciedad del hombro—. He visto cómo se caía la estatua y he venido corriendo a ver si podía detenerla, pero ya estaba… tienes que haberte asustado mucho.

Luce no respondió. El susto solo era una parte de lo que había sentido.

Daniel, que ya estaba de pie, ni siquiera se volvió para comprobar si ella se encontraba bien; se limitó a alejarse caminando.

Luce se quedó boquiabierta al ver que se iba y que a nadie parecía importarle.

—¿Qué habéis hecho? —preguntó la señorita Tross.

—No tengo ni idea. Estábamos ahí —Luce miró a la señorita Tross—, eeeh, estábamos trabajando y, de golpe, la estatua se nos ha caído encima.

La Albatros se agachó para examinar el ángel hecho trizas. La cabeza se había partido por la mitad. Empezó a murmurar algo sobre las fuerzas de la naturaleza y las piedras viejas.

Pero fue la voz de Molly al oído, susurrándole, la que se le quedó grabada a Luce. Cuando todos habían vuelto al trabajo, le había dicho:

—Me parece que alguien debería empezar a escucharme cuando doy un consejo.

5

El círculo interior

—¡**N**o vuelvas a asustarme así! —la reprendió Callie el miércoles por la noche.

Faltaba poco para que se pusiera el sol, y Luce estaba en la cabina telefónica de Espada & Cruz, un diminuto cubículo beige situado en medio del vestíbulo principal. No brindaba la menor intimidad, pero al menos no había nadie merodeando por allí. Aún tenía los brazos doloridos por el castigo en el cementerio del día anterior, y el orgullo herido por el modo en que Daniel se había esfumado cuando los sacaron de debajo de la estatua. Pero durante quince minutos, Luce iba a hacer lo posible por olvidarse de todo aquello y absorber cada una de las alegres y frenéticas palabras que su mejor amiga iba a soltarle. A Luce le sentó tan bien escuchar la voz aguda de Callie que casi no le importó que le gritara.

—Prometimos que no dejaríamos pasar ni una hora sin hablarnos —continuó Callie en tono acusador—. ¡Pensaba que te habían devorado viva! O que estabas incomunicada y que te habían puesto una de esas camisas de fuerza que tienes que romper a mordiscos para rascarte la cara. Por lo que sabía, podías haber descendido al noveno círculo del…

—Vale, «mamá» —le respondió Luce riendo y adoptando el papel del instructor de respiración de Callie—. Relájate.

Por una fracción de segundo se sintió culpable, pues no había utilizado su única llamada para telefonear a su madre de verdad, pero sabía que Callie se habría puesto como una fiera si alguna vez descubría que Luce no había aprovechado su primera oportunidad para contactar con ella. Y, aunque pareciera raro, siempre le resultaba relajante escuchar la voz histérica de Callie. Era una de las muchas razones por las que las dos se llevaban tan bien: en realidad, la paranoia exagerada de su mejor amiga ejercía un efecto tranquilizador en Luce. Podía imaginarse a Callie en la residencia de Dover, yendo de un lado a otro por la moqueta naranja de su habitación, con su zona T untada de exfoliante y separaciones de espuma entre las uñas color fucsia todavía húmedas de sus pies.

—¡No me llames mamá! —la interrumpió Callie de mal humor—. Empieza a contarme. ¿Cómo son los demás alumnos? ¿Dan todos miedo y se pasan el día tomando diuréticos ilegales como en las películas? ¿Qué tal las clases? ¿Y la comida?

A través del teléfono, Luce podía oír de fondo la película *Vacaciones en Roma* en la diminuta tele de Callie. La escena preferida de Luce siempre había sido aquella en la que Audrey Hepburn se despierta en la habitación de Gregory Peck y todavía está convencida de que la noche anterior solo ha sido un sueño. Luce cerró los ojos e intentó visualizar la escena de la película en su cabeza. Imitando el susurro adormilado de Audrey, reprodujo las frases que sabía que Callie reconocería:

—Había un hombre, y se portaba tan mal conmigo… Fue maravilloso.

—Vale, princesa, lo que quiero es me hables de tu vida —se burló Callie.

Por desgracia, no había nada en Espada & Cruz que Luce pudiera considerar maravilloso. Al pensar en Daniel, ay, por octogésima vez ese día, se dio cuenta de que el único parecido ente su vida y *Vacaciones en Roma* era que tanto a ella como a Audrey les gustaba un hombre que era tremendamente grosero y no se fijaba para nada en ellas. Luce apoyó la cabeza en el linóleo beige de las paredes del cubículo. Alguien había grabado las palabras ESPERANDO EL MOMENTO OPORTUNO. En circunstancias normales, ahora vendría cuando Luce le contaba a Callie todo sobre Daniel.

Pero, por alguna desconocida razón, no lo hizo.

Cualquier cosa que hubiera querido decir sobre Daniel no habría estado basada en nada que hubiese ocurrido realmente entre ellos. Y a Callie le gustaban los chicos que hacían un esfuerzo para demostrarte que te merecían. Habría querido oír cosas como cuántas veces le había abierto la puerta, o si se había dado cuenta de lo bueno que era su acento francés. Callie no pensaba que hubiera nada reprochable en los chicos que escribían ese tipo de poemas ñoños que Luce jamás se tomaría en serio. Luce no tenía mucho que decir de Daniel. De hecho, Callie estaría mucho más interesada en oírla hablar de alguien como Cam.

—Bueno, hay un chico por ahí… —le susurró Luce al teléfono.

—¡Lo sabía! —chilló Callie—. Nombre.

Daniel. «Daniel». Luce se aclaró la garganta.

—Cam.

—Directo, sin rodeos, explícamelo. Empieza desde el principio.

—Bueno, de hecho todavía no ha pasado nada.

—Él piensa que estás buena, bla, bla, bla. Te dije que el pelo rapado hacía que te parecieras a Audrey. Venga, va, ve al grano.

—Bueno… —Luce se interrumpió. El ruido de pasos en el vestíbulo hizo que se callara. Se inclinó y sacó la cabeza del cubículo para ver quién estaba interrumpiendo los mejores quince minutos que había tenido en tres días enteros.

Cam se dirigía hacia ella.

Hablando del rey de Roma… Se tragó las patéticas palabras que tenía en la punta de la lengua: «Me dio la púa de su guitarra». Todavía la tenía en el bolsillo.

El comportamiento de Cam era normal, como si por un golpe de suerte no hubiera oído lo que ella acababa de decir. Parecía ser el único chaval de Espada & Cruz que no se cambiaba el uniforme cuando acababan las clases. Pero el negro sobre negro le quedaba bien, de la misma manera que a Luce le hacía parecer la cajera de un colmado.

Cam daba vueltas a un reloj de bolsillo dorado cuya cadena llevaba anudada al dedo índice. Luce siguió el movimiento del reloj por un momento, casi hipnotizada, hasta que Cam lo detuvo de golpe con la mano. Miró el reloj y luego alzó la vista para mirarla a ella.

—Lo siento. —Frunció los labios, confuso—. Pensaba que había reservado para la llamada de las siete. —Se encogió de hombros—. Pero debo de haberme equivocado.

Al mirar la hora, a Luce se le cayó el alma a los pies. Apenas había intercambiado quince palabras con Callie… ¿Cómo podían haber pasado ya sus quince minutos?

—¿Luce? ¿Hola? —Callie parecía impaciente al otro lado del teléfono—. Estás un poco rara. ¿Hay algo que no me estás contando?

¿Ya me has reemplazado por alguna suicida del reformatorio? ¿Y qué me dices del chico?

—Chisss —Luce le siseó al teléfono—. Espera, Cam —lo llamó mientras mantenía el teléfono lejos de su boca. El ya estaba a medio camino de la salida—. Espera un momento… Estoy —tragó saliva—, estoy acabando.

Cam se guardó el reloj en el bolsillo frontal de la americana negra y volvió sobre sus pasos en dirección a Luce. Arqueó las cejas y se rió al oír la voz de Callie saliendo cada vez más alta del auricular.

—¡Ni te atrevas a colgarme! —protestaba Callie—. No me has explicado nada. ¡Nada!

—No quiero fastidiar a nadie —le dijo Cam en tono de broma mientras señalaba el teléfono parlante—. Coge mi turno, ya me lo devolverás otro día.

—No —respondió Luce rápidamente. Tenía muchas ganas de seguir hablando con Callie, pero imaginaba que Cam tendría las mismas ganas de hacerlo con quienquiera a quien fuera a llamar. Y al contrario que la mayoría de las personas en aquel colegio, Cam se había portado muy bien con ella. No quería que perdiera su turno para telefonear, sobre todo ahora, que estaba demasiado nerviosa para hablarle de él a Callie.

»Callie —dijo suspirando—. Tengo que irme. Te llamaré tan pronto como… —Pero para entonces solo escuchó el vago zumbido del tono de marcar. El teléfono estaba programado para interrumpir cada llamada a los quince minutos. Entonces vio parpadear el 0:00 en el pequeño temporizador. No habían tenido tiempo ni de decirse adiós, y ahora habría de esperar una semana entera para llamar. El tiempo se alargaba en la mente de Luce como un abismo interminable.

—¿Tu mejor amiga? —preguntó Cam, apoyándose en el cubículo al lado de Luce. Todavía tenía sus oscuras cejas arqueadas—. Tengo tres hermanas pequeñas, casi puedo oler a las mejores amigas por el teléfono.

Se inclinó hacia delante como si fuera a oler a Luce, arrancándole una tímida sonrisa. Pero al instante se quedó inmóvil. Aquella inesperada cercanía hizo que le diera un vuelco el corazón.

—Déjame adivinar. —Cam se irguió y levantó la barbilla—. ¿Quería saberlo todo sobre los chicos malos del reformatorio?

—¡No! —Luce negó con vehemencia que pensara en los chicos… hasta que se dio cuenta de que Cam solo estaba bromeando. Se ruborizó e intentó seguir con la broma—. Quiero decir que… le he dicho que aquí no hay ninguno que sea bueno.

Cam parpadeó.

—Eso es justamente lo que hace que resulte emocionante, ¿no crees?

Él permaneció muy quieto, y Luce le imitó, con lo que el repiqueteo del reloj de bolsillo en su americana parecía sonar con una potencia inusitada.

Luce estaba como congelada al lado de Cam y entonces sintió un repentino escalofrío al percibir una presencia negra deslizándose por el vestíbulo. La sombra parecía jugar a la rayuela de forma deliberada en los paneles del techo, oscureciendo uno, luego el siguiente, y luego el otro. Maldita sea. Nunca era una buena idea estar a solas con alguien —y, sobre todo, con alguien que le prestaba tanta atención como Cam en ese instante— cuando llegaban las sombras. Sentía que se le escapaban tics nerviosos, por mucho que intentase mantener la calma mientras la oscuridad bailaba alrededor del ventilador del techo. Si solo hubiese eso, Luce podría haberlo soportado. Bueno, quizá. Pero la sombra también estaba haciendo el peor de los ruidos posibles, el mismo sonido que Luce había oído cuando una cría de búho se cayó de una palmera y murió aplastada. Deseó que Cam dejara de mirarla, deseó que ocurriera algo para que desviara su atención de ella, deseó que… Daniel Gregori apareciera.

Y, efectivamente, apareció. Salvada por el chico guapo con sus agujereados vaqueros y su aún más agujereada camiseta blanca. No tenía mucha pinta de salvador, encorvado bajo una pila de libros y con aquellas ojeras grises bajo los ojos grises. En realidad parecía un poco hecho polvo. El pelo rubio le caía sobre los ojos y, cuando se fijó en Luce y en Cam, Luce observó que los entrecerró. En ese momento estaba tan preocupada por lo que pudiera molestarle a Daniel que casi no se dio cuenta de la transcendencia de lo que había ocurrido: un segundo antes de que se cerrara la puerta del vestíbulo, la sombra se escabulló por la ranura y desapareció en la noche. Era como si alguien hubiera encendido una aspiradora y se hubiese llevado todo el polvo del vestíbulo.

Daniel les saludó con la cabeza, pero no se detuvo al pasar junto a ellos.

Cuando Luce miró a Cam, él estaba observando a Daniel. Se volvió hacia Luce y le dijo en un tono de voz excesivamente alto:

—Casi se me olvida decírtelo, Luce. Doy una pequeña fiesta esta noche en mi habitación, después del evento social. Me encantaría que vinieras.

Daniel todavía podía oírles. Luce no tenía ni idea de qué era eso del evento social, pero se suponía que antes debía encontrarse con Penn. En principio, iban a ir juntas.

Clavó su mirada en la nuca de Daniel; sabía que tenía que darle una respuesta a Cam con respecto a lo de la fiesta, y de hecho no tenía por qué resultar tan duro, pero, cuando Daniel se volvió y la miró con aquellos ojos a su parecer profundamente tristes, el teléfono empezó a sonar, y Cam se dispuso a descolgarlo al tiempo que le decía:

—Tengo que contestar. ¿Vendrás?

Casi imperceptiblemente, Daniel asintió con la cabeza.

—Sí —respondió Luce—. Sí.

—Todavía no entiendo por qué tenemos que correr —se quejaba Luce entre jadeos veinte minutos después. Intentaba seguir a Penn mientras caminaban a toda prisa por las instalaciones hacia el auditorio para acudir al misterioso Evento Social del Miércoles Noche, del que Penn aún no le había contado nada. Luce apenas había tenido tiempo de subir a su habitación, ponerse brillo de labios y sus mejores vaqueros, por si se trataba de ese tipo de evento social. Todavía estaba intentando recuperar el aliento tras su encuentro con Cam y con Daniel, cuando Penn irrumpió en su habitación y la arrastró afuera.

—Los que llegan tarde de forma crónica nunca son conscientes de lo mucho que les fastidian los planes a los puntuales y normales —le espetó Penn mientras caminaban por un tramo de césped bastante húmedo.

—¡Ja! —se oyó una risa a sus espaldas.

Luce se volvió y sintió que se le iluminaba la cara al identificar la figura pálida y flacucha de Arriane, que corría para alcanzarlas.

—¿Qué pajarraco te ha dicho que tú seas normal, Penn? —Arriane codeó a Luce y le señaló el suelo—. ¡Cuidado con las arenas movedizas!

Luce se detuvo con un chapoteo justo antes de aterrizar en un charco fangoso oculto en el césped.

—Por favor, ¡que alguien me diga adónde vamos!

—Miércoles noche —dijo Penn con sequedad—. Noche social.

—¿Hay… un baile o algo así? —preguntó Luce, mientras en su pista de baile mental ya veía a Daniel y a Cam moviéndose.

—Un baile en el que te morirías de aburrimiento. La palabra «social» es típica del doble lenguaje de Espada & Cruz. Verás, están obligados a organizar eventos sociales para nosotros, pero al mismo tiempo les aterroriza organizar eventos sociales para nosotros… ¡todo un aprieto! —gritó Arriane.

—Así que en lugar de montar algo decente —añadió Penn—, nos organizan eventos terribles, como noches de cine seguidas de disertaciones sobre la película o… Dios, ¿te acuerdas del último semestre?

—¿Cuando organizaron aquel simposio sobre taxidermia?

—Fue espeluznante —dijo Penn sacudiendo la cabeza.

—Esta noche, querida —dijo Arriane, arrastrando las palabras—, nos libraremos con facilidad. Todo lo que tenemos que hacer es roncar mientras nos pasan una de las tres películas que hay en la videoteca de Espada & Cruz. ¿Cuál crees que nos pondrán hoy, Pennperezosa? ¿*Starman*? ¿*Joe contra el volcán*? ¿O *Este muerto está muy vivo*?

—Toca *Starman* —gruñó Penn.

Arriane traspasó a Luce con una mirada de desconcierto.

—Lo sabe todo.

—Esperad un momento —dijo Luce mientras caminaba de puntillas por las arenas movedizas y bajaba la voz hasta convertirla en un susurro al acercarse al edificio principal—. Si ya habéis visto sus películas tantas veces, ¿por qué tanta prisa por llegar?

Penn abrió las pesadas puertas metálicas que daban al «auditorio», que, como pronto comprobó Luce, era un eufemismo para una vieja sala normal y corriente, con un techo falso bajo y sillas encaradas a una pared blanca y desnuda.

—Mejor que no te sientes en la silla eléctrica que hay junto al señor Cole —le explicó Arriane al tiempo que señalaba al profesor. Este tenía la nariz hundida en un grueso libro, rodeado por las pocas sillas vacías que quedaban en la sala.

Cuando las tres chicas pasaron por el detector de metales de la puerta, Penn dijo:

—Quien se sienta allí tiene que ayudarle a distribuir sus estudios semanales de «salud mental».

—Lo cual no sería tan malo… —terció Arriane.

—… si no tuvieras que quedarte hasta tarde para analizar los resultados —remató Penn.

—Y, por lo tanto, perdiéndote —prosiguió Arriane con una sonrisa mientras conducía a Luce hacia la segunda fila— la verdadera fiesta.

Por fin habían llegado al meollo de la cuestión. Luce dejó escapar una risita.

—Ya me han contado —dijo Luce, que por una vez sabía de qué hablaban—. Es en la habitación de Cam, ¿no?

Arriane miró a Luce un segundo y se pasó la lengua por los dientes. Luego miró más allá de Luce, casi a través de ella.

—¡Eh, Todd! —saludó, e hizo un gesto cursi con la mano. Empujó a Luce hacia una silla, reclamó para sí el asiento seguro que había al lado (aún dos sitios por detrás del señor Cole), y le dio unas palmaditas a la silla eléctrica—. ¡Ven a sentarte con nosotras, campeón!

A Todd, que se había quedado indeciso en la puerta, le alivió inmensamente que le dieran una orden, fuera la que fuera. Se dirigió hacia ellas, un poco incómodo. Cuando a duras penas había logrado sentarse, el señor Cole levantó los ojos de su libro, limpió sus gafas con el pañuelo y dijo:

—Todd, me alegra que estés aquí. Me pregunto si puedes hacerme un pequeño favor después de la película. Verás, el diagrama de Venn es una herramienta muy útil para…

—¡Qué mala eres! —dijo Penn asomándose entre Arriane y Luce.

Arriane se encogió de hombros, y sacó una bolsa de palomitas gigante de su bolso.

—Solo puedo ocuparme de algunos estudiantes nuevos —contestó, tirándole un grano de maíz a Luce—. Has tenido suerte.

Cuando apagaron las luces, Luce echó un vistazo a su alrededor hasta que sus ojos se posaron en Cam. Pensó en la breve puesta al día por teléfono con Callie, y en que ella siempre decía que mirar una película con un chico era la mejor forma de saber cosas sobre él, cosas que no saldrían en una conversación. Al mirar a Cam, Luce pensó que sabía qué quería decir Callie: había algo emocionante en mirar por el rabillo del ojo qué bromas le hacían gracia a Cam, para compartir su risa.

Cuando él la miraba, Luce apartaba la mirada de foma instintiva, avergonzada; pero en una ocasión, antes de que pudiera hacerlo, la cara de Cam se iluminó con una amplia sonrisa. No sintió ningún reparo porque la sorprendiera mirándolo. Al alzar la mano para saludarla, Luce no pudo evitar pensar que las pocas veces que Daniel la había sorprendido observándolo había ocurrido exactamente lo contrario.

Daniel apareció tarde, junto a Roland, cuando Randy ya había hecho el recuento y los únicos asientos libres estaban en el suelo, en la parte delantera de la sala. Atravesó el chorro de luz del proyector y Luce se dio cuenta por primera vez de que llevaba una cadena de plata en el cuello, con algún tipo de medallón oculto bajo la camiseta. Luego desapareció de su vista, ni siquiera podía ver su silueta.

Resultó que *Starman* no era muy divertida, pero sí lo eran las constantes imitaciones de Jeff Bridges que hacían los demás alumnos. A Luce le costaba concentrarse en el argumento. Además, empezaba a experimentar aquella incómoda sensación de helor en la nuca. Estaba a punto de ocurrir algo.

Esta vez, cuando llegaron las sombras, Luce las estaba esperando. Al contarlas, se dio cuenta de que aparecían a un ritmo alarmante, y no podía saber si era porque en Espada & Cruz estaba más nerviosa o… si significaba algo más. Nunca habían sido tan agresivas…

Surgían del techo del auditorio, luego se deslizaban a ambos lados de la pantalla y finalmente reseguían las líneas de las tablas del suelo como tinta derramada. Luce se cogió a su asiento y sintió que una oleada de miedo le recorría las piernas y los brazos. Tensó todos los músculos del cuerpo, pero no pudo evitar los temblores. Un apretón en su rodilla izquierda hizo que mirara a Arriane.

—¿Estás bien? —preguntó esta.

Luce asintió, y se pasó las manos por los hombros para fingir que solo tenía frío. Deseaba que fuera así, pero aquel frío en particular no tenía nada que ver con el aire acondicionado demasiado fuerte de Espada & Cruz.

Sentía que las sombras tiraban de sus pies bajo la silla. Siguieron haciendo durante toda la película, como un peso muerto, y cada minuto le pareció una eternidad.

Una hora más tarde, Arriane acercó su ojo a la mirilla de la puerta broncínea del dormitorio de Cam.

—¡Yujuuu! —dijo con voz cantarina— ¡La fiesta está aquí!

Del mismo bolso del que antes había sacado la bolsa de palomitas extrajo una especie de boa de plumas de color fucsia.

—Levántame —le ordenó a Luce, y le ofreció la pierna.

Luce anudó los dedos de ambas manos y los puso bajo la bota negra de Arriane. La observó encaramarse para cubrir la cámara de vigilancia con la boa, mientras apagaba el interruptor de la parte trasera.

—Eso no es para nada sospechoso —dijo Penn.

—¿A quién brindas tu lealtad, a los de la fiesta o a las rojas? —le rebatió Arriane.

—Solo digo que hay formas más inteligentes de hacerlo. —Penn dio un resoplido cuando Arriane volvió al suelo. Arriane le colocó la boa a Luce sobre los hombros, y Luce empezó a bailar *shimmy* al ritmo del tema de Motown que sonaba al otro lado de la puerta. Pero, cuando Luce le ofreció la boa a Penn para que diera un giro, se sorprendió al notar que todavía parecía nerviosa. Penn se estaba mordiendo las uñas y tenía la frente sudada. Era cierto que Penn llevaba seis jerséis durante el caluroso septiembre del sur… pero nunca tenía calor.

—¿Qué ocurre? —le susurró Luce, inclinándose hacia ella.

Penn jugueteó con el dobladillo de su manga y se encogió de hombros. Parecía a punto de responder cuando se abrió la puerta a sus espaldas. Una vaharada de humo de tabaco, la música a todo volumen y los brazos de Cam repentinamente abiertos las recibieron.

—Has venido —le dijo a Luce con una sonrisa.

Incluso con aquella luz tan tenue, sus labios tenían un resplandor parecido al de las fresas, y cuando la abrazó, ella se sintió diminuta y a salvo. Solo duró un segundo; luego se volvió para saludar a las otras dos chicas, y Luce se sintió un poco orgullosa por ser ella a la que había abrazado.

Detrás de Cam, la habitación, pequeña y oscura, se hallaba atestada de gente. Roland estaba en una esquina, en el tocadiscos, e iluminaba unos vinilos con una lámpara negra. La pareja que Luce había visto en el patio unos días antes tonteaba junto a la ventana. Los pijitos con las camisas blancas formaban un grupo, y de vez en cuando controlaban a las chicas. Arriane no perdió el tiempo y se fue disparada al escritorio de Cam, que hacía las veces de barra. Casi al instante, ya tenía una botella de champán entre las piernas y reía mientras intentaba descorcharla.

Luce estaba perpleja. Ni siquiera habría sabido cómo conseguir alcohol en Dover, donde el mundo exterior era mucho más asequible. Y, aunque Cam llevaba solo unos días de vuelta en Espada & Cruz, ya parecía saber cómo conseguir cualquier cosa que necesitara para organizar una fiesta dionisíaca con todo el internado. Y, de alguna forma, todo el mundo allí parecía considerarlo normal.

Todavía en el umbral de la puerta, oyó el «pop» de la botella, los aplausos de los demás y a Arriane gritando:

—¡Lucindaaa, ven aquí! ¡Voy a hacer un brindis!

Luce podía sentir el magnetismo de la fiesta, pero Penn parecía mucho menos dispuesta a moverse.

—Ahora te alcanzo —le dijo, haciéndole un gesto con la mano.

—¿Qué pasa? ¿No quieres entrar?

La verdad era que Luce también estaba un poco nerviosa. Todavía no estaba segura de qué consecuencias podía tener todo aquello, y puesto que aún no sabía hasta qué punto podía fiarse de Arriane, sin duda tener a Penn al lado hacía que se sintiese mejor.

Pero Penn frunció el ceño.

—No... no es mi ambiente. Yo soy de bibliotecas... talleres sobre cómo usar el PowerPoint y cosas así. Si quieres piratear un archivo, es a mí a quien buscas, pero esto... —Se puso de puntillas y echó un vistazo al interior—. No sé... la gente de ahí dentro piensa que soy una especie de sabelotodo.

Luce puso la mejor cara de «eh, relájate» que pudo.

—Y ellos piensan que yo soy un pedazo de pastel de carne, y nosotras pensamos que ellos están majaras. —Se rió—. ¿No podemos pasar de todo eso?

Penn se mordió el labio, cogió la boa y se la puso sobre los hombros.

—Vale, de acuerdo —dijo, y entró arrastrando los pies delante de Luce.

Luce parpadeó mientras sus ojos se adaptaban a la luz. La cacofonía reinaba en la habitación, pero se podía oír la risa de Arriane. Cam cerró la puerta tras ella y la llevó de la mano para apartarla del resto de la gente.

—Me alegra mucho que hayas venido —le dijo inclinando la cabeza para que pudiera oírlo en la ruidosa habitación, y le puso la mano en la espalda. Tenía unos labios para comérselos, sobre todo cuando decía cosas como—: Cada vez que alguien llamaba a la puerta me levantaba de un salto con la esperanza de que fueras tú.

Luce no sabía por qué Cam se había sentido atraído por ella tan rápido, pero en ningún caso quería estropearlo. El era popular y sorprendentemente atento y sus atenciones eran más que un halago. La hacían sentirse más cómoda en aquel lugar extraño y nuevo. Sabía que si intentaba devolverle el cumplido se le trabaría la lengua con las palabras, así que se limitó a reír, lo cual también le hizo reír a él, que entonces la atrajo hacia sí para abrazarla de nuevo.

De repente, el único lugar donde Luce podía posar las manos era en el cuello de Cam. Él la abrazó muy fuerte, levantándola ligeramente, y Luce se sintió un poco mareada.

Cuando la devolvió al suelo y Luce se dio la vuelta para ver quién más había en la fiesta, lo primero que vio fue a Daniel, y tuvo la impresión de que Cam no era de su agrado. Estaba sentado muy quieto en la cama con las piernas cruzadas, la lámpara negra hacía que su camiseta blanca pareciese violeta. En cuanto lo vio, ya le resultó imposible mirar hacia otra parte, lo cual no tenía sentido, puesto que tenía a un chico simpático y guapísimo justo a su lado, preguntándole qué quería tomar. No, ella no debería estar mirando a aquel otro chico guapísimo, pero infinitamente más antipático, que desde el otro lado de la habitación la estaba observando con aquella mirada tan penetrante, aviesa y críptica que ella no sabría descifrar aunque la viera mil veces.

Lo único que sabía era el efecto que aquella mirada le producía: todo lo demás se desenfocó, y Luce sintió que se derretía. Podría haber continuado perdida en esa mirada la noche entera si no hubiera sido por Arriane, que se había subido al escritorio y estaba dirigiéndose a Luce con la copa alzada:

—Por Luce —brindó y le dirigió una sonrisa de santa—, que sin duda estaba en las nubes y se ha perdido mi discurso de bienvenida, y nunca sabrá lo fantásticamente maravilloso que ha sido. Porque lo ha sido, ¿verdad, Ro? —se inclinó para preguntarle a Roland, y este le dio unas palmaditas afirmativas en el tobillo.

Cam puso en la mano de Luce una copa de plástico con champán. Cuando todos empezaron a corear «¡A la salud de Luce! ¡Por Pastel de Carne!», Luce se ruborizó y trató de tomárselo a risa.

Molly se deslizó hasta su lado y le susurró una versión más corta al oído: «Para Luce, que nunca lo sabrá».

Unos días antes, Luce se habría estremecido. Esa noche, en cambio, puso los ojos en blanco y le dio la espalda. Todo cuanto decía aquella chica la hería, pero mostrarlo solo parecía animarla, así que se limitó a agacharse y se sentó al lado de Penn, que le pasó un trozo de regaliz negro.

—¿Puedes creerlo? Creo que incluso me lo estoy pasando bien —dijo Penn mientras masticaba contenta.

Luce le dio un mordisco al regaliz y bebió un sorbito del champán efervescente. No era una combinación magnífica, casi como Molly y ella.

—Oye, ¿Molly es tan malvada con todos o yo soy un caso especial?

Por un momento pareció como si Penn fuera a decir lo contrario, pero luego le dio una palmadita a Luce en la espalda y dijo:

—Querida, contigo se comporta tan encantadora como siempre.

Luce miró a su alrededor: el champán fluía por la habitación, Cam tenía un tocadiscos antiguo muy chic y en el techo había una bola de espejos dando vueltas y proyectando estrellas en la cara de todo el mundo.

—Pero ¿de dónde sacan todo esto? —se preguntó en voz alta.

—Dicen que Roland puede pasar de contrabando cualquier cosa en Espada & Cruz —aseguró Penn con un deje de indiferencia—. No es que yo nunca le haya pedido nada.

Tal vez a eso se refería Arriane cuando dijo que Roland sabía cómo conseguir cosas. La única cosa prohibida que Luce se imaginaba poder necesitar era un móvil. Pero por otro lado... Cam dijo que no hiciera caso a Arriane en lo referente al funcionamiento del colegio. Y le habría parecido adecuado si no fuera porque la mayor parte de lo que había en la fiesta parecía ser cortesía de Roland. Cuanto más intentaba responder a sus propias preguntas, menos encajaban las cosas. Tal vez solo debía limitarse a ser lo bastante popular para que la invitaran a las fiestas.

—A ver, queridos marginados —dijo Roland en voz alta para que todos le prestaran atención. El tocadiscos emitía el zumbido estático entre dos canciones—. Empieza la fase de micro abierto de la noche, quien tenga peticiones para el karaoke que me lo diga.

—¡Daniel Grigori! —Arriane gritó colocando las manos como altavoz.

—¡Ni hablar! —contestó Daniel sin vacilar.

—Oh, Grigori el callado sigue manteniéndose al margen —dijo Roland por el micrófono—. ¿Seguro que no quieres cantar tu versión de «*Hellhound on My Trail*»?

—Me parece que esa es tu canción, Roland —dijo Daniel. Esbozó una leve sonrisa, pero a Luce le pareció que era una sonrisa de vergüenza, una sonrisa del tipo «eh, dejad de mirarme, por favor».

—No le falta razón, chicos —dijo Roland sonriente—. Aunque ya se sabe que la canciones de Robert Johnson vacían las salas de karaoke. —Cogió un disco de R. L. Burnside de la pila y lo colocó en el tocadiscos—. Mejor vayámonos al sur.

Cuando sonaron las notas graves de una guitarra eléctrica, Roland se adueñó del centro de la pista, que no eran más que unos pocos metros cuadrados de espacio libre y mal iluminado en mitad de la habitación. Todo el mundo estaba palmeando o llevando el ritmo con el pie, pero Daniel miraba la hora. Aún podía verlo asintiendo con la cabeza en el vestíbulo esa misma noche, cuando Cam la invitó a la fiesta. Como si Daniel quisiera que ella estuviera allí por alguna razón. Aunque, por descontado, cuando ella apareció no dio ninguna señal de haberse percatado de su existencia.

Si al menos pudiera estar con él a solas...

Roland monopolizaba tanto la atención de los invitados que solo Luce se dio cuenta de que Daniel se levantó en medio de la canción, se escurrió entre Molly y Cam y salió por la puerta en silencio.

Era su oportunidad. Mientras todos los demás estaban aplaudiendo, Luce se levantó.

—¡Otra, otra! —gritaba Arriane. Entonces, al darse cuenta de que Luce se había levantado de la silla, dijo—: Oh, ¿Mi chica se ha levantado para cantar?

—¡No!

Luce no quería cantar en aquella habitación llena de gente, de la misma forma que tampoco quería reconocer por qué se había levantado. Pero allí estaba, de pie en medio de su primera fiesta en Espada & Cruz, mientras Roland le sostenía el micro bajo la barbilla. ¿Qué podía hacer?

—Lamento que… bueno… que Todd se esté perdiendo todo esto. Le llegó el eco de su voz por los altavoces. Ya se estaba arrepintiendo de su pésima mentira, y del hecho de que ya no hubiera vuelta atrás—. He pensado que lo mejor será bajar y ver si ya ha acabado con el señor Cole.

Los demás no supieron muy bien cómo reaccionar ante aquella salida. Solo Penn gritó algo cortada:

—¡Vuelve pronto!

Molly sonrió con desdén.

—Un amor de cretinos —dijo fingiendo que se desmayaba—. Es tan romántico…

Pero, un momento, ¿acaso pensaban que le gustaba Todd? Bueno, a quién le importaba… la única persona que Luce no querría que lo pensara era la persona a la que había intentado seguir fuera.

Ignorando a Molly, Luce se escabulló hacia la puerta, y allí se topó con Cam, que la esperaba con los brazos cruzados.

—¿Quieres que te acompañe? —preguntó con un tono esperanzado.

Ella negó con la cabeza. Para cualquier otra cosa seguramente hubiese querido la compañía de Cam. Pero no en ese momento.

—Vuelvo en un momento —le respondió. Antes de que pudiera ver la decepción reflejada en su cara, se zafó de él y salió al pasillo. Tras el jaleo de la fiesta, el silencio le zumbaba en los oídos. Transcurridos unos segundos, pudo distinguir unas voces que susurraban justo a la vuelta de la esquina.

Daniel. Habría reconocido su voz en cualquier parte. Pero no estaba tan segura de con quién estaba hablando. Una chica.

—Oh, lo siento… —dijo ella, fuera quien fuera, con un acento claramente sureño.

¿Gabbe? ¿Daniel se había escapado de la fiesta para ver a Gabbe, la rubia descafeinada?

—No volverá a ocurrir —continuó diciendo Gabbe—, te juro que…

—No puede volver a ocurrir —musitó Daniel, pero su tono casi era el de una discusión de novios—. Prometiste que estarías allí, y no estabas.

¿Dónde? ¿Cuándo? Luce, desesperada, avanzaba poco a poco por el pasillo, procurando no hacer ruido.

Pero ambos se callaron. Luce se imaginó a Daniel cogiéndole la mano a Gabbe. Pudo visualizarlo inclinándose para darle un beso largo e intenso. Una ola de envidia le invadió el pecho. Uno de ellos suspiró al otro lado del pasillo.

—Tendrás que confiar en mí, cariño —añadió Gabbe con una voz edulcorada que bastó para que Luce la odiara definitivamente—. Solo me tienes a mí.

6
Sin salvación

La soleada mañana del jueves, temprano, un altavoz empezó a crepitar en el pasillo, justo al lado de la habitación de Luce:

—¡Atención, residentes de Espada & Cruz!

Luce se revolvió en la cama gruñendo, pero, por muy fuerte que apretara la almohada contra sus oídos, no podía evitar oír el vozarrón de Randy por megafonía:

—Tenéis exactamente nueve minutos para presentaros en el gimnasio para el examen físico anual. Como sabéis, no aprobamos los retrasos, así que sed puntuales y preparaos para la evaluación corporal.

¿Examen físico? ¿Evaluación corporal? ¿A las seis y media de la mañana? Luce ya se estaba arrepintiendo de haberse acostado tan tarde… y de quedarse despierta en la cama hasta mucho después, por los nervios.

Más o menos cuando se imaginó que Daniel y Gabbe se estaban besando, empezó a marearse, aquel característico mareo que le sobrevenía al saber que había hecho el ridículo. No volvió a la fiesta, se pegó a la pared y se deslizó directamente hasta su habitación para reflexionar sobre aquel extraño sentimiento que Daniel despertaba en ella y que la había inducido a pensar que entre ellos existía algún tipo de conexión. Se levantó con mal sabor de boca, fruto de las secuelas de la fiesta, y lo último en lo que en ese momento le apetecía pensar era en su estado físico.

Sacó los pies de la cama y sintió el frío suelo de plástico. Mientras se cepillaba los dientes intentó imaginarse a qué se refería Espada & Cruz con eso de «evaluación corporal». Un montón de imágenes terroríficas de sus compañeros —Molly haciendo decenas de flexiones en la barra horizontal y mirándola con odio, Gabbe subiendo sin esfuerzo por una cuerda de treinta metros hacia el cielo— inundaron su mente. La única manera de no hacer el ridículo —otra vez— era evitar pensar en Gabbe y en Daniel.

Cruzó la parte sur del reformatorio hasta el gimnasio. Era una gran construcción gótica con arbotantes y torrecillas de piedra vista, que le daban un aspecto más parecido a una iglesia que a un lugar al que acudir para sudar. Cuando Luce se acercaba al edificio, la brisa matinal hizo susurrar la capa de kudzu de la fachada.

—¡Penn! —gritó, al ver a su amiga en chándal, que se estaba atando las zapatillas sentada en un banco. Luce se dio cuenta de que ella llevaba las botas y la ropa negra reglamentarias, y pensó horrizada que quizá había alguna norma de vestimenta de la que no se había enterado. Pero entonces vio a otros alumnos vagando por fuera del edificio que iban vestidos de forma parecida a ella.

Penn parecía grogui.

—Estoy destrozada —se quejó—. Anoche me pasé con el karaoke. Creí que podría compensar si al menos parecía una deportista.

Luce se rió al ver que Penn no era capaz a hacerse un doble nudo en la zapatilla.

—Oye, y tú, ¿dónde te metiste ayer? —le preguntó Penn—. No volviste a la fiesta.

—Ah —dijo Luce, buscando una excusa—. Pensé que lo mejor era…

—Aaarrrggg. —Penn se tapó las orejas—. Cada palabra es como un martillazo en el cerebro. ¿Me lo cuentas luego?

—Sí —contestó Luce—, claro.

Las puertas dobles del gimnasio se abrieron de golpe. Randy apareció calzando unos aparatosos zuecos de goma y con su inseparable portapapeles. Hizo una señal a los alumnos para que fueran entrando en fila, y a cada uno se le asignó un ejercicio.

—¡Todd Hammond! —gritó Randy, y este se le acercó con las rodillas temblando. Tenía los hombros caídos, y Luce identificó los restos de un acentuado moreno de obra en su nuca.

»Pesas —ordenó Randy, empujándolo hacia el interior.

»¡Pennyweather van Syckle-Lockwood! —bramó, lo que provó que Penn se encogiera de miedo y volviera a taparse los oídos—. Piscina. —Sacó un bañador Speedo rojo de una caja de cartón y se lo tiró a Penn

»Lucinda Price —prosiguió Randy, después de consultar la lista—. También piscina. —Luce se sintió aliviada, dio un paso al frente y cogió en el aire el traje de baño. Entre sus dedos se veía usado y fino como un trozo de pergamino, pero al menos olía a limpio. Más o menos.

»Gabrielle Givens —dijo Randy a continuación, y Luce se volvió para ver a la actual número uno en su lista de personas menos queridas pavoneándose con unos pantaloncitos negros y una camiseta sin mangas también negra. Llevaba en la escuela tres días… ¿cómo se las había ingeniado para pillar a Daniel?

—Hooola, Randy —dijo Gabbe, alargando las palabras con un acento que solo con oírlo a Luce le entraban ganas de taparse los oídos, como había hecho Penn.

«Cualquier cosa menos piscina —deseó Luce para sus adentros—. Cualquier cosa menos piscina.»

—Piscina —dijo Randy.

De camino al vestuario, al lado de Penn, Luce intentó evitar mirar atrás, hacia Gabbe, alrededor de cuyo índice (con manicura francesa) giraba el que parecía ser el único bañador decente. En su lugar, Luce miró las paredes de piedra gris y la anticuada parafernalia religiosa que las decoraba. Caminó entre cruces de madera labradas con motivos ornamentales y representaciones de la Pasión en bajo relieve. A la altura de la cabeza colgaba una serie de trípticos desdibujados, en los que lo único que todavía resaltaba eran las aureolas de las figuras. Luce se inclinó para ver mejor un gran rollo de pergamino escrito en latín que había dentro de una vitrina.

—La decoración levanta el ánimo, ¿eh? —dijo Penn antes de tragarse con un poco de agua dos aspirinas que había sacado de su bolsa.

—¿Qué es todo esto? —inquirió Luce.

—Historia antigua. Las únicas reliquias que han sobrevivido de cuando en este lugar todavía se celebraba la misa del domingo, en la época de la Guerra Civil.

—Eso explica que se parezca tanto a una iglesia —respondió Luce, y se detuvo frente a una reproducción en mármol de la *Pietà* de Miguel Ángel.

—Como con todo lo demás en este agujero infernal, al modernizarlo hicieron una chapuza. Y es que, a ver, ¿a quién se le ocurre construir una piscina en medio de una iglesia?

—Estás de broma —dijo Luce.

—Ojalá. —Penn puso los ojos en blanco—. Cada verano, al director se le mete en la cabecita que yo me haga cargo de la redecoración de este lugar. No lo admitirá nunca, pero este rollo religioso le saca de quicio —añadió—. El problema es que, incluso si tuviera ganas de echar una mano, yo no sabría qué hacer con todos estos trastos, ni siquiera sabría cómo vaciarlo sin ofender, no sé, a todo el mundo, Dios incluido.

Luce recordó las paredes blancas e inmaculadas del gimnasio de Dover, con hileras de fotos de los equipos de la escuela, todas con el mismo fondo de cartulina azul marino y el marco dorado correspondiente. El único pasillo de culto en Dover era el de la entrada, donde se exhibían los retratos todos los alumnos que habían llegado a senadores, aquellos que habían obtenido una beca Guggenheim y los multimillonarios del montón.

—Podrías colgar todas las fotos de todos nuestros expedientes policiales —propuso Gabbe detrás de ellas.

A Luce le entró la risa; era divertido… y raro, casi como si Gabbe le hubiera leído el pensamiento. Y entonces recordó esa misma voz diciéndole a Daniel que ella era la única con la que podía contar. Luce descartó al momento cualquier posibilidad de conectar con ella.

—¡Os estáis rezagando! —gritó una entrenadora desconocida que apareció de la nada. Ella (al menos Luce pensó que se trataba de una mujer) tenía unas pantorrillas como dos jamones, llevaba el pelo encrespado recogido en una cola de caballo y unos aparatos «invisibles» amarillentos en los dientes superiores. Con malos modos, conminó a las chicas a que entraran en el vestuario, donde les dió un candado con una llave, empujándolas hacia unas taquillas vacías—. Nadie se retrasa en el reloj de la entrenadora Diante.

Luce y Penn se pusieron como pudieron aquellos bañadores desteñidos y dados de sí. Luce se estremeció al verse en el espejo, y se tapó lo que pudo con la toalla.

Una vez dentro del húmedo recinto que albergaba la piscina, enseguida comprendió a qué se refería Penn. La piscina era gigante, de tamaño olímpico, una de las pocas obras de vanguardia que hasta el momento había visto en el campus. Pero no era eso lo que le llamaba la atención: la piscina estaba justo en medio de lo que había sido una iglesia enorme.

Una hilera de vitrales de colores con algún que otro panel roto se extendía por las paredes casi hasta el techo alto y arqueado. También había nichos iluminados con velas a lo largo de la pared, y donde debía de estar el altar se alzaba un trampolín. Si a Luce no la hubieran educado en el agnosticismo, sino como a una feligresa temerosa de Dios, como sus compañeros de guardería, habría pensado que aquel lugar era un sacrilegio.

Algunos estudiantes ya se hallaban en el agua, tratando de recuperar el aliento después de haber hecho algunos largos. Pero precisamente los que no estaban en al agua fueron los que llamaron la atención de Luce: Molly, Roland y Arriane se estaban partiendo de risa en las gradas. Roland estaba prácticamente doblado, y Arriane se secaba las lágrimas. Sus bañadores eran mucho más favorecedores que el de Luce, pero ninguno de ellos parecía tener la menor intención de acercarse a la piscina.

Luce toqueteó su bañador ajado. Quería unirse a Arriane, pero justo cuando estaba considerando los pros (la posible entrada en un mundo de élite) y los contras (la amonestación de la entrenadora Diante por objetora de conciencia del ejercicio), Gabbe se acercó con toda tranquilidad al grupo. Como si los conociera de todo la vida. Se sentó justo al lado de Arriane y de inmediato se puso a reír con los demás como si, sin importale cuál fuera la broma, ella ya la hubiera pillado.

—Siempre tienen argumentos para escaquearse —le explicó Penn, mientras miraba a los chicos populares de las gradas—. No me preguntes cómo se las arreglan.

Luce titubeó al borde la piscina, incapaz de seguir las instrucciones de la entrenadora Diante. Ver a Gabbe y a los demás sentados en las gradas con aquel aire de superioridad le hizo desear que Cam estuviera allí. Podía imaginárselo, musculoso, con un elegante bañador negro, haciéndole un gesto para que se uniera a ellos con una gran sonrisa, y logrando que ella se sintiera bienvenida de inmediato, incluso importante.

Luce sintió una necesidad imperiosa de disculparse por haberse esfumado tan pronto de su fiesta. Lo cual era extraño… porque no estaban juntos, así que no tenía por qué explicarle a Cam lo que hacía o lo que dejaba de hacer. Pero, a la vez, le gustaba que le prestase atención, le gustaba su olor, olía a libertad, a espacio abierto, como cuando de noche se conduce con las ventanas bajadas. Le gustaba cómo se concentraba cuando ella hablaba, inmóvil, como si no pudiera ver otra cosa que no fuera ella. Incluso le gustó el modo en que la levantó del suelo cuando la abrazó en la fiesta, delante de Daniel. No quería hacer nada que pudiera cambiar la forma en que Cam la trataba.

El sonido del silbato de la entrenadora cogió desprevenida a Luce, que se quedó de pie, bajando la vista con tristeza cuando Penn y los otros alumnos saltaron al agua. Miró a la entrenadora Diante en busca de orientación.

—Tú debes de ser Lucinda Price, la que siempre llega tarde y nunca escucha, ¿no? —dijo la entrenadora con un suspiro—. Randy ya me ha hablado de ti. Son ocho largos, tú eliges el estilo.

Luce asintió, pero permaneció inmóvil, con los dedos de los pies pegados al borde de la piscina. Antes le encantaba nadar. Cuando su padre le enseñó en la piscina de Thunderbolt, incluso ganó un premio a la niña más pequeña que cruzaba la piscina sin flotador. Pero de eso hacía años. Ni siquiera recordaba la última vez que había nadado. La piscina exterior climatizada de Dover siempre la había tentado, pero solo se podían bañar los que pertenecían al equipo de natación.

La entrenadora Diante se aclaró la garganta.

—Quizá no has entendido que esto es una carrera… y que ya estás perdiendo.

Aquella era la «carrera» más estúpida y patética que Luce había visto nunca, pero eso no impidió que su lado competitivo se despertara.

—Y… sigues perdiendo —añadió la entrenadora, mordiendo el silbato.

—No por mucho tiempo —respondió Luce.

Observó cómo iba la carrera: el chico a su izquierda iba sacando agua por la boca en un torpe intento de practicar el crol. A su derecha, Penn avanzaba sin prisa, con la nariz tapada y una tabla rosa de espuma bajo el vientre. Durante una fracción de segundo, Luce observó los chicos de las gradas. Molly y Rolad estaban mirando; Arriane y Gabbe se apoyaban la una en la otra, en pleno ataque de risa.

Pero a ella no le importaba de qué se reían. Bueno, casi. Estaba concentrada en otra cosa.

Luce encorvó los brazos sobre la cabeza, se zambulló en el agua, y sintió que su espalda se arqueaba al entrar en el agua fresca. Poca gente podía hacer eso bien de verdad, tal y como le explicó su padre cuando tenía ocho años. Pero una vez que perfeccionabas el estilo mariposa, no había forma de ir más rápido en el agua.

Dejó que la irritación la empujara y sacó la parte superior del cuerpo del agua. Recordó el movimiento enseguida y empezó a batir los brazos como si fueran alas. Nadó poniéndole más ganas que a cualquier otra cosa que hubiera hecho en mucho, mucho tiempo y, totalmente motivada, cada vez empezó a ganarles más terreno a los otros nadadores.

Cuando ya estaba acabando la octava vuelta, en el momento en que sacaba la cabeza del agua, escuchó la suave voz de Gabbe:

—Daniel.

Las fuerzas de Luce se extinguieron como si se hubiese apagado una vela. Se detuvo para oír qué más decía Gabbe, pero por desgracia solo pudo oír un bullicioso chapoteo y, un instante después, el silbato.

—Y el ganador es… —dijo emocionada la entrenadora Diante— Joel Brand.

El chico flacucho con aparatos que nadaba un par de carriles más allá salió de la piscina de un salto y celebró la victoria a gritos. En el carril de al lado, Penn dejó de patalear.

—¿Qué ha pasado? —le preguntó a Luce—. Lo tenías en el bolsillo.

Luce se encogió de hombros. Gabbe, eso era lo que pasaba, pero cuando miró hacia las gradas, Gabbe se había ido, y Arriane y Molly con ella. De todos ellos solo quedaba Roland, y estaba inmerso en un libro.

Luce había tenido un subidón de adrenalina mientras nadaba, pero ahora había recibido un golpe tan duro que Penn la tuvo que ayudar a salir de la piscina.

Luce vio a Roland descender por las gradas.

—Lo has hecho bastante bien —le dijo, y le tiró una toalla y la llave de la taquilla, que Luce pensaba que había perdido—, al menos durante un rato.

Luce cogió la llave al vuelo y se envolvió en la toalla. Pero, antes de que pudiera decir nada al uso, como «Gracias por la toalla» o «Supongo que no estoy en forma», su nueva faceta de chica exaltada le espetó:

—¿Daniel y Gabbe están juntos, o qué?

Craso error. Craso, craso error. Enseguida vio en la mirada de Roland que aquella pregunta iría directa a Daniel.

—Ah, es eso —dijo Roland, sonriéndole—. Bueno, no sabría decirte… —La miró, se rascó la nariz y le dirigió lo que parecía una mirada compasiva. Luego señaló la puerta abierta del pasillo y cuando Luce siguió la dirección de su dedo vio pasar por allí la silueta esbelta y rubia de Daniel—. ¿Por qué no se lo preguntas tú misma?

Descalza y con el pelo goteándole, Luce vaciló frente a la puerta de la sala de pesas. Quería ir directa al vestuario para cambiarse y secarse. No sabía por qué lo de Gabbe la estaba perturbando tanto. ¿Acaso Daniel no podía estar con quien quisiera? Quizá a Gabbe le gustaban los chicos que le hacían gestos obscenos con los dedos.

O, lo que parecía más probable, ese tipo de cosas no le ocurrían a Gabbe.

Pero Luce se sintió mejor cuando volvió a ver a Daniel. Estaba de espaldas a ella, intentando desenredar una comba del montón. Le observó escoger una fina de color azul marino con los mangos de madera y dirigirse a un lugar despejado en el centro de la sala. Su piel dorada era casi radiante, y cada movimiento que hacía, ya fuera estirar el cuello o agacharse para rascarse la escultural rodilla, dejaba a Luce prendada por completo. Permaneció apoyada en la puerta, sin darse cuenta de que le rechinaban los dientes y de que la toalla estaba empapada.

Cuando Daniel se colocó la comba detrás de los tobillos para saltar, Luce se sintió invadida por una oleada de *déjà vu*. No era exactamente que hubiera visto a Daniel saltar a la comba antes, sino más bien que la postura que había adoptado le resultaba muy familiar. Estaba con los pies separados, las rodillas abiertas y los hombros hacia delante mientras tomaba aire. Luce casi habría podido dibujarlo.

Solo cuando Daniel empezó a girar la cuerda, Luce logró salir de aquella ensoñación… para entrar en otra. Nunca había visto a nadie moverse así, era casi como si estuviera volando. La comba daba vueltas tan deprisa alrededor de su alta figura que desaparecía, y Luce llegó a preguntarse si sus pies —estrechos y gráciles—, tocaban el suelo. Se movía con tanta rapidez que ni si quiera él podía llegar a contar los saltos.

Un grito agudo seguido de un sonido sordo al otro lado de la sala de pesas desvió la atención de Luce. Todd estaba hecho un ovillo al pie de una de las cuerdas con nudos que llegaban al techo. Por un momento, sintió pena por Todd, que se estaba mirando las manos ampolladas, pero, antes de que pudiera volver a mirar a Daniel para ver si se había dado cuenta, Luce tembló al sentir que algo negro y frío le rozaba y le recorría la piel, al principio poco a poco, una sombra helada, tenebrosa y de límites indiscernibles. Entonces, de repente, se estrelló contra su cuerpo y la hizo retroceder. La puerta que daba a la sala de pesas se cerró de un portazo y Luce se quedó sola en el pasillo.

—¡Ah! —gritó, no porque le hubiese dolido exactamente, sino porque hasta entonces las sombras nunca la habían tocado. Se miró los brazos: hacía solo unos instantes juraría haber sentido que unas manos la agarraban y la sacaban del gimnasio.

No, eso era imposible… habría dado un traspié por culpa de alguna corriente de aire. Inquieta, se acercó a la puerta cerrada y miró a través del pequeño rectángulo de cristal.

Daniel estaba mirando a su alrededor, como si hubiera oído algo, pero Luce estaba segura de que no sabía que se trataba de ella, porque no tenía el ceño fruncido.

Pensó en la sugerencia de Roland, en preguntarle a Daniel directamente qué pasaba, pero enseguida desechó esa opción. Era imposible preguntarle nada a Daniel sin exponerse de nuevo a aquel ceño fruncido.

Además, cualquier pregunta que hiciera sería inútil, pues la noche anterior ya había oído todo lo que tenía que oír. Solo una especie de masoquista sería capaz de pedirle que admitiera que estaba con Gabbe, así que decidió volver al vestuario, y entonces se dio cuenta de que no podía.

La llave.

Se le debió de caer de las manos cuando se tambaleó al salir de la sala. Se puso de puntillas para mirar hacia abajo a través del pequeño panel de cristal de la puerta. Allí estaba, su metedura de pata de color bronce, en la estera azul y acolchada. ¿Cómo había llegado tan lejos, a solo unos pocos pasos de donde Daniel estaba haciendo ejercicio? Luce suspiró y empujó la puerta para abrirla, porque pensó que, si tenía que entrar, lo mejor era hacerlo rápido.

Cuando cogía la llave, le echó un último vistazo a Daniel. Iba ralentizando el ritmo, pero sus pies seguían casi sin tocar el suelo. Y tras dar un último salto ligero como una pluma, se detuvo y se volvió para mirarla.

Al principio no dijo nada. Ella se sonrojó, y lamentó llevar un traje de baño tan horrible.

—Hola —fue todo cuanto pudo decir.

—Hola —le respondió, en un tono de voz mucho más calmado. Tras lo cual, señalando su traje de baño, le preguntó—: ¿Has ganado?

Luce esbozó una sonrisa triste y resignada, y negó con la cabeza.

—Ni de lejos.

Daniel frunció la boca.

—Pero si siempre has sido…

—Siempre he sido… ¿qué?

—Quiero decir que tienes pinta de ser una buena nadadora. —Se encogió de hombros—. Eso es todo.

Ella se acercó a él, estaba a un paso. Las gotas de agua de su cabello caían en la colchoneta como si fueran gotas de lluvia.

—Eso no es lo que ibas a decir —insistió—. Has dicho que yo siempre…

Daniel se entretuvo enrollándose la comba en la muñeca.

—Sí, ya, pero no me refería a ti en particular, quería decir en general. Se supone que siempre te dejan ganar la primera carrera. Un código de honor no escrito entre los veteranos.

—Pero Gabbe tampoco ha ganado —insistió Luce cruzándose de brazos—. Y ella es nueva, pero ni siquiera se ha metido en la piscina.

—No es que sea exactamente nueva, ha vuelto después de estar un tiempo… fuera. —Daniel se encogió de hombros, sin dejar vislumbrar sus sentimientos hacia Gabbe. Su obvio intento de mostrarse indiferente hizo que Luce se pusiera aún más celosa. Observó cómo acababa de enrollar la comba; movía las manos casi tan rápido como los pies. Y en ese momento ella sintió que tenía frío, y que estaba sola y que era torpe, y que no contaba para nada ni para nadie. Le empezó a temblar el labio.

»Oh, Lucinda —susurró Daniel exhalando un profundo suspiro.

Todo el cuerpo de Luce entró en calor de golpe. Aquella voz era tan cercana y familiar.

Quería que dijera de nuevo su nombre, pero él le había dado la espalda. Colgó la comba en un gancho que había en la pared.

—Debería cambiarme antes de clase.

Ella lo cogió del brazo.

—Espera.

Él apartó el brazo de un tirón, como si le hubieran dado una descarga, y Luce también lo sintió, pero era un tipo de descarga que la hacía sentir bien.

—¿Alguna vez sientes…? —Lo miró a los ojos. De cerca pudo ver cuán inusuales eran. De lejos parecían grises, pero de cerca podían apreciarse motas violetas. Conocía a alguien más con unos ojos así…—. Juraría que nos hemos visto antes. ¿Crees que estoy loca?

—¿Loca? ¿No es por eso por lo que estás aquí? —preguntó con desdén.

—Hablo en serio.

—Yo también. —Su rostro no mostraba ninguna expresión—. Y, por si no lo sabías —señaló a la cámara que colgaba del techo—, las rojas controlan a las acosadoras.

—No te estoy acosando. —Se puso rígida, muy consciente de la distancia que los separaba—. ¿Puedes decir, sinceramente, que no tienes ni idea de qué estoy hablando?

Daniel se encogió de hombros.

—No te creo —insistió Luce—. Mírame a los ojos y dime que me equivoco, que hasta esta semana no nos habíamos visto nunca.

Se le aceleró el corazón cuando Daniel se acercó a ella y le puso las manos en los hombros. Sus pulgares encajaban perfectamente en los huecos de sus clavículas, y al sentir la calidez de su tacto, Luce quiso cerrar los ojos… pero no lo hizo. Observó cómo Daniel inclinó la cabeza hasta que sus narices casi se tocaron. Podía sentir su respiración en la cara y podía oler el toque dulzón que desprendía su piel.

Él hizo lo que ella le había pedido. La miró a los ojos y le dijo, muy lenta y claramente, para que sus palabras no dieran lugar a equívocos:

—Hasta esta semana, no me has visto jamás.

7
Nuevos descubrimientos

—Y ahora, ¿adónde vas? —le preguntó Cam, bajándose las gafas de sol de montura de plástico rojo.

Había aparecido en la entrada del Agustine tan de repente que Luce casi se chocó con él. O quizá ya estaba allí y ella no se había dado cuenta por la prisa que tenía en llegar a clase. Fuera como fuera, se le aceleró el corazón y empezaron a sudarle las manos.

—Eh... ¿a clase? —respondió Luce, porque, ¿adónde parecía que podía ir si no? Iba cargada con los pesados libros de Cálculo y el trabajo inacabado de Religión.

Aquel podía ser un buen momento para disculparse por haberse esfumado el día anterior, pero ya llegaba muy tarde. En las duchas del vestuario no había agua caliente, así que había tenido que volver a la residencia. De algún modo, lo ocurrido después de la fiesta ya no le parecía importante. No quería prestarle más atención al hecho de haberse marchado, sobre todo ahora que Daniel la había hecho sentir tan patética. Tampoco quería que Cam pensase que era una maleducada. Solo quería esquivar a Cam de alguna forma y estar sola, para dejar atrás la cadena de situaciones vergonzosas de esa mañana.

Solo que… cuanto más la miraba Cam, menos prisa tenía por irse. Y el rechazo de Daniel parecía herir menos su orgullo. ¿Cómo podía conseguir todo eso una sola mirada de Cam?

Cam, con su piel clara y el cabello negro azabache, era distinto de cualquier otro chico que hubiera conocido. Emanaba confianza en sí mismo, y no solo porque conociera a todo el mundo —y supiera cómo conseguir cualquier cosa— antes de que Luce ni averiguara siquiera dónde estaban sus clases. En ese momento, de pie fuera del edifico gris y monótono, Cam tenía el aspecto de una fotografía artística en blanco y negro con matices rojos en Technicolor.

—Así que a clase, ¿eh? —le dijo Cam bostezando de manera grotesca. Estaba bloqueando la entrada, y un divertido mohín en su boca despertó en Luce la curiosidad de querer saber qué estaba tramando. Llevaba una bolsa de lona colgada del hombro y una taza desechable de café exprés en la mano. Paró la música del iPod, pero se dejó los auriculares colgando alrededor del cuello. Una parte de Luce quería saber qué canción había estado escuchando y dónde había conseguido aquel café exprés de contrabando. La juguetona sonrisa que le pareció entrever en sus ojos verdes la animó a preguntárselo directamente.

Cam tomó un sorbo del café espumoso, levantó el dedo índice y dijo:

—Déjame compartir contigo mi lema sobre las clases de Espada & Cruz: más vale nunca que tarde.

Luce rió, y entonces Cam se subió las gafas de sol. Los cristales eran tan oscuros que ocultaban sus ojos por completo.

—Además —dijo dirigiéndole una sonrisa que formaba un arco blanco—, es casi la hora del almuerzo y tengo picnic.

¿Almuerzo? Pero si Luce ni siquiera había desayunado. Aunque le sonaban las tripas, y la mera idea de que el señor Cole la reprendiese por haberse perdido toda la clase excepto los últimos veinte minutos le resultaba cada vez menos tentador.

Hizo un gesto con la cabeza señalando la bolsa.

—¿Hay suficiente para dos?

Cam le pasó el brazo por los hombros y recorrieron el reformatorio, pasando por delante de la biblioteca y de la sombría residencia. Al llegar a la cancela metálica del cementerio, se detuvo.

—Sé que este lugar te parecerá un poco extraño para hacer un picnic —le explicó—, pero es el mejor sitio para que no nos molesten durante un rato, al menos dentro del recinto del colegio. A veces parece que me falte el aire allí dentro.

Hizo un gesto señalando el edifico, y Luce comprendió perfectamente aquella sensación. Allí se sentía reprimida y expuesta al mismo tiempo. Pero Cam parecía ser la última persona que pudiera experimentar el síndrome del estudiante nuevo. Era tan… sereno. Después de la fiesta del día anterior, y en ese momento, con el café exprés en la mano, nunca habría imaginado que él también se sentía tan oprimido. O que la escogería a ella para compartir sus sentimientos.

Tras él se alzaba la otra parte del destartalado reformatorio. Desde allí no había mucha diferencia entre lo que había a un lado y al otro de la cancela del cementerio.

Luce se dejó llevar.

—Prométeme que me salvarás de cualquier estatua que se venga abajo.

—No —respondió Cam con una seriedad que borró por completo el tono jocoso de las palabras de Luce—. Eso no volverá a ocurrir.

Luce miró hacia el lugar donde, solo unos días antes, Daniel y ella habían estado a punto de acabar en el cementerio definitivamente. Pero el ángel de mármol que se había caído ya no estaba, y el pedestal estaba vacío.

—Venga —dijo Cam, arrastrándola consigo. Esquivaron franjas de malas hierbas, y Cam se volvía a menudo para ayudarla a rebasar montículos de porquería desenterrada de dudosa procedencia.

En un momento dado, Luce estuvo a punto de perder el equilibrio y se sujetó a una de las lápidas para no caerse. Era un bloque grande y pulido con un lado rugoso e inacabado.

—Siempre me ha gustado esta —dijo Cam, haciendo un gesto hacia la lápida rosácea en la que Luce estaba apoyada. Luce se dio la vuelta y observó la inscripción.

—«Jospeh Miley» —leyó en voz alta—, «1821-1865. Sirvió con valor en la Guerra de la Agresión del Norte. Sobrevivió a tres balas y a cinco caballos, antes de encontrar la paz final».

Luce hizo crujir sus dedos. ¿Quizá a Cam solo le gustaba porque era la única lápida rosada entre todas las grises? ¿O porque tenía unas espirales que formaban una especie de cresta en la parte superior? Lo miró enarcando una ceja.

—Sí, lo sé —dijo Cam sin darle mucha importancia—. Me gusta que la lápida explique cómo murió. Es honesto, ¿no crees? Normalmente, la gente no quiere entrar en detalles.

Luce apartó la mirada. Sabía muy bien a qué se refería Cam, porque recordaba el inescrutable epitafio de la lapida de Trevor.

—Piensa en lo interesante que resultaría que en este lugar estuviera escrito por qué murió cada uno. —Señaló una tumba pequeña un poco más allá de la de Joseph Miley—. ¿Cómo crees que murió ella?

—Hummm… ¿Fiebre escarlata? —intentó adivinar Luce.

Resiguió las fechas con los dedos. Cuando murió, esa chica era más joven que Luce. Luce no quería darle muchas vueltas a cómo podría haber ocurrido.

Cam inclinó la cabeza, pensativo.

—Quizá —dijo—. O eso o un misterioso incendio en el granero mientras la joven Betsy se estaba echando una inocente siestecita con el vecino.

Luce empezó a fingir que se había ofendido, pero, por el contrario, la cara expectante de Cam la hizo reír. Hacía mucho tiempo que no pasaba un buen rato con un chico y, aunque sin duda aquel lugar resultaba un poco más macabro que el cine al aire libre donde solía coquetear, también lo eran los estudiantes de Espada & Cruz, de cuyo grupo ahora, para bien o para mal, Luce formaba parte.

Siguió a Cam hasta la parte más baja del cementerio, donde se hallaban las tumbas más ornamentadas y los mausoleos. Las lápidas parecían estar mirándolos desde lo alto de la pendiente, como si Luce y Cam fueran actores en un anfiteatro. El sol de mediodía relucía con un color anaranjado a través de las hojas de un roble gigante, y Luce se colocó la mano a modo de visera. Era el día más caluroso que habían tenido en toda la semana.

—Y mira a este tío —dijo Cam señalando una tumba enorme que tenía columnas corintias—. Un auténtico prófugo. Quedó sepultado cuando cedió una de las vigas de un sótano. Así que ya sabes: nunca te escondas en plena redada de confederados.

—¿De verdad ocurrió eso? —preguntó Luce—. ¿Desde cuándo eres un experto en todo esto?

Aunque le tomara el pelo, Luce se sintió extrañamente privilegiada por el hecho de estar allí con Cam. Él le sostuvo la mirada para asegurarse de que estaba sonriendo.

—Es solo un sexto sentido. —Y le dedicó una amplia e inocente sonrisa—. Pero, si te gusta, también tengo un séptimo sentido, y un octavo, y un noveno…

—Impresionante. —Sonrió—. Aunque ahora mismo me quedaría con el sentido del gusto. Me estoy muriendo de hambre.

—A su servicio.

Cam sacó un mantel de la bolsa y lo extendió en una zona de sombra que había bajo el roble. Desenroscó la tapa de un termo, y a Luce le llegó el olor a café. No solía tomar el café solo, pero le observó llenar un vaso con hielo, verter el café y añadir la cantidad justa de leche.

—He olvidado traer azúcar —dijo.

—Ah, yo no tomo.

Luce bebió un sorbo del café con leche helado, el primer sorbo delicioso de cafeína prohibida que tomaba aquella semana en Espada & Cruz.

—Pues qué suerte —repuso Cam, mientras sacaba el resto del picnic.

Los ojos de Luce se abrieron como platos cuando vio todo lo que llevaba: una barra de pan negro, rodajitas de queso, una terrina de aceitunas, un cuenco con huevos rellenos y dos manzanas verdes relucientes. Parecía imposible que Cam hubiese metido todo eso en la bolsa… o que hubiera planeado comerse todo aquello él solo.

—¿Se puede saber de dónde has sacado todo esto? —le preguntó Luce. Y mientras fingía concentrarse en cortar un trozo de pan, siguió diciendo—: ¿Y con quién planeabas hacer un picnic antes de encontrarte conmigo?

—¿Antes de encontrarme contigo? —Cam rió—. Apenas puedo recordar mi triste vida antes de ti.

Luce le dirigió una mirada ligeramente aviesa para que supiera que el comentario le había parecido muy malo… y solo un poquito halagador. Se recostó, apoyó los codos en el mantel y cruzó las piernas a la altura de los tobillos. Cam estaba sentado con las piernas cruzadas frente a ella, y cuando alargó el brazo para coger el cuchillo del queso su brazo rozó la rodilla de Luce, y ya no lo apartó. La miró como diciendo: «No pasa nada, ¿verdad?».

Como ella ni parpadeó, se quedó tal como estaba, tomó el trozo de pan de la mano de Luce y usó su pierna como si fuera un tablero mientras untaba un triángulo de queso sobre la rebanada. A Luce le gustó la sensación de aquel peso, y con el calor que hacía, eso significaba algo.

—Empezaré con la pregunta más fácil —dijo incorporándose—. Ayudo en la cocina un par de días a la semana. Forma parte del trato de readmisión en Espada & Cruz. Se supone que tengo que «compensar». —Su mirada expresaba indiferencia—. Pero no me importa. Supongo que me gusta la cocina, bueno, sin contar las quemaduras de aceite. —Les dio la vuelta a sus muñecas, y Luce pudo ver decenas de pequeñas cicatrices en los antebrazos—. Gajes del oficio —dijo sin afectación—. Pero también me encargo de la despensa.

Luce no pudo resistir pasar los dedos sobre los diminutos puntos blancos e hinchados que se difuminaban sobre su piel aún más pálida. Antes de que pudiera sentirse avergonzada por su atrevimiento y retirara la mano, Cam se la cogió y la estrechó.

Luce observó sus dedos entre los del chico. No se había dado cuenta del parecido del tono de sus pieles. En un lugar lleno de personas bronceadas, la palidez de Luce siempre la había cohibido. Pero la piel de Cam era tan llamativa, tan perceptible, casi metálica... y ahora se daba cuenta de que ella debía de parecerle a él. Le temblaron los hombros y se sintió un poco mareada.

—¿Tienes frío? —le preguntó él con voz tranquila.

Cuando ambos se miraron a los ojos, ella supo que él sabía que no tenía frío.

Cam se acercó más, y su voz se hizo un susurro.

—¿Supongo que ahora querrás que admita que te he visto cruzando el patio desde la ventana de la cocina y he empaquetado todo esto con la esperanza de convencerte para saltarnos la clase?

En ese momento Luce se habría puesto a juguetear con los cubitos de hielo de su vaso, si no se hubieran deshecho con el calor de septiembre.

—Y has ideado todo este picnic romántico —acabó ella—. ¿En el cementerio?

—Eh —le pasó un dedo por el labio inferior— eres tú la que ha sacado lo del romanticismo.

Luce se echó atrás. Él tenía razón: era ella la que se había lanzado... por segunda vez en un día. Sintió cómo le ardían las mejillas mientras intentaba no pensar en Daniel.

—Es broma —dijo, y sacudió la cabeza al observar que la mirada de Luce se había vuelto triste—. Como si no fuera evidente. —Contempló un buitre que sobrevolaba en círculos una enorme estatua blanca con forma de cañón—. Sé que esto no es el Edén —dijo, y le dio una manzana a Luce—, pero finjamos que estamos protagonizando una canción de los Smiths. Tengo que decir en mi favor que tampoco es que haya mucho con lo que sorprender en este colegio.

Se estaba quedando corto.

—Tal como yo lo veo —prosiguió Cam, recostándose en la manta—, el lugar no tiene importancia.

Luce le dirigió una mirada dubitativa. Prefería que no se hubiera alejado al recostarse, pero era demasiado tímida para acercarse.

—Donde yo me crié —se detuvo un instante—, las cosas no eran muy diferentes del estilo penitenciario de Espada & Cruz. El resultado es que soy del todo inmune a mi entorno.

—Ya, claro. —Luce negó con la cabeza—. Si te diera un billete de avión a California ahora mismo, ¿no te encantaría largarte de aquí?

—Hummm... no me tienta mucho —dijo Cam mientras se comía un huevo relleno.

—No te creo. —Luce le dio un empujoncito.

—Entonces debes de haber tenido una infancia feliz.

Luce mordió la piel verde y dura de manzana y se lamió el jugo que se le derramó por los dedos. Revisó con rapidez su catálogo mental de enfados paternos, consultas médicas, cambios de escuela... y las apariciones de sombras que se cernían como una mortaja sobre cualquier cosa. No, no se podía decir que hubiera tenido una infancia feliz. Pero si Cam no podía ver algo más esperanzador en el horizonte que Espada & Cruz, entonces quizá la suya había sido bastante peor.

Oyeron un susurro a sus pies, y Luce se hizo un ovillo en cuanto vio reptar a una serpiente gruesa, de color verde y amarillo. Guardando las distancias, Luce la observó por encima de las rodillas. No era una simple serpiente, sino una serpiente que estaba mudando la piel, de forma que de su cola se desprendía un envoltorio translúcido. Había serpientes por toda Georgia, pero nunca había visto cómo mudaban la piel.

—No grites —le dijo Cam al tiempo que le ponía una mano sobre la rodilla, lo cual la hizo sentir más segura—. Seguirá su camino si no la molestamos.

Pero no parecía tener mucha prisa, y Luce quería gritar con todas sus fuerzas. Siempre había odiado y temido a las serpientes. Eran tan resbaladizas y escamosas y…

—Aaag.

Estaba temblando, pero no apartó los ojos del animal hasta que desapareció bajo la hierba alta.

Cam sonrió, cogió la muda de piel y se la puso a Luce en la mano. Todavía parecía viva, como la piel de una cabeza de ajos cubierta de rocío que un día su padre había cogido del jardín. Pero aquello acababa de desprenderse de una serpiente. Qué asco. La tiró al suelo y se limpió la mano en los vaqueros.

—Oh, venga, ¿no crees que has sido genial?

—¿Me ha delatado el temblor de las manos?

Luce ya se sentía un poco avergonzada por haberse mostrado tan infantil.

—¿Y qué hay de tu fe en el poder de la transformación? —preguntó Cam mientras toqueteaba la piel—. Después de todo, es por eso por lo que estamos aquí.

Cam se quitó las gafas de sol y Luce pudo contemplar aquellos ojos color esmeralda que irradiaban tanta confianza. Había vuelto a adoptar aquella pose increíblemente tranquila a la espera de que Luce respondiese.

—Empiezo a pensar que eres un poco raro —dijo ella finalmente, esbozando una leve sonrisa.

—Pues piensa en todo lo que aún te queda por saber —repuso, acercándose aún más. Más que cuando apareció la serpiente. Más de lo que ella esperaba. Alargó la mano y le acarició el cabello. Luce se puso tensa.

Cam era guapísimo y misterioso. Lo que ella no lograba comprender era por qué de alguna forma seguía sintiéndose cómoda, cuando debería estar nerviosísima —como en aquel preciso instante—. Quería estar justo donde estaba. No podía apartar la mirada de sus labios, que eran carnosos y rosados, y que cada vez estaban más cerca, produciéndole cierta sensación de vértigo. El hombro de Cam la rozó, y ella sintió un extraño escalofrío. Luce captó el instante en que Cam abría los labios y cerró los ojos.

—¡Aquí estáis! —Una voz jadeante sacó a Luce de su ensueño.

Suspiró exasperada y desvió su atención hacia Gabbe, que, plantada frente a ellos con el cabello recogido a un lado en una coleta, y sonreía completamente inconsciente de la interrupción.

—Os he buscado por todas partes.

—¿Y por qué diablos lo has hecho? —le espetó Cam, fulminándola con la mirada, lo cual hizo subir repentinamente la consideración que Luce tenía de él.

—El cementerio ha sido el último lugar en el que he pensado —siguió parloteando sin dejar de contar con los dedos—: He mirado en vuestras habitaciones, debajo de las gradas, y también en…

—¿Qué quieres, Gabbe? —la interrumpió Cam, como si fuera su hermano mayor, como si se conocieran desde hacía mucho tiempo.

Gabbe parpadeó y luego se mordió el labio.

—Es por la señorita Sophia —dijo al final, chasqueando los dedos—. Sí, eso. Se ha puesto hecha una furia al ver que Luce no había ido a clase. Ha estado diciendo que eras una estudiante tan prometedora y todo eso.

Luce no podía entender a aquella chica. ¿De verdad estaba allí solo porque cumplía órdenes? ¿Se estaba burlando de Luce por causarle una buena impresión a una profesora? ¿Acaso no le bastaba con tener a Daniel y ahora venía a por Cam?

Gabbe debió de presentir que estaba interrumpiendo algo, pero se quedó allí de pie, parpadeando con sus ojos de cordero, jugueteando con uno de sus rubios mechones.

—Venga, ya vale —les exhortó, extendiendo las manos para ayudarlos a levantarse—. Volvamos a clase.

—Lucinda, puedes utilizar el ordenador del puesto tres —dijo la señorita Sophia tras consultar una hoja de papel cuando Luce, Gabbe y Cam entraron en la biblioteca. Nada de «¿Dónde has estado?». Ni la menor reprimenda por el retraso. La señorita Sophia acomodó a Luce al lado de Penn en la sección de informática de la biblioteca. Como si ni siquiera se hubiera percatado de que Luce había estado fuera.

Luce le dirigió a Gabbe una mirada acusadora, pero esta se limitó a encogerse de hombros y a esbozar un «¿Qué?» con los labios.

—¿Dóndehasestado? —le preguntó Penn en cuanto Luce se sentó. Era la única que parecía haberse dado cuenta de que Luce no estaba en clase.

Luce miró a Daniel, que estaba prácticamente sumergido en el ordenador, en el puesto siete. Desde su asiento, todo lo que Luce podía ver era la aureola rubia de su cabello, pero fue suficiente para que se ruborizara. Se hundió en su silla y siguió mortificándose con la conversación que habían tenido en el gimnasio.

Después de todas aquellas complicidades con Cam y tras haber estado a punto de besarse, no podía olvidar lo que sentía por Daniel.

Y nunca estarían juntos.

Eso era fundamentalmente lo que le había dicho Daniel en el gimnasio, después de que, había que reconocerlo, prácticamente se abalanzara sobre él.

El rechazo había herido su corazón hasta tal punto que estaba segura de que todo el mundo podía adivinar lo sucedido solo con mirarla.

Penn, impaciente, daba golpecitos con su lápiz en el pupitre de Luce. Pero Luce no sabía cómo explicarlo. Gabbe había interrumpido el picnic con Cam antes de que Luce pudiera darse cuenta de lo que estaba pasando realmente. O de lo que estaba a punto de pasar. Pero lo más extraño, y lo que no lograba comprender, era por qué todo aquello parecía mucho menos importante que lo ocurrido con Daniel en el gimnasio.

La señorita Sophia estaba en medio de la sección de informática, chasqueando los dedos como una profesora de primaria para captar la atención de sus alumnos. Sus brazaletes de plata tintineaban como campanillas.

—¡Si alguno de vosotros ha hecho su árbol genealógico —gritó por encima del barullo que formaban los estudiantes—, entonces sabrá qué tipo de tesoros yacen en sus raíces!

—Oh, Dios, esa metáfora es horrible —susurró Penn—. Creo que voy a morirme. Mejor: mátame.

—Tenéis veinte minutos para acceder a Internet y empezar a buscar vuestro árbol genealógico —dijo la señorita Sophia, al tiempo que pulsaba el botón del cronómetro—. Cada generación abarca más o menos veinte o veinticinco años, así que intentad remontaros al menos seis generaciones.

Protesta general.

Un suspiro destacó sobre los demás en el puesto siete: Daniel.

La señorita Sophia se volvió hacia él.

—¿Daniel? ¿Tienes algún problema con este ejercicio?

Suspiró otra vez y se encogió de hombros.

—No, no, en absoluto. Está bien. Mi árbol familiar. Supongo que será interesante.

La señorita Sophia ladeó la cabeza con interés.

—Me tomaré lo que has dicho como un apoyo entusiasta. —Dirigiéndose de nuevo a la clase, dijo—: Confío en que encontréis algún tema que valga la pena para hacer un trabajo de investigación de diez o quince páginas.

Era imposible que Luce lograra concentrarse en ese momento. No cuando aún había tantas cosas por asimilar.

Ella y Cam en el cementerio: quizá no era la definición más apropiada de una cita romántica, pero Luce casi lo prefería así, pues no se parecía a nada de lo que había hecho antes. Saltarse la clase para deambular entre todas aquellas tumbas, compartir el picnic mientras Cam le servía un café con leche perfecto, reírse de su miedo a las serpientes… Bueno, ella podría haber pasado sin la escena de la serpiente, pero al menos Cam lo había llevado con delicadeza.

Con mucha más delicadeza de la que Daniel había tenido en toda la semana.

Odiaba tener que admitirlo, pero era la verdad. Daniel no estaba interesado en ella.

Cam, por otro lado…

Lo observó, estaba solo unos pupitres más allá, y él le guiñó un ojo antes de ponerse a teclear. Era evidente que ella le gustaba. Callie no habría podido dejar de proclamar que era obvio.

Quería llamar a Callie en ese mismo instante, salir corriendo de la biblioteca y dejar la tarea del árbol genealógico para otro momento. Hablar de otro chico era la forma más rápida —quizá la única— de quitarse a Daniel de la cabeza. Pero tanto las normas para utilizar el teléfono en Espada & Cruz como todos aquellos estudiantes a su alrededor —tan aplicados, ellos— le impedían hacerlo. Los diminutos ojos de la señorita Sophia peinaban la clase en busca de vagos.

Luce suspiró, derrotada, y abrió el programa de búsqueda en el ordenador. Tendría que permanecer allí durante otros veinte minutos, sin una sola neurona concentrada en aquel ejercicio. Lo último que deseaba era saber más cosas de su aburrida familia. Sus desganados dedos empezaron a teclear trece letras por impulso propio:

«Daniel Grigori».

«Buscar.»

8

Un chapuzón demasiado profundo

Cuando el sábado por la mañana Luce abrió la puerta de su habitación, Penn se precipitó en sus brazos.

—Un día caeré en la cuenta de que las puertas se abren hacia dentro —dijo disculpándose mientras se enderezaba las gafas—. Tengo que dejar de inclinarme sobre las mirillas. Por cierto, bonita habitación —añadió mientras miraba alrededor. Caminó hasta la ventana que había encima de la cama de Luce—. No tienes mala vista, si no fuera por las barras y todo eso, claro.

Luce estaba detrás de ella, y también miró hacia el cementerio, donde destacaba el roble bajo el que había estado de picnic con Cam. Y, fuera de plano, pero muy presente en su mente, el lugar donde había quedado atrapada junto a Daniel bajo la estatua. El ángel vengador que había desaparecido misteriosamente tras el accidente.

Recordar la mirada de preocupación de Daniel cuando susurró el nombre de Luce aquel día, sus caras a pocos centímetros, la sensación cuando le tocó el cuello con las yemas de los dedos... todo aquello hizo que se sintiese acalorada.

Y patética. Suspiró, se alejó de la ventana y reparó en que Penn también lo había hecho.

Estaba cogiendo las cosas del escritorio de Luce para someterlas a un meticuloso reconocimiento. El pisapapeles de la Estatua de Libertad que su padre le había traído de un congreso en la Universidad de Nueva York, la foto de su madre con una permanente hilarante cuando tenía más o menos la edad de Luce, el CD de la epónima Lucinda Williams que le dio Callie como regalo de despedida antes de que Luce hubiera oído hablar de Espada & Cruz…

—¿Dónde tienes los libros? —le preguntó a Penn, con la intención de evitar abrir de nuevo el baúl de los recuerdos—. Dijiste que venías a estudiar.

En ese momento, Penn ya estaba hurgando en el armario. Luce vio que su interés declinaba rápidamente al comprobar que todo eran variaciones de las camisetas y jerséis negros reglamentarios. Cuando Penn se dirigía hacia los cajones, Luce se interpuso dispuesta a interceptarla.

—Ok, ya vale, cotilla —le espetó—. ¿No teníamos que buscar información sobre los árboles genealógicos?

—Hablando de cotilleos —dijo Penn con los ojos refulgentes—. Sí, tenemos que buscar algo, pero no lo que estás pensando.

Luce la miró sin comprender.

—¿Eh?

—Mira. —Penn le puso una mano en el hombro—, si de verdad quieres saber algo de Daniel Grigori…

—¡Chisss! —chistó Luce, y se dirigió hacia la puerta de inmediato. Asomó la cabeza al pasillo y echó un vistazo. No había moros en la costa, pero eso no quería decir nada. En aquel colegio la gente tenía una sospechosa habilidad para aparecer surgiendo de la nada. Sobre todo Cam. Y Luce se moriría si él, o cualquier otro, averiguara cuán enamorada estaba ella de Daniel; cualquier otro que no fuera Penn, evidentemente.

Satisfecha, Luce cerró la puerta con llave y se volvió hacia su amiga. Penn estaba sentada en el borde de la cama, con las piernas cruzadas. Parecía divertirse.

Luce se puso las manos en la espalda y hundió el dedo del pie en la alfombra roja y circular que había junto a la puerta.

—¿Qué te hace pensar que quiero saber algo de él?

—Oh, vamos —contestó Penn riendo—. A, es completamente evidente que miras a Daniel Gregori tooodo el tiempo.

—¡Chisss! —volvió a chistar Luce.

—B —dijo Penn, sin bajar la voz—, el otro día vi cómo te pasabas toda la clase buscándolo por Internet. Demándame si quieres… pero fuiste muy descarada. Y C, no te pongas paranoica. ¿Crees que en este colegio cotorreo con alguien que no seas tú?

Sin duda, algo de razón tenía.

—Solo digo —continuó— que, si «hipotéticamente» quisieras saber más cosas sobre cierta persona sin nombre, cabría la posibilidad de que accedieras a otros recursos. —Penn se encogió de hombros—. Ya sabes, con ayuda de alguien.

—Soy toda oídos —dijo Luce, dejándose caer en la cama. Su búsqueda en Internet no pasó de teclear, borrar y volver a teclear el nombre de Daniel en el campo de búsqueda.

—Esperaba que dijeras eso —repuso Penn—. Hoy no he traído los libros porque voy a ofrecerte —y abrió mucho los ojos— una visita guiada por la guarida subterránea y clandestina de los archivos de Espada & Cruz.

Luce hizo una mueca.

—No sé… ¿fisgonear en los archivos de Daniel? No estoy segura de necesitar más motivos para sentirme una acosadora desquiciada.

—Ja —se rió Penn por lo bajo—. Y sí, lo has pronunciado en voz alta. Venga, Luce. Será divertido. Además, ¿qué otra cosa podrías hacer una radiante mañana de sábado?

Era un día agradable, justo uno de esos días que te hacían sentir sola si no tenías planeado algo divertido al aire libre. Durante la noche Luce había dejado la ventana abierta y, al levantarse, la brisa fría se había llevado el calor y la humedad.

Solía pasar esos días soleados de principios de otoño yendo en bici con sus amigos por los senderos del vecindario. Eso fue antes de evitar los caminos boscosos a causa de las sombras, que solo ella veía. Antes de aquel día, durante el recreo, en que sus amigos le dijeron que sus padres les habían prohibido invitarla a casa, por si se producía algún «incidente».

Lo cierto era que a Luce le había entrado un poco de miedo al plantearse cómo pasaría aquel primer fin de semana en Espada & Cruz. Sin clases, sin terroríficas pruebas deportivas, sin eventos sociales en la agenda. Solo cuarenta y ocho horas de tiempo libre. Una eternidad. Hasta que apareció Penn, no había parado de pensar con nostalgia en su casa.

—De acuerdo. —Luce intentó no reírse cuando lo dijo—: Llévame a tu guarida secreta.

Penn iba prácticamente saltando mientras guiaba a Luce a través del césped pisoteado, en dirección al vestíbulo principal, que estaba cerca de la entrada del colegio.

—No sabes cómo he esperado el momento de poder traer conmigo a una compañera de fechorías hasta aquí.

Luce sonrió, contenta de que Penn diera más importancia a tener una amiga con la que investigar que al hecho de que... bueno, a eso que Luce sentía por Daniel.

Al cruzar el reformatorio, pasaron por delante de algunos chavales que holgazaneaban en las gradas, bajo el luminoso sol de última hora de la mañana. Era extraño ver color en el patio, y en aquellos alumnos, a los que Luce no podía dejar de identificar con el color negro. Pero allí estaba Roland, con unos pantalones cortos color verdelima y una pelota en los pies. Y Gabbe, con una camisa de algodón violeta desabrochada. Jules y Phillip —la pareja de los *piercings* en la lengua— se dibujaban algo en las raídas rodilleras de los vaqueros. Todd Hammond permanecía sentado en las gradas, apartado de los demás, con una camiseta de camuflaje, leyendo un tebeo. Incluso la camiseta sin mangas y las bermudas grises de Luce parecían más brillantes que cualquier otra cosa que hubiera llevado aquella semana.

La entrenadora Diante y la Albatros hacían guardia en el césped, y habían dispuesto dos sillas de jardín y una sombrilla combada en el límite de las instalaciones. Si no fuera porque se las veía tirar la ceniza de los cigarros en el césped, podían haber estado durmiendo tras las gafas de sol. Parecían muy aburridas, tan aprisionadas por su trabajo como los alumnos a los que tenían que vigilar.

Había un montón de gente en el patio, pero, mientras seguía de cerca a Penn, Luce se alegró de que no hubiera nadie cerca del vestíbulo principal. Nadie le había hablado a Luce de las zonas restringidas (ni siquiera sabía qué zonas estaban restringidas), aunque no le cabía la menor duda de que Randy encontraría un castigo adecuado.

—¿Y qué pasa con las rojas? —preguntó Luce al acordarse de las omnipresentes cámaras.

—A algunas les he puesto baterías gastadas de camino a tu habitación —respondió Penn, con el mismo tono indiferente con que se dice «Acabo de ponerle gasolina al coche».

Penn barrió con la vista los alrededores antes de dejar entrar a Luce por la puerta trasera, y bajaron los tres empinados escalones que daban a una puerta de color aceituna, invisible a ras del suelo.

—¿Este sótano también es de la época de la Guerra Civil? —preguntó Luce. Parecía la entrada a un lugar donde esconder prisioneros de guerra.

Penn se recreó inspirando el aire húmedo de aquel cutículo.

—¿Acaso esta podredumbre maloliente no responde a tu pregunta? El moho de esta sala es de antes de la guerra —le dijo sonriente a Luce—. La mayoría de los estudiantes se morirían por tener la oportunidad de inhalar este aire vetusto.

Luce intentó no respirar por la nariz mientras Penn sacaba un manojo de llaves digno de una ferretería, sujetas por un enorme cordón.

—Mi vida sería mucho más fácil si hicieran una llave maestra para toda la escuela —dijo, mientras rebuscaba hasta dar con una llave delgada y plateada.

Cuando giró la llave, Luce sintió un inesperado escalofrío de emoción. Penn tenía razón: aquello era mucho mejor que elaborar el árbol genealógico.

Caminaron un pequeño trecho a través de un pasillo cálido y húmedo cuyo techo quedaba apenas a unos centímetros de sus cabezas. El aire viciado olía a descomposición, y Luce casi estaba contenta de que el lugar fuera demasiado oscuro para ver el suelo con claridad.

Justo cuando empezaba a sentir claustrofobia, Penn sacó otra llave y abrió una puerta pequeña aunque mucho más moderna que tuvieron que franquear agachadas.

Dentro de la oficina de archivos olía a moho, pero al aire era mucho más fresco y seco. Todo estaba oscuro como la noche, excepto por el resplandor débil y rojizo de la señal de SALIDA que parpadeaba sobre ellas.

Luce pudo distinguir la robusta silueta de Penn tentando el aire con las manos.

—¿Dónde está esa cuerdecita? —musitó—. Ah, aquí.

Encendió una bombilla desnuda que colgaba del techo mediante una cadena metálica. La luz en la habitación todavía era tenue, pero Luce vio que las paredes de cemento eran de color verde aceituna y estaban llenas de estanterías de metal y armarios archivadores. En cada estantería había docenas de ficheros, y los pasillos entre los archivadores parecían prolongarse hasta el infinito. Todo se hallaba cubierto por una gruesa capa de polvo.

De repente, la luz del sol pareció muy lejana, y aunque Luce sabía que solo habían bajado unos escalones, tenía la sensación de estar a un kilómetro bajo tierra. Se frotó los brazos desnudos. Aquel sería el lugar perfecto para instalarse si fuese una sombra. Aún no había señales de su presencia, pero Luce sabía que esa no era razón suficiente para sentirse a salvo.

Penn, indiferente a la oscuridad del sótano, cogió una escalerilla del rincón.

—Guau —dijo, arrastrándola tras de sí—. Algo ha cambiado. Los historiales antes estaban allí… Supongo que han hecho un poco de limpieza general desde la última vez que me colé aquí.

—¿Cuánto hace de eso? —preguntó Luce.

—Como una semana… —la voz de Penn se apagó al desaparecer detrás de un gran archivador.

Luce no podía imaginarse para qué querría Espada & Cruz todas aquellas cajas. Abrió la tapa de una de ellas y extrajo un fichero donde podía leerse MEDIDAS DE REHABILITACIÓN. Tragó saliva con dificultad. Quizá era mejor no saberlo.

—¡Está por orden alfabético! —gritó Penn. Su voz sonaba amortiguada y lejana—. E, F, G… Aquí lo tenemos, Grigori.

El susurro de las hojas guió a Luce hacia un estrecho pasillo, y enseguida encontró a Penn sosteniendo a duras penas una caja con ambas manos. Aguantaba el archivo de Daniel entre la barbilla y el pecho.

—Es muy delgado —dijo, al tiempo que alzaba ligeramente la barbilla para que Luce pudiera cogerlo—. Normalmente, son mucho más… —Miró a Luce y se mordió el labio—. Vale, ahora soy yo la que parece la loca acosadora. Veamos qué hay dentro.

La ficha de Daniel solo constaba de una página. Habían pegado una copia en blanco y negro de la que debía de ser su foto de carnet en la esquina superior derecha. Miraba directamente a la cámara con una leve sonrisa. Luce no pudo evitar sonreír a su vez. Estaba igual que aquella noche, cuando… bueno, no sabría decir cuándo. La expresión de su rostro estaba muy clara en su mente, y sin embargo no conseguía saber dónde la había visto.

—Dios mío, ¿no crees que está exactamente igual? —dijo Penn interrumpiendo los pensamientos de Luce—. Y mira la fecha. La foto es de hace tres años, cuando vino por primera vez a Espada & Cruz.

Eso debía de ser lo que Luce había pensado: que Daniel estaba igual que ahora. Sin embargo, sintió que había estado pensando —o que iba a pensar— algo diferente, pero no podía recordar qué.

—Padres: desconocidos —leyó Penn, mientras Luce miraba por encima de su hombro—. Tutor: Orfanato del Condado de Los Ángeles.

—¿Orfanato? —preguntó Luce, llevándose instintivamente la mano al pecho.

—Eso es todo lo que hay. El resto es su...

—«Historial criminal» —acabó de leer Luce—: «Merodear por una playa pública a horas intempestivas... vandalismo con un carrito de la compra... cruzar con un semáforo en rojo.»

Penn abrió los ojos de par en par y reprimió una carcajada.

—¿A Grigori Loverboy lo arrestaron por cruzar en rojo? Reconoce que tiene gracia.

Luce no soportaba imaginar que habían detenido a Daniel, por el motivo que fuese, y aún le disgustaba más que, según Espada & Cruz, toda su vida pudiera reducirse a una lista de delitos insignificantes. Con todas aquellas cajas llenas de papeles allí abajo, y eso era todo cuanto había sobre Daniel.

—Tiene que haber algo más —dijo Luce.

Oyeron pasos en el piso de arriba. Luce y Penn miraron de inmediato hacia el techo.

—La oficina principal —susurró Penn, y se sacó un pañuelo de la manga para sonarse—. Podría ser cualquiera, pero no te preocupes, nadie va a bajar aquí.

Un segundo después, sonó el crujido de una puerta abriéndose a lo lejos, y una luz proveniente del vestíbulo iluminó la escalera. Empezaron a oírse unos pasos que bajaban. Luce notó que Penn la agarraba de la camiseta y la empujaba contra la pared detrás de una estantería. Esperaron, conteniendo la respiración, sujetando con fuerza la ficha de Daniel. Las iban a pillar con las manos en la masa.

Luce tenía los ojos cerrados y se esperaba lo peor, cuando un canturreo evocador, inquietante y melodioso se abrió paso por el sótano. Alguien estaba cantando.

—Taaa ta ta ta taaa —tarareaba una voz femenina.

Luce estiró el cuello entre dos cajas y pudo ver a una mujer mayor y delgada con una pequeña linterna sujeta a la cabeza como si fuera un minero. La señorita Sophia. Llevaba dos cajas grandes, una encima de la otra, de modo que lo único que se veía de ella era su frente brillante, y se movía con tanta ligereza que parecía que las cajas estuvieran llenas de plumas en lugar de contener pesados archivos.

Penn cogió a Luce de la mano mientras observaban cómo Sophia dejaba las cajas de archivos en una estantería vacía. Luego cogió un bolígrafo y anotó algo en su libreta.

—Solo quedan un par más —dijo, y murmuró algo que Luce no llegó a entender.

Un instante más tarde, la señorita Sophia desapareció escaleras arriba, tan rápido como había llegado, aunque aún la oyeron tararear durante unos segundos más.

Cuando se cerró la puerta, Penn soltó el aire de sus pulmones.

—Ha dicho que había más. Seguramente volverá a bajar.

—¿Qué hacemos? —preguntó Luce.

—Tú sube las escaleras —dijo Penn, señalándoselas—. Arriba, tuerce a la izquierda y estarás de nuevo en el vestíbulo principal. Si alguien te ve, di que estabas buscando el baño.

—Y tú, ¿qué?

—Voy a devolver la ficha de Daniel a su sitio y luego nos encontraremos en las gradas. La señorita Sophia no sospechará nada si me ve solo a mí, porque yo paso bastante tiempo aquí, casi es mi segunda habitación.

Luce miró la ficha de Daniel y sintió una punzada de remordimiento. Aún no estaba preparada para irse. Al tiempo que había renunciado a averiguar más sobre Daniel, había empezado a pensar en Cam. Daniel era enigmático y, por desgracia, su ficha también lo era. Cam, por otro lado, parecía tan abierto y claro que a Luce le entró curiosidad, pensó que en los archivos podría encontrar algo que tal vez él no quisiera compartir con ella. Pero le bastó con ver la cara de Penn para comprender que no podían perder ni un segundo.

—Si hay algo más sobre Daniel, lo encontraremos —le aseguró Penn—. Seguiremos buscando. —La empujó con suavidad hacia la puerta—. Ahora, vete.

Luce corrió por el fétido pasillo y de un empujón abrió la puerta que daba a las escaleras. El aire allí aún olía a húmedo, pero a cada escalón que subía se volvía más fresco y puro. Cuando dobló la esquina al final de la escalera, tuvo que frotarse los ojos y parpadear hasta que se acostumbró a la resplandeciente luz diurna del pasillo, y por fin accedió al vestíbulo principal por las puertas encaladas. Y allí se quedó helada.

Dos botas negras de tacón de aguja, como las que llevaría una malvada bruja sureña, cruzadas a la altura de los tobillos, sobresalían de la cabina de teléfono. Luce se apresuró para llegar hasta la puerta de la calle, con la esperanza de que no la vieran, cuando se percató de que las botas de tacón de aguja estaban pegadas a unos *leggings* de piel de reptil, que a su vez estaban pegados a una adusta Molly. Tenía la diminuta cámara plateada en la mano, miró a Luce, colgó el teléfono y pateó el suelo.

—¿Por qué será que tienes pinta de haber hecho algo, Pastel de Carne? —preguntó, al tiempo que se levantaba y se ponía en jarras—. Déjame adivinar: has decidido ignorar mi consejo de mantenerte alejada de Daniel.

Todo aquel numerito del monstruo malvado solo podía ser una broma. Era imposible que Molly supiera dónde había estado Luce, no sabía nada de ella y no tenía ninguna razón para ser tan desagradable. Desde el primer día de clase, Luce no le había hecho nada a Molly, salvo intentar mantener las distancias.

—¿Ya te has olvidado del infernal desastre que causaste la última vez que quisiste obligar a quererte a un chico al que no le interesabas? —La voz de Molly sonaba afilada como un cuchillo—. ¿Cómo se llamaba? ¿Taylor? ¿Truman?

Trevor. ¿Cómo podía saber Molly lo de Trevor? Era su secreto mejor guardado, el más oscuro, y el único que Luce quería —necesitaba— que nadie supiera en Espada & Cruz. Pero, la Encarnación del Mal no solo estaba al corriente de todo, sino que además no tenía reparos en echárselo en cara de forma cruel y arrogante... en mitad del vestíbulo del colegio.

¿Era posible que Penn le hubiera mentido, que Luce no fuera la única con quien compartía los secretos de las fichas? ¿Había alguna otra explicación lógica? Luce se cruzó de brazos, y se sintió mareada y vulnerable... y tan inexplicablemente culpable como la noche del incendio.

Molly ladeó la cabeza.

—Al fin —dijo, como si le hubieran quitado un peso de encima—, parece que has entendido algo. —Le dio la espalda y abrió la puerta exterior. Antes de salir parsimoniosamente se volvió, miró a Luce por encima del hombro—: No le hagas a nuestro querido Daniel lo que le hiciste a… como se llame. *Capisce?*

Luce salió tras ella, pero cuando ya había dado algunos pasos se dio cuenta de que probablemente se echaría a llorar si se enfrentaba a Molly en ese momento. Era demasiado despiadada. Y entonces, para añadir sal a su herida, Gabbe llegó trotando desde las gradas para encontrarse con Molly en medio del campo. Estaban demasiado lejos para que Luce pudiera discernir la expresión de sus rostros cuando se volvieron para mirarla. La cabeza rubia con cola de caballo se inclinaba hacia la cabeza negra con peinado de duendecillo… la reunión íntima más malvada que Luce había visto nunca.

Cerró los puños con fuerza al imaginar que Molly le estaría explicando todo lo que sabía de Trevor a Gabbe, quien a su vez no tardaría ni un segundo en llevarle las noticias a Daniel. Aquel pensamiento le provocó un angustioso dolor que se le propagó desde los dedos hasta el pecho a través de los brazos. A Daniel quizá lo habían arrestado por cruzar en rojo, pero ¿qué era eso comparado con lo que había llevado a Luce hasta allí?

—¡Cuidado! —gritó alguien.

Luce odiaba esa advertencia, pues ella ejercía una extraña atracción sobre todo tipo de material deportivo. Hizo una mueca y miró hacia el sol, pero no pudo ver nada ni tuvo suficiente tiempo para cubrirse la cara antes de que sintiera un golpetazo en un lado de la cabeza y oyera un sonoro «pong» en sus oídos. Aaah.

La pelota de fútbol de Roland.

—¡Buen tiro! —gritó Roland cuando la pelota rebotó directa hacia él. Como si hubiese sido su intención. Se frotó la frente y dio unos pasos, tambaleándose.

Una mano la sujetó por la muñeca, y una oleada de calor la obligó a contener la respiración. Cuando bajó la vista vio que unos dedos bronceados rodeaban su brazo, alzó la vista y se encontró con los ojos grises de Daniel.

—¿Estás bien? —le preguntó. Cuando ella asintió, él enarcó una ceja—. Si querías jugar al fútbol, solo tenías que decirlo. Me habría gustado explicarte algunas cuestiones clave del juego, por ejemplo cómo la mayoría de la gente usa partes menos delicadas de su cuerpo para devolver un pase.

Le soltó la muñeca, y Luce pensó que iba a pasarle la mano por la zona donde había recibido el golpe. Por un segundo contuvo la respiración, pero enseguida vio que la mano se limitaba a apartarse los rubios cabellos de los ojos.

Fue en ese momento cuando Luce se dio cuenta de que Daniel se estaba burlando de ella.

¿Y, por qué no iba a hacerlo? Lo más probable era que tuviese la marca de una pelota de fútbol impresa en la mejilla.

Molly y Gabbe —y ahora Daniel— seguían observándola con los brazos cruzados.

—Creo que tu novia se está poniendo celosa —dijo Luce haciendo un gesto en dirección a la pareja.

—¿Cuál de ellas? —preguntó.

—No sabía que las dos lo fueran.

—No, ninguna lo es —respondió sin más—. No tengo novia, pero ¿cuál pensabas que lo era?

Luce estaba desconcertada. ¿Y qué había de aquella conversación entre susurros con Gabbe? ¿Y la forma en que las dos los estaban mirando en ese momento? ¿Daniel le estaba mintiendo?

Él la miró con extrañeza.

—Quizá el golpe ha sido más fuerte de lo que me imaginaba —dijo—. Venga, vamos a dar un paseo para que te dé el aire.

Luce intentó buscarle la gracia a aquel último comentario sarcástico de Daniel. ¿Le estaba diciendo que era una cabeza hueca y que por eso necesitaba más aire? No, eso no tenía sentido. Lo miró. ¿Cómo lograba parecer siempre tan sincero? Justo ahora que ya se estaba acostumbrando a los «desdenes Grigori».

—¿Adónde? —preguntó Luce con cautela, pues en ese momento resultaba demasiado fácil sentirse contenta por el hecho de que Daniel no tuviera novia y quisiera ir con ella a alguna parte. Tenía que haber gato encerrado.

Daniel se limitó a entrecerrar los ojos en dirección a las chicas que había al otro lado del campo.

—A algún lugar donde no nos observen.

Luce le había dicho a Penn que se encontrarían en las gradas, pero ya tendría tiempo de explicárselo más tarde y, por descontado, Penn lo entendería. Luce dejó que Daniel la guiara ante la mirada escrutadora de las chicas; pasaron por delante de la pequeña arboleda de melocotoneros y por detrás de la vieja iglesia-gimnasio. Llegaron a un bosquecillo de hermosos robles retorcidos que Luce nunca hubiera imaginado encontrarse en aquel paraje. Daniel miró atrás para asegurarse de que la seguía, y ella le sonrió, como si ir detrás de él fuera algo natural, pero mientras se abría paso entre las sinuosas raíces centenarias, no pudo dejar de pensar en las sombras.

Se estaba adentrando en el bosque frondoso, donde la oscuridad bajo el follaje solo se veía interrumpida aquí y allá por algunos rayos de sol. El intenso olor a barro frío y húmedo llenaba el aire, y de repente Luce supo que había agua cerca.

De haber sido de esas personas que rezan, aquel habría sido el momento de hacerlo, para que no aparecieran las sombras durante el breve lapso en que iba a estar con Daniel, de forma que él no viera hasta qué punto podía llegar a desquiciarse. Pero ella no había rezado nunca, no sabía cómo hacerlo. En lugar de ello, se limitó a cruzar los dedos.

—Hay un claro en el bosque allí arriba —dijo Daniel.

Cuando llegaron, Luce se quedó sin aliento.

Algo había cambiado mientras Daniel y ella caminaban por el bosque, algo más que la mera distancia que los separaba del aspecto flemático de Espada & Cruz. Porque, cuando salieron de debajo de los árboles y subieron hasta aquella roca, era como si estuvieran en medio de una postal, de esas que se venden en los quioscos, una imagen de un sur idílico que ya no existía. Cada color que veía Luce era brillante, más reluciente de lo que parecía solo un momento antes, desde el lago azul cristalino que había a sus pies hasta el bosque esmeralda que los rodeaba. Dos gaviotas volaban surcando el cielo nítido. Cuando se puso de puntillas, pudo ver el comienzo del pardo saladar que sabía que más adelante daría paso a la espuma blanca del océano, en algún lugar más allá del horizonte invisible.

Miró a Daniel. Él también brillaba. La luz le volvía la piel dorada, y sus ojos parecían de lluvia. Sentir cómo la miraba era algo increíble, excepcional.

—¿Qué te parece? —preguntó. En ese momento, alejados de todos, parecía mucho más relajado.

—Nunca he visto nada tan maravilloso —dijo, observando la superficie prístina del lago y sintiendo la necesidad de sumergirse. Había una roca enorme cubierta de musgo que sobresalía unos veinte metros del agua—. ¿Qué es eso?

—Te lo voy a enseñar —respondió y se quitó los zapatos. Luce intentó no mirar (sin éxito) cuando se quitó la camiseta y dejó al descubierto su torso musculado—. Vamos —la animó, lo cual le hizo darse cuenta de que se había quedado embobada—. Puedes bañarte con lo que llevas —añadió señalando la camiseta gris sin mangas y los pantalones que llevaba puestos—, esta vez incluso te dejo ganar.

Ella rió.

—¿Esta vez? ¿Acaso te he dejado ganar yo alguna vez a ti?

Daniel empezó a asentir, pero se detuvo de forma brusca.

—No… quiero decir que… como perdiste en la competición de la piscina el otro día.

Por un momento, Luce sintió la necesidad de explicarle por qué había perdido. Quizá se reirían a costa de aquel malentendido, cuando ella creyó que Gabbe era su novia. Pero, en aquel momento, Daniel ya tenía los brazos sobre la cabeza y estaba en el aire, arqueándose y cayendo, sumergiéndose en el lago con un salto sobrio y perfecto.

Era una de las cosas más bellas que Luce había visto. Había sido de una elegancia inigualable. Incluso el chapuzón le dejó una musiquilla maravillosa en los oídos.

Quería estar con él allí abajo.

Se quitó los zapatos, los dejó bajo un magnolio, junto a los de Daniel, y se quedó al borde del peñasco. Había una caída de unos siete metros, el tipo de salto que le daba un vuelco al corazón. Pero un buen vuelco.

Un segundo después, la cabeza de Daniel salió a la superficie. Sonreía, abriéndose paso en el agua.

—¡No hagas que cambie de opinión sobre lo de dejarte ganar! —gritó.

Luce inspiró hondo, apuntó con los dedos por encima de la cabeza de Daniel e hizo el salto del ángel. La caída duró una fracción de segundo, pero descender y descender por el aire le pareció la sensación más deliciosa de cuantas había experimentado.

Chofff. Al principio la impactó el agua fría, pero un instante después la temperatura ya le resultaba ideal. Salió a la superficie para coger aire, miró a Daniel y empezó a nadar en estilo mariposa.

Puso tanto ahínco en sus brazadas que dejó de prestar atención a Daniel. Sabía que estaba dando lo mejor de sí y esperaba que él estuviera mirándola. Cada vez le fue ganando más terreno, hasta que tocó la roca con la mano, un segundo antes que Daniel.

Ambos estaban jadeando cuando a duras penas subieron hasta la roca plana, que el sol había calentado. Los bordes eran resbaladizos a causa del musgo, y a Luce le resultó difícil encontrar dónde agarrarse; Daniel, sin embargo, subió sin problemas. Luego le tendió la mano y la ayudó a ella, hasta que pudo subir una pierna.

Cuando Luce consiguió salir completamente del agua, él estaba tendido boca arriba, casi seco. Solo las bermudas delataban que acababa de estar en el lago. A Luce, por el contrario, la ropa mojada se le pegaba al cuerpo, y su cabello goteaba por todas partes. La mayoría de los chicos no habrían perdido la oportunidad de comerse con los ojos a una chica empapada, pero Daniel siguió tendido y cerró los ojos, como si le dejara tiempo para escurrir su ropa, ya fuera por amabilidad o por indiferencia.

Amabilidad, decidió ella, aunque sabía que se estaba comportando como una romántica desesperada. Pero Daniel parecía tan perspicaz que debía de estar sintiendo como mínimo una pequeña parte de lo que Luce sentía. No solo en lo que se refería a la atracción, a la necesidad de estar cerca de él cuando todos los demás le decían que se apartara, sino a esa sensación tan vívida de que se conocían —y mucho— de algo.

Daniel abrió los ojos de golpe y sonrió, con la misma sonrisa que lucía en la foto de su ficha. Luce experimentó un *déjà vu* tan intenso que también tuvo que tenderse.

—¿Qué? —preguntó él, nervioso.

—Nada.

—Luce.

—No puedo quitármelo de la cabeza —dijo, poniéndose de lado para estar frente a él. Todavía no se sentía lo bastante tranquila para poder incorporarse—. La sensación de que ya te conozco. Que te conozco desde hace tiempo.

El agua chocaba contra las rocas y salpicaba los pies de Luce, que colgaban al borde de la roca. Estaba fría, y le puso la carne de gallina en las pantorrillas. Entonces, Daniel le preguntó:

—¿No hemos hablado ya de esto? —Su tono de voz había cambiado, como si se lo tomara a broma. Hablaba como uno de los chicos de Dover: ufano, eternamente aburrido, engreído—. Me halaga que pienses que tenemos esa conexión, de verdad. Pero no tienes por qué inventar no sé qué historia olvidada para que un chico te preste atención.

No... ¿de verdad pensaba que le contaba todo aquello de la sensación extraña solo para acercarse a él? Apretó los dientes, avergonzada.

—¿Por qué iba a inventármelo? —preguntó, entornando los ojos por el sol.

—Dímelo tú —dijo Daniel—. No, mejor no me lo digas. No serviría de nada. —Suspiró—. Mira, tenía que haberte dicho esto antes, cuando empecé a ver las señales.

Luce se incorporó. El corazón le iba a mil por hora. Daniel también había visto las señales.

—Sé que antes te di calabazas en el gimnasio —dijo, sopesando las palabras, y Luce se acercó instintivamente, como si así las palabras fueran a salir más rápido—. Tenía que haberte dicho la verdad.

Luce esperó.

—Salí un poco escaldado la última vez que estuve con una chica. —Introdujo la mano en el agua, cogió una hoja de nenúfar y la fue desmenuzando—. Alguien a quien quería de verdad, no hace mucho. No es nada personal, no pretendo ignorarte. —La miró, y un rayo de sol atravesó una gota de agua que tenía en el cabello, haciéndola relucir—. Pero tampoco quiero que te hagas ilusiones. Al menos por ahora, no estoy interesado en salir con nadie.

Oh.

Ella miró hacia otra parte, hacia el agua quieta y azul donde solo unos minutos antes habían estado riéndose y jugando. En el lago ya no había más señales de aquella felicidad. Tampoco en la cara de Daniel.

Bueno, Luce también había salido escaldada. Quizá, si le contaba lo de Trevor y lo horrible que había sido todo, él le revelaría algo de su pasado. Pero enseguida supo que no soportaría oírle hablar sobre su pasado con otra chica. La imagen de Daniel con otra —Gabbe, Molly, un montaje de caras sonrientes, ojos grandes y larga melena— bastaba para que le entraran náuseas.

Su historia con final triste debería haberlo justificado todo. Pero no lo hizo. Desde el principio, Daniel se había comportado de un modo muy raro con ella. Le hizo aquel gesto obsceno con el dedo el primer día, antes de que los hubieran presentado, y luego la protegió de la estatua en el cementerio al siguiente. Y, por último, la había llevado al lago, a solas. Se habían cruzado demasiadas veces.

Daniel había bajado un poco la cabeza, pero la miraba fijamente.

—¿No te convence la respuesta? —le preguntó, casi como si supiera lo que ella estaba pensando.

—Todavía creo que hay algo que no me cuentas —dijo.

Luce sabía que todo eso no podía explicarse por una mala ruptura, pues a ella también le habían roto el corazón. Era una experta en la materia.

Daniel le daba la espalda, estaba mirando en dirección al sendero que habían tomado para llegar al lago. Al cabo de unos instantes, se rió con amargura.

—Claro que hay cosas que no te cuento. Apenas te conozco. No entiendo muy bien por qué piensas que te debo algo.

Se puso de pie.

—¿Adónde vas?

—Tengo que volver.

—No te vayas —le susurró, pero él no pareció oírla.

Se le aceleró el corazón cuando vio a Daniel zambulléndose en el agua.

Salió a la superficie bastante lejos y empezó a nadar hacia la orilla. Se volvió hacia ella una vez, a medio camino, y se despidió definitivamente con la mano.

Cuando arqueó los brazos sobre la cabeza para hacer una brazada perfecta de estilo mariposa, a Luce se le hinchó el corazón. Aunque se sentía muy vacía por dentro, no podía evitar admirarlo. Tan limpio, tan natural, que apenas parecía que estuviera nadando.

En un abrir y cerrar de ojos ya había llegado a la orilla, de modo que la distancia entre ellos resultaba mucho más corta de lo que le parecía a ella. Parecía tan relajado mientras nadaba, pero era imposible que hubiera alcanzado la otra orilla tan rápido sin haber nadado cortando el agua.

¿Por qué tenía tanta prisa en alejarse?

Observó —con una confusa mezcla de vergüenza y —por qué no reconocerlo— de deseo a Daniel cuando se puso de pie en la otra orilla. La luz del sol entre los árboles resaltaba su silueta y la hacía tan resplandeciente que Luce tuvo que entrecerrar los ojos.

Se preguntó si el pelotazo le habría afectado a la vista, o si lo que estaba viendo era un espejismo, un efecto óptico de la luz a última hora de la tarde.

Se levantó para ver mejor.

Él solo estaba sacudiéndose el agua del pelo, pero una pátina de gotitas parecía flotar a su alrededor, desafiando a la gravedad por encima de sus brazos.

La forma en que el agua brillaba por efecto de la luz del sol creaba la ilusión de que Daniel tenía alas.

9

Estado de inocencia

El lunes por la tarde, la señorita Sophia, de pie tras la cátedra del aula más grande del Agustine, intentaba hacer sombras chinescas. Había organizado una sesión de estudio de última hora para los alumnos de su clase de Religión antes del examen parcial del día siguiente y, puesto que Luce ya se había perdido un mes entero de las clases, pensó que tendría que ponerse al día en muchas cosas.

Ello explicaba que fuera la única que cuando menos fingía que tomaba apuntes. Los demás estudiantes ni siquiera se dieron cuenta de que el sol de la tarde que entraba por las estrechas ventanas del lado oeste estaba echando a perder aquel escenario de sombras casero. Y Luce no quería evidenciar que estaba prestando atención levantándose para bajar las persianas.

Cuando el sol empezó a calentarle la nuca, se sorprendió al comprobar cuánto tiempo llevaba sentada en aquella clase. Había visto resplandecer el sol matinal, como si se tratara de una melena alrededor del escaso cabello del señor Cole durante la clase de Historia Mundial. Había sufrido el calor sofocante de media tarde durante la clase de Biología con la Albatros. Y ahora estaba a punto de anochecer. El sol había cruzado el colegio de lado a lado, y Luce apenas se había levantado del pupitre. Sentía el cuerpo tan rígido como la silla metálica sobre la que se hallaba sentada, y su mente estaba tan embotada como su lápiz, que casi se había gastado de tanto tomar apuntes.

¿A qué venía lo de las sombras chinescas? ¿Acaso ella y los demás alumnos tenían cinco años?

Pero Luce se sentía culpable. Entre todos los profesores, la señorita Sophia era la más agradable con diferencia, e incluso no hacía mucho la había llamado aparte para interesarse por cómo iba el trabajo del árbol genealógico de Luce. Tuvo que fingir una gratitud sin límite cuando durante una hora le volvió a explicar con detenimiento cómo funcionaba la base de datos. Se sentía un poco avergonzada, pero era mucho mejor hacerse la tonta que tener que admitir que había estado demasiado obsesionada con cierto compañero para dedicarse a su investigación.

En ese momento la señorita Sophia, con su vestido negro de crespón, unía elegantemente sus pulgares al tiempo que levantaba las manos en el aire para preparar la siguiente postura. Fuera, una nube cubrió el sol. Luce volvió a prestar atención cuando se dio cuenta de que de repente había una sombra real y visible en la pared, detrás de la señorita Sophia.

—Como recordaréis de haber leído en *El paraíso perdido* el año pasado, cuando Dios dio a los ángeles voluntad propia —dijo la señorita Sophia a través del micrófono que llevaba en la solapa de color marfil, mientras batía sus finos dedos como si fueran alas de ángel perfectas—, hubo uno que traspasó los límites. —La señorita Sophia bajó la voz con dramatismo, y Luce observó cómo retorcía los dedos a fin de que las alas de ángel se transformasen en los cuernos del demonio.

Detrás de Luce, alguien murmuró:

—Pero si nos lo han explicado miles de veces…

Desde el momento que la señorita Sophia había empezado la clase, no hubo palabra que dijera que no suscitara comentarios entre los alumnos. Quizá era porque Luce no había tenido una educación religiosa como los demás, o quizá porque lo lamentaba por la señorita Sophia, pero cada vez sentía unas ganas más incontrolables de volverse y acallar a los charlatanes.

Estaba irritada, cansada y hambrienta. En lugar de ir con los demás a comer, habían informado a los veinte alumnos que estaban en la clase de Religión de la señorita Sophia de que, si iban a la sesión de estudio «opcional» —un adjetivo equívoco, la previno Penn—, les servirían la comida en la misma aula donde daban la clase, para ganar tiempo.

La comida —que no fue la del mediodía, ni siquiera el almuerzo, sino un tentempié genérico a última hora de la tarde— supuso una experiencia extraña para Luce, pues lo pasaba bastante mal para encontrar algo de comer en la cafetería, donde lo único que se consideraba alimento era la carne. Randy había pasado con el carrito lleno de deprimentes sándwiches y unas jarras de agua tibia.

Todos los sándwiches contenían misteriosos trozos fríos de algo indefinido con mayonesa y queso, y Luce había observado con envidia a Penn, que se comía uno tras otro y dejaba las cortezas con la marca de sus dientes. Luce se estaba ocupando de «desboloñesar» un sándwich cuando Cam se asomó por encima de su hombro. Abrió la mano y le enseñó unos higos frescos. La piel de vibrante color púrpura les daba el aspecto de piedras preciosas.

—¿Qué es esto? —preguntó Luce sonriendo.

—No vas a vivir de pan y agua, ¿no? —respondió.

—No los comas.

Era Gabbe, quien de inmediato le cogió los higos de la mano y los tiró a la basura. De nuevo había interrumpido una conversación privada; reemplazó los higos por un puñado de M&M's que había comprado en la máquina. Llevaba una cinta en el pelo con los colores del arco iris. Luce se imaginó a sí misma arrancándosela y tirándola a la basura.

—Tiene razón —dijo Arriane, que fulminó a Cam con la mirada—. ¿Quién sabe qué drogas puede haberles metido?

Luce se rió, porque supuso que Arriane estaba de broma, pero al ver que nadie más sonreía se calló de golpe y se guardó los M&M's en el bolsillo, justo en el momento en que la señorita Sophia les pedía que se sentaran.

Después de lo que le parecieron un montón de horas, todavía permanecían atrapados en el aula, y la señorita Sophia solo había explicado desde el principio de la Creación hasta la Guerra en el Cielo. Ni siquiera habían llegado a Adán y Eva. El estómago de Luce empezó a protestar con rugidos.

—¿Y alguien sabe quién fue el ángel malvado que se enfrentó a Dios? —preguntó la señorita Sophia, como si le estuviera leyendo un cuento a un grupo de niños en la biblioteca.

Luce casi esperaba que la clase le respondiera a coro con un infantil «Sí, señorita Sophia».

—¿Nadie lo sabe?

—¡Roland! —dijo Arriane con un grito ahogado.

—Exacto —respondió la señorita Sophia, asintiendo con aire angelical. Era un poco dura de oído—. Ahora lo llamamos Satán, pero en el pasado actuó bajo muchos nombres distintos: Mefistófeles, Belial e incluso, para algunos, Lucifer.

Molly, que había estado sentada delante de Luce meciéndose con la silla y dando golpecitos al pupitre de Luce durante la última hora con la única intención de volverla loca, al instante le pasó un papelito a Luce.

Luce... Lucifer... ¿No tienen algo que ver?

Su caligrafía era siniestra, impulsiva y frenética. Luce vio cómo sus pómulos se levantaban para componer una sonrisa sarcástica. En un momento de debilidad agudizada por el hambre, Luce, furiosa, empezó a garabatearle una respuesta: que la habían llamado así por Lucinda Williams, la mejor cantautora viva, en cuyo concierto (que casi cancelan por la lluvia) se conocieron sus padres. Y que después de resbalar con un vaso de plástico y desplomarse en los brazos de su padre, su madre ya no se había separado de ellos en los siguientes veinte años; su nombre tenía un significado y era romántico, ¿qué tenía que decir al respecto la bocazas de Molly? Y además, en todo caso, si en el colegio había alguien que se parecía a Satán, ese alguien no era quien había recibido la nota, sino quien la había escrito.

Los ojos de Luce perforaron la parte trasera del nuevo peinado pelirrojo de duendecillo de Molly. Luce estaba a punto de arrojarle el papel doblado para vérselas con ella si era necesario cuando la señorita Sophia le llamó la atención con nuevas figuras de sombras.

Alzó las manos sobre la cabeza, ahuecándolas, con las palmas hacia arriba. Al bajarlas, como por arte de magia, las sombras de sus dedos en la pared parecían piernas y brazos sacudiéndose, como los de alguien que hubiera saltado de un puente o de un edificio. La visión era tan impactante, tan oscura y a la vez tan bien conseguida que desconcertó a Luce. No podía dejar de mirarla.

—Durante nueve días y nueve noches —dijo la señorita Sophia—, Satán y sus ángeles cayeron sin parar del cielo.

Aquellas palabras le recordaron algo a Luce. Miró dos filas más allá, donde estaba Daniel, que le sostuvo la mirada medio segundo antes de hundir la cabeza en su cuaderno. Pero aquella mirada efímera había sido suficiente y, de golpe, le vino todo a la cabeza: el sueño que había tenido la noche anterior.

Había sido una recreación de lo que ocurrió entre Daniel y ella en el lago. Pero en el sueño, cuando Daniel decía adiós y se zambullía en el agua, Luce tenía el valor de ir tras él. El agua estaba caliente, tan agradable que ni siquiera se sentía mojada, y había bancos de peces violetas pululando a su alrededor. Nadaba todo lo rápido que podía, y al principio pensaba que los peces la empujaban hacia Daniel, a la orilla, pero pronto la masa de peces se oscurecía y le tapaba la vista, y dejaba de ver a Daniel. Los peces se volvían sombríos y adquirían un aspecto malvado, y se acercaban cada vez más hasta que ella no podía ver nada, y sentía que se hundía, que las profundidades arenosas del lago se la tragaban. Lo que la aterraba no era no poder respirar, sino no poder salir nunca más a la superficie. Perder a Daniel para siempre.

Luego, aparecía Daniel desde abajo, con los brazos extendidos como si fueran velas que ahuyentaban a los peces sombríos y envolvían a Luce, y entonces ambos regresaban a la superficie. Salían disparados del agua, y subían y subían por encima de la roca y del magnolio donde habían dejado los zapatos. Un instante después habían alcanzado tal altura que Luce no podía ver el suelo.

—Y al final aterrizaron —dijo la señorita Sophia apoyando las manos en la cátedra— en las fosas ardientes del Infierno.

Luce cerró los ojos y suspiró. Solo había sido un sueño. Por desgracia, la realidad era aquella.

Volvió a suspirar y apoyó la barbilla en las manos, mientras recordaba la respuesta a la nota de Molly, que aún tenía doblada en la mano y que ahora le parecía estúpida y precipitada. Mejor no contestarle, para que Molly no supiera que le había molestado.

Un avión de papel aterrizó sobre su antebrazo. Miró al otro lado de la clase, desde donde Arriane le guiñaba un ojo de forma exagerada.

Doy por sentado que no estás fantaseando con Satán. ¿Por dónde anduvisteis tú con DG el sábado por la tarde?

Luce no había podido hablar con Arriane a solas en todo el día. Entonces, ¿cómo podía saber Arriane que Luce había estado con Daniel? Mientras la señorita Sophia estaba ocupada representando los nueve círculos del Infierno con sombras chinescas, Luce vio cómo Arriane lanzaba otro avión certeramente dirigido a su pupitre.

Pero Molly también lo vio.

Alzó los brazos justo a tiempo para atraparlo con sus uñas negras, pero Luce no estaba dispuesta a pasarle esa. A su vez, rescató el avión de entre las manos de Molly, rasgando sonoramente el ala por la mitad. Logró meterse la nota rasgadas en el bolsillo antes de que la señorita Sophia se volviera.

—Lucinda y Molly —dijo frunciendo los labios y posando las manos en la cátedra—. Espero que podáis compartir con el resto de la clase lo que sea que necesitéis discutir mediante ese irrespetuoso intercambio de notas.

Luce se puso a pensar a velocidad de vértigo, porque si no decía algo de inmediato lo haría Molly, y era imposible saber lo humillante que podría llegar a ser.

—M-Molly me estaba comentando —balbuceó— que no está de acuerdo con usted respecto a la visión del Infierno. Tiene una opinión personal sobre este tema.

—Bueno, pues, Molly, si tienes una visión alternativa del Submundo, sin duda me gustaría escucharla.

—Pero qué diablos… —murmuró Molly. Se aclaró la garganta y se levantó—. Usted ha descrito la boca de Lucifer como el lugar más inmundo del Averno, y por eso todos los traidores acaban allí. Pero yo pienso —prosiguió, como si lo tuviera ensayado— que el lugar más terrible del Infierno —y se volvió para mirar a Luce— no debería estar reservado a los traidores, sino a los cobardes, y a los débiles y endebles fracasados, pues opino que los traidores, cuando menos, tomaron una decisión. Pero ¿los cobardes? Solo vagan y se comen las uñas, demasiado aterrorizados para hacer nada. Lo cual, sin duda, es mucho peor. —Entonces tosió, y a continuación añadió—: ¡Lucinda! —Se aclaró la garganta—. Pero esa solo es mi opinión personal. —Y se sentó.

—Gracias, Molly —dijo la señorita Sophia con delicadeza—. Estoy segura de que todos te agradecen que lo hayas compartido con nosotros.

Luce no lo agradecía. Había dejado de escuchar en medio de la perorata, pues había notado una sensación espeluznante que le atenazaba la boca del estómago.

Las sombras. Podía sentirlas antes de verlas, brotando a borbotones del suelo como si fuera alquitrán. Un tentáculo de oscuridad se enroscó en su muñeca, y Luce vio aterrorizada cómo intentaba abrirse paso hasta el bolsillo. Iba a por el avión de papel de Arriane. ¡Y Luce aún no lo había leído! Con la mano bien metida en el bolsillo y haciendo acopio de toda su fuerza de voluntad, la pellizcó con dos dedos.

Y ocurrió algo increíble: la sombra retrocedió y huyó como un animal herido. Era la primera vez que Luce era capaz de hacer algo semejante.

Al otro lado del aula, cruzó su mirada con la de Arriane, que tenía la cabeza ladeada y la boca abierta.

La nota… todavía debía de estar esperando a que la leyera.

La señorita Sophia apagó la luz.

—Creo que mi artritis ha tenido suficiente Infierno por esta noche. —Se rió entre dientes, lo cual movió a los alumnos adormilados a imitarla—. Si releéis los siete ensayos que os he adjuntado sobre *El paraíso perdido*, creo que no tendréis ningún problema para el examen de mañana.

Mientras el resto de los alumnos recogían sus cosas con rapidez y salían disparados de la clase, Luce desplegó la nota de Arriane:

Dime que no te vino con esa excusa patética de «La última vez salí escaldado…».

Vaya. Sin duda tenía que hablar con Arriane y averiguar qué sabía ella de Daniel. Pero antes…

Estaba de pie frente a ella. La hebilla plateada de su cinturón se reflejó en los ojos de Luce. Respiró profundamente y lo miró.

Los ojos de Daniel, grises con motas violetas, parecían tranquilos. No había hablado con él desde hacía dos días, desde que se había despedido de ella en el lago. Era como si el tiempo que habían estado separados lo hubiera rejuvenecido.

Luce se dio cuenta de que había dejado la nota de Arriane abierta sobre el pupitre. Tragó saliva y se la metió en el bolsillo con disimulo.

—Quería disculparme por haberme ido de una manera tan repentina el otro día —dijo Daniel, y sonaba extrañamente formal. Luce no sabía si se suponía que debía aceptar sus disculpas, pero él no le dio tiempo de responder—. Me imagino que llegaste bien a tierra firme.

Ella intentó sonreír. Se le pasó por la cabeza contarle a Daniel el sueño que había tenido, pero por suerte concluyó que hacerlo habría estado fuera de lugar.

—¿Qué te ha parecido la clase de repaso? —Daniel parecía retraído, rígido, como si no hubieran hablado nunca. Quizá estaba bromeando.

—Ha sido una tortura —respondió Luce. A Luce siempre le había molestado que las chicas inteligentes fingiesen haberse aburrido como una ostra en clase, solo porque daban por sentado que eso era lo que un chico querría oír. Pero Luce no estaba fingiendo: había sido una auténtica tortura.

—Bueno —dijo Daniel, aparentemente complacido.

—¿También ha sido una lata para ti?

—No —respondió misterioso, y en ese momento Luce habría deseado haber mentido para parecer más interesada de lo que en verdad estaba.

—Entonces… te ha gustado —dijo ella; quería añadir algo, algo para que él no se fuera y siguiera allí hablando con ella—. ¿Y qué es lo que te ha gustado?

—«Gustar» quizá no sea la palabra adecuada. —Tras una larga pausa, añadió—: Estudiar estas cosas… me viene de familia. Supongo que no puedo evitar sentir una conexión.

Luce tardó un poco en asimilar aquellas palabras. Su mente estaba viajando al sótano maloliente donde había visto la ficha de Daniel. La ficha que afirmaba que Daniel Grigori había pasado la mayor parte de su vida en el Orfanato del Condado de Los Ángeles.

—No sabía que tenías familia —dijo ella.

—¿Cómo ibas a saberlo?

—No sé… es decir, ¿tienes?

—La cuestión es por qué crees saber algo de mi familia o de mí.

Luce sintió que el estómago le daba un vuelco. Vio en los ojos alarmados de Daniel el cartel de «Peligro: Alerta por acoso», y supo que había vuelto a fastidiarla.

—D —dijo Roland, que había aparecido detrás de Daniel y le había puesto la mano en el hombro—, ¿quieres quedarte por si dan otra clase eterna, o nos movemos?

—Es verdad —respondió Daniel con voz tranquila, mientras miraba a Luce de reojo por última vez—, larguémonos de aquí.

Por supuesto —era obvio—, Luce tenía que haber desaparecido hacía varios minutos, al sentir el primer impulso de divulgar los detalles de la ficha de Daniel. Una persona normal e inteligente habría eludido el tema, o lo habría cambiado para hablar de algo más convencional o, como mínimo, habría cerrado su gran bocaza.

Pero... Luce estaba comprobando día tras día —sobre todo cuando estaba con Daniel— que era incapaz de hacer nada que entrara en la categoría de lo «normal» o de lo «inteligente».

Observó a Daniel mientras se alejaba con Roland. No miró atrás, y cada paso que daba le hacía sentir más y más sola.

10
Señales de humo

—¿A qué estás esperando? —le espetó Penn un segundo después de que Daniel se fuera con Roland—. Vámonos. —Y tiró a Luce de la mano.

—¿Adónde? —preguntó Luce. Todavía le palpitaba el corazón por la conversación con Daniel, y por verlo marcharse. La sombra que proyectaban los esculturales hombros de Daniel en el vestíbulo parecía más grande que él mismo.

Penn le dio un golpecito en la cabeza.

—¿Hay alguien ahí? A la biblioteca, como te he dicho en la nota. —Entonces se percató de la cara inexpresiva de Luce—. ¿No has recibido ninguna de mis notas? —Se dio una palmada en la pierna—. Pero si se las di a Todd para que se las diera a Cam para que te las diera a ti…

—Pony Express. —Cam se puso delante de Penn y le mostró a Luce dos trozos de papel doblados que sostenía entre el índice y el dedo corazón.

—A ver si me lo aclaras. ¿Acaso tu caballo se ha muerto de cansancio por el camino? —le dijo Penn en tono desabrido, y cogió las notas—. Te las he dado hace como una hora. ¿Por qué has tardado tanto? ¿No las habrás leído…?

—Claro que no. —Cam se llevó una mano al pecho, ofendido. Llevaba un anillo grueso de color negro en el dedo corazón—. Por si no te acuerdas, han reñido a Luce por pasarse notas con Molly...

—Yo no me estaba pasando notas con Molly...

—Lo que sea —replicó Cam; le quitó las notas a Penn y se las dio, finalmente, a Luce—. Solo he intentado hacer lo mejor para vosotras, a la espera de que surgiera la oportunidad idónea.

—Bueno, pues gracias.

Luce se guardó las notas en el bolsillo y se encogió de hombros, como diciendo «qué-se-le-va-a-hacer».

—Hablando de esperar el momento adecuado —dijo Cam—, el otro día estaba dando una vuelta y me encontré esto.

Les mostró un caja roja de terciopelo y la abrió para que Luce pudiera verla.

Penn se asomó por encima del hombro de Luce a fin de poder echarle un vistazo.

Dentro había una fina cadena de oro con un colgante circular que tenía grabada una línea en el centro y una cabeza de serpiente en la punta.

Luce lo miró. ¿Se estaba burlando de ella?

Él tocó el colgante.

—Pensé que después de lo del otro día... Quería ayudarte a que te enfrentaras a tu miedo —dijo, en un tono que denotaba cierto nerviosismo, pues temía que ella no lo aceptara. ¿Iba a aceptarlo?—. No, es broma. Simplemente me gustó. Es especial y me recordó a ti.

Era especial. Y muy bonito, y a Luce le pareció que no se lo merecía.

—¿Lo has comprado? —preguntó, pues prefería hablar de cómo había logrado salir del campus a preguntarle «¿Por qué a mí?»—. Pensaba que el quid de los reformatorios era que nadie podía salir de ellos.

Cam levantó ligeramente la barbilla y sonrió con los ojos.

—Hay formas de salir —contestó con tranquilidad—. Algún día te las enseñaré, o mejor, podría enseñártelas... ¿esta noche?

—Cam, cariño —dijo una voz a sus espaldas. Era Gabbe, que le había dado un golpecito en el hombro; llevaba una trenza francesa sujeta detrás de la oreja, como si fuera una impecable cinta para el pelo. Luce la miró, celosa—. Necesito que me ayudes a montarlo todo —ronroneó.

Luce miró a su alrededor y se dio cuenta de que eran los únicos cuatro alumnos que quedaban en el aula.

—Más tarde daré una fiestecita en mi habitación —dijo Gabbe, apoyando la barbilla en el hombro de Cam para dirigirse a Luce y a Penn—. Vais a venir, ¿no?

Gabbe, cuyos labios siempre tenían aspecto pegajoso debido a la gran cantidad de brillo que se ponía, y cuyo cabello rubio siempre aparecía en el preciso instante en que un chico empezaba a hablar con Luce. Incluso aunque Daniel le hubiera dicho que no había nada entre ellos, Luce sabía que nunca serían amigas.

En cualquier caso, no tienes por qué llevarte bien con alguien para ir a su fiesta, sobre todo cuando ciertas personas que sí te gustan seguramente estarán allí...

¿O debía aceptar la oferta de Cam? ¿Realmente sugería salir del internado? El día anterior, corrió un rumor por la clase cuando Jules y Phillip, la pareja del *piercing* en la lengua, no asistieron a la clase de la señorita Sophia. Al parecer, habían intentado salir del campus en medio de la noche, una cita secreta que se fue al garete, y los habían confinado por separado en algún lugar del que ni siquiera Penn sabía nada.

Lo más raro era que la señorita Sophia —que no solía tolerar los cuchicheos— durante la clase no acalló los rumores descabellados que se extendían entre los estudiantes. Era casi como si el profesorado quisiera que los estudiantes se imaginaran los peores castigos para quienes osaran infringir aquellas normas dictatoriales.

Luce tragó saliva y miró a Cam. Él le ofreció el brazo, ignorando por completo a Gabbe y a Penn.

—¿Qué te parece, pequeña? —le preguntó, y sonó tan encantador como los clásicos de Hollywood, lo cual hizo que Luce se olvidara de lo que les había pasado a Jules y a Phillip.

—Lo siento —interrumpió Penn dirigiéndose a ambos mientras apartaba a Luce cogiéndola del codo—, pero tenemos otros planes.

Cam miró a Penn como si no supiera de dónde había salido. Aquel chico sabía hacer que Luce se sintiera una versión mejorada y más enrollada de sí misma, y tenía la virtud de cruzarse en su camino justo cuando Daniel le había hecho sentir exactamente lo contrario. Pero Gabbe seguía junto a él, y Penn tiró de Luce con más insistencia, así que les dijo adiós con la mano, que aún sostenía el regalo de Cam.

—Eh… ¡quizá la próxima vez! ¡Gracias por el collar!

Tras dejar atrás a Cam y a Gabbe desconcertados en el aula vacía, Penn y Luce salieron del Augustine. Daba un poco de miedo quedarse a solas en el edificio oscuro a aquella hora tan avanzada, y a juzgar por el paso apresurado de Penn al bajar las escaleras supo que ella también se sentía igual.

Fuera hacía viento. Un búho ululaba en una palmera. Cuando pasaron bajo los robles que había junto al edifico, unos desordenados zarcillos de musgo español acariciaron sus pies como si fueran mechones de cabello enredados.

—«¿Quizá la próxima vez?» —dijo Penn imitando la voz de Luce—. ¿De qué iba eso?

—De nada… no sé. —Luce quería cambiar de tema—. Y no lo he dicho con ese tono de pija —se quejó sonriente mientras caminaban—. Otros planes… pensaba que te lo habías pasado bien en la fiesta la semana pasada.

—Si por casualidad leyeras la correspondencia reciente, verías que nos esperan cosas más importantes.

Luce se vació los bolsillos, descubrió que aún tenía los M&M's y los compartió con su amiga, que puso una pega muy propia de ella —esperaba que provinieran de un lugar que cumpliese las medidas de higiene básicas—, aunque se los comió sin rechistar.

Luce desplegó la primera de las notas de Penn, que parecía una página fotocopiada de alguna de las fichas del archivo subterráneo.

Gabrielle Givens
Cameron Briel
Lucinda Price
Todd Hammond
EMPLAZAMIENTOS ANTERIORES:
Todos en el noreste, excepto T. Hammond
   (Orlando, Florida)

Arriane Alter

Daniel Grigori

Mary Margaret Zane

EMPLAZAMIENTOS ANTERIORES:

Los Ángeles, California

La llegada a Espada & Cruz del grupo de Lucinda estaba registrada el 15 de setiembre de ese año. La del segundo grupo el 15 de marzo de tres años antes.

—¿Quién es Mary Margaret Zane? —preguntó Luce.

—La mismísima virtuosa Molly —respondió Penn.

¿El nombre de Molly era Mary Margaret?

—No me extraña que la tenga tomada con el mundo —dijo Luce—. ¿De dónde has sacado todo esto?

—Lo encontré en una de las cajas que la señorita Sophia bajó el otro día —explicó Penn—. Esa es la letra de la señorita Sophia.

Luce miró a Penn.

—¿Qué quiere decir? ¿Por qué tendría que registrar todo esto? Pensaba que tenían nuestras fechas de llegada por separado en cada ficha.

—Así es. Yo tampoco me lo explico —añadió Penn—. Y, además, aunque ingresaras en el mismo momento que los demás, no parece que tengas nada en común con ellos.

—No podría tener menos en común con ellos —dijo Luce, recordando las miradas evasivas que siempre le dedicaba Gabbe.

Penn se rascó la barbilla.

—Pero cuando Arriane, Molly y Daniel llegaron, ya se conocían de antes. Supongo que venían del mismo centro de Los Ángeles.

Allí, en alguna parte, estaba la clave del secreto de Daniel. Tenía que haber algo más que un centro para menores en California. Pero al pensar de nuevo en la reacción de Daniel —aquel terror que le hizo palidecer cuando Luce se mostró interesada en saber algo de él—, en fin, tuvo la sensación de que todo cuanto Penn y ella estaban haciendo resultaba fútil e inmaduro.

—¿Qué quiere decir todo esto? —preguntó Luce, repentinamente malhumorada.

—No sé por qué la señorita Sophia recopilaría toda esta información. Aunque, ahora que lo recuerdo, llegó a Espada & Cruz el mismo día que Arriane, Daniel y Molly… ¿Quién sabe? Quizá no signifique nada. Hay tan poca cosa de Daniel en los archivos, que pensé que lo mejor era enseñarte todo lo que he encontrado. De ahí el anexo B.

Señaló la segunda nota que Luce tenía en la mano.

Luce suspiró. Parte de ella quería parar aquella investigación y dejar de sentirse avergonzada con respecto a Daniel. Pero su parte más lanzada todavía ansiaba saber más cosas de él… lo cual, paradójicamente, resultaba mucho más fácil de conseguir cuando él no estaba presente con aquellos argumentos que hacían que se sintiera avergonzada.

Bajó la vista a la nota, la fotocopia de una ficha antigua del catálogo de una biblioteca.

Grigori, D., *Los vigilantes: El mito en la Europa medieval*, Seraphim Press, Roma, 1755.
Registro n.º: R999.318 GRI.

—Parece que uno de los ascendientes de Daniel era un erudito —dijo Penn, leyendo por encima del hombro de Luce.

—A eso era a lo que debía de referirse —le susurró Luce. Miró a Penn—. Me dijo que el estudio de la religión le venía de familia. Debía de referirse a esto.

—Pensaba que era huérfano…

—No preguntes —dijo Luce haciendo un gesto con la mano—. Es un tema delicado. —Señaló el título del libro con el dedo—: ¿Qué es un vigilante?

—Solo hay una forma de saberlo —dijo Penn—. Aunque puede que nos arrepintamos, porque tiene pinta de ser el libro más aburrido de la historia. Aun así —añadió frotándose los nudillos en la camiseta—, me tomé la libertad de comprobar el catálogo y debería de estar en la biblioteca. Ya me darás las gracias.

—Eres buena. —Luce sonrió de oreja a oreja. Estaba impaciente por ir a la biblioteca. Si algún familiar de Daniel había escrito un libro era imposible que fuera aburrido. O, cuando menos para Luce, no podía serlo. Entonces miró aquel otro objeto que todavía tenía en la mano: la caja de terciopelo de Cam.

»¿Qué crees que significa esto? —le preguntó a Penn mientras subían las escaleras de mosaico hacia la biblioteca.

Penn se encogió de hombros.

—Las serpientes te provocan…

—Odio, angustia, paranoia extrema y repugnancia —enumeró Luce.

—Quizá es como… bueno, a mí me solían dar terror los cactus. No podía ni verlos… no, no te rías. ¿Alguna vez te has pinchado con uno? Las espinas se te quedan en la piel durante días. Bueno, da igual, la cuestión es que un año, por mi cumpleaños, mi padre me regaló como once cactus. Al principio quería tirárselos a la cabeza, pero luego, mira por dónde, me acostumbré y dejé de ponerme de los nervios cuando tenía uno cerca. A mí me funcionó de maravilla.

—Así que, según tú, el regalo de Cam —dijo Luce— es en verdad muy tierno.

—Supongo —respondió Penn—. Aunque, si hubiera sabido que estaba por ti, no le habría confiado nuestra correspondencia privada. Lo siento.

—No está por mí —empezó a decir Luce, toqueteando la cadena de oro que había en la cajita e imaginándose cómo le quedaría.

A Penn no le había contado nada del picnic con Cam porque… bueno, en realidad no sabía muy bien por qué. Tenía que ver con Daniel y con el hecho de que Luce aún no sabía muy bien en qué posición estaba, o más bien quería estar, con respecto a los dos chicos.

—Ja. —Penn se rió socarronamente—. Eso significa que te gusta un poco y, por lo tanto, estás engañando a Daniel. No puedo seguir tu ritmo con los hombres.

—Como si tuviera algo con alguno de ellos —objetó Luce sin demasiada convicción—. ¿Crees que Cam ha leído las notas?

—Si lo ha hecho, y aun así te ha dado el collar —respondió Penn—, entonces es que de verdad le gustas, chica.

Entraron en la biblioteca, y las gruesas puertas dobles se cerraron tras ellas con un ruido sordo que el eco propagó por la sala. La señorita Sophia alzó la vista por encima de los montones de papeles que cubrían su escritorio, alumbrado por una lámpara.

—Ah, hola, chicas. —Las saludó con una sonrisa tan grande que Luce volvió a sentirse culpable por haber estado en las nubes durante su clase—. ¡Espero que disfrutarais de la breve sesión de repaso! —exclamó con voz cantarina.

—Muchísimo —asintió Luce, aunque de breve no hubiera tenido nada—. Hemos venido a repasar algunos detalles más antes del examen.

—Exacto —intervino Penn—. Nos ha inspirado usted.

—¡Eso es maravilloso! —la señorita Sophia rebuscó entre los papeles—. Tengo una lista de lecturas complementarias por alguna parte, y estaré encantada de haceros una copia.

—Genial —mintió Penn, mientras empujaba a Luce hacia los pasillos—. La avisaremos si la necesitamos.

Más allá del escritorio de la señorita Sophia, la biblioteca estaba en completo silencio. Luce y Penn se fijaron en los números de referencia de los libros que había en las estanterías de camino a la sección de religión. Las luces de bajo consumo tenían detectores de movimiento y, en principio, debían encenderse cuando ellas pasaban por cada pasillo, pero solo funcionaban la mitad. Luce reparó en que Penn seguía cogiéndola del brazo, y entonces fue consciente de que no quería que la soltara.

Las chicas llegaron a la sala de estudio, que solía estar llena, si bien en ese momento solo había una lámpara encendida. Todos debían de estar en la fiesta de Gabbe. Todos excepto Todd. Tenía los pies apoyados en la silla de enfrente y parecía estar leyendo un atlas mundial del tamaño de una mesa de café. Cuando las chicas se acercaron, alzó la vista con una expresión lánguida que podía ser de extrema soledad o bien de leve disgusto por la interrupción.

—¿No es un poco tarde para que estéis por aquí? —preguntó.

—¿Y tú? —le replicó Penn, sacándole la lengua de forma exagerada.

Cuando les separaron algunas estanterías de él, Luce enarcó una ceja y miró a Penn.

—¿Qué ha sido eso?

—¿El qué? —refunfuñó Penn—. Coquetea conmigo. —Se cruzó de brazos y resopló para apartarse un mechón que le caía sobre los ojos—. O algo parecido.

—¿Qué te pasa? ¿Estás en primaria? —se burló Luce.

Penn levantó el dedo índice ante Luce con tal intensidad que Luce se habría asustado si no hubiera sido porque no paraba de reírse.

—¿Conoces a alguien que quiera hurgar en la historia familiar de Daniel Grigori contigo? No creo, así que déjame en paz.

Ya habían llegado al extremo más alejado de la biblioteca, donde los 999 libros estaban alineados en una sola estantería de color peltre. Penn se agachó y resiguió los lomos de los volúmenes con el dedo, y Luce sintió un temblor, como si alguien le pasara un dedo por el cuello. Miró a su alrededor y vio una voluta gris; no era negra, como solían ser las sombras, sino más difuminada, más ligera. Pero igual de inoportuna.

La observó, con los ojos como platos, mientras la sombra se alargaba en una línea larga y ondulada sobre la cabeza de Penn. Descendía lentamente, como una aguja de coser, y Luce no quería pensar qué podía ocurrir si tocaba a su amiga. El otro día, en el gimnasio, fue la primera vez que las sombras la tocaron a ella, y aún se sentía como si la hubieran violado, casi sucia. No sabía qué más podían hacer.

Nerviosa, y sin saber muy bien lo que estaba haciendo, Luce estiró el brazo como si fuera un bate de béisbol, respiró hondo y bateó. Se le erizó la piel al golpear la sombra helada y la apartó de golpe. También golpeó a Penn en la cabeza.

Esta se llevó las manos a la cabeza y miró a Luce con los ojos desorbitados.

—Pero ¿qué pasa contigo?

Luce se agachó de inmediato junto a Penn y le acarició la cabeza.

—Lo siento, había una… me ha parecido ver una avispa en tu pelo. Me ha entrado miedo, no quería que te picara.

Era consciente de que aquella excusa había sido muy mala, y espera que su amiga le dijera que estaba loca… ¿qué iba a hacer una avispa en la biblioteca? Sabía que Penn la dejaría allí tirada.

Pero la cara redonda de Penn se relajó, tomó la mano de Luce entre las suyas y le dio un apretón.

—A mí también me dan pánico las avispas —dijo—. Soy alérgica y podría morir si me picaran, así que básicamente me has salvado la vida.

Era como si estuvieran viviendo uno de esos momentos que estrechan los vínculos… o no, porque a Luce le estaban consumiendo las sombras. Si hubiera alguna forma de apartarlas de su mente, sin tener que apartar también a Penn…

Aquella última sombra de color gris claro le había dejado una sensación incómoda. La uniformidad de las sombras nunca había sido un tema que la reconfortara especialmente, pero esas últimas variaciones la desconcertaban. ¿Aquello significaba que había más sombras distintas abriéndose camino para llegar hasta ella? ¿O quizá tenía cada vez más capacidad para distinguirlas? ¿Y cómo explicar aquel extraño suceso durante la clase de la señorita Sophia, cuando pellizcó a una sombra antes de que pudiera meterse en su bolsillo? Lo había hecho sin pensarlo, y no tenía ninguna razón para pensar que con dos dedos podía ahuyentar a las sombras, pero lo había logrado —miró las estanterías que la rodeaban— al menos durante un rato.

Se preguntaba si había sentado algún tipo de precedente para futuros contactos con las sombras. Sin embargo, llamar «contacto» a lo que le había hecho a la sombra que flotaba sobre la cabeza de Penn… incluso Luce sabía que se trataba de un eufemismo. Tuvo un desagradable presentimiento al comprender que lo que había empezado a hacer con las sombras era algo así como… luchar.

—Qué raro —dijo Penn desde el suelo—. Tendría que estar justo aquí, entre *El diccionario de los ángeles* y este terrible libro del fuego y el azufre de Billy Graham. —Alzó la vista hacia Luce—. Pero no está.

—Pensaba que habías dicho que…

—Lo sé. El ordenador lo ha listado como disponible cuando lo he mirado esta tarde, pero ahora es demasiado tarde para consultarlo de nuevo.

—Pregúntale a Todd —sugirió Luce—. Quizá lo está usando para camuflar sus *Playboys*.

—Qué asco. —Penn le golpeó la pierna.

Luce sabía que solo había bromeado para intentar apaciguar su decepción. Resultaba de lo más frustrante. No podía averiguar nada de Daniel sin toparse con un muro. No sabía qué podría hallar en las páginas de aquel libro «super-lo-que-fuera», pero cuando menos le diría algo acerca de Daniel. Lo cual era mejor que nada.

—Espera un momento —le dijo Penn incorporándose—. Voy a preguntarle a la señorita Sophia si alguien lo ha consultado hoy.

Luce observó a Penn retroceder por el largo pasillo hasta el mostrador principal, y sonrió al ver que aceleraba la marcha al pasar por donde Todd estaba sentado.

En cuanto estuvo sola, Luce toqueteó algunos libros de las estanterías. Hizo un rápido repaso mental de los alumnos de Espada & Cruz, pero no se le ocurrió ninguno que pudiera consultar un viejo libro religioso. Quizá lo había usado la señorita Sophia como material de referencia en la sesión de repaso de antes. Luce se preguntó qué habría sentido Daniel estando allí sentado mientras escuchaba a la bibliotecaria hablar sobre asuntos que probablemente habían sido temas de sobremesa durante su infancia. Quería saber cómo había sido la niñez de Daniel. ¿Qué le había ocurrido a su familia? ¿Había tenido una educación religiosa en el orfanato? ¿O su infancia se parecía en algo a la suya, en la cual solo se perseguían religiosamente las buenas notas y la excelencia académica? Quería saber si Daniel había leído ese libro de su antepasado y qué pensaba de él, y si a él mismo le gustaba escribir. Quería saber qué estaba haciendo en ese preciso momento en la fiesta de Gabbe, cuándo era su cumpleaños, qué pie calzaba y si alguna vez dedicaba un solo segundo de su tiempo a pensar en ella.

Luce sacudió la cabeza. Aquella cadena de pensamientos la conducía directamente a la Ciudad de la Pena, y no quería seguir ese camino. Cogió el primer libro que vio en la estantería —el aburridísimo *Diccionario de los ángeles* con cubierta de tela— y decidió distraerse un poco hasta que volviera Penn.

Estaba leyendo la historia del ángel caído Abbadon, que se arrepentía de haber apoyado a Satán y se lamentaba todo el tiempo de su decisión —bostezo—, cuando oyó un sonido estridente sobre su cabeza. Luce vio el parpadeo rojo de la alarma de incendios.

—Alerta. Alerta —anunciaba una voz monótona por el altavoz—. Se ha activado la alarma de incendios. Evacuen el edificio.

Luce dejó el libro en la estantería y se puso de pie. En Dover también hacían cosas así cada dos por tres. Cuando ya lo habían repetido un montón de veces, se llegó al extremo de que ni siquiera los profesores prestaban atención a las simulaciones de incendio mensuales, de modo que el departamento de bomberos empezó a activar alarmas reales para que la gente reaccionara. Luce comprendió que los administradores de Espada & Cruz utilizaban el mismo truco. Pero cuando empezó a caminar hacia la salida, para su sorpresa comenzó a toser. En esta ocasión había humo de verdad en la biblioteca.

—¿Penn? —gritó; su propia voz le retumbaba en los oídos, era consciente de que el sonido punzante de la alarma no iba a permitir que la oyera.

El olor acre del humo le recordó de inmediato la noche del incendio con Trevor. Empezaron a inundarle la mente imágenes y sonidos, detalles que había sepultado tan profundamente en su memoria que casi se habían borrado. Hasta ese instante.

Trevor, con los ojos en blanco, en medio del resplandor naranja. Las lenguas de fuego que se propagaban por cada uno de sus dedos. El grito ensordecedor e interminable que resonó en su cabeza como una sirena después de que Trevor cayera abatido. Y durante todo el tiempo, ella había permanecido de pie, mirando, no podía dejar de mirar, helada en medio de aquel calor. No pudo moverse, no había podido hacer nada para ayudarlo; y él murió.

Notó que una mano la sujetaba por la muñeca y se volvió pensando que era Penn. Pero era Todd. Tenía los ojos como platos y también estaba tosiendo.

—Tenemos que salir de aquí —le dijo jadeando—. Creo que hay una salida en la parte de atrás.

—¿Y qué hay de Penn, y de la señorita Sophia? —preguntó Luce. Se sentía débil y mareada. Se frotó los ojos—. Estaban por allí.

Al señalar el pasillo que daba a la entrada, Luce descubrió que el humo en esa dirección era mucho más denso.

Todd pareció dudar por un instante, pero al final asintió con la cabeza.

—Vale —concluyó, sujetándola de la muñeca al tiempo que se agachaban y corrían hacia las puertas principales de la biblioteca.

Doblaron a la derecha al ver que uno de los pasillos estaba especialmente lleno de humo, y entonces se encontraron ante un muro lleno de libros y no supieran hacia dónde ir. Se detuvieron para recuperar el aliento. El humo que solo un momento antes flotaba sobre sus cabezas se acercaba ya a la altura de sus hombros.

Incluso agachados, estaban empezando a asfixiarse. No podían ver más allá de unos pocos metros. Luce se aferró a Todd y giró sobre sí misma, de repente no distinguió por dónde habían venido. Estiró los brazos y sintió el metal caliente de una de las estanterías. Ni siquiera podía ver las letras de los lomos. ¿Estaban en la sección D o en la O?

No había forma de saber dónde se hallaba Penn o la señorita Sophia, ni dónde se hallaba la salida. Luce sintió que una oleada de pánico recorría todo su cuerpo dificultándole aún más la respiración.

—¡Ya deben de haber salido por las puertas principales! —gritó Todd sin mucho convencimiento—. ¡Tenemos que volver!

Luce se mordió el labio. Si le ocurría algo a Penn…

Apenas podía ver a Todd, que estaba justo delante de ella. De acuerdo, tenía razón, pero… ¿cómo iban a volver? Luce asintió sin decir una palabra, y notó que Todd le tiraba de la mano.

Estuvieron un largo rato caminando deprisa, sin saber hacia dónde, y entonces el humo empezó a dispersarse poco a poco, hasta que al final apareció el resplandor rojo de una señal de salida de emergencia. Luce respiró aliviada cuando Todd tanteó la puerta en busca de la barra y la abrió de un empujón.

Daba a un pasillo que Luce no había visto nunca. Todd cerró de un portazo en cuanto hubieron salido y por fin se llenaron los pulmones de aire limpio. Era tan bueno que Luce quería hincarle el diente, tragárselo todo, beber litros y litros, bañarse en él. Ambos tosieron para expulsar el humo de los pulmones y se echaron a reír, pero era una risa incómoda que no acababa de aliviarlos. Rieron hasta que Luce se echó a llorar, e incluso cuando ya había acabado de llorar y de toser, aún seguían cayendo lágrimas de sus ojos.

¿Cómo podía estar respirando aquel aire tan limpio cuando aún no sabía si Penn estaba a salvo? Si no había logrado salir —si se había desmayado en algún lugar allí dentro— entonces Luce le habría fallado otra vez a alguien que le importaba. Solo que esta vez iba a ser mucho peor.

Se secó los ojos y observó una nube de humo ascendiendo en remolinos desde el resquicio que había en la parte baja de la puerta. Todavía no se encontraban a salvo. Al final del pasillo había otra puerta, a través de cuyo cristal podía verse una rama agitándose en la noche. Luce exhaló. Estarían fuera enseguida, lejos de aquel humo asfixiante.

Si iban lo bastante rápido podrían llegar a la entrada principal para asegurarse de que Penn y la señorita Sophia habían salido sin problemas.

—Vamos. —Luce animó a Todd, que estaba doblado y jadeando—. Tenemos que seguir.

Todo se irguió, pero Luce vio que estaba desbordado: tenía la cara roja, y los ojos llorosos y desorbitados. Prácticamente tuvo que arrastrarlo hacia la puerta.

Estaba tan concentrada en salir que tardó demasiado tiempo en procesar aquel otro sonido grave y susurrante que se había cernido sobre ellos y que en esos momentos estaba ahogando el ruido de las alarmas.

Alzó la vista y descubrió una vorágine de sombras. Abarcaban todas las tonalidades, desde el gris al negro más profundo. En principio, Luce solo debería haber podido ver hasta el techo, pero de alguna manera las sombras parecían extenderse más allá, hacia un cielo extraño y oculto. Formaban un amasijo y, sin embargo, se distinguían unas de las otras.

Entre ellas se encontraba la sombra grisácea y más ligera que había visto antes. Su forma ya no recordaba una aguja, ahora parecía la llama de una cerilla. Se balanceaba por encima de ellos. ¿Cómo había podido esquivarla cuando amenazó con tocar la cabeza de Penn? Solo con recordarlo sentía una comezón en las manos y se le agarrotaban los dedos de los pies.

Todd empezó a golpear furiosamente las paredes, como si el pasillo se estuviera estrechando. Luce supo que estaban muy alejados de la puerta. Cogió a Todd de la mano, pero sus palmas sudorosas resbalaron, así que le sujetó con fuerza por la muñeca. Todd estaba lívido, hecho un ovillo en el suelo. De pronto dejó escapar un grito aterrador.

¿Porque el humo estaba llenando el pasillo?

¿O porque él también percibía las sombras?

Imposible.

Pero había una mueca de horror en su cara, que se había crispado aún más ahora que las sombras flotaban por encima de sus cabezas.

—¿Luce? —Le temblaba la voz.

Otra horda de sombras apareció justo enfrente de ellos. Un manto de completa oscuridad se esparció por las paredes, impidiendo que Luce viera la puerta. Miró a Todd… ¿podía verlo?

—¡Corre! —le gritó.

¿Podría correr siquiera? Tenía la cara tiznada y los ojos cerrados. Estaba a punto de desmayarse. Pero, de repente, Luce tuvo la sensación de que era él quien la estaba llevando.

O de que algo los estaba llevando a los dos…

—Pero ¿qué diablos…? —gritó Todd.

Sus pies rozaron el suelo por un minuto, como si estuvieran surfeando sobre una ola, era como si deslizaran sobre su suave cresta, que a su vez los elevaba progresivamente y llenaba sus cuerpos de aire.

Luce no sabía adónde se dirigía, ni siquiera podía ver la puerta, solo podía distinguir una maraña de sombras negras que flotaban a su alrededor sin tocarla. Debería haberse sentido aterrorizada, pero de algún modo se sentía protegida de las sombras, como si algo la estuviera escudando… una textura fluida pero impenetrable, algo extrañamente familiar, algo fuerte pero delicado, algo…

Casi sin darse cuenta, Todd y ella se encontraron en la puerta. Sus pies tocaron de nuevo el suelo y Luce consiguió abrir la puerta de emergencia de un empujón.

Y entonces respiró. Y tosió. Y jadeó. Y le dieron arcadas.

Se oía otra alarma, pero a lo lejos.

El viento le azotó el cuello. ¡Estaban fuera! Solo tenían que bajar las escaleras que llevaban al patio, y aunque en su cabeza todo seguía estando nublado y lleno de humo, a Luce le pareció oír voces en algún lugar cercano.

Se dio la vuelta para intentar comprender lo que acababa de ocurrir. ¿Cómo habían conseguido atravesar aquella sombra, negra, densa e impenetrable? ¿Y *qué* era lo que les había salvado? Luce podía sentir su ausencia.

Casi deseó volver a buscarla.

Pero el pasillo estaba oscuro, todavía le lloraban los ojos, y ya no quedaba rastro de aquellas formas oscuras. Quizá se habían ido.

Entonces surgió una columna de luz irregular, algo parecido al tronco de un árbol, con ramas… no, más bien se asemejaba a un torso con las extremidades largas y anchas. Una columna de luz casi violeta se sostenía en el aire sobre ellos. No tenía sentido, pero a Luce le hizo pensar en Daniel. Estaba viendo cosas. Respiró profundamente e intentó parpadear para librarse de las lágrimas que aún enturbiaban sus ojos, pero la luz seguía allí. Más que oírla, sintió su llamada, tranquilizadora, una canción de cuna en medio del campo de batalla.

No vio venir la sombra.

Los embistió a ambos con tanta fuerza que sus manos se separaron y Luce salió disparada por los aires.

Cayó desplomada al pie de la escalera. Un quejido desesperado escapó de sus labios. Durante un larguísimo instante pareció que la cabeza iba a estallarle. Nunca había experimentado un dolor tan intenso y abrasador. Profirió un grito desgarrador en medio de la noche, gritó a la luz y a las sombras en lo alto.

Aquello fue demasiado para ella: cerró los ojos y se dejó vencer.

11
Brusco despertar

—¿Tienes miedo? —le preguntó Daniel. Tenía la cabeza ladeada y la suave brisa le había alborotado el cabello. La tenía cogida de la cintura, sosteniéndola con firmeza pero, al mismo tiempo, con el tacto de la seda. Luce tenía las manos entrelazadas alrededor de su cuello.

¿Tenía miedo? Por supuesto que no. Estaba con Daniel. Al fin. En sus brazos. Pero la verdadera pregunta que resonaba en su cabeza era: ¿debería tener miedo? No podía estar segura. Ni siquiera sabía dónde estaba.

Podía oler a lluvia en el aire, no muy lejos, pero tanto Daniel como ella, que llevaba un largo vestido blanco hasta los tobillos, estaban secos. Las últimas luces del día se extinguían, y sintió una punzada de remordimiento por el derroche de la puesta del sol, como si estuviera en sus manos detenerla. De algún modo sabía que aquellos postreros rayos de luz eran tan preciosos como las últimas gotas de un tarro de miel.

—¿Te quedarás conmigo? —le preguntó a Daniel.

Su voz fue apenas un susurro casi ahogado por el estruendo de un trueno. Una ráfaga de viento sopló a su alrededor y el pelo se le metió en los ojos. Daniel la estrechó aun más entre sus brazos, hasta que ella pudo acompasar su respiración a la de él y oler su piel en la suya.

—Siempre —le susurró a modo de respuesta. El suave sonido de su voz la colmó de felicidad.

Tenía un pequeño rasguño en la parte izquierda de la frente, pero lo olvidó cuando Daniel le cogió el mentón y lo acercó a su rostro. Ella inclinó la cabeza hacia atrás y sintió cómo todo su cuerpo se destensaba expectante.

Al final, por fin, la besó con tal ímpetu que la dejó sin aliento. La besó como si ella le perteneciese, de forma completamente natural, como si ella fuera una parte que él hubiera perdido y que por fin pudiera recuperar.

Entonces empezó a llover. El agua les empapó el cabello y se deslizó por sus rostros hasta su boca. La lluvia era cálida y embriagadora, como sus besos.

Luce le pasó los brazos por la espalda para atraerlo hacia sí y sus manos se deslizaron por algo aterciopelado. Lo palpó con una mano, luego con la otra, para ver dónde acababa, y entonces miró más allá del rostro resplandeciente de Daniel.

Algo se estaba desplegando a su espalda.

Unas alas. Lustrosas e iridiscentes, batiendo con lentitud, sin esfuerzo, relucientes bajo la lluvia. Quizá ya las había visto antes, o algo parecido en alguna parte.

—Daniel —dijo con voz entrecortada. Las alas acaparaban toda su visión y su mente. Parecían irradiar miles de colores, Luce no podía asimilarlos. Intentó mirar hacia otro lado, a cualquier parte, pero mirase donde mirase lo único que podía ver, además de a Daniel, eran los azules y rosas interminables del cielo del atardecer. Y entonces miró hacia abajo y reparó en un último detalle.

El suelo.

Se encontraba miles de metros por debajo.

Cuando abrió los ojos había demasiada luz, tenía la piel demasiado seca y un dolor terrible en la parte de atrás de la cabeza. El cielo había desaparecido, igual que Daniel.

Otro sueño.

Solo que este le había dejado una sensación casi irreprimible de deseo.

Estaba en una habitación de paredes blancas, tendida en una cama de hospital. A su izquierda, una cortina finísima la separaba del otro lado de la habitación, donde parecía que alguien andaba de aquí para allá.

Luce se llevó la mano con cuidado al cuello y gimoteó.

Trató de orientarse. No sabía dónde estaba, pero tenía la clara sensación de que ya no se encontraba en Espada & Cruz. Su ondeante vestido blanco se había convertido —se palpó los costados— en un camisón holgado de hospital. Podía sentir cómo se iba desvaneciendo cada fragmento de aquel sueño... todo excepto las alas. Habían sido tan reales, tenían un tacto tan aterciopelado y suave. Se le hizo un nudo en el estómago. Abrió y cerró los puños, demasiado consciente de que no había nada a lo que asirse.

Alguien le cogió la mano derecha y le dio un apretón. Luce volvió la cabeza con rapidez e hizo una mueca de dolor. Pensaba que estaba sola. Gabbe se hallaba sentada al borde de una silla giratoria de color azul ajado que parecía realzar de un modo irritante el color de sus ojos.

Luce quería apartar la mano —o, cuando menos, esperaba querer apartarla— pero en ese momento Gabbe le sonrió, fue una sonrisa muy cálida, que de algún modo hizo que Luce se sintiera a salvo, se dio cuenta de que se alegraba de no estar sola.

—¿Hasta qué punto ha sido un sueño? —murmuró.

Gabbe se rió. Tenía un bote de crema para las cutículas en la mesilla de al lado, y empezó a untar las uñas de Luce con la crema blanca con olor a limón.

—Eso depende —dijo Gabbe mientras le masajeaba los dedos—. Pero no hagas caso de los sueños. A mí, cuando el mundo parece patas arriba, nada me tranquilice más que una buena manicura.

Luce miró hacia abajo. Nunca le habían gustado demasiado las uñas pintadas, pero las palabras de Gabbe le recordaron a su madre, que siempre le proponía que fueran a hacerse la manicura cuando Luce tenía un mal día. Mientras Gabbe le frotaba los dedos lentamente Luce se dio cuenta de lo que se había perdido esos últimos años.

—¿Dónde estamos? —preguntó.

—En el hospital Lullwater.

La primera vez que salía del reformatorio y había acabado en un hospital a cinco minutos de la casa de sus padres. La última vez que estuvo allí fue para que le pusieran tres puntos en el codo porque se había caído de la bici. Su padre no se había movido de su lado. En ese momento no lo veía por ninguna parte.

—¿Cuánto tiempo llevo aquí? —inquirió.

Gabbe miró un reloj blanco que había en la puerta y dijo:

—Anoche, hacia las once, te encontraron inconsciente por inhalación de humo. El procedimiento habitual en caso de hallar a un alumno en ese estado siempre consiste en avisar a los servicios de urgencias, pero no te preocupes, Randy ha dicho que saldrás de aquí pronto. Tan pronto como tus padres den el consentimiento…

—¿Mis padres están aquí?

—Preocupadísimos por su hija, hasta las mismísimas puntas abiertas del pelo de tu madre. Están en el pasillo, ahogándose en un mar de papeleo. Les he dicho que yo me ocuparía de ti.

Luce gimió y hundió la cabeza en la almohada, con lo que despertó aquel dolor de cabeza otra vez.

—Si no quieres verlos…

Pero Luce no gemía por sus padres. Se moría por verlos. Se acordaba de la biblioteca, del fuego y de la nueva horda de sombras, que eran cada vez más terroríficas. Siempre habían sido oscuras y feas, siempre la habían puesto nerviosa, pero la noche anterior fue como si quisieran algo de ella. Y además estaba aquel otro misterio, la fuerza que los había hecho levitar y los había liberado.

—¿Por qué tienes esa mirada? —preguntó Gabbe ladeando la cabeza y pasando una mano por delante de la cara de Luce—. ¿En qué estás pensando?

Luce no sabía cómo reaccionar ante la repentina amabilidad de Gabbe. Gabbe no parecía de las que se ofrecen voluntarias como enfermeras, y tampoco había ningún chico alrededor cuya atención pudiera monopolizar. Ni siquiera tenía la impresión de caerle bien a Gabbe. No se había presentado allí por propia voluntad y ya está, ¿no?

No podía explicarse ni lo atenta que se estaba mostrando Gabbe, ni lo ocurrido la noche anterior: el espeluznante y atroz encuentro que habían tenido en el pasillo, la sensación irreal de verse propulsada a través del vacío, el extraño e irresistible cuerpo de luz.

—¿Dónde está Todd? —preguntó Luce al acordarse de los ojos aterrorizados del chico. Se habían soltado, empezaron a volar y entonces…

Alguien descorrió la cortina de pronto, y allí estaba Arriane, con unos patines en línea y un uniforme de rayas rojas y blancas, como si fuera un caramelo. Llevaba el pelo corto y negro recogido en una especie de nudos. Se acercó patinando, con una bandeja sobre la cual había tres cáscaras de coco con unas pajitas con sombrillas de colores fluorescentes.

—A ver, os voy a dejar esto claro —dijo con una voz ronca y nasal—. Hay que poner la lima en el coco y beber… *buaaa*, caras largas. ¿Interrumpo algo?

Arriane paró de rodar a los pies de la cama de Luce y le ofreció un coco con una sombrilla rosa que se balanceaba.

Gabbe se levantó de un salto, cogió el coco y olisqueó el contenido.

—Arriane, acaba de pasar un trauma —la reprendió—. Y, para tu información, nos has interrumpido cuando empezábamos a hablar de Todd.

Arriane echó los hombros hacia atrás.

—Precisamente por eso necesita algo que la anime —arguyó, mientras sostenía la bandeja con determinación sin dejar de sostenerle la mirada a Gabbe—. De acuerdo —dijo al final, apartando los ojos—. Le daré a ella tu aburrida bebida. —Y le dio a Luce el coco con la sombrilla azul.

Luce debía de estar sufriendo alguna especie de delirio postrau-mático. ¿De dónde habían sacado todo aquello? ¿Cáscaras de coco? ¿Pajitas con forma de sombrilla? Era como si se hubiera quedado dormida en el reformatorio y se hubiese despertado en el Club Med.

—¿De dónde habéis sacado todo esto? —preguntó—. Quiero decir, gracias, pero…

—Tenemos nuestros recursos cuando los necesitamos —respon-dió Arriane—. Roland nos ha ayudado.

Las tres permanecieron sentadas sorbiendo la bebida dulce y he-lada durante un momento, hasta que Luce ya no pudo aguantarse.

—Bueno, ¿y volviendo a Todd…?

—Todd —dijo Gabbe, y se aclaró la garganta—, el tema es que… inhaló mucho más humo que tú, cielo…

—No, no fue eso —espetó Arriane—. Se rompió el cuello.

Luce dio un grito ahogado, y Gabbe le tiró la sombrilla de su be-bida a Arriane.

—¿Qué? —dijo Arriane—. Luce puede soportarlo, si va a averi-guarlo de todas formas, ¿por qué endulzarlo?

—Las pruebas aún no son concluyentes —respondió Gabbe, re-marcando las palabras.

Arriane se encogió de hombros.

—Luce estaba allí, debió de ver…

—No vi qué le ocurrió —la interrumpió Luce—. Estábamos jun-tos y luego, de golpe, nos separamos. Tenía un mal presentimiento, pero no estaba segura —susurró—. Entonces él…

—Se ha ido de este mundo —acabó Gabbe con suavidad.

Luce cerró los ojos. Un escalofrío le recorrió el cuerpo, y no tenía nada que ver con la bebida. Recordó los golpes frenéticos de Todd contra las paredes, su mano sudorosa apretando la de ella cuando las sombras rugían sobre sus cabezas, el terrible momento en que se separaron y ella se sintió demasiado abrumada para ir hacia él.

Todd había visto las sombras, ahora estaba segura. Y había muerto.

Desde la muerte de Trevor, no había pasado una semana sin que recibiera una carta llena de odio. Sus padres habían empezado a vetar el correo antes de que ella pudiera leer aquellos mensajes ponzoñosos, pero aun así seguían llegando un montón. Algunas cartas estaban escritas a mano, otras a máquina, una incluso la habían escrito con las letras recortadas de una revista, tipo nota de rescate. «Asesina». «Bruja». La habían llamado de tantas formas crueles que podría llenar un álbum de recortes, un verdadero suplicio que la obligó a encerrarse en casa durante todo el verano.

Pensó que había hecho todo lo posible para dejar atrás aquella pesadilla: intentar superar su pasado ingresando en Espada & Cruz, concentrándose en las clases, haciendo amigos… Oh, Dios. Contuvo la respiración.

—¿Y Penn? —preguntó mordiéndose el labio.

—Penn está bien —dijo Arriane—. No para de explicar la historia, como testigo ocular del incendio. Tanto ella como la señorita Sophia salieron de allí oliendo como una barbacoa del este de Georgia, pero, aparte de la ropa, nada grave.

Luce suspiró. Al menos había una buena noticia. Pero bajo las sábanas finísimas de la enfermería estaba temblando. Sin duda, pronto aparecería el mismo tipo de gente que la había acosado tras la muerte de Trevor. Y no solo los que le escribían las cartas. El doctor Sanford, el supervisor de la libertad condicional, la policía…

Y, al igual que la vez anterior, esperarían que les explicara todo de forma coherente, que recordara hasta el más mínimo detalle. Pero claro, tal como sucedió la vez anterior, ella no sería capaz de hacerlo. Un momento antes él estaba a su lado, los dos solos. Y luego…

—¡Luce! —Penn entró de sopetón en la habitación, con un gran globo de helio de color marrón. Tenía la forma de una tirita y llevaba escrito «Ánimo» con letras azules en cursiva—. ¿Qué es esto? —preguntó a las otras chicas lanzándoles una mirada de desaprobación—. ¿Una fiesta de pijamas?

Arriane se había desatado los patines y se subió a la diminuta cama, al lado de Luce. Tenía un coco en cada mano y apoyaba la cabeza en el hombro de Luce, a quien Gabbe le estaba poniendo esmalte de uñas en la mano que tenía libre.

—Sí —Arriane rió socarronamente—. Únete a nosotras, Pennperezosa, estamos jugando a Verdad o Atrevimiento. Te dejaremos preguntar a ti primero.

Gabbe intentó disimular su risa con un débil estornudo falso.

Penn puso los brazos en jarras. Luce lo sentía por Penn, y además tenía un poco de miedo, pues ahora Penn parecía furibunda.

—Uno de nuestros compañeros murió anoche —dijo Penn pronunciando cuidadosamente las palabras—. Y Luce pudo haberse hecho mucho daño. —Negó con la cabeza—. ¿Cómo podéis poneros a jugar en un momento así? —Olisqueó el aire—. ¿Eso es alcohol?

—Ohhh —dijo Arriane mirando a Penn con expresión grave—. Te gustaba Todd, ¿eh?

Penn cogió una almohada de la silla que tenía detrás y se la tiró a Arriane. Y la verdad era que Penn tenía razón. Resultaba extraño que Arriane y Gabbe se tomaran la muerte de Todd… casi a la ligera. Como si aquello ocurriera todos los días, como si no les afectara de la misma forma que a Luce. Pero ellas tampoco podían saber lo que Luce sabía sobre los últimos momentos de Todd, no podían saber por qué ella se sentía tan mal en ese momento. Dio una palmadita a la cama para que Penn se acercara y le tendió lo que guardaba de su coco helado.

—Nos dirigimos a la salida de atrás y luego… —Luce ni siquiera podía articular las palabras—. ¿Qué hicisteis tú y la señorita Sophia?

Penn miró dubitativa a Arriane y Gabbe pero no pareció ninguna de ellas fuera a ponerse odiosa. Penn cedió y se sentó al borde de la cama.

—Fui a preguntarle… —miró de nuevo a las otras e intercambió una mirada de complicidad con Luce—… aquello. No supo qué decirme, pero quería enseñarme otro libro.

Luce se había olvidado de la búsqueda en que andaban enfrascadas la noche anterior. Parecía tan lejana, casi insignificante después de lo que había pasado.

—Cuando nos habíamos alejado un par de pasos del mostrador —prosiguió— hubo un tremendo estallido de luz, que yo solo pude ver de reojo. Vaya, había oído hablar de la combustión espontánea, pero aquello fue…

Al llegar a ese punto del relato, las tres chicas ya se habían inclinado hacia delante. La historia de Penn era digna de una primera plana.

—Algo tuvo que haberlo provocado —dijo Luce, intentando visualizar el mostrador de la señorita Sophia—. Pero no pensé que hubiera nadie más en la biblioteca.

Penn negó con la cabeza.

—No, no había nadie. La señorita Sophia dijo que el cable de la lámpara debió de sufrir un cortocircuito. Fuera lo que fuera, el fuego se propagó enseguida. Todos sus documentos se desvanecieron—. Chasqueó los dedos.

—Pero ¿ella está bien? —preguntó Luce toqueteándose el dobladillo del camisón de hospital.

—Angustiada, pero bien —respondió Penn—. Al final se activó el sistema contra incendios, pero supongo que perdió un montón de cosas. Cuando le dijeron lo que le había pasado a Todd, parecía demasiado aturdida para comprenderlo siquiera.

—Quizá todos estamos demasiado aturdidos para comprenderlo —dijo Luce. Esta vez Arriane y Gabbe asintieron desde ambos lados de la cama—. ¿Lo… lo saben los padres de Todd? —inquirió, preguntándose cómo diablos iba a explicar lo que había pasado a sus propios padres.

Se los imaginó rellenando el papeleo en el vestíbulo. ¿Tendrían ganas de verla? ¿Conectarían la muerte de Todd con la de Trevor… y llegarían hasta ella?

—He oído a Randy hablando por teléfono con los padres de Todd —dijo Penn—. Me parece que van a poner una demanda. Enviarán el cuerpo de vuelta a Florida más tarde.

¿Eso era todo? Luce tragó saliva.

—El jueves Espada & Cruz celebrará unas honras fúnebres —dijo Gabbe en voz baja—. Daniel y yo vamos a ayudar a organizarlo.

—¿Daniel? —repitió Luce antes de poder controlarse. Miró a Gabbe. Incluso en aquel estado, no pudo evitar pensar en su primera impresión de ella: la de una seductora rubia con los labios pintados de color rosa.

—Fue él quien os encontró a los dos anoche —dijo Gabbe—. Te llevó desde la biblioteca hasta el despacho de Randy.

¿Daniel la había llevado? Como en el… ¿Rodeándola con sus brazos? El recuerdo del sueño la invadió de nuevo y la sensación de volar —no, de flotar— la abrumó. Se sintió atada a la cama. Se moría por volver a estar en aquel cielo, con la lluvia, con la boca de Daniel y sus labios y su lengua fundiéndose con la suya otra vez. Notó cómo se sonrojaba por el deseo, pero también por la atroz imposibilidad de que todo eso sucediera mientras estaba despierta. Aquellas alas gloriosas y cegadoras no eran la única nota de fantasía del sueño. El Daniel de la vida real solo la llevaría a la enfermería; nunca la querría, ni la tomaría en brazos, no así.

—Eh, Luce, ¿estás bien? —le preguntó Penn. Estaba abanicando las ruborizadas mejillas de Luce con la sombrillita.

—Sí —respondió Luce. Le resultaba imposible quitarse aquellas alas de la cabeza, olvidarse de la sensación de la cara de Daniel contra la suya—. Supongo que todavía estoy recuperándome.

Gabbe le dio una palmadita en la mano.

—Cuando nos dijeron lo que había pasado, engatusamos a Randy para que nos dejara visitarte —dijo poniendo los ojos en blanco—. No queríamos que te despertaras sola.

Alguien llamó a la puerta. Luce esperaba ver las caras nerviosas de sus padres, pero no entró nadie. Gabbe se puso de pie y miró a Arriane, que no hizo ademán de levantarse.

—No os preocupéis. Yo me encargo de esto.

Luce todavía estaba trastocada por lo que le habían dicho de Daniel. Aunque sabía que no tenía ningún sentido, deseó que fuera él quien estuviera detrás de la puerta.

—¿Cómo está? —susurró una voz. Pero Luce lo oyó: era él. Gabbe murmuró unas palabras a modo de respuesta.

—¿Qué hace aquí tanta gente? —gruñó Randy desde fuera. A Luce le dio un vuelco el corazón, aquello significaba el final de las horas de visita—. Voy a castigar al que me haya convencido de dejaros entrar, panda de gamberros. Y no, Grigori, no aceptaré flores como soborno. Todos vosotros, a la furgoneta.

Al oír la voz de la guarda, Arriane y Penn se encogieron y se apresuraron a esconder los cocos debajo de la cama. Penn metió las sombrillitas en su estuche y Arriane roció un poco de perfume de vainilla y le pasó a Luce un trozo de chicle de menta.

La nube de perfume hizo que a Penn le entraran arcadas, luego se inclinó sobre Luce y le susurró:

—Cuando te pongas bien, encontraremos el libro. Será bueno que tengamos algo en qué ocuparnos, algo que nos distraiga.

Luce apretó la mano en señal de agradecimiento y sonrió a Arriane, que parecía demasiado ocupada atándose los cordones de los patines para haber escuchado algo.

Entonces Randy entró de golpe por la puerta.

—¡Todavía seguís aquí! —gritó—. Increíble.

—Solo estábamos… —empezó a decir Penn.

—Saliendo —acabó Randy por ella. Llevaba un ramo de peonias salvajes en la mano. Eso era raro. Eran las flores preferidas de Luce y muy difíciles de encontrar por los alrededores.

Randy abrió un armario que había bajo el lavamanos, rebuscó un momento en su interior y sacó un jarrón pequeño y polvoriento. Lo llenó con agua turbia del grifo, metió las peonias dentro tóscamente y lo puso sobre la mesa, al lado de Luce.

—Son de parte de tus amigos —dijo—, que ahora mismo tendrán que irse.

La puerta estaba abierta de par en par, y Luce vio a Daniel apoyado en el marco. Tenía la barbilla levantada y sus ojos grises parecían ensombrecidos por la preocupación. Sus miradas se encontraron y él le dirigió un leve sonrisa. Cuando se apartó el pelo de los ojos, Luce vio que tenía un corte, pequeño pero profundo, en la frente.

Randy se llevó a Penn, a Arriane y a Gabbe afuera, pero Luce no podía apartar los ojos de Daniel. Él levantó una mano y movió los labios en lo que a ella le pareció un «Lo siento», justo antes de que Randy los echara a todos.

—Espero que no te hayan agotado —dijo Randy, que se había quedado en la puerta con el ceño fruncido.

—¡Ah, no! —Luce negó con la cabeza, consciente de lo mucho que la aliviaban la lealtad de Penn y la estrafalaria forma en que Arriane podía alegrar el momento más serio. Gabbe también había sido realmente amable con ella. Y Daniel, aunque casi no lo había visto, había hecho mucho más de lo que él podría imaginarse para devolverle la tranquilidad mental a Luce. Había ido para asegurarse de que se encontraba bien. Había estado pensando en ella.

—Bien —dijo Randy—, porque aún no se han acabado las horas de visita.

De nuevo, a Luce se le aceleró el corazón ante la expectativa de ver a sus padres. Pero entonces oyó unos pasos rápidos en el suelo y al momento apareció la figura menuda de la señorita Sophia. Llevaba una colorida pashmina otoñal sobre los hombros, y los labios pintados de un rojo intenso a juego. Detrás de ella caminaban un hombrecito calvo con traje y dos agentes de policía, uno regordete y el otro delgado, ambos con una calvicie incipiente y con los brazos cruzados.

El agente regordete era el más joven. Se sentó en la silla al lado de Luce y al momento —consciente de que nadie más hacía además de sentarse— se levantó de nuevo y volvió a cruzarse de brazos.

El hombre calvo dio un paso al frente y le tendió la mano a Luce.

—Soy el señor Schultz, el abogado de Espada & Cruz. —Luce le estrechó la mano con rigidez—. Estos agentes sólo van a hacerte un par de preguntas. No es nada que vaya a ser utilizado en un juicio, solo intentan corroborar los detalles del accidente...

—Y yo he insistido en estar presente durante el interrogatorio, Lucinda —añadió la señorita Sophia, al tiempo que se acercaba a ella y le pasaba la mano por el pelo—. ¿Cómo estás, cariño? —susurró— ¿En un estado de *shock* amnésico?

—Estoy bien...

Luce se interrumpió al ver dos figuras más en la puerta. Casi rompió a llorar cuando reconoció el cabello rizado y oscuro de su madre y las enormes gafas de carey de su padre.

—Mamá —musitó, tan bajo que nadie pudo oírlo—. Papá.

Fueron corriendo hasta la cama, la abrazaron y le cogieron las manos. Tenía unas ganas locas de abrazarlos pero se sentía demasiado débil, así que se quedó quieta y se conformó con su tacto familiar y reconfortante. La miraban asustados, tan asustados como ella misma.

—Mi amor, ¿qué ha pasado? —le preguntó su madre.

Ella no podía articular palabra.

—Les he dicho que eras inocente —interrumpió la señorita Sophia, devolviendo la atención a los policías—. Al carajo con las extrañas coincidencias.

Por descontado, tenían el informe del accidente de Trevor, y por descontado los policías lo encontrarían… extraordinario, a la luz de la muerte de Todd. Luce ya tenía suficiente experiencia con la policía para saber que saldrían de allí frustrados y enfadados.

El agente más delgado tenía unas patillas largas en las que empezaban a asomar canas. El informe abierto que sostenía entre las manos parecía absorber toda su atención, puesto que no alzó la vista ni una sola vez para mirarla.

—Señorita Price —le dijo con acento sureño—. ¿Por qué estaban usted y el señor Hammond solos en la biblioteca tan tarde cuando todos los demás estudiantes se encontraban en una fiesta?

Luce miró a sus padres. Su madre se mordía tanto el labio que estaba haciendo desaparecer el pintalabios, y su padre estaba lívido.

—No estaba con Todd —dijo, sin entender qué pretendían con aquella pregunta—, sino con Penn, mi amiga; y la señorita Sophia también estaba allí. Todd leía por su cuenta y cuando empezó el incendio, perdí de vista a Penn, y Todd fue la única persona que encontré.

—La única persona que encontraste… ¿para hacer qué?

—Espere un momento. —El señor Schultz dio un paso adelante para interrumpir al policía—. Lo ocurrido fue un accidente, ¿me permite que se lo recuerde? Usted no está interrogando a una sospechosa.

—No, no, quiero responder —interrumpió Luce. Había tanta gente en aquella habitación tan pequeña que no sabía adónde mirar. Miró fijamente al policía—. ¿Qué quiere decir?

—¿Es usted una persona agresiva? —Cogió el archivo—. ¿Se describiría a sí misma como una persona solitaria?

—Ya es suficiente —cortó su padre.

—Sí, Lucinda es una estudiante ejemplar —añadió la señorita Sophia—. No tenía ninguna mala intención respecto a Todd Hammond. Lo que ocurrió fue sencillamente un accidente.

El agente miró hacia la puerta abierta, como si deseara que la señorita Sophia pudiera volver fuera.

—Claro, señora, pero en los casos de reformatorio, otorgar el beneficio de la duda no siempre es lo más responsable…

—Les voy a contar todo lo que sé —dijo Luce sujetándose a la sábana—. No tengo nada que ocultar.

Les explicó lo mejor que pudo todo lo que había pasado, hablando poco a poco y con claridad, de forma que a sus padres no les asaltaran nuevas dudas y los policías pudieran tomar todas las notas que quisieran. No se dejó llevar por la emoción, que era lo que al parecer todos estaban esperando. Por lo demás —dejando a un lado la aparición de las sombras— la historia que expuso tenía bastante sentido.

Corrieron hacia la puerta de atrás. Encontraron la salida al final del largo pasillo. La escalera era muy empinada y de difícil acceso, y ambos habían corrido con tanto ímpetu que no pudieron evitar abalanzarse y caerse por ella. Luego no supo nada más de él, se había dado un golpe en la cabeza lo bastante fuerte para despertarse doce horas después en el hospital. Eso era todo lo que ella recordaba.

Les dejó pocas cosas que cuestionar. Solo ella podía lidiar con lo que recordaba realmente.

Cuando acabaron, el señor Schultz hizo un gesto con la cabeza a los agentes, como diciéndoles «¿ya estáis satisfechos?», y la señorita Sophia sonrió a Luce con complicidad, como si juntas hubieran superado una prueba muy difícil. Su madre dejó escapar un largo suspiro.

—Reflexionaremos sobre todo esto en la comisaría —dijo el policía delgado mientras cerraba el informe de Luce con tal resignación que parecía querer que le agradecieran sus servicios.

Luego los cuatro se fueron de la habitación, y Luce se quedó a solas con sus padres.

Les imploró con la mirada que la llevaran a casa. Los labios de su madre temblaban, su padre tragó saliva.

—Randy te llevará de vuelta a Espada & Cruz esta tarde —dijo—. No pongas esa cara, cariño, el doctor ha dicho que estás bien.

—Más que bien —añadió su madre, pero sonaba insegura.

Su padre le palmeó el brazo.

—Nos veremos el sábado, dentro de muy pocos días.

Sábado. Cerró los ojos. El Día de los Padres. Lo había estado esperando desde que llegó a Espada & Cruz, pero ahora, con la muerte de Todd, todo había cambiado. Su padres parecían tener prisa por irse, como si no quisieran enfrentarse a la realidad de tener a una hija que estaba en un reformatorio. Eran tan convencionales. No podía reprochárselo.

—Ahora descansa, Luce —le dijo su padre, inclinándose para besarle la frente—. Has tenido una noche larga y complicada.

—Pero…

Estaba exhausta. Cerró los ojos un instante y cuando los abrió sus padres ya se estaban despidiendo desde la puerta.

Cogió una flor blanca del jarrón y se la acercó lentamente a la cara, admiró las hojas lobuladas, los frágiles pétalos y las gotas de néctar aún húmedo que conservaban en su interior. Inhaló el perfume suave y un poco picante de la flor.

Intentó imaginarse qué aspecto habría tenido en las manos de Daniel, dónde las habría conseguido y por qué lo había hecho.

Era una elección muy inusual. Las peonias salvajes no crecían en los pantanos de Georgia. Ni siquiera podrían llegar a plantarse en el jardín de su padre en Thunderbolt. Lo más sorprendente era que aquellas peonias no se parecían a ninguna de las que Luce había visto antes: los capullos eran tan grandes que no podía abarcarlos con las dos manos, y el olor le recordaba algo que era incapaz de determinar.

«Lo siento», había dicho Daniel. Solo que Luce no podía imaginarse a qué se refería.

12
Y en polvo te convertirás

Al anochecer, un buitre sobrevolaba en círculos el cementerio neblinoso. Ya habían pasado dos días desde la muerte de Todd, y Luce no había sido capaz de comer o dormir. Estaba de pie con un vestido negro sin mangas en el cementerio, donde todo Espada & Cruz se había reunido para presentar sus respetos a Todd. Como si una apática ceremonia de una hora fuera suficiente, sobre todo teniendo en cuenta que la única capilla del reformatorio se había convertido en una piscina cubierta, y la ceremonia debía llevarse a cabo en la lúgubre ciénaga del cementerio.

Desde el accidente, el reformatorio había cerrado las puertas y ningún profesor había abierto la boca. Luce había pasado los últimos dos días esquivando las miradas de los demás estudiantes, que se fijaban en ella y sospechaban en mayor o menor medida. Aquellos a los que no conocía muy bien parecían mirarla con un leve matiz de miedo. Otros, como Roland y Molly, se la comían con los ojos sin reparos, como si hubiera algo fascinante y oscuro en el hecho de que hubiera sobrevivido. Durante las clases, sobrellevaba todas aquellas miradas reprobadoras como podía y por la noche se alegraba cuando Penn se pasaba por su habitación para llevarle una taza humeante de té de jengibre, o cuando Arriane deslizaba bajo la puerta algún chiste picante.

Buscaba con desesperación cualquier cosa que le sacara de la cabeza aquella sensación de incomodidad, de expectación ante la siguiente tormenta. Porque sabía que estaba por llegar, ya fuera bajo la forma de una segunda visita de la policía, o de las sombras… o de ambas.

Aquella mañana les informaron de que el evento social de la tarde se había cancelado por respeto a la defunción de Todd, y que las clases acabarían una hora antes para que los alumnos tuvieran tiempo de cambiarse y llegar al cementerio a las tres en punto. Como si toda la escuela no fuera ya vestida para un funeral.

Luce nunca había visto a tanta gente congregada en un lugar del reformatorio. Randy estaba en el centro del grupo y llevaba una falda gris plisada que le llegaba por debajo de la rodilla y unos zapatos negros con la suela de goma. La señorita Sophia, con los ojos llorosos, y el señor Cole con un pañuelo en la mano, se encontraban detrás de ella, vestidos de luto. La señorita Toss y la entrenadora Diante, también de negro, estaban junto con otros profesores y empleados a los que Luce no había visto nunca.

Los alumnos estaban sentados en filas por orden alfabético. Delante, Luce vio a Joel Bland, el chico que había ganado la carrera de natación la semana anterior, sonándose la nariz con un pañuelo sucio. Luce estaba en la tierra de nadie de las pes, pero podía ver a Daniel, que por desgracia se encontraba dos filas por delante, en la zona de las ges, justo al lado de Gabbe. Vestía impecablemente, llevaba un blazer negro de raya diplomática, pero su cabeza parecía más baja que todas las que había a su alrededor. Incluso desde atrás, Daniel se las arreglaba para parecer abrumadoramente sombrío.

Luce pensó en las peonías blancas que le había regalado. Randy no le había dejado coger el jarrón cuando se fue del hospital, pero Luce sí se había llevado las flores a su habitación y, con bastante imaginación, había cortado la parte superior de una botella de plástico con unas tijeras de manicura.

Las flores eran aromáticas y relajantes, pero no estaba muy claro qué significaban. Por regla general, cuando un chico te regalaba flores no te costaba saber lo que sentía. Pero, con Daniel, tales suposiciones nunca eran buena idea. Resultaba mucho más seguro pensar que se las había llevado porque eso era lo que se hacía cuando alguien había sufrido un trauma.

Pero, aun así: ¡le había llevado flores! Si se inclinaba un poco hacia delante en la silla plegable y alzaba la vista hacia la residencia, a través de las barras metálicas de la tercera ventana a la izquierda, casi podía verlas.

—Te ganarás el pan con el sudor de tu frente —decía un párroco que cobraba por horas frente a la congregación—, hasta que vuelvas a la misma tierra de la que fuiste sacado. Pues polvo eres y en polvo te convertirás.

Era un hombre delgado de unos setenta años, perdido en una enorme chaqueta negra. Llevaba unas zapatillas viejas con los cordones deshilachados. Tenía el rostro irregular y quemado por el sol. Hablaba por un micrófono enchufado a un altavoz que parecía de los años ochenta. El sonido llegaba distorsionado y se acoplaba, de forma que los oyentes apenas le oían.

Aquel servicio era totalmente inapropiado y deficiente.

Nadie presentaba ningún respeto a Todd por estar allí. Todo el funeral parecía más bien un intento de enseñar a los estudiantes cuán injusta podía ser la vida. Que el cuerpo de Todd ni siquiera estuviera presente decía mucho de la relación de la escuela —o, justamente, de su falta de relación— con el chico fallecido. Ninguno de ellos lo había conocido, y ninguno iba a hacerlo ya. Había algo falso en el hecho de estar allí, una sensación acrecentada por los pocos que lloraban. A Luce le hizo sentir que Todd era aún más desconocido de lo que lo fue en realidad.

Que Todd descanse en paz. Que el resto prosiga su camino.

Una lechuza con unas plumas blancas que parecían cuernos ululaba en la rama más alta de un roble que había sobre sus cabezas. Luce sabía que había un nido por allí cerca con una familia de crías de lechuza. Durante la semana había estado oyendo el canto temeroso de la madre noche tras noche, seguido del batir frenético de las alas del padre al volver al nido después de una noche de caza.

Y al fin terminó. Luce se levantó de la silla; se sentía débil por la injusticia de todo aquello. Todd había sido tan inocente como ella culpable, aunque no supiera de qué.

Mientras seguía a los demás estudiantes en fila india hacia la supuesta recepción, alguien le rodeó la cintura con el brazo y la atrajo hacia sí.

¿Daniel?

No, era Cam.

Sus ojos verdes buscaron los suyos y pareció vislumbrar su decepción, lo cual hizo que Luce se sintiera aún peor. Se mordió el labio para evitar romper a llorar. Ver a Cam no tendría que hacerle llorar… pero estaba emocionalmente agotada, haciendo equilibrios al borde del abismo. Se mordió con tanta fuerza que se hizo sangre, y tuvo que secarse la boca con la mano.

—Eh. —Cam le acarició la cabeza. Y ella compuso una mueca de dolor. Todavía tenía un chichón, justo donde se había golpeado contra las escaleras—. ¿Quieres que vayamos a algún sitio para hablar?

Caminaban con los demás por el césped hacia la recepción, bajo la sombra de uno de los robles. Habían colocado un montón de sillas, casi una encima de otra, y al lado había una mesa plegable llena de galletas de aspecto rancio, las habían sacado de las cajas pero todavía estaban dentro de sus envases de plástico. Habían llenado una ponchera de plástico barato con un líquido rojo y viscoso que atrajo varias moscas, como lo haría un cadáver. Aquella recepción era tan patética que muy pocos estudiantes le prestaban atención. Luce observó a Penn vestida con un traje de falda negra mientras le estrechaba la mano al párroco. Daniel miraba a lo lejos y le susurraba algo a Gabbe.

Cuando Luce se volvió hacia Cam, este le acarició levemente la clavícula con el dedo, dejándolo descansar en el hueco de su cuello. Ella tomó aire; y se le puso la carne de gallina.

—Si no te gusta el collar —le dijo inclinándose hacia ella—, puedo buscarte otra cosa.

Cam se acercó tanto que sus labios estuvieron a punto de rozarle el cuello, así que Luce le puso la mano en el hombro y retrocedió un paso.

—Sí me gusta —dijo pensando en la cajita que estaba sobre su escritorio. Había acabado justo al lado de las flores de Daniel, y Luce se había pasado la mitad de la noche anterior mirando aquellos regalos, calibrando su valor en las intenciones que escondían. Cam era mucho más claro, era fácil saber qué se proponía. Como si él fuera el álgebra y Daniel el cálculo. Y a Luce siempre le había encantado el cálculo, que a veces exigía una hora entera para resolver un solo problema.

—El collar me parece precioso —le dijo a Cam—, pero todavía no he encontrado el momento de ponérmelo.

—Lo siento —contestó él, y apretó los labios—. No quería agobiarte.

Llevaba el pelo peinado hacia atrás, por lo que la cara se le veía más que de costumbre. Parecía mayor, más maduro. Y la forma en que la miraba era tan intensa, con aquellos grandes ojos penetrando en ella, como si todo lo que había en su interior fuera de su agrado.

—La señorita Sophia insistió en que te dejáramos espacio un par de días. Sé que tiene razón, has pasado por un montón de cosas, pero quiero que sepas lo mucho que he pensado en ti. Todo el tiempo. Quería verte.

Le acarició la mejilla con el dorso de la mano, y Luce sintió que empezaban a brotarle las lágrimas. Había pasado por tantas cosas. Y se sentía fatal por el hecho de estar allí a punto de llorar, y de que no fuera por Todd —cuya muerte sí importaba, y debería haber importado más—, sino por razones egoístas. Porque los últimos dos días la habían devuelto al sufrimiento del pasado por Trevor y por su vida anterior a Espada & Cruz, cosas que ya creía superadas, cosas que nunca podría explicar a nadie. Más sombras de las que esconderse.

Fue como si Cam sintiera todo eso, o cuando menos una parte, porque la abrazó, estrechó la cabeza de Luce contra su pecho ancho y fuerte, y la meció delicadamente.

—No pasa nada —dijo—. Todo se arreglará.

Y quizá no era necesario explicarle nada. Era como si cuanto más trastornada se sentía, más disponible estaba Cam. ¿Por qué no se limitaba a quedarse allí, entre los brazos de alguien que se preocupaba por ella, y dejaba que las sencillas atenciones de Cam la tranquilizasen un momento?

Se sentía tan bien entre sus brazos.

Luce no sabía cómo apartarse de Cam. Siempre había sido muy amable, y a ella le gustaba pero, aun así, aunque ello la hiciera sentirse culpable, estaba empezando a cansarse de él. Era tan perfecto, tan atento, justo lo que ella habría necesitado en ese preciso instante. Solo que… no era Daniel.

Un pastelito apareció de pronto sobre su hombro. Luce reconoció la manicura de los dedos que lo sostenían.

—Allí hay ponche, y alguien tiene que bebérselo —dijo Gabbe mientras le ofrecía otro pastelito a Cam, que se quedó mirando la superficie glaseada—. ¿Estás bien? —le preguntó a Luce.

Luce asintió. Por primera vez, Gabbe se había entrometido justo cuando Luce necesitaba que la salvaran. Intercambiaron una sonrisa y Luce alzó el pastelito en señal de agradecimiento. Le dio un mordisco pequeño y delicado.

—Lo del ponche suena genial —dijo Cam apretando los dientes—. ¿Por qué no vas a buscarnos un par de vasos, Gabbe?

Gabbe puso los ojos en blanco hacia Luce.

—Hazle un favor a un hombre y te tratará como una esclava.

Luce sonrió. Cam se había pasado un poco de la raya, pero Luce tenía muy claras sus intenciones.

—Iré yo a buscar las bebidas —dijo Luce, dispuesta a tomarse un respiro. Se dirigió hacia la mesa plegable donde estaba la ponchera.

Cuando espantaba una mosca que había sobre el ponche, alguien le susurró al oído:

—¿Quieres salir de aquí?

Luce se volvió preparando una excusa para decirle a Cam que no, que no podía largarse de allí, no en ese momento y tampoco con él. Pero no había sido Cam quien le había tocado el interior de la muñeca con el pulgar.

Era Daniel.

Se derritió ligeramente. Su turno de teléfono de los miércoles era dentro de diez minutos y tenía unas ganas locas de oír la voz de Callie, o la voz de sus padres, y hablar de lo que ocurría fuera de aquellas cancelas de hierro forjado, de otra cosa que no fuera lo sombrío de los últimos dos días.

Pero ¿salir de allí? ¿Con Daniel? Se vio asintiendo con la cabeza.

Cam iba a odiarla si veía cómo se iba, y sin duda la vería. Ya debía de estar mirándola, podía sentir cómo sus ojos verdes se le clavaban en la nuca. Pero tenía que ir con él. Deslizó su mano en la de Daniel.

—Por favor.

Las otras veces que se habían tocado, o bien había sido por accidente o bien uno de los dos se había apartado con un movimiento brusco —por lo general, Daniel— antes de que aquella chispa de calidez que Luce siempre sentía diera paso a un crescendo imparable de calor. Pero en esa ocasión fue diferente. Luce bajó la vista hacia la mano de Daniel, que sujetaba la suya con fuerza, y todo su cuerpo pidió más. Más calor, más hormigueo, más Daniel. Era —no del todo— como se había sentido en el sueño. Apenas notaba cómo se movían sus pies, solo la energía del tacto de Daniel apoderándose de ella.

En lo que a Luce le pareció un parpadeo, llegaron a las puertas del cementerio. Abajo, el funeral se difuminaba a medida que se iban alejando.

Daniel se detuvo de golpe y, sin previo aviso, le soltó la mano. Ella tembló, volvía a sentir frío.

—Cam y tú —dijo, dejando las palabras suspendidas en el aire, como si fueran una pregunta—. ¿Pasáis mucho tiempo juntos?

—Parece como si no te gustara mucho esa idea —le replicó, pero al instante se sintió estúpida por hacer el papel de coquetona. Solo quería burlarse de él porque la pregunta había sonado un poco a celos, pero su cara y el tono de su voz eran muy serios.

—Él no es… —empezó a decir. Se quedó mirando un halcón de cola roja que acababa de posarse sobre la rama de un roble cercano—. No es lo bastante bueno para ti.

Luce había oído esa misma frase cientos de veces. Era lo que todo el mundo decía. «No es lo bastante bueno». Pero cuando esas palabras salieron de los labios de Daniel, parecieron importantes, incluso verdaderas y pertinentes, no vagas y desdeñosas como siempre le habían parecido.

—Bueno, entonces —respondió ella tranquila—, ¿quién lo es?

Daniel puso los brazos en jarras, y sonrió para sus adentros.

—No lo sé —dijo al final—. Es una pregunta buenísima.

No fue precisamente la respuesta que esperaba Luce.

—A ver, no es que sea tan difícil —empezó ella mientras se metía las manos en los bolsillos para reprimir las ganas que sentía de abrazale— ser lo bastante bueno para mí.

Daniel la miró como si estuviera cayéndose por un abismo, y todo el color violeta que coloreaba sus ojos un momento antes se convirtió en gris muy oscuro.

—Sí —respondió—, sí lo es.

Se frotó la frente, y al hacerlo apartó un poco el pelo, solo un segundo. Pero fue suficiente. Luce vio la herida. Ya estaba cicatrizando, pero Luce comprobó que era reciente.

—¿Qué te ha pasado en la frente? —le preguntó extendiendo la mano hacia él.

—No lo sé —dijo bruscamente, al tiempo que le apartaba la mano con tanta fuerza que la hizo tambalearse—. No sé cómo me lo he hecho.

Pareció más nervioso que la propia Luce, y eso la sorprendió. Era un simple rasguño.

A sus espaldas oyeron pasos avanzando por la grava. Ambos se volvieron de golpe.

—Ya te he dicho que no la he visto —decía Molly al tiempo que apartaba la mano de Cam de su hombro mientras subían por la colina del cementerio.

—Vámonos —dijo Daniel, adivinándole el pensamiento (Luce estaba casi segura de que podía), incluso antes de que ella le lanzara una mirada de inquietud.

Luce supo adónde se dirigían tan pronto como empezó a seguirlo, por detrás de la iglesia-gimnasio y hacia el bosque; de la misma forma que sabía la postura que adoptaría al saltar la comba aunque no le hubiese visto nunca hacerlos, igual que conocía la existencia de aquel corte en la frente antes de verlo.

Caminaban al mismo ritmo, dando largas zancadas. Pisaban la hierba a la vez, paso a paso, hasta que llegaron al bosque.

—Si vienes con alguien al mismo lugar más de una vez —dijo Daniel, como si hablara consigo mismo—, supongo que ya no es solo tuyo.

Luce sonrió, halagada al darse cuenta de lo que Daniel quería decir: que no había estado nunca en el lago con otra persona. Solo con ella.

Mientras caminaban entre los árboles, Luce sintió algo de frío por la sombra de los árboles en sus hombros desnudos. Olía como siempre, como la mayoría de los bosques costeros de Georgia: un aroma a mantillo de roble que Luce solía asociar a las sombras, pero que ahora cada vez asociaba más a Daniel. No debería sentirse segura en ningún lugar después de lo que le había ocurrido a Todd, pero junto a Daniel, Luce tuvo la sensación de que empezaba a respirar tranquila por primera vez en varios días.

Quería creer que la estaba llevando de vuelta a aquel lugar para enmendar la forma brusca en que se había ido la última vez, como si necesitaran una segunda oportunidad para hacerlo bien. Lo que había empezado como su primera casi-cita había acabado con Luce allí de pie, penosamente plantada. Daniel tenía que saberlo y debía de sentirse mal por haberse largado de aquel modo tan intempestivo.

Alcanzaron el magnolio desde el que se contemplaba todo el lago. El sol dejaba una estela dorada en el agua mientras se ponía detrás del bosque del oeste. Todo tenía un aspecto muy distinto por la tarde. El mundo entero parecía resplandecer.

Daniel se apoyó en el árbol y la observó mientras Luce contemplaba el agua. Ella se acercó para ponerse a su lado, bajo las hojas y las flores, que en esa época del año deberían de estar muertas en el suelo, pero que tenían un aspecto tan puro y fresco como las flores de primavera. Luce inhaló el aroma a almizcle, y se sintió más cerca de Daniel sin ninguna razón aparente… y le encantaba que aquella sensación pareciera provenir de ninguna parte.

—Esta vez no vamos vestidos para bañarnos, precisamente —dijo Daniel, señalando el vestido negro de Luce.

Ella toqueteó el bordado que tenía a la altura de las rodillas, y pensó en el horror de su madre si echaba a perder un buen vestido por querer bañarse en el lago con un chico.

—¿Quizá podamos meter los pies?

Daniel se dirigió hacia el camino empinado de piedra rojiza que descendía hasta el agua. Bajaron a través de los juncos pardos y de la hierba del lago, agarrándose a las ramas de los robles para mantener el equilibrio. Después, la orilla del lago era toda de guijarros. El agua estaba tan calma que Luce pensó que casi podría caminar sobre ella.

Se quitó las manoletinas negras y con los dedos de los pies rozó la superficie del agua repleta de lirios. El agua estaba más fría que el otro día. Daniel cogió unas briznas de la hierba que crecía en el lago y empezó a trenzarlas.

Miró a Luce.

—¿Alguna vez has pensado en salir de aquí…?

—A todas horas —dijo con un gruñido, dando por descontado que él pensaba lo mismo. Por supuesto, quería largarse de Espada & Cruz cuanto antes, cualquiera querría lo mismo, pero intentaba que su cabeza no se fuera por las nubes fantaseando con una posible escapada junto a Daniel.

—No —repuso Daniel—. Me refiero a si has pensado de verdad en ir a otro lugar. ¿Les has pedido a tus padres que te trasladen? Porque… Espada & Cruz no parece una lugar muy apropiado para ti.

Luce se sentó en una roca, frente a Daniel, y se abrazó las rodillas. Si lo que estaba sugiriendo era que ella era una marginada en medio de un alumnado repleto de marginados, no podía evitar sentirse un poco insultada.

Se aclaró la garganta.

—No puedo permitirme el lujo de pensar seriamente en otro lugar. Espada & Cruz es —hizo una pausa— prácticamente mi último intento desesperado.

—Vamos —dijo Daniel.

—No tienes ni idea…

—La tengo. —Suspiró—. Siempre hay otra parada, Luce.

—Muy profético, Daniel —le espetó. Notaba que cada vez le hablaba más alto—. Pero si tantas ganas tienes de librarte de mí, ¿qué estamos haciendo? Nadie te ha pedido que me arrastres hasta aquí.

—No —dijo—. Es cierto. Me refiero a que tú no eres como los demás que estamos aquí. Tiene que haber un lugar mejor para ti.

El corazón de Luce latía muy deprisa, lo cual solía ocurrir cuando Daniel estaba cerca. Pero en ese momento era distinto. Aquella situación la estaba haciendo sudar.

—Cuando vine aquí —le explicó Luce—, me prometí a mí misma que no hablaría con nadie de mi pasado, o de lo que había hecho para acabar en este lugar.

Daniel apoyó la cabeza entre las manos.

—Lo que estoy diciendo no tiene nada que ver con lo que le pasó a ese tipo…

—¿Qué sabes de él? —Luce hizo una mueca. No. ¿Cómo podía saberlo Daniel?—. Sea lo que sea lo que te haya dicho Molly…

Pero Luce sabía que ya era demasiado tarde. Era Daniel quien la había encontrado con Todd. Si Molly le había contado que Luce también se había visto involucrada en otra muerte misteriosa a causa del fuego, no sabría ni cómo empezar a explicárselo.

—Escucha —le dijo cogiéndole las manos—, lo que te estoy diciendo no tiene nada que ver con esa parte de tu pasado.

A ella le costaba creérselo.

—Entonces, ¿tiene que ver con Todd?

Él negó con la cabeza.

—Tiene que ver con este lugar, y con otras cosas…

Cuando Daniel la tocó, despertó algo en su mente. Empezó a pensar en las sombras furiosas que había visto aquella noche, en lo mucho que habían cambiado desde que había llegado al reformatorio: habían pasado de ser una amenaza desconcertante y furtiva a convertirse en unas figuras terroríficas y reales, casi omnipresentes.

Estaba loca… Sin duda, eso era lo que Daniel debía de pensar de ella. Quizá también pensara que era guapa, pero en el fondo sabía que estaba seriamente perturbada. Seguramente, esa era la razón por la que quería que se fuera, para que no tuviera la tentación de mezclarse con alguien como ella. Si eso era lo que Daniel pensaba, no sabía ni la mitad.

—¿Tal vez tiene que ver con las sombras negras y extrañas que vi la noche en que Todd murió? —le preguntó con la intención de asustarlo. Pero en cuanto pronunció aquellas palabras supo que no estaba tratando de asustar aun más a Daniel… estaba intentando decírselo por fin a alguien. Tampoco tenía mucho que perder.

—¿Qué has dicho? —le preguntó lentamente.

—Bueno, ya sabes —dijo encogiéndose de hombros e intentando restarle importancia a lo que acababa de decir—. Una vez al día o así, me visitan unos invitados oscuros a los que llamo «sombras».

—No me vaciles —le espetó Daniel. Y aunque el tono de su voz sonara punzante, Luce sabía que tenía razón. Odiaba oírse hablar a sí misma con aquella falsa indiferencia, cuando en realidad estaba muy nerviosa. Pero ¿debía decírselo? ¿Podría? Daniel asentía, animándola a que siguiera hablando, y parecía que sus ojos penetrantes le extrajesen las palabras de su interior.

—Me pasa desde hace unos doce años —acabó confesando con un estremecimiento—. Solía ser por las noches, cuando me acercaba al agua o a los árboles, pero ahora... —Le temblaban las manos—. Es algo constante.

—¿Qué hacen?

Habría pensado que quería burlarse de ella, o que la iba a dejar seguir para luego gastarle una broma y reírse a su costa, pero su voz se había vuelta ronca, y estaba lívido.

—En general empiezan a flotar justo por aquí. —Y le hizo cosquillas en la nuca para enseñárselo. Por una vez, no estaba intentando acercarse físicamente a él, sino que aquella era la única forma que se le ocurría de explicarlo, sobre todo desde que las sombras habían empezado a agredirla de un modo palpable, físico.

Daniel no dijo nada, así que continuó hablando.

—Además, en ocasiones son muy atrevidas —prosiguió, poniéndose de rodillas y llevándose las manos al pecho—. Y se abalanzan sobre mí. —Ahora estaban frente a frente. El labio de Daniel tembló un poco; en realidad, ella no acababa de creerse que pudiera estar explicándole a alguien (y mucho menos a Daniel) las cosas horribles que veía. Bajó el tono de voz hasta convertirlo en un susurro—: Últimamente, no parecen satisfechas hasta que —tragó saliva— se llevan la vida de alguien y me dejan en el suelo inconsciente.

Le propinó un levísimo empujón en los hombros, sin ninguna intención de desestabilizarlo, pero el contacto mínimo de las puntas de sus dedos bastó para tumbar a Daniel.

Al verlo en el suelo, Luce se quedó tan sorprendida que también perdió accidentalmente el equilibrio y cayó sobre él. Daniel estaba de espaldas al suelo y la miraba con los ojos muy abiertos.

No debería habérselo contado. Allí estaba ella, encima de él, y acababa de confesarle su secreto más íntimo, aquello que en verdad la convertía en una lunática.

¿Cómo era posible que, a pesar de todo, siguiera teniendo tantas ganas de besarlo?

El corazón le latía a una velocidad imposible. Más tarde lo comprendió: estaba sintiendo su propio corazón y el de Daniel, que parecían competir en una carrera. Una especie de conversación desesperada que no eran capaces de mantener con palabras.

—¿De verdad las ves? —le susurró Daniel.

—Sí —respondió, aunque en realidad quería levantarse y negarlo todo, pero era totalmente incapaz de despegarse del pecho de Daniel. Intentó leerle el pensamiento: ¿qué pensaría cualquier persona normal de una confesión como aquella?—. Déjame adivinar —dijo abatida—: ahora estás seguro de que necesito un traslado, pero a un psiquiátrico.

Él se zafó de ella, dejándola prácticamente boca abajo. Ella miró primero sus pies, a continuación sus piernas, su torso y por último alzó la vista hasta la cara de Daniel, que estaba de pie mirando fijamente el bosque.

—Eso no había ocurrido nunca antes —dijo.

Luce se puso de pie, pues resultaba humillante quedarse tendida allí sola. Además, era como si él ni siquiera hubiera escuchado lo que le había dicho.

—¿Qué es lo que nunca ha ocurrido? ¿Antes de qué?

Daniel se volvió hacia ella y le puso una mano en cada mejilla. Luce contuvo la respiración. Estaba tan cerca, tenía sus labios tan cerca. Luce se pellizcó el muslo para asegurarse de que esta vez no estaba soñando, de que estaba completamente despierta.

Después, casi por la fuerza, Daniel se apartó de ella. Se quedó de pie, enfrente, respirando con rapidez y con los brazos rígidos a los costados.

—Dime otra vez lo que viste.

Luce se volvió para mirar el lago. El agua cristalina y azul llegaba en suaves olas a la orilla, y consideró bañarse. Eso fue lo que Daniel había hecho cuando la situación se volvió demasiado comprometida para él. ¿Por qué no podía hacer ella lo mismo?

—Puede que esto te sorprenda —dijo Luce—, pero no me hace mucha ilusión sentarme aquí y explicar lo loca que llego a estar.

«Sobre todo a ti.»

Daniel no respondió, pero Luce podía sentir su intensa mirada sobre ella. Cuando por fin se atrevió a mirarlo, él la estaba contemplando de una manera extraña, inquietante, de profunda tristeza… el gris característico de sus ojos era lo más triste que Luce había visto en su vida. Tenía la impresión de haberlo defraudado de alguna forma, pero era Luce quien había hecho su terrible confesión. ¿Por qué era Daniel el que parecía destrozado?

Él se acercó un paso y se inclinó hasta que sus ojos estuvieron a la misma altura. Luce apenas podía sostenerle la mirada, pero tampoco fue capaz de hacer un solo movimiento. Fuera lo que fuera lo que rompiera aquel trance, sería cosa de Daniel que se estaba acercando cada vez más, inclinando la cabeza y cerrando los ojos, separando los labios… Luce se quedó sin respiración.

Ella también cerró los ojos, inclinó la cabeza hacia Daniel y separó los labios.

Y esperó.

Pero el beso por el que se moría no llegó. Abrió los ojos al comprobar que no había pasado nada, excepto el sonido susurrante de una rama. Daniel había desaparecido. Luce suspiró, descorazonada, pero no sorprendida.

Lo más extraño era que casi podía ver el camino que había tomado para volver por el bosque, como si ella fuera algún tipo de cazadora capaz de percibir la rotación de una hoja y saber por dónde había pasado Daniel. Pero Luce no tenía nada de cazadora, de alguna forma el tipo de huella que Daniel había dejado tras de sí era más perceptible, más clara y, al mismo tiempo, más difícil de concretar. Era como si un resplandor violeta iluminara el camino que había emprendido a través del bosque.

Como el resplandor violeta que había visto durante el incendio de la biblioteca. Estaba viendo cosas. Se apoyó en la roca para recomponerse y miró a su alrededor un momento, frotándose los ojos. Pero cuando volvió a mirar, seguía viendo lo mismo: en un plano de su visión —como si estuviera mirando a través de unas gafas con una graduación descabellada—, los robles y el mantillo que había debajo, e incluso las canciones de los pájaros en las ramas, todo parecía temblar desenfocado. Y no solo temblaba, bañado en aquella suave luz violeta, sino que además parecía emitir un zumbido grave apenas perceptible.

Se dio la vuelta completamente, enfrentarse a ello la aterrorizaba, lo que significaba la aterrorizaba. Le estaba ocurriendo algo, y no podía decírselo a nadie. Intentó concentrarse en el lago, pero incluso este se estaba volviendo cada vez más oscuro y difícil de ver.

Estaba sola. Daniel la había dejado, y en su lugar había quedado aquel sendero por el que ella no podía —o no quería— adentrarse. Cuando el sol se puso detrás de las montañas y el lago se volvió de color gris marengo, Luce se atrevió a mirar otra vez hacia el bosque. Respiró hondo sin saber si se sentía decepcionada o aliviada. Era un bosque como cualquier otro, sin luces parpadeantes ni zumbidos violeta. Ninguna señal de que Daniel hubiera estado allí jamás.

13
Tocado de raíz

Luce podía oír las fuertes pisadas de sus Converse contra el suelo, podía sentir el viento fresco y húmedo tirando de su camiseta negra, casi podía saborear el alquitrán caliente de una plaza de aparcamiento que acababan de pavimentar. Pero cuando abrazó a aquellas dos figuras que aguardaban junto a la entrada de Espada & Cruz el sábado por la mañana, ya se había olvidado de todo aquello.

Jamás se había alegrado tanto de abrazar a sus padres.

Hacía días que se arrepentía de lo frío y distante que había sido su encuentro en el hospital, y hoy no pensaba cometer el mismo error de nuevo.

Ambos se tambalearon cuando se abalanzó sobre ellos. Su madre se echó a reír y su padre le dio una palmada en la espalda como hacen los tipos duros. Llevaba su enorme cámara colgada con una correa alrededor del cuello. Ambos recuperaron la compostura y la soltaron para mirarla bien a la cara. En cuanto lo hicieron, sus rostros se desencajaron. Luce estaba llorando.

—Cariño, ¿qué te pasa? —le preguntó su padre al tiempo que le acariciaba la cabeza.

Su madre empezó a revolver el bolso en busca de un paquete de pañuelos. Con los ojos muy abiertos le puso uno a Luce delante de la nariz y le preguntó:

—Ahora ya estamos aquí. Va todo bien, ¿no?

No, no iba todo bien.

—¿Por qué no me llevasteis a casa el otro día? —preguntó Luce, que volvía a sentirse enfadada y herida—. ¿Por qué dejasteis que me trajeran de nuevo aquí?

Su padre palideció.

—Cada vez que hablábamos con el director nos decía que te iba de fábula desde que habías vuelto a las clases, que eras la optimista redomada que nosotros siempre habíamos conocido. Solo que con el cuello reseco por el humo y un pequeño chichón en la cabeza; pensamos que eso era todo—. Se relamió los labios.

—¿Había algo más? —le preguntó su madre.

La mirada que intercambiaron sus padres dejaba entrever que ya habían discutido sobre el tema. Su madre debía de haberle rogado que la visitaran antes, pero su padre, más cerebral, se habría negado.

Era imposible explicarles lo que le había pasado aquella noche, o todo aquello por lo que había pasado desde entonces. Había vuelto directamente a las clases, pero no porque ella lo quisiera. Y físicamente estaba bien. Pero en todos los demás aspectos —emocional, psicológica y sentimentalmente— no podía sentirse más desorientada.

—Intentamos respetar las reglas —le explicó el padre de Luce, extendiendo su gran mano para darle un cariñoso apretón en el cuello. El peso de la mano la desestabilizó un poco y la puso en una postura incómoda, pero hacía tanto que no estaba así de cerca de la gente a la que quería que no se atrevió a moverse—. Porque solo queremos lo mejor para ti —añadió—. Tenemos que confiar en que estas personas —e hizo un gesto señalando los imponentes edificios del reformatorio, como si representaran a Randy y al director Udell y a todos los demás— saben de lo que están hablando.

—Pues no tienen ni idea —dijo Luce mientras observaba los edificios destartalados y el patio desierto. Hasta el momento, aquel reformatorio había sido un auténtico rompecabezas.

Un buen ejemplo de ello era lo que llamaban el Día de los Padres. Remarcaban tanto la suerte que tenían los estudiantes por tener el privilegio de ver a los de su propia sangre… Y, aun así, faltaban diez minutos para la hora del almuerzo y el coche de los padres de Luce era el único que había en el aparcamiento.

—Este lugar es un fraude total —sentenció, imprimiendo tal cinismo a sus palabras que sus padres se miraron preocupados.

—Luce, cielo —dijo su madre, acariciándole el cabello. Luce advirtió que no estaba acostumbrada a verlo tan corto. El instinto maternal de sus dedos seguía el fantasma de su anterior melena, que le caía por la espalda—. Solo queremos pasar un día agradable contigo. Papá te ha traído tu comida preferida.

Con cuidado, su padre sacó una manta colorida de punto y una especie de cesta de mimbre que Luce no había visto nunca. Cuando solían ir de picnic, todo era más informal, llevaban la comida en bolsas de papel y extendían una vieja tela ajada sobre la hierba del camino de canoas que había frente a su casa.

—¿Ocra en vinagre? —preguntó Luce con un tono que se parecía mucho al que empleaba cuando era una niña. No se podía decir que sus padres no se estuvieran esforzando.

Su padre asintió.

—Y té dulce, y panecillos con salsa, y gachas con cheddar y jalapeños extra, como a ti te gustan. Ah —se interrumpió—, y una cosa más.

La madre de Luce sacó del bolso un sobre cerrado rojo y grueso, y se lo entregó a Luce. Por un instante, Luce sintió una punzada de dolor en el estómago al recordar las cartas que solía recibir. «Psicópata. Asesina.»

Pero cuando vio la letra en el sobre, su cara se transformó en una enorme sonrisa.

Callie.

Rompió el sobre y sacó una postal con una foto en blanco y negro de dos señoras mayores en la peluquería; en el dorso, no había ni un solo centímetro que Callie no hubiera garabateado con su letra grande y redonda. Además, había varias hojas sueltas en las que Callie había continuado escribiendo porque se había quedado sin espacio en la postal.

Querida Luce,

Ya que el tiempo que nos dejan para hablar por teléfono es ridículamente insuficiente (¿Es que no puedes pedir, por favor, un poco más? Es una injusticia absoluta), he decidido comunicarme contigo a la antigua y escribirte una de esas cartas épicas, en la que vas a encontrar hasta el más mínimo detalle de lo que me ha pasado en las últimas dos semanas. Te guste o no…

Luce apretó el sobre contra su pecho, aún sonriente y con unas ganas locas de devorar la carta en cuanto sus padres se fueran a casa.

Su amiga Callie no la había abandonado, y tenía a sus padres sentados justo al lado. Había pasado mucho tiempo desde que Luce se había sentido querida. Extendió el brazo y le apretó la mano a su padre.

Un pitido estridente hizo que sus padres dieran un respingo.

—Solo es la sirena de la comida —explicó Luce lo cual pareció tranquilizarlos—. Venga, venid, hay alguien a quien quiero que conozcáis.

Mientras caminaban por el caluroso aparcamiento hacia el patio donde iban a desarrollarse todas las actividades del Día de los Padres, Luce empezó a ver el reformatorio a través de los ojos de sus padres. Advirtió el techo combado de la oficina principal, y el olor putrefacto y repugnante de los melocotones podridos al pie de los árboles que había junto al gimnasio; también el óxido naranja que cubría las puertas de hierro forjado del cementerio. Se dio cuenta de que solo en dos semanas se había acostumbrado por completo a los numerosos horrores de Espada & Cruz.

Sus padres, por el contrario, parecían horrorizados. Su padre señaló una vid agonizante que se enredaba en la cerca del patio.

—Esas cepas son de chardonnay —dijo con un gesto de dolor, porque cuando una planta sufría también sufría él.

Su madre sostenía el bolso contra el pecho con las dos manos, con los dos codos hacia fuera, en la postura que solía adoptar cuando se encontraba en un barrio peligroso. Y todavía no había visto las rojas. Sus padres, que estaban en contra de que Luce tuviera una webcam, se horrorizarían ante la vigilancia continua del reformatorio.

Luce quería evitar que vieran todas aquellas atrocidades, pues aún estaba buscando el modo de desenvolverse en aquel sistema...

y a veces incluso de derrotarlo. Precisamente el otro día, Arriane la había guiado a través de lo que parecía una carrera de obstáculos por el reformatorio para mostrarle todas las «rojas muertas» cuyas baterías se habían gastado o habían sido «reemplazadas» furtivamente para crear los puntos ciegos de Espada & Cruz. No era necesario que sus padres supieran nada de todo eso. Lo que tenían que hacer era pasar un buen día con ella.

Penn estaba en las gradas con las piernas colgando, habían acordado encontrarse allí por la tarde. Sostenía una maceta con flores.

—Penn, mira, te presento a mis padres, Harry y Doreen Price —anunció Luce con un gesto—. Mamá, Papá, esta es…

—Pennyweather van Syckle-Lockwood —interrumpió Penn con gesto grave, al tiempo que les ofrecía la maceta—. Gracias por permitirme almorzar con ustedes.

Siempre educados, los padres de Luce sonrieron y no preguntaron nada sobre dónde estaba la familia de Penn, lo cual Luce aún no había tenido tiempo de explicarles.

Era otro de esos días cálidos y despejados. Los sauces verdes que había frente a la biblioteca se mecían suavemente con la brisa, y Luce llevó a sus padres hacia un lugar desde el que los sauces ocultaban las marcas de hollín y la ventana rota por el incendio. Mientras ellos extendía el mantel sobre una zona de hierba seca, Luce se llevó a Penn aparte.

—¿Cómo estás, Penn? —le preguntó, pues era consciente de que si ella tuviera que pasarse un día entero recibiendo y saludando a los padres de todo el mundo menos a los suyos, sin duda acabaría necesitando ayuda.

Pero, por el contrario, Penn balanceó la cabeza alegremente.

—¡Esto ya es mucho mejor que el año pasado! —dijo—. Y todo gracias a ti, hoy estaría sola si no hubieses aparecido tú.

El cumplido cogió a Luce por sorpresa, y la impulsó a mirar a su alrededor para ver cómo estaban pasando aquel día el resto de los alumnos. Aunque el aparcamiento aún estaba medio vacío, el Día de los Padres parecía estar animándose poco a poco.

Molly, sentada cerca de ellos, sobre una manta, entre un hombre y una mujer con cara de dogo, roía con avidez un muslo de pavo. Arriane, en cuclillas, en una grada, le susurraba algo a un chica punki con el pelo teñido de un hipnótico tono fucsia. Tenía toda la pinta de ser su hermana mayor. Ambas cruzaron una mirada con Luce, Arriane le sonrió y la saludó, y luego se volvió hacia la otra chica y le dijo algo.

Roland estaba rodeado por un montón de gente que celebraba un picnic sobre una colcha enorme. Estaban riendo y bromeando, y algunos chicos más jóvenes se tiraban comida entre ellos. Parecían estar pasándoselo en grande hasta que una mazorca volante casi le acierta a Gabbe, que pasaba por allí. Miró con cara de pocos amigos a Roland mientras guiaba a un hombre lo bastante mayor para ser su abuelo a través de una hilera de sillas de jardín dispuestas en la hierba.

A los que no veía era a Daniel y a Cam, y Luce no podía imaginar cómo serían sus familias. Aunque estaba enfadada y avergonzada porque Daniel la había dejado plantada por segunda vez en el lago, se moría por ver, aunque fuera de refilón, a cualquier miembro de su familia. Y entonces, al recordar la escueta ficha de Daniel que vio en el sótano, Luce se preguntó si aún mantendría contacto con algún familiar.

La madre de Luce sirvió gachas con cheddar en cuatro platos, y su padre pinchó los jalapeños cortados en pedacitos con unos palillos. Un mordisco y la boca de Luce fue puro fuego, lo cual le encantaba. Daba la impresión de que Penn no desconocía por completo la comida típica de Georgia con la que Luce había crecido, y parecía tener muchos reparos respecto a la ocra en vinagre, pero tras darle un bocado le dirigió a Luce una sonrisa que era medio de sorpresa y aprobación.

Los padres de Luce habían llevado todos sus platos preferidos, incluso las nueces con praliné del colmado que había debajo de su casa. Cada uno a un lado de la chica, sus padres masticaban con satisfacción, aparentemente felices de poder llenarse la boca con algo que no fuese una conversación sobre la muerte.

Luce tendría que haber disfrutado del tiempo que estaba pasando con ellos, regado con el adorado té dulce de Georgia, pero se sentía como una hija impostora al fingir que aquel idílico almuerzo formaba parte de la normalidad de Espada & Cruz. El día entero fue una farsa.

Al oír un breve y tímido aplauso, Luce miró hacia las gradas, donde Randy estaba de pie junto al director Udell, a quien Luce todavía no había visto en carne y hueso. Lo reconoció por un retrato muy oscuro que colgaba en la pared del vestíbulo principal, y ahora se daba cuenta de que el artista había sido benévolo. Penn ya le había contado que el director solo se dejaba ver un día al año —el Día de los Padres—, sin excepciones. Era un recluso que nunca salía de su mansión en Tybee Island, ni siquiera cuando fallecía un estudiante. La papada de aquel hombre parecía tragarse su barbilla, y sus ojos bovinos miraban a la gente sin detenerse en nada en concreto.

A su lado estaba Randy, con las piernas separadas y enfundadas en unas medias blancas. Forzaba una enorme sonrisa, mientras el director se secaba el sudor de la frente con una servilleta. Ambos mostraban su cara más alegre, pero aquello parecía suponerles un gran esfuerzo.

—Bienvenidos a la edición anual n.º 159 del Día de los Padres de Espada & Cruz —dijo el director Udell por el micrófono.

—¿Está de broma? —le susurró Luce a Penn. Resultaba difícil imaginar un Día de los Padres en la época de antes de la guerra.

Penn puso los ojos en blanco.

—Seguro que se ha equivocado. Ya les he dicho que necesita unas gafas nuevas.

—Hemos organizado para vosotros un día repleto de actividades familiares, empezando por este picnic relajado…

—Normalmente, solo nos dan diecinueve minutos —les comentó Penn a los padres de Luce, que se pusieron tensos de golpe.

Luce sonrió por encima de la cabeza de Penn y articuló un silencioso «Es broma».

—A continuación, les ofrecemos una selección de actividades. Nuestra querida bióloga, la señorita Yolanda Tross, dará una charla fascinante en la biblioteca sobre la flora local de Savannah que se puede encontrar en nuestros jardines. Por su parte, la entrenadora Diante supervisará una serie de carreras familiares en el césped. Y el señor Stanley Cole les ofrecerá un recorrido histórico por el cementerio, donde están enterrados los héroes de guerra. Vamos a estar muy ocupados. Y, sí —añadió el director Udell con una sonrisa de oreja a oreja—, luego os haremos un control sobre todo esto.

Era la típica broma insulsa y manida para ganarse algunas risas enlatadas de los familiares que visitaban el reformatorio. Luce miró a Penn y puso los ojos en blanco. Aquel deprimente intento de reírse con naturalidad mostraba a las claras que todo el mundo estaba allí para sentirse mejor por haber dejado a sus hijos en manos del profesorado de Espada & Cruz. Los Price también rieron, pero miraban a Luce para averiguar cómo debían comportarse.

Después del almuerzo, las familias que estaban en el patio recogieron sus cosas y se dispersaron. Luce tuvo la sensación de que en verdad muy poca gente iba a participar en las actividades que habían organizado. Nadie subió con la señorita Tross a la biblioteca y, por el momento, solo Gabbe y su abuelo se habían metido en un saco de patatas al otro lado del campo.

Luce no sabía adónde se habían escaqueado Molly, Arriane y Roland con sus familias, y aún no había visto a Daniel. Pero sabía que sus padres se decepcionarían si no les enseñaba las instalaciones y si no participaban en alguna actividad. Y, puesto que la visita guiada del señor Cole parecía el menor de los males, Luce sugirió que guardaran los restos de la comida y se reunieran con él en las puertas del cementerio.

De camino hacia allí, Arriane, que estaba balanceándose en una de las gradas más altas, cayó frente a los padres de Luce como si fuera una gimnasta saltando de las paralelas.

—Holaaa —canturreó, ofreciendo su mejor imagen de desquiciada.

—Mamá y Papá —dijo Luce al tiempo que les daba un apretón en los hombros—, esta es mi buena amiga Arriane.

—Y esta —contestó Arriane señalando a la chica alta con el pelo color fucsia que bajaba poco a poco de las gradas— es mi hermana Annabelle.

Annabelle ignoró por completo la mano que le extendía Luce y le dio un abrazo largo e íntimo. Luce sintió cómo los huesos de ambas crujían. El intenso abrazo duró lo suficiente para que Luce se preguntara a qué se debía, pero justo cuando empezaba a sentirse incómoda, Annabelle la soltó.

—Me alegro tanto de conocerte —le dijo cogiéndole la mano.

—Igualmente —respondió Luce, mirando a Arriane de reojo—. ¿Vais a hacer la ruta con el señor Cole? —le preguntó a Arriane, que también estaba mirando a Annabelle como si estuviera loca.

Annabelle abrió la boca pero Arriane la cortó enseguida.

—Por Dios, no —repuso—. Estas actividades son para completos tarados. —Miró a los padres de Luce—. Sin ánimo de ofender.

Annabelle se encogió de hombros.

—¡Quizá tengamos oportunidad de vernos después! —le gritó a Luce antes de que Arriane se la llevara a rastras.

—Parecían simpáticas —dijo la madre de Luce con el tono intrigado que usaba cuando quería que Luce le explicara algo.

—Hummm, y esa chica, ¿por qué se ha puesto así contigo? —inquirió Penn.

Luce la miró, y luego miró a sus padres. ¿De verdad tenía que argumentar el hecho de que pudiera gustar a alguien?

—¡Lucinda! —gritó el señor Cole, saludándoles desde el punto de encuentro (en el que por otra parte no había nadie más) a las puertas del cementerio—. ¡Por aquí!

El señor Cole les dio un cálido apretón de manos a los padres de Luce e incluso cogió a Penn del hombro un momento. Luce intentaba decidir si estaba molesta por que el señor Cole participara en el Día de los Padres o, más bien, impresionada por aquella muestra exagerada de entusiasmo. Pero entonces el profesor empezó a hablar y Luce se sorprendió aún más.

—Me preparo para este día durante todo el año —susurró—. Es

una oportunidad de llevar a los estudiantes al aire libre y explicarles las maravillas que esconde este lugar… oh, de verdad que me encanta. Es lo más cercano a una excursión en el campo que se puede conseguir siendo profesor de un reformatorio. Por supuesto, hasta hoy nadie ha participado en mis visitas guiadas, de modo que con ustedes haremos la visita inaugural…

—Vaya, es todo un honor —le respondió el padre de Luce dirigiéndole una gran sonrisa. Al instante, Luce se dio cuenta de que no se trataba solo de la afición de su padre por los cañones de la Guerra Civil, sino que de verdad sentía que el señor Cole era legal. Y para Luce, su padre era quien mejor juzgaba a las personas.

Los dos hombres empezaron a bajar por la pendiente empinada que conducía al cementerio. La madre de Luce dejó la cesta del picnic al lado de las cancelas y les dirigió una de sus manidas sonrisas a Luce y a Penn.

El señor Cole agitó la mano para reclamar su atención.

—En primer lugar, algunas trivialidades. ¿Cuál —enarcó las cejas— creéis que es el elemento más antiguo de este cementerio?

Mientras Luce y Penn se miraban los pies —evitando su mirada, tal como hacían en clase—, el padre de Luce se puso de puntillas para ver mejor algunas de las estatuas más grandes.

—¡Es una pregunta complicada! —exclamó el señor Cole, al tiempo que daba unos golpecitos a la cancela de hierro forjado—. Esta parte frontal de las puertas fue construida por el propietario original en 1831. Dicen que su mujer, Ellamena, tenía un jardín encantador y quería mantener a las gallinas alejadas de sus tomateras. —Se rió por lo bajo—. Eso fue antes de la guerra, y antes de que el terreno se hundiera. ¡Sigamos!

El señor Cole relató paso a paso la construcción del cementerio, añadió datos sobre el contexto histórico y sobre el «artista» —aunque utilizaba la palabra con poco rigor— que había esculpido la estatua de la bestia alada que había sobre el monolito, en el centro del cementerio. El padre de Luce le iba haciendo preguntas aquí y allá mientras la madre pasaba la mano por algunas de las lápidas más bellas, dejando escapar un «Dios bendito» entre susurros cada vez que se detenía a leer las inscripciones. Penn arrastraba los pies tras la madre de Luce, probablemente arrepentida de no haber escogido otra familia con la que pasar el día. Luce iba la última y pensaba qué pasaría si ella les ofreciera a sus padres su visita personal del cementerio.

Aquí es donde cumplí mi primer castigo…
Y aquí es donde una estatua de mármol casi me decapita…
Y aquí es donde compartí el picnic más raro de mi vida con un chico del reformatorio que no os gustaría nada.

—Cam —llamó el señor Cole cuando el grupo llegó al monolito.

Cam se encontraba junto a un hombre alto, de cabello oscuro, vestido con un traje negro a medida. Ninguno de los dos había visto al señor Cole o al grupo que le seguía. Estaban hablando tranquilamente y hacían unos gestos enrevesados frente al roble, como los que Luce le había visto hacer a su profesora de teatro cuando los estudiantes no dejaban ver la escena de una obra.

—¿Acaso tú y tu padre os habéis apuntado a última hora a la visita guiada? —preguntó el señor Cole, subiendo esta vez un poco más la voz—. Os habéis perdido la mayor parte, pero todavía hay una o dos cuestiones que seguro que os interesan.

Cam giró la cabeza con lentitud, y luego volvió a mirar a su acompañante, que parecía divertirse. Luce pensó que aquel hombre alto, moreno, apuesto y con un enorme reloj de oro no parecía lo bastante mayor para ser el padre de Cam. Pero quizá el tiempo lo había tratado bien. Cam entrecerró los ojos al ver el cuello desnudo de Luce, y pareció un poco decepcionado. Luce se ruborizó, pues podía sentir que su madre se había dado cuenta de todo y se estaba preguntando qué pasaba.

Cam ignoró al señor Cole, se acercó a la madre de Luce y, antes de que nadie los presentara, ya se había llevado su mano a los labios.

—Tú debes de ser la hermana mayor de Luce —dijo con desenfado.

A la izquierda, Penn simuló que le entraba una arcada y le susurró a Luce, de modo que solo ella pudiese oírla:

—Por favor, dime que no soy la única que quiere vomitar.

Pero la madre de Luce parecía más bien encandilada, lo cual hizo que tanto Luce como, sin duda, su padre, se sintieran incómodos.

—No, no nos podemos quedar para la visita guiada —anunció Cam, guiñándole un ojo a Luce y retirándose justo cuando se acercaba su padre—. Pero ha sido fantástico —y los miró a los tres, ignorando a Penn— encontraros aquí. Vamos, papá.

—¿Quién era? —suspiró la madre de Luce cuando Cam y su padre, o quienquiera que fuese, desaparecieron hacia el otro lado del cementerio.

—Ah, uno de los admiradores de Luce —dijo Penn, que en su intento por quitarle hierro al asunto obtuvo justo el efecto contrario.

—¿Uno…? —inquirió el padre de Luce bajando la vista para mirarla.

A la luz de la última hora de la tarde, Luce vio por primera vez algunas canas en la barba de su padre. No quería pasar los últimos momentos del día convenciendo a su padre de que no había por qué preocuparse de los chicos del reformatorio.

—No es nada, papá. Penn solo está bromeando.

—Queremos que tengas cuidado, Lucinda —dijo.

Luce pensó en lo que Daniel había sugerido —con cierta insistencia— El otro día, aquello de que quizá ella no debía estar en Espada & Cruz. Y, de repente, tuvo unas ganas terribles de contárselo a sus padres, de rogarles y suplicarles que se la llevaran lejos de allí.

Pero fue ese mismo recuerdo de Daniel lo que le impidió abrir la boca: el roce chispeante de su piel cuando le empujó en el lago, la forma en que a veces sus ojos eran lo más triste que había visto nunca. El hecho de que valiera la pena quedarse en aquel infierno de Espada & Cruz solo por estar un poco más con Daniel, a Luce le parecía algo totalmente cierto y totalmente loco a la vez. Aunque solo fuera para ver cómo acababa todo.

—Odio las despedidas —suspiró la madre de Luce, interrumpiendo sus pensamientos para darle un abrazo rápido.

Luce miró la hora y se le desencajó la cara. No se había dado cuenta de cuánto tiempo había pasado ya, de cómo podía haber llegado la hora de que se marcharan.

—¿Nos llamarás el miércoles? —le preguntó su padre mientras le daba un beso en cada mejilla, tal y como hacían todos en la parte francesa de su familia.

Mientras caminaban de vuelta hacia el aparcamiento, los padres de Luce le cogieron las manos, y cada uno le dio otra serie de besos y un fuerte abrazo. Cuando le dieron la mano a Penn y le desearon lo mejor,

Luce vio una cámara colgada del poste de cemento que tenía una cabina rota. Debía de tener un detector de movimientos incorporado en las rojas, porque la cámara se movía siguiendo sus pasos. Esa no se la había enseñado Arriane en la visita, y sin duda no era una roja muerta. Los padres de Luce no se dieron cuenta de nada, y quizá fuera mejor así.

Mientras se alejaban, se volvieron dos veces para despedirse de las chicas, que estaban en la entrada del vestíbulo principal. El padre de Luce arrancó su viejo Chrysler New Yorker negro y bajó la ventanilla.

—¡Te queremos! —gritó tan fuerte que si no hubiera sido tan triste verlos partir, Luce se habría sentido un poco avergonzada.

Luce le devolvió el saludo con la mano.

—Gracias —susurró.

Por los pralinés y la ocra. Por pasar todo el día aquí. Por aceptar a Penn sin preguntar nada. Por seguir queriéndome a pesar de que os doy miedo.

Cuando tomaron la curva y las luces traseras desaparecieron, Penn palmeó la espalda de Luce.

—Estaba pensando que podría ir a ver a mi padre. —Dio un golpe en el suelo con la punta del pie y miró tímidamente a Luce—. ¿Te apetecería venir? Si no quieres, lo entenderé, puesto que hay que volver de nuevo al… —Y con el pulgar hacia atrás señaló hacia el fondo del cementerio.

—Claro que te acompaño —respondió Luce.

Caminaron por el perímetro del cementerio, bordeándolo por la parte alta hasta que llegaron a la zona que estaba más al este, donde Penn se detuvo frente a una tumba.

Era modesta, blanca, y se hallaba cubierta de una capa parda de agujas de pino. Penn se puso de rodillas y empezó a limpiarla.

«STANFORD LOCKWOOD —decía la humilde lápida—, EL MEJOR PADRE DEL MUNDO.»

Luce pudo oír el texto de la inscripción con la voz conmovedora de Penn, y notó que los ojos se le llenaban de lágrimas. No quería que Penn la viera; después de todo, Luce todavía tenía a sus padres. Si alguien tenía que llorar en ese momento, debía ser... Penn estaba llorando. Intentaba ocultarlo sorbiéndose la nariz con disimulo y secándose las lágrimas con el dobladillo deshilachado del jersey. Luce también se puso de rodillas, y la ayudó a retirar las agujas de pino. La rodeó con los brazos y la abrazó con tanta fuerza como pudo.

Cuando Penn se apartó y le dio las gracias a Luce, sacó de su bolsillo una carta.

—Normalmente le escribo algo —le explicó.

Luce pensó que lo mejor era dejar a Penn a solas, así que se levantó, retrocedió unos pasos y empezó a bajar la pendiente hacia el centro del cementerio. Aún tenía los ojos un poco vidriosos, pero le pareció ver a alguien sentado encima del monolito. Sí. Un chico que se abrazaba las rodillas. No lograba imaginarse cómo había podido subir hasta allí, pero la cuestión es que estaba en lo alto.

Parecía taciturno y solitario, como si hubiera pasado allí todo el día. No había visto ni a Luce ni a Penn; de hecho, no parecía ver nada, y Luce no necesitaba estar muy cerca para saber de quién eran aquellos ojos violeta grisáceos.

Todo ese tiempo Luce se había estado preguntando por qué la ficha de Daniel era tan escueta, qué secretos guardaba el libro perdido de la biblioteca de uno de sus antepasados y adónde había viajado su mente cuando le preguntó por su familia aquella vez. Por qué con ella se había comportado de forma tan imprevisible, dándole una de cal y otra de arena... siempre.

Después de un día tan emotivo con sus padres, aquellos pensamientos hicieron que Luce casi se cayera de bruces al suelo. Daniel estaba solo en el mundo.

14
Manos ociosas

El martes llovió durante todo el día. Unos nubarrones negros llegaron del oeste y tronaron sobre el reformatorio, lo que no ayudó lo más mínimo a que Luce aclarara su mente. El chaparrón descargó de forma irregular —lloviznó, luego llovió a cántaros y al final granizó—, antes de que amainara para empezar todo de nuevo. A los alumnos no se les había permitido salir fuera durante los descansos, y hacia el final de la clase de Cálculo, Luce ya se estaba subiendo por las paredes.

Fue consciente de ello cuando sus anotaciones empezaron a apartarse del teorema del valor medio y adoptaron la siguiente apariencia:

15 de septiembre: D me hace un gesto obsceno con el dedo a modo de introducción.

16 de septiembre: Caída de la estatua, su mano en mi cabeza para protegerme (otra posibilidad: que solo intentase agarrarse a algo para salvarse); luego D se esfuma.

17 de septiembre: Posible malinterpretación de un movimiento de cabeza de D como sugerencia para que fuera a la fiesta de Cam. Descubrimiento perturbador de la relación entre D y G (¿error?).

Redactado en aquellos términos, parecía el principio de un buen catálogo de situaciones embarazosas. Daniel era tan imprevisible. Era posible que él pensara lo mismo de ella, aunque, en su defensa, Luce insistiría en que cualquier rareza por su parte era solo una respuesta a una rareza mayor por parte de Daniel.

No. Ese era el tipo de círculo vicioso en el que no quería entrar. Luce no quería jugar; solo quería estar con él, pero no sabía por qué, o cómo conseguirlo, o qué significaba realmente estar con él. Todo cuanto sabía era que, a pesar de todo, era en él en quien pensaba, era de él de quien se preocupaba.

Había pensado que, si analizaba cada vez que habían conectado y cada vez que él la había rechazado, podría encontrar alguna razón que explicase la conducta errática de Daniel. Pero la lista que había elaborado hasta el momento solo lograba deprimirla, así que hizo una bola con la hoja.

Cuando sonó el timbre que daba el día por acabado, Luce se apresuró a salir de clase. Normalmente, se esperaba para salir con Arriane o con Penn, y temía el momento en que se separararían, porque entonces Luce se quedaba sola con sus pensamientos. Pero aquel día, para variar, no tenía ganas de ver a nadie, necesitaba un poco de tiempo para sí misma. Solo se le ocurría una idea para sacarse a Daniel de la cabeza: un largo y extenuante baño solitario.

Mientras los demás estudiantes se dirigían hacia sus habitaciones, Luce se puso la capucha de su jersey y caminó a toda prisa bajo la lluvia, impaciente por llegar a la piscina.

Cuando bajaba a saltos las escaleras del Agustine, se estrelló de lleno contra una figura alta y oscura: Cam. El choque hizo que la torre de libros que llevaba se tambaleara y cayera al suelo con una sucesión de ruidos secos. Cam también llevaba puesta la capucha negra y unos auriculares en los que retumbaba la música. Probablemente, él tampoco la habría visto. Ambos estaban en su mundo.

—¿Estás bien? —le preguntó Cam apoyando la mano en su espalda.

—Sí, no te preocupes —contestó Luce. Ella apenas se había tambaleado, y eran los libros de Cam los que se habían llevado la peor parte.

—Bueno, ahora que hemos chocado con los libros, ¿el próximo paso no sería tocarnos las manos por accidente mientras los recogemos?

Luce sonrió. Cuando ella le pasó uno de los libros, él le cogió la mano y se la apretó. La lluvia había empapado el cabello negro de Cam, y se le habían quedado prendidas algunas gotas en las largas pestañas. Estaba muy guapo.

—¿Cómo se dice «avergonzado» en francés? —preguntó.

—Eeeh… *gêné* —empezó a decir Luce, sintiéndose ella misma un poco *gênée*. Cam todavía le sostenía la mano—. Pero, espera… ¿no fuiste tú el que ayer sacó un excelente en el control de francés?

—¿Te diste cuenta? —preguntó. Tenía una voz extraña.

—Cam —dijo Luce—, ¿va todo bien?

Se acercó a ella y le secó una gota de agua que empezaba a descender por su nariz. El mero contacto del dedo de Cam hizo que Luce se estremeciera, y de repente no pudo evitar pensar lo bien que se sentiría si la abrazaba tal como había hecho en el funeral de Todd.

—He estado pensando en ti —afirmó—. Quería verte. Te esperé después del funeral, pero me dijeron que te habías ido.

Luce presentía que Cam sabía con quién se había ido. Y quería que ella lo supiera.

—Lo siento —dijo levantando la voz, porque en ese instante sonó un trueno. Para entonces los dos ya estaban totalmente empapados a causa de la tromba de agua.

—Vamos, resguardémonos de la lluvia. —Cam la cogió de la mano y la condujo bajo la cornisa de la entrada del Agustine.

Luce miró por encima del hombro, hacia el gimnasio, habría preferido estar allí, y no donde se encontraba, o en cualquier otro lugar con Cam. Al menos, no en ese preciso momento. En su cabeza bullían un montón de impulsos confusos, y necesitaba tiempo y espacio —lejos de todos— para aclararse.

—No puedo —dijo Luce.

—¿Y qué tal más tarde? ¿O esta noche?

—Claro, después nos vemos.

Él sonrió.

—Me pasaré por tu habitación.

Luce se quedó sorprendida cuando la atrajo hacia sí un instante y le plantó un tierno beso en la frente. Al momento Luce se sintió más tranquila, como si le hubieran puesto una inyección calmante. Y antes de que tuviera tiempo de sentir nada más, él ya se había separado de ella y caminaba con rapidez hacia la residencia.

Luce sacudió la cabeza y caminó chapoteando en dirección al gimnasio. Sin lugar a dudas, tenía más temas que aclarar aparte del de Daniel.

Cabía la posibilidad de que resultara agradable, e incluso divertido, pasar un rato con Cam esa noche. Si dejaba de llover, quizá la llevara a algún lugar secreto, y estaría carismático y guapísimo, de ese modo desconcertante y sosegado tan característico de él. La hacía sentir especial. Luce sonrió.

Desde la última vez que había puesto los pies en Nuestra Señora del Fitness (como Arriane había bautizado el gimnasio), el personal de mantenimiento del reformatorio había empezado a combatir el kudzu. Ya habían quitado gran parte del manto verde que cubría la fachada, pero se habían quedado a medias, y algunas cepas colgaban como tentáculos alrededor de las puertas. Luce tuvo que atravesar algunos zarcillos para poder entrar.

El gimnasio estaba vacío: comparado con la tormenta de fuera, allí dentro se podía oír el vuelo de una mosca. La mayoría de las luces estaban apagadas. No había preguntado si se podía usar el gimnasio durante las horas en que no había clase, pero la puerta estaba abierta y, bueno, allí no había nadie para impedírselo.

Al atravesar el pasillo en penumbra, pasó frente a los antiguos pergaminos latinos que había en las vitrinas, y por delante de la reproducción de mármol en miniatura de la *Pietà*. Se detuvo ante la puerta de la sala de pesas, donde había visto a Daniel saltar a la comba. Suspiró. Aquella sería otra entrada magnífica para su catálogo.

18 de septiembre: D me acusa de acosarlo.
Dos días después:
20 de septiembre: Penn me convence de empezar a acosarlo de verdad.
Acepto.

Arrrggg. Se encontraba sumida en un agujero negro de autodesprecio, y aun así no podía evitarlo. De repente, en medio del pasillo, se quedó helada... había comprendido por qué durante todo el día se había sentido aún más obsesionada con Daniel de lo que solía estarlo, y por qué se sentía incluso más confundida con respecto a lo que sentía por Cam: la noche anterior había soñado con ambos.

Estaba caminando por una niebla espesa, cogida de la mano de alguien. Se volvió hacia esa persona, pensando que se trataba de Daniel. Pero, a pesar de que los labios que acababa de besar eran suaves y delicados, no eran los suyos. Eran los de Cam. Este le dio a Luce un montón de delicados besos, y cada vez que Luce miraba sus ojos verdes, él los tenía abiertos, unos ojos que se introducían en su ser y le preguntaban algo para lo que ella no tenía respuesta.

Entonces Cam desaparecía, y también la niebla, y Luce estaba entre los brazos de Daniel, justo donde quería estar. Él se inclinaba y la besaba con ferocidad, como si estuviera enfadado, y cada vez que separaba sus labios de los de ella, aunque solo fuera durante medio segundo, la sed más virulenta se apoderaba de ella y la hacía gritar. Esta vez sabía que se trataba de alas, y dejó que la envolvieran como si fueran una manta. Quería tocarlas, que la abrieran y les rodearan a ella y a Daniel por completo, pero al momento el roce del terciopelo iba retrayéndose y las alas se replegaban. Él dejó de besarla, la miró a la cara y esperó una reacción. Ella no entendía aquel miedo extraño y candente que crecía en la boca de su estómago; pero allí estaba, transmitiéndole primero un calor incómodo que a continuación pasaba a ser abrasador... hasta que ya no pudo aguantarlo. Entonces se despertó de un salto: en el último momento del sueño, Luce había sentido las quemaduras y ampollas, y luego había quedado reducida a meras cenizas.

Se había levantado empapada en sudor: el cabello, la almohada, el pijama... todo estaba mojado y de repente sintió mucho, mucho frío. Se quedó allí acostada, temblando, hasta que apareció la primera luz del día.

Se frotó las mangas mojadas para calentarse un poco. El sueño la había dejado fuego en el corazón y helor en los huesos, que no había sido capaz de conciliar en todo el día, por eso había ido a nadar, para intentar librarse de aquella sensación.

Esta vez, el Speedo negro le iba a la perfección y se había acordado de coger una gafas. Abrió la puerta que daba a la piscina y se quedó de pie bajo el gran trampolín respirando el aire húmedo con su penetrante olor a cloro. Sin la distracción de los demás estudiantes, ni el pitido del silbato de la entrenadora Diante, Luce pudo sentir otra presencia en la iglesia. Algo casi sagrado. Quizá solo se debía a que la piscina se encontraba en un lugar tan impresionante, aunque la lluvia golpeara los vitrales agrietados, aunque todas las velas estuvieran apagadas en los altares. Luce intentó imaginarse cómo debía de ser el lugar antes de que la piscina reemplazara los bancos para los feligreses, y sonrió. Le gustó la idea de nadar debajo de todas aquellas cabezas que rezaban.

Se puso las gafas y se zambulló de un salto. El agua estaba caliente, mucho más caliente que la lluvia de fuera, y el estruendo de los truenos sonaba inofensivo y lejano cuando sumergió la cabeza en el agua.

Salió a la superficie y empezó a calentar al estilo crol.

Enseguida se le relajó el cuerpo, y unas vueltas después, Luce aceleró la marcha y empezó con el estilo mariposa. Podía sentir cómo le quemaban los brazos y las piernas, como si estuviera atravesando las llamas. Esa era exactamente la sensación que buscaba, la máxima concentración.

Si pudiera hablar con Daniel, hablar de verdad, sin que la interrumpiera o le dijera que cambiara de colegio, sin que se esfumara antes de que ella le dijera lo que le tenía que decir… Eso tal vez la ayudaría. Quizá sería necesario maniatarlo y amordazarlo para que la escuchara.

Pero ¿qué iba a decirle? En lo único en lo que podía basarse era en esa sensación que él le producía, y que, si lo pensaba bien, no provenía de nada que hubieran vivido juntos.

¿Y si pudiera llevarlo de nuevo al lago? Fue él quien dejó entrever que se había convertido en su lugar. Esta vez podría llevarlo ella, y tendría muchísimo cuidado de no decir nada que pudiera espantarlo…

No estaba funcionando.

Mierda, lo estaba haciendo otra vez. Se suponía que estaba nadando. Solo nadando. Iba a nadar hasta que estuviese lo bastante cansada para no poder pensar en nada más, sobre todo para no pensar en Daniel. Iba a nadar hasta que…

—¡Luce!

Hasta que la interrumpieron. Era Penn, que estaba de pie al borde de la piscina.

—¿Qué haces aquí? —preguntó Luce escupiendo agua

—¿Qué haces tú aquí? —le replicó Penn—. ¿Desde cuándo haces ejercicio por voluntad propia? No me gusta esta nueva faceta tuya.

—¿Cómo me has encontrado? —Luce no se dio cuenta de que sus palabras podían haber sonado un poco groseras hasta que las hubo pronunciado, como si estuviera intentando evitar a Penn.

—Me lo ha dicho Cam —contestó—. Hemos tenido toda una conversación. Ha sido un poco raro. Quería saber si estabas bien.

—Eso es raro —asintió Luce.

—No —repuso Penn—, lo que ha sido raro es que se haya acercado a mí y hayamos mantenido una conversación normal. El señor Popularidad… y yo. ¿Tengo que hacerte un mapa de·por qué estoy sorprendida? La cuestión es que realmente ha estado muy agradable.

—Bueno, es simpático —Luce se sacó la gafas.

—Contigo —siguió diciendo Penn—. Es tan simpático contigo que salió del reformatorio para comprarte aquel collar… que, por cierto, no te pones nunca.

—Me lo puse una vez —dijo Luce, lo cual era verdad. Cinco noches antes, después de que Daniel la abandonara en el lago por segunda vez y se fuera dejando una estela luminosa en el bosque. No había podido sacarse aquella imagen de la mente, y se quedó insomne. Así que se probó el collar. Se quedó dormida sujetándolo con fuerza junto a su clavícula y cuando se despertó estaba caliente en su mano.

Penn estaba agitando tres dedos delante de Luce, como diciendo: «¿Hola? ¿Y a qué viene todo esto…?»

—Lo que quiero decir —dijo Luce al final— es que no soy tan superficial como para querer a un tío solo para que me compre cosas.

—No eres tan superficial, ¿verdad? —le replicó Penn—. Entonces te reto a que hagas una lista no superficial de por qué te gusta tanto Daniel, y no vale responder: «Tiene los ojitos grises más encantadores del mundo», «Oooh, cómo se le marcan los músculos a la luz del sol».

Luce no tuvo más remedio que partirse de risa ante la voz de falsete de Penn y la forma en que se llevaba las manos al corazón.

—Es inevitable, me chifla —dijo Luce, evitando la mirada de Penn—, y no puedo explicarlo.

—¿Y estás tan chiflada que mereces que te ignore? —Penn negó con la cabeza.

Luce nunca le había hablado a Penn de las veces que había estado a solas con Daniel, de las veces que había vislumbrado que se preocupaba por ella. De modo que Penn no podía entender sus sentimientos. Y eran demasiado íntimos y complicados para explicarlos.

Penn se agachó frente a Luce.

—Mira, la razón por la que te buscaba, en primer lugar, era para arrastrarte a la biblioteca en una misión relacionada con Daniel.

—¿Has encontrado el libro?

—No exactamente —contestó Penn, alargándole una mano para ayudarla a salir de la piscina—. La obra maestra del señor Grigori todavía se encuentra en paradero desconocido, pero quizá-tal-vez-es-posible que haya crackeado el buscador literario solo apto para subscriptores de la señorita Sophia, y han salido un par de cosas a la luz. Pensé que quizá te podría interesar.

—Gracias —dijo Luce saliendo de la piscina con la ayuda de Penn—. Intentaré no ponerme pesada con lo de Daniel.

—Lo que tú digas —dijo Penn—, pero date prisa y sécate. Ha dejado de llover un momento y no llevo paraguas.

Prácticamente seca y de nuevo con su uniforme, Luce siguió a Penn a la biblioteca. Parte de la entrada principal estaba bloqueada con la cinta amarilla de la policía, de modo que tuvieron que deslizarse por el estrecho paso existente entre los ficheros y la sección de referencia. Aún olía a hoguera, y ahora, además, gracias al sistema contra incendios y a la lluvia, cabía añadir un olor a rocío.

Luce miró el lugar donde estaba el mostrador de la señorita Sophia, que había dejado en el viejo suelo de baldosas del centro de la biblioteca un círculo carbonizado y casi perfecto. En un radio de cuatro metros y medio todo había desaparecido, pero el resto permanecía asombrosamente intacto.

La bibliotecaria no estaba, pero le habían colocado una mesa plegable justo al lado del lugar quemado. Sobre la mesa solo había una lámpara nueva, un bote para los lápices y un bloc con hojas de papel autoadhesivo, todo un poco deprimente.

Luce y Penn intercambiaron una mueca de aversión antes de continuar hacia la sección informática, que estaba en la parte trasera. Cuando pasaron por la sección de estudio, donde habían visto a Todd por última vez, Luce miró a su amiga. Penn mantuvo la mirada al frente, pero cuando Luce le cogió la mano y la apretó, Penn le devolvió el apretón con fuerza.

Pusieron dos sillas frente a un ordenador y Penn tecleó su nombre de usuario. Luce dio un vistazo alrededor para asegurarse de que no había nadie cerca.

En la pantalla apareció una advertencia de error en rojo.

Penn gruñó.

—¿Qué? —preguntó Luce.

—Después de las cuatro necesitas un permiso especial para entrar en la web.

—Por eso esto está tan vacío por las noches.

Penn hurgaba en su mochila.

—¿Dónde puse esa contraseña codificada? —murmuraba.

—Ahí viene la señorita Sophia —dijo Luce mientras le hacía señas a la bibliotecaria para que se acercara. Estaba cruzando el pasillo y vestía una blusa negra ajustada y unos pantalones cortos de un verde llamativo. Unos pendientes relucientes le rozaban los hombros, y llevaba un lápiz anudado a un lado del cabello— ¡Aquí! —susurró Luce en voz alta.

La señorita Sophia entornó los ojos para enfocar hacia donde ellas se encontraban, pues se le habían escurrido las gafas y, como llevaba una pila de libros debajo de ambos brazos, no podía liberar una mano para subírselas.

—¿Quién es? —gritó mientras se acercaba—. Oh, Lucinda, Pennyweather —dijo con voz cansada—. Hola.

—Nos preguntábamos si nos podría dar la contraseña para usar los ordenadores —le explicó Luce mientras señalaba el mensaje de error en la pantalla.

—No estaréis metidas en una de esas redes sociales, ¿verdad? Son cosa del demonio.

—No, no; se trata de algo serio —dijo Penn—, a usted le parecería bien.

La señorita Sophia se inclinó por encima de las chicas para desbloquear el ordenador. Tecleó la contraseña más larga que Luce había visto nunca a toda velocidad.

—Tenéis veinte minutos —dijo tajante, y se fue.

—Eso nos debería bastar —musitó Penn—. Encontré un ensayo sobre los Vigilantes, así que hasta que lo consigamos, al menos podemos leer de qué trata.

Luce sintió que había alguien a sus espaldas y al volverse descubrió que la señorita Sophia había vuelto. Luce dio un respingo.

—Lo siento —dijo—. No sé por qué me he asustado.

—No, soy yo la que lo siente —repuso la señorita Sophia. Tenía una sonrisa que casi hacía desaparecer sus ojos—. Ha sido tan duro últimamente, desde el incendio. Pero no hay ninguna razón para que desahogue mi tristeza con dos de mis alumnas más prometedoras.

Ni Penn ni Luce sabían qué decir. Una cosa era consolarse la una a la otra después del incendio; otra muy distinta, y fuera de su alcance, era confortar a la bibliotecaria del colegio.

—He intentado mantenerme ocupada, pero… —dijo la señorita Sophia dejando la frase en el aire.

Penn le dirigió una mirada inquieta a Luce.

—Bueno, quizá necesitemos un poco de ayuda con nuestra búsqueda, es decir, si usted…

—¡Yo os ayudo! —La señorita Sophia cogió de inmediato una tercera silla—. Veo que buscáis algo sobre los Vigilantes —dijo mientras leía por encima de sus hombros—. Los Grigori eran un clan muy influyente. Y justo ahora acabo de enterarme de que existe una nueva base de datos papal. A ver qué podemos sacar de todo ello.

Luce casi se atraganta con el lápiz que estaba mordiendo.

—Perdone, ¿ha dicho los Grigori?

—Ah, sí, los historiadores, su existencia se remonta a la Edad Media. Eran… —Se interrumpió, buscando las palabras—. Una especie de grupo de investigación, por decirlo con palabras de ahora. Estaban especializados en un tipo de folclore relacionado con los ángeles caídos.

Tecleó entre las dos chicas, y Luce se maravilló ante la rapidez con la que movía los dedos. El buscador se afanaba en seguir su ritmo, haciendo aparecer artículo tras artículo, documento original tras documento original sobre los Grigori. El apellido de Daniel estaba por todas partes y llenaba la pantalla. Luce se sintió un poco mareada.

Volvió a recordar la imagen de su sueño: las alas desplegándose y su propio cuerpo ardiendo hasta convertirse en cenizas.

—¿Es que hay diferentes tipos de ángel en los que especializarse? —preguntó Penn.

—Oh, por supuesto… es un campo de investigación muy amplio —contestó la señorita Sophia mientras tecleaba—. Están los que se volvieron demonios, y aquellos que se quedaron con Dios. Y también los hay que llegaron a tener relaciones con mujeres mortales. —Por fin sus dedos se detuvieron—. Una costumbre muy peligrosa.

—¿Y esos tipos, los Vigilantes, tienen alguna relación con nuestro Daniel Grigori? —preguntó Penn.

La señorita Sophia juntó sus labios pintados de malva.

—Es posible. Yo también me lo he preguntado, pero creo que está fuera de lugar investigar sobre las cosas de otros estudiantes, ¿no? —Miró el reloj y frunció su pálido rostro—. Bueno, espero haberos ayudado un poco para empezar el proyecto, y no quiero robaros más tiempo. —Señaló el reloj de la pantalla—. Solo os quedan nueve minutos.

Mientras caminaba hacia la parte delantera de la biblioteca, Luce observó la postura perfecta de la señorita Sophia. Podría haber sostenido un libro sobre la cabeza. Parecía como si la hubiera animado realmente ayudar a las chicas en su investigación, pero también era cierto que Luce no tenía ni idea de qué hacer con la información que les acababa de dar sobre Daniel.

Pero Penn sí. Ya había empezado a tomar notas con frenesí.

—Ocho minutos y medio —informó a Luce, y le dio un bolígrafo y un trozo de papel—. Hay demasiada información para verla toda en ocho minutos y medio. Empieza a escribir.

Luce suspiró e hizo lo que le decía. Era una página académica aburridísima con un marco azul sobre un fondo beige. Arriba del todo, un titular con letras gruesas decía: EL CLAN GRIGORI.

Solo con leer el nombre a Luce se le encendía la piel.

Penn dio un golpecito al monitor con el bolígrafo para llamar la atención de Luce.

«Los Grigori no duermen.» Eso parecía posible; Daniel siempre parecía cansado. «En general, son discretos.» Confirmado. A veces hablar con él era como someterlo a un interrogatorio. «En un decreto del siglo XVIII…»

La pantalla se volvió negra; se les había acabado el tiempo.

—¿Cuánto has podido anotar? —preguntó Penn.

Luce le mostró su hoja de papel. Patético. Había algo que ni siquiera recordaba haber garabateado: los bordes de las plumas de unas alas.

Penn la miró de soslayo.

—Sí, por lo que veo vas a ser una ayudante de investigación excelente —dijo riendo—. Quizá puedas leerme las cartas. —Ella le enseñó su hoja llena de notas—. No te preocupes, tenemos suficiente para seguir investigando un poco.

Luce se metió el papel en el bolsillo, justo al lado de la lista arrugada con sus interacciones con Daniel. Empezaba a volverse como su padre, que no podía separarse de su trituradora de papel. Se agachó para ver si había una papelera de reciclaje y vio un par de piernas caminando hacia ellas por el pasillo.

Aquel modo de andar le resultaba muy familiar. Se reincorporó en la silla —o cuando menos lo intentó— y se golpeó la cabeza con la parte inferior de la mesa.

—Au —se quejó, frotándose el lugar donde se había golpeado durante el incendio.

Daniel se quedó quieto unos pasos más allá. Su expresión daba a entender claramente que la última cosa que en ese momento quería era encontrarse con ella. Al menos, había aparecido cuando el ordenador las había dejado colgadas. No había razón para que pensara que Luce lo estaba acosando más de lo que ya creía.

Pero Daniel parecía atravesarla con la mirada; sus ojos violeta grisáceos estaban fijos en algo o en alguien situado por encima del hombro de Luce.

Penn le dio un golpecito a Luce, y luego señaló con el pulgar a la persona que estaba detrás de ella. Cam estaba inclinando sobre la silla de Luce y le sonreía. Un trueno en el exterior hizo que Luce casi saltara en los brazos de Penn.

—Solo es una tormenta —dijo Cam ladeando la cabeza—. No durará mucho, lo cual es una pena, porque estás monísima cuando te asustas.

Cam extendió la mano y resiguió con los dedos el borde de su brazo, empezando por el hombro, hasta llegar a la mano. Luce entornó los ojos —era una sensación tan agradable— y cuando volvió a abrirlos, tenía una cajita de terciopelo rojo rubí en la mano. Cam la abrió, solo un segundo, y Luce vio un destello dorado.

—Ábrelo luego —dijo—, cuando estés sola.

—Cam…

—He pasado por tu habitación.

—¿Podemos…? —Luce miró a Penn, que observaba la escena con descaro, absorta como un cinéfilo en primera fila.

Cuando al fin salió del trance, agitó las manos.

—Lo pillo, lo pillo, queréis que me vaya.

—No, quédate —dijo Cam, con un tono más dulce de lo que esperaba Luce. Se volvió hacia Luce—. Me voy, pero luego… ¿me lo prometes?

—Claro —Y sintió cómo se ruborizaba.

Cam le cogió la mano que sujetaba la cajita y la metió en el bolsillo izquierdo de los pantalones de Luce. Eran unos pantalones ajustados, y le entraron escalofríos cuando sintió el contacto de los dedos de Cam en su muslo. Él le guiñó un ojo y dio media vuelta.

Antes de que Luce pudiera respirar de nuevo, se volvió otra vez.

—Una cosa más —dijo, y le deslizó el brazo por detrás de la cabeza para atraerla hacia sí.

Luce echó la cabeza para atrás y Cam se acercó aún más, sus bocas entraron en contacto. Los labios de Cam eran tan turgentes como Luce había imaginado todas las veces que se había fijado en ellos.

No fue un beso apasionado, sino más bien un pico, pero a Luce le pareció mucho más. Sorprendida, se quedó sin aliento, en parte por la emoción y en parte por el público potencial que estaría contemplando aquel largo e inesperado…

—Pero ¿qué…?

Cam había apartado la cabeza de golpe, y Luce vio cómo se doblaba y apretaba los dientes.

Daniel estaba detrás de él, retorciéndole la muñeca.

—No le pongas las manos encima.

—No te he oído bien —respondió Cam incorporándose poco a poco.

¡Oh, Dios. Mío! Se estaban peleando. En la biblioteca. Por ella.

Entonces, con un rápido movimiento, Cam se abalanzó sobre Luce, y ella gritó cuando empezó a rodearla con los brazos.

Pero las manos de Daniel eran más rápidas. Lo apartó propinándole un golpe y Cam cayó sobre la mesa del ordenador. Cam gruñó cuando Daniel lo agarró del pelo y le inmovilizó la cabeza contra la superficie de la mesa.

—He dicho que no le pongas tus asquerosas manos encima, maldito saco de mierda.

Penn chilló, cogió su estuche amarillo y se alejó de puntillas en dirección a la pared. Luce vio como Penn lanzaba su sucio estuche contra el techo, una, dos, tres veces. A la cuarta, alcanzó la cámara negra que había allí colgada y logró que esta enfocara hacia la izquierda, hacia una tranquila estantería de libros de no ficción.

Por entonces Cam ya se había zafado de Daniel y ambos estaban enzarzados dando círculos, haciendo chirriar sus zapatillas contra el suelo pulido.

Daniel empezó a esquivar los golpes antes de que Luce se diera cuenta de que Cam se había puesto hecho una furia. Pero Daniel no lograba esquivarlos con la suficiente rapidez. Cam acertó con lo que bien podría haber sido un golpe de KO justo debajo del ojo de Daniel, lo cual le hizo retroceder y empujar involuntariamente a Luce y a Penn contra la mesa del ordenador. Se volvió y murmuró una excusa ininteligible antes de darse la vuelta nuevamente.

—¡Por Dios, parad! —gritó Luce, justo antes de que Daniel se abalanzara sobre la cabeza de Cam.

Daniel le hizo un placaje a Cam y descargó una ráfaga de puñetazos en sus hombros y a ambos lados de su cara.

—Así, así me gusta —gruñía Cam, moviendo la cabeza de un lado a otro como un boxeador.

Sin soltar la presa, Daniel le puso las manos alrededor del cuello y empezó a apretar.

Cam reaccionó empujándolo contra una estantería de libros. El impacto resonó en la biblioteca con más fuerza que el trueno que habían oído antes.

Daniel gruñó y cayó al suelo con un golpe seco.

—¿Qué más me ofreces, Grigori?

Luce se tambaleó, pensaba que quizá no podría levantarse, pero Daniel se incorporó enseguida.

—Te lo voy a enseñar —dijo entre dientes—, fuera. —Primero caminó hacia Luce, pero al momento se dirigió hacia la salida—. Tú quédate aquí.

Ambos salieron de la biblioteca dando fuertes zancadas; tomaron la salida trasera, la misma que Luce había usado la noche del incendio. Tanto ella como Penn estaban heladas, y se miraron la una a la otra boquiabiertas.

—Vamos —le dijo Penn, arrastrando a Luce hacia una ventana que daba al patio. Pegaron las caras al cristal y limpiaron el vaho que dejaba su respiración.

Fuera llovía a cántaros y reinaba la oscuridad, solo interrumpida por la luz procedente de las ventanas de la biblioteca. El suelo era resbaladizo, estaba tapizado con una capa de barro, no se podía ver mucho.

Los dos chicos llegaron corriendo al centro del patio, empapados por completo. Discutieron un momento, luego empezaron a moverse en círculos y volvieron a alzar los puños.

Luce se sujetó a la repisa de la ventana y vio cómo Cam tomaba la iniciativa corriendo hacia Daniel y golpeándolo en el hombro; luego le dio una patada rápida en las costillas.

Daniel se desplomó, agarrándose el costado. «Levántate.» Luce deseaba que se moviera, sentía como si la hubieran golpeado a ella misma, y cada vez que Cam iba a por Daniel, ella lo sentía en su propia carne.

No podía soportar mirar.

—Daniel se tambalea un instante —anunció Penn después de que Luce hubiera apartado la mirada—. Pero le ha colocado un gancho a Cam en plena cara, le ha dado de lleno. ¡Buena!

—¿Disfrutas con esto? —le preguntó Luce, horrorizada.

—Mi padre y yo solíamos mirar combates de lucha libre —dijo Penn—. Parece que estos dos tienen algunas nociones de artes marciales. ¡Un golpe cruzado perfecto, Daniel! —Penn dio un gritito—. Jo, tío.

—¿Qué? —Luce volvió a mirar—. ¿Se ha hecho daño?

—Tranquilízate —respondió Penn—. Alguien ha acudido a parar la pelea, justo cuando Daniel estaba repartiendo bien.

Penn tenía razón. Parecía que desde el otro lado del patio corría el señor Cole. Cuando llegó a donde estaban los chicos se detuvo un momento y los observó; parecía como hipnotizado contemplando con cuánta ferocidad peleaban.

—Haz algo —musitó una angustiada Luce.

Al final, el señor Cole agarró a cada uno de los chicos por el pescuezo. Los tres siguieron enzarzados por un momento, hasta que Daniel soltó a Cam. Sacudió su brazo derecho, empezó a caminar en círculos y escupió un par de veces al barro.

—Qué atractivo, Daniel —dijo Luce con sarcasmo. Aunque eso era lo que pensaba en realidad.

Ahora el señor Cole les leería la cartilla. Agitó las manos como un loco mientras los dos permanecían cabizbajos. Cam fue el primero al que ordenó marcharse; salió del patio a paso ligero y desapareció en la penumbra de la residencia.

Entonces el señor Cole apoyó su mano en el hombro de Daniel. Luce se moría por saber de qué estaban hablando, y si iban a castigar a Daniel. Quería acudir junto a él, pero Penn se lo impidió.

—Y todo por una baratija de bisutería. En cualquier caso, ¿qué te ha regalado Cam?

El señor Cole se fue y Daniel se quedó solo, contemplando la lluvia bajo la luz de una farola.

—No lo sé —le respondió Luce apartándose de la ventana—. Sea lo que sea, no lo quiero. Sobre todo después de lo que ha pasado.

Regresó a la mesa del ordenador y se sacó la cajita del bolsillo.

—Si tú no lo quieres, dámelo —dijo Penn. Abrió la cajita y luego miró a Luce, confundida.

El resplandor dorado que habían visto no provenía de una joya. Solo había dos cosas en la cajita: otra de las púas de Cam y un papelito dorado.

Nos vemos mañana después de clase. Te esperaré en la verja.

C.

15
La guarida del león

Había pasado mucho tiempo desde que Luce se había mirado por última vez en el espejo. No solía darle mucha importancia a su reflejo... sus ojos claros y avellanados, los dientes pequeños y bien formados, unas pestañas tupidas y una melena morena y densa. Eso era todo. Antes del verano anterior.

Desde que su madre le había cortado el pelo, Luce había empezado a evitar los espejos. No era solo por el pelo corto; Luce pensaba que ya no se gustaba a sí misma, y decidió que ya no quería tener más pruebas. Empezó por mirarse fijamente las manos cuando se las lavaba y por mantener la vista al frente cuando caminaba delante de algún cristal ahumado, y evitaba las pequeñas polveras con espejo.

Pero veinte minutos antes de encontrarse con Cam, Luce se miró al espejo en el solitario baño de chicas del Augustine. No tenía muy mal aspecto. Por fin el cabello le estaba creciendo, y el peso empezaba a suavizar algunos de sus rizos. Se concentró en sus dientes, luego se irguió y se observó en el espejo como si estuviera mirando fijamente a Cam. Tenía que decirle algo, algo importante, y quería asegurarse de que podría lucir esa mirada que le obligaría a tomarla en serio.

Aquel día, Cam no había asistido a las clases. Tampoco lo había hecho Daniel, así que Luce supuso que el señor Cole los había castigado a ambos. O eso, o se estaban curando las heridas. Pero Luce estaba segura de que Cam la estaría esperando.

No quería verlo, no le apetecía en absoluto. Pensar que sus puños habían golpeado a Daniel hacía que se le revolviera el estómago. Pero, en primer lugar, se había peleado por su culpa. Ella había dejado que Cam la besara... y el hecho de que hubiera sucedido porque estaba confundida, o halagada, o porque Cam le gustaba un poquito, carecía de toda importancia. Lo más importante era que tenía que ser directa con él: no había nada entre ellos.

Respiró hondo, se bajó la camisa hasta los muslos y salió del baño.

Cuando se acercó a la verja, no lo vio. Pero, en cualquier caso, era difícil ver cualquier cosa más allá de la zona del aparcamiento en obras. Luce no había vuelto a la entrada de Espada & Cruz desde que habían empezado las reformas, y le sorprendió lo complicado que resultaba abrirse paso a través del aparcamiento destripado. Tuvo que sortear los baches e intentar no llamar la atención de los operarios, a la vez que agitaba las manos para intentar disipar los gases que emanaban del asfalto.

No había señal de Cam por ninguna parte. En un primer momento se sintió como una idiota, casi como si le hubieran gastado una broma pesada. La altas cancelas metálicas estaban muy oxidadas, y a través de sus rejas Luce contempló el bosquecillo de olmos centenarios que había al otro lado de la carretera. Se hizo crujir los dedos, y recordó el día que Daniel le dijo que odiaba que lo hiciera. Pero él no estaba allí para verlo; allí no había nadie. Entonces se dio cuenta de que había un papel doblado que llevaba su nombre escrito. Estaba clavado en el grueso magnolio de tronco grisáceo que había junto a la cabina rota.

Esta noche te libras del evento social. Mientras los demás ponen en escena una reconstrucción de la Guerra Civil —triste pero cierto—, nosotros nos iremos de juerga por la ciudad. Un sedán negro con una matrícula dorada te conducirá hasta mí. Pensé que no estaría mal que tomáramos un poco de aire fresco.

El alquitrán la hizo toser. El aire fresco era una cosa, pero ¿un sedán negro pasándola a recoger por el reformatorio? ¿Que la conduciría hasta él como si Cam fuera una especie de monarca que podía disponer de mujeres a su antojo? Y, en cualquier caso, ¿dónde estaba él?

Nada de lo que allí ponía entraba en los planes de Luce. Había consentido presentarse a la cita con Cam solo para decirle que él quería algo que ella no podía darle, porque —aunque no pensaba decírselo—, cada vez que había golpeado a Daniel la noche anterior, algo se había estremecido en su interior, como si la quemaran. Era evidente que tenía que cortar de raíz aquella historia con Cam. Por eso llevaba el collar dorado en el bolsillo; había llegado el momento de devolvérselo.

Solo que ahora se sentía estúpida por haber imaginado que lo único que quería Cam era hablar con ella. Por supuesto que guardaba otro as en la manga, era de esa clase de chicos.

Luce se volvió al oír las ruedas de un coche que aminoraba la marcha. Un sedán negro se detuvo frente a las cancelas. La ventana tintada del conductor descendió y una mano velluda descolgó el auricular de la cabina que había al lado de las puertas. Un momento después, colgó el auricular y empezó a hacer sonar la bocina con insistencia.

Al final, las grandes cancelas metálicas se abrieron, el coche avanzó y se detuvo frente a ella. Las puertas del coche se abrieron suavemente. ¿Sería capaz de entrar en aquel coche y dejarse conducir a quién-sabía-dónde para encontrarse con Cam?

La última vez que había estado de pie allí fue para decir adiós a sus padres. Ya los echaba de menos antes de que se fueran, y se despidió desde aquel mismo lugar, junto a la cabina rota que había dentro del patio… y, lo recordaba, allí había visto una de las cámaras más sofisticadas, una que tenía detector de movimientos y podía hacer zoom para ver todos los detalles. Cam no podía haber escogido un lugar peor para que el coche la recogiera.

De repente, tuvo la visión de una celda subterránea e incomunicada, con húmedas paredes de cemento y cucarachas subiéndole por las piernas. Sin luz natural. Por todo el reformatorio seguían propagándose los rumores sobre aquella pareja, Jules y Phillip, a los que nadie había vuelto a ver después de que los pillaran escapándose de Espada & Cruz. ¿Acaso Cam se había creído que a Luce le apetecía tanto verle que se arriesgaría a salir tranquilamente del reformatorio delante mismo de las rojas?

El coche todavía ronroneaba frente a ella. Al cabo de un momento, el conductor —un hombre atlético con gafas de sol, cuello ancho y cabello ralo— extendió una mano que sostenía un pequeño sobre blanco. Luce vaciló un segundo antes de acercarse y cogerlo de entre sus dedos.

Artículos de papelería de la factoría Cam. Una tarjeta gruesa de color marfil oscuro con el nombre de él impreso con letras doradas y decadentes en la esquina inferior izquierda.

Tenía que habértelo dicho antes, la cámara está precintada; puedes comprobarlo tú misma. Me he preocupado de ese detalle, igual que me preocupo por ti. Nos vemos pronto, espero.

¿Precintada? ¿Se refería a que…? Se atrevió a mirar a la roja. Sí, lo había hecho, había puesto un círculo negro de cinta adhesiva sobre la lente de la cámara. Luce no sabía cómo funcionaban aquellas cosas o cuánto tiempo les llevaría a los profesores darse cuenta, pero sin saber muy bien por qué, le aliviaba que Cam hubiera pensado en ello. No podía imaginarse a Daniel siendo tan previsor.

Tanto Callie como sus padres estaban esperando su llamada esa tarde. Luce había leído la carta de diez páginas de Callie tres veces, y había memorizado todas las anécdotas divertidas de su viaje de aquel fin de semana con sus amigos a Nantucket, pero seguía sin saber qué responder a ninguna de las preguntas que Callie le hacía sobre la vida que llevaba en Espada & Cruz. Si se daba la vuelta, entraba en el edificio y los llamaba, no tenía ni idea de cómo iba a poner al corriente a Callie o a sus padres sobre el oscuro y siniestro giro que habían tomado los acontecimientos durante los últimos días. Lo más fácil era no decirles nada, al menos hasta que se hubiera aclarado las ideas.

Se acomodó en el asiento acolchado de piel beige y se abrochó el cinturón.

—¿Adónde vamos? —le preguntó.

—A un pequeño sitio que hay río abajo. Al señor Briel le gusta el color local. Ponte cómoda y relájate, cielo. Ya lo verás.

¿El señor Briel? ¿Quién era ese? A Luce nunca le había gustado que le dijeran que se relajase, sobre todo cuando parecía una advertencia velada para que no hiciera más preguntas. No obstante, se cruzó de brazos, miró por la ventana e intentó olvidar el tono del conductor cuando la llamó «cielo».

A través de las ventanas tintadas, los árboles y el asfalto gris de la calzada se veían marrones. En el cruce cuya desviación hacia el oeste conducía a Thunderbolt, el sedán negro giró hacia el este, siguiendo el río hacia el mar. De vez en cuando, en los momentos en que el curso de la carretera y el río coincidían, Luce veía el agua marrón y salobre serpenteando allí abajo. Veinte minutos después de haber iniciado la marcha, el coche aminoró hasta detenerse frente a un bar destartalado en la orilla del río.

Era de madera gris y podrida, y en la puerta había un rótulo desconchado por la humedad en el que podía leerse STYX en letras rojas e irregulares, pintadas a mano. Habían grapado una franja de banderines que anunciaban cerveza en la viga de madera que sostenía el techo de cinc, un mediocre intento de convertir aquel antro en algo festivo. Luce observó las imágenes serigrafiadas de los triángulos de plástico —palmeras y chicas morenas en bikini con botellas de cerveza en sus labios sonrientes—, y se preguntó cuándo fue la última vez que una chica de verdad había pisado aquel lugar.

Dos punkis ya entrados en años estaban sentados en un banco, fumando de cara al agua. La cresta les caía sobre la frente arrugada, y las chaquetas de piel tenían el aspecto feo y sucio de algo que llevaban desde que nació el punk. La falta de expresión de sus caras curtidas y flácidas hacía que toda la escena resultase aún más desoladora.

La cercanía con el pantano había provocado que el asfalto de la carretera cediera a la acción de las malas hierbas y el fango. Luce nunca se había adentrado tanto en las marismas del río.

Allí sentada, sin saber qué iba a hacer cuando bajara del coche —si es que bajar del coche era una buena idea—, la puerta del Styx se abrió de golpe y Cam salió con aire despreocupado. Se apoyó con calma en la puerta mosquitera y cruzó las piernas. Luce sabía que no podía verla a través de los cristales tintados, pero levantó la mano como si la viera de verdad y le hizo un gesto para que saliera.

—Allá vamos —murmuró Luce antes de darle las gracias al conductor. Abrió la puerta y, cuando subía los tres escalones del porche de madera del bar, una ráfaga de aire salado le dio la bienvenida.

El pelo enmarañado de Cam le cubría parcialmente la cara, y sus ojos verdes transmitían sosiego. Tenía una manga de la camiseta recogida hasta el hombro, y Luce pudo observar su bíceps bien perfilado. Toqueteó la cadena de oro que tenía en el bolsillo. «Recuerda por qué estás aquí.»

En la cara de Cam no había ninguna marca de la pelea de la noche anterior, lo cual hizo que Luce se preguntase de inmediato si en la cara de Daniel habría quedado alguna señal.

Cam le dirigió una mirada inquisitiva, y se pasó la lengua por el labio inferior.

—Estaba calculando cuántas copas iba a necesitar para consolarme si me dejabas plantado —dijo mientras abría los brazos para abrazarla.

Luce se dejó envolver. Resultaba muy difícil decirle que no a alguien como Cam, incluso sin estar muy segura de lo que le estaba pidiendo exactamente.

—No te dejaría plantado —dijo, y al momento se sintió culpable, porque se dio cuenta de que esa respuesta se debía a su sentido del deber, no a un impulso romántico, como hubiera preferido Cam, porque había ido allí solo para decirle que no quería nada con él—. Bueno, ¿qué es este lugar? ¿Y desde cuándo tienes chófer?

—Quédate conmigo, nena —respondió, como si se tomara esas preguntas como cumplidos y pensara que a ella le gustaba que la llevaran a bares que olían como el interior de una tubería.

Se le daban tan mal esas cosas. Callie siempre decía que Luce no era capaz de expresarse con honestidad brutal, y que por esa razón se quedaba estancada en situaciones patéticas con chicos a los que tenía que haber rechazado claramente. Luce estaba temblando. Tenía que deshacerse de aquel peso. Hurgó en su bolsillo y sacó el colgante.

—Cam.

—Mira qué bien, lo has traído. —Cogió el collar y le dio a Luce la vuelta—. Déjame que te ayude a ponértelo.

—No, espera…

—Así —susurró—. Te queda perfecto. Mírate. —La condujo por un suelo de tablas de madera que crujían hasta la ventana del bar; varias bandas habían colgado carteles de sus actuaciones. LOS BEBÉS VIEJOS. CHORREANDO ODIO. LOS REVIENTACASAS. Luce habría preferido fijarse en los carteles a mirar su propio reflejo—. ¿Lo ves?

No podía distinguir muy bien sus rasgos en el ventanal salpicado de barro, pero el colgante de oro relucía sobre su piel. Lo cogió con la mano: era precioso. Y tan original, con la pequeña serpiente labrada a mano en medio. No era algo que pudieras encontrar en los mercadillos del paseo marítimo, donde vendían artesanías con el precio inflado para los turistas, recuerdos de Georgia hechos en Filipinas. Detrás de su reflejo en la ventana, el cielo mostraba una rica variación de naranjas, interrumpida solo por unas finas líneas de nubes rosadas.

—Respecto a lo que ocurrió anoche… —empezó a decirle Cam. Luce veía vagamente cómo los labios encarnados de Cam se movían sobre su hombro.

—Yo también quería hablar de lo de anoche —dijo Luce volviéndose hacia él. Podía ver las puntas del tatuaje solar que llevaba en el cuello.

—Vamos adentro —propuso él, llevándola a la puerta de malla metálica entreabierta—. Allí podremos hablar.

El interior del bar estaba recubierto de paneles de madera, y la única luz que había provenía de unas pocas lámparas color naranja. Había todo tipo de cornamentas colgadas en las paredes, y un guepardo disecado sobre la barra que parecía dispuesto a atacarte en cualquier momento. Una foto desgastada con las palabras CLUB DEL ALCE DEL CONDADO DE PULASKI 1964-65, que mostraba un centenar de caras ovaladas sonriendo sobre sus pajaritas de color pastel, completaba la decoración del local. En la máquina de discos sonaba Ziggy Stardust, y un tipo mayor con la cabeza rapada y pantalones de piel tarareaba, bailando solo en medio de una pequeña tarima. Era la única compañía que tenían en el bar.

Cam señaló dos taburetes. La piel verde que recubría el asiento estaba rasgada en el centro, y desde su interior salía una espuma beige en forma de enormes palomitas. Frente a uno de los taburetes ya había una copa medio llena con un líquido marrón aguado por el hielo.

—¿Qué tomas? —preguntó Luce.

—Un Georgia Moonshine —respondió, y le dio un sorbo—. No te lo recomiendo para empezar. —Ella lo miró entrecerrando un poco los ojos—. Es que llevo aquí todo el día.

—Me parece magnífico —afirmó Luce toqueteando el collar—. ¿Cuántos años tienes? ¿Setenta? ¿Sentado solo en un bar durante todo el día?

No parecía que estuviera borracho, pero no le gustaba la idea de haber ido hasta allí para dejarle las cosas claras y que él estuviera demasiado bebido para entenderlo. También empezó a preguntarse cómo se las iba a apañar para volver al reformatorio; en primer lugar, ni siquiera sabía dónde estaba.

—Au. —Cam se llevó la mano al corazón—. Lo bueno de que te castiguen sin clase, Luce, es que nadie te echa de menos en clase. Pensé que me merecía un descanso. —Ladeó la cabeza—. Pero ¿qué te preocupa? ¿Es este sitio? ¿O la pelea de ayer? ¿O el hecho de que no nos estén atendiendo?

Al decir esas últimas palabras alzó la voz, lo bastante para que un camarero fornido se asomara a la barra desde la puerta de la cocina. Llevaba el pelo largo, cortado en capas, y tatuajes que parecían cabello trenzado a lo largo de los brazos. Era todo músculos y debía de pesar como ciento cincuenta kilos.

Cam se volvió hacia ella y sonrió.

—¿Qué mejunje te apetece?

—Lo que sea —repuso Luce—. No tengo un mejunje favorito.

—En mi fiesta bebiste champán —dijo—. ¿Ves quién presta atención? —Le dio un empujón con el hombro—. Tráiganos el mejor champán que tenga —le pidió al camarero, que echó la cabeza hacia atrás y soltó una carcajada sarcástica.

Sin pedirle el carnet, sin mirarla siquiera por encima para ver si tenía la edad suficiente para beber, se agachó y abrió la puerta corredera de una nevera pequeña. Las botellas tintinearon mientras buscaba entre ellas. Después de un buen rato, se levantó con una botella diminuta de Freixenet, en cuya base estaba creciendo algo naranja.

—No me hago responsable de esto —dijo dejándoles la botella en la barra.

Cam descorchó la botella y enarcó las cejas; con solemnidad, sirvió un poco de Freixenet en una copa de vino.

—Quería disculparme —empezó—. Sé que quizá he ido demasiado rápido contigo, y lo que pasó anoche con Daniel es algo de lo que no estoy orgulloso. —Esperó a que Luce asintiera para seguir—. En vez de volverme loco, debí haberte escuchado. Eres tú la que me interesa, no él.

Luce observó cómo subían las burbujas en su copa, pensando que si tenía que ser honesta debería decir que a ella era Daniel quien le interesaba, no Cam. Si de verdad se arrepentía por no haberla escuchado la noche anterior, quizá ahora empezaría a hacerlo. Se acercó la copa a los labios para darle un sorbo antes de empezar a hablar.

—Ah, espera. —Cam le puso la mano sobre el brazo—. No puedes beber hasta que brindemos por algo. —Levantó su copa y la miró a los ojos—. ¿Por qué brindamos? Decídelo tú.

La puerta metálica se abrió de golpe y los tipos que habían estado en el porche entraron. El más alto, de cabello negro y aceitoso, nariz respingona y uñas muy sucias, dio un repaso a Luce y se dirigió hacia ellos.

—¿Qué estamos celebrando? —La miró con lascivia, y chocó su vaso con la copa alzada de Luce. Se acercó a ella, y a través de la camisa de franela Luce pudo sentir la carne de sus caderas—. ¿La primera noche de juerga de esta monada? ¿Cuándo es el toque de queda?

—Estamos celebrando que vas a sacar fuera tu apestoso culo ahora mismo —respondió Cam en tono cortés, como si acabara de decirle que era el cumpleaños de Luce. Clavó sus ojos verdes en aquel hombre, que a su vez le mostró unos dientes pequeños y afilados, y unas encías inflamadas.

—Fuera, ¿no? Solo si me la llevo conmigo.

Fue a cogerle la mano a Luce. A juzgar por cómo había empezado la pelea ayer con Daniel, Luce supuso que Cam no necesitaría muchas excusas para perder los estribos de nuevo. Sobre todo si había estado bebiendo allí todo el día. Sin embargo, Cam permaneció muy tranquilo.

Se limitó a apartar la mano del tipo de un golpe, con la rapidez, la gracia y la fuerza brutal de un león aplastando un ratoncillo.

Cam observó cómo el hombre retrocedía varios pasos, tambaleándose, y se sacudía la mano con una expresión de hastío en el rostro. Acarició la muñeca que aquel tipo había intentado sujetar.

—Disculpa. ¿Qué estabas diciendo de anoche?

—Te decía que…

Entonces Luce palideció. Justo sobre la cabeza de Cam se había abierto un enorme fragmento de oscuridad, se extendía y se desplegaba hasta convertirse en la sombra más grande y más negra que Luce había visto nunca. De su centro surgió un chorro de aire ártico, y Luce también sintió la escarcha de la sombra en los dedos de Cam, que estaban resiguiendo su piel.

—Oh. Dios Mío —susurró Luce.

Se oyó un estrépito de cristales cuando el tipo reventó el vaso en la cabeza de Cam.

Lentamente, Cam se levantó del taburete y se sacudió algunos fragmentos de cristal del pelo. Se volvió para encararse a aquel hombre, que le doblaba la edad y era mucho más alto.

Luce se encogió de miedo en el taburete, e intentó mantenerse a distancia de lo que presentía que iba a ocurrir entre Cam y ese otro tipo, y de lo que temía que pudiera pasar con aquella sombra negra como la noche que se extendía sobre sus cabezas.

—Dejad eso —dijo taxativo el enorme camarero, pero sin molestarse siquiera en levantar los ojos del ejemplar de *Fight* que estaba leyendo.

Al instante el tipo empezó a golpear a Cam sin ton ni son, pero este encajó los puñetazos con indiferencia, como si fueran los manotazos de un niño.

Luce no era la única atónita ante la serenidad de Cam: el bailarín de los pantalones de piel se había escondido detrás de la máquina de discos. Y después de haber descargado algunos golpes inútiles sobre Cam, incluso el tipo del cabello grasiento retrocedió unos pasos, confundido.

Mientras tanto, la sombra se estaba arremolinando en el techo, formando lenguas oscuras que crecían como malas hierbas y que se aproximaban cada vez más a sus cabezas. Luce hizo una mueca y se agachó justo cuando Cam esquivaba un último golpe de aquel indeseable.

Y entonces decidió devolvérselo.

Fue apenas un chasquido, como si estuviera apartando una hoja muerta: el hombre estaba frente a Cam, pero cuando el dedo de Cam le tocó el pecho, salió volando completamente noqueado, destrozando a su paso varias botellas de cerveza vacías, hasta que golpeó con la espalda la pared del fondo, junto a la máquina de discos.

Se frotó la cabeza, gimiendo, y se puso en cuclillas.

—¿Cómo has hecho eso? —Luce tenía los ojos como platos.

Cam la ignoró, se volvió hacia el amigo más bajo y gordo del tipo, y le preguntó:

—¿Eres tú el siguiente?

—Yo en esto no me meto, tío —respondió retrocediendo.

Cam se encogió de hombros, caminó hacia el primer hombre y lo levantó del suelo sujetándolo por la parte de atrás de la camiseta. Sus extremidades quedaron colgando inertes como las de una marioneta. Entonces con un simple movimiento de muñeca lo arrojó contra la pared. Permaneció como si estuviera pegado allí mientras Cam se ensañaba con él golpeándolo mientras le decía una y otra vez:

—¡Te he dicho que te largaras!

—¡Ya basta! —gritó Luce, pero ninguno de ellos la oía ni le prestaba atención. Luce empezó a marearse. Quería apartar los ojos de la nariz y la boca ensangrentadas de aquel tipo que permanecía inmóvil en la pared, impotente ante la fuerza casi sobrehumana que exhibía Cam. Quería decirle que lo olvidara, que ya encontraría la forma de volver al reformatorio. Sobre todo, quería alejarse de la sombra horripilante que ya cubría todo el techo y empezaba a descender por las paredes. Cogió su bolso y echó a correr hacia la noche…

Y hacia los brazos de alguien.

—¿Estás bien?

Era Daniel.

—¿Cómo me has encontrado? —le preguntó hundiendo sin disimulo la cabeza en su hombro. Las lágrimas pugnaban por salir.

—Vamos —dijo—. Salgamos de aquí.

Sin mirar atrás, lo cogió de la mano y sintió que el calor se extendía por su brazo y todo su cuerpo. Y entonces rompió a llorar. No parecía razonable sentirse a salvo cuando las sombras seguían estando tan cerca.

Incluso Daniel parecía tener los nervios de punta, pues la arrastraba con tanta rapidez que Luce casi tuvo que correr para poder seguir su ritmo.

No quiso mirar atrás cuando sintió que las sombras desbordaban la puerta del bar y empezaban a contaminar el aire; pero no fue necesario. Pero entonces, no tuvo que hacerlo: una espesa corriente de sombras se alzó sobre sus cabezas y oscureció todo a su alrededor, como si el mundo entero se estuviera desmoronado frente a sus ojos. Sintió un intenso hedor a azufre, el peor olor que había percibido en su vida.

Daniel también alzó la vista y frunció el ceño, aunque parecía que lo único que le preocupara fuera recordar dónde había aparcado. Y entonces ocurrió algo muy curioso: las sombras se retiraron, se esfumaron en forma de manchas negras que se unían y se disolvían.

Luce entrecerró los ojos con incredulidad. ¿Cómo lo había logrado Daniel? No lo había hecho él, ¿verdad?

—¿Qué? —preguntó Daniel distraído. Abrió la puerta del copiloto de una ranchera Taurus blanca—. ¿Ocurre algo?

—No hay tiempo para hacer una lista de las muchas, muchas cosas que han ocurrido —le dijo Luce mientras se acomodaba en el asiento—. Mira. —Señaló la entrada del bar; Cam estaba saliendo por la puerta mosquitera. Debía de haber noqueado al otro tipo, pero no parecía haber tenido suficiente pues aún tenía los puños cerrados.

Daniel sonrió con satisfacción y sacudió la cabeza. Luce intentó abrocharse el cinturón una y otra vez sin conseguirlo, hasta que él le apartó la mano. Luce contuvo la respiración mientras sus dedos le rozaban el estómago.

—Tiene truco —susurró, ajustando la hebilla a la base.

Arrancó el coche, luego dio marcha atrás con lentitud, tomándose su tiempo mientras pasaban frente a la puerta del bar. A Luce no se le ocurrió ni una sola palabra que dedicarle a Cam, pero le pareció perfecto que Daniel bajara la ventanilla y le dijera simplemente:

—Buenas noches, Cam.

—Luce —dijo Cam acercándose al coche—, no hagas esto, no te vayas con él. Si no, todo acabará mal—. Ella no podía mirarlo a los ojos, sabía que le estaban suplicando que volviera—. Lo siento.

Daniel ignoró a Cam por completo y se limitó a conducir. El pantano adquiría un color turbio con el crepúsculo, y los bosques que tenían enfrente parecían incluso más turbios.

—Todavía no me has dicho cómo me has encontrado —dijo Luce—. O cómo sabías que estaba con Cam. O de dónde has sacado esta ranchera.

—Es de la señorita Sophia —le explicó Daniel, al tiempo que ponía las luces largas porque los árboles a ambos lados de la carretera oscurecían el camino.

—¿La señorita Sophia te ha prestado el coche?

—Después de vivir durante años en las calles de Los Ángeles —dijo con indiferencia— se podría decir que tengo un toque mágico en lo que se refiere a «tomar coches prestados».

—¿Le has robado el coche a la señora Sophia? —se burló Luce, mientras se preguntaba cómo explicaría ese incidente la bibliotecaria en sus fichas.

—Se lo devolveremos —dijo Daniel—. Además, estaba bastante ocupada con la reconstrucción de la Guerra Civil de esta noche. Algo me dice que ni siquiera se dará cuenta de que ha desaparecido.

Fue entonces cuando Luce se dio cuenta de cómo iba vestido Daniel. Llevaba el uniforme azul de los soldados de la Unión con la ridícula banda de piel marrón en diagonal sobre el pecho. La habían aterrorizado tanto las sombras, Cam y toda la espeluznante experiencia, que ni siquiera se había detenido a mirar bien a Daniel.

—No te rías —le replicó Daniel, aguantándose la risa—. Esta noche te has librado del que seguramente será el peor evento social del año.

Luce no pudo evitarlo, se acercó a Daniel y tocó uno de sus botones.

—Es una lástima —susurró con acento sureño—. Había mandado que me plancharan el vestido de reina de la fiesta.

Los labios de Daniel esbozaron una sonrisa, pero inmediatamente dejó escapar un suspiro.

—Luce, lo que has hecho esta noche… las cosas podían haberse puesto muy feas, ¿lo sabes?

Luce miró a la carretera, molesta porque el ambiente se hubiera vuelto sombrío de repente. Una lechuza le devolvió la mirada desde un árbol.

—No tenía intención de venir aquí —dijo, lo cual era verdad. Era como si Cam le hubiera hecho una jugada—. Ojalá no hubiera venido —añadió con tranquilidad, preguntándose dónde estaría la sombra en ese momento.

Daniel dio de pronto un puñetazo al volante, lo cual sobresaltó a Luce. Estaba apretando los dientes, y Luce detestaba ser el motivo de su enfado.

—Es que no me puedo creer que tengas algo con él —espetó al final.

—No hay nada entre nosotros —insistió ella—. La única razón por la que he venido ha sido para decirle que…

No tenía sentido. ¡Que tenía algo con Cam! Si Daniel supiera que Penn y ella se pasaban la mayor parte de su tiempo libre investigando su pasado familiar… Bueno, es posible que estuviera igual de molesto.

—No tienes por qué darme explicaciones —la interrumpió Daniel haciendo un gesto con la mano—. En cualquier caso es culpa mía.

—¿Culpa tuya?

Para entonces, Daniel había salido de la carretera y había llevado el coche hasta el final de un camino de arena. Apagó las luces y se quedaron observando el océano. El cielo había adquirido un color violáceo oscuro, y las crestas de las olas parecían casi plateadas, centelleantes. El viento azotaba la hierba de la playa produciendo un sonido sibilante, agudo y desolador. Una bandada de gaviotas reposaba en la barandilla del paseo, picoteándose las plumas.

—¿Estamos perdidos? —preguntó ella.

Daniel la ignoró. Salió del coche, cerró la puerta y echó a andar hacia la orilla. Luce esperó diez angustiosos segundos viendo cómo la silueta de Daniel se empequeñecía en el crepúsculo púrpura, antes de salir del coche para seguirlo.

El viento azotaba el cabello de Luce contra su cara. Las olas golpeaban la orilla llevándose conchas y algas con la resaca. Cerca del agua el aire era más frío. Todo tenía un aroma salado muy penetrante.

—¿Qué ocurre, Daniel? —preguntó mientras corría por la duna. Le costaba moverse por la arena—. ¿Dónde estamos? ¿Qué quieres decir con que es culpa tuya?

Daniel se volvió hacia ella. Parecía derrotado, con el uniforme arremangado y aquellos ojos grises cansados. El rugido de las olas casi se imponía sobre su voz.

—Solo necesito algo de tiempo para pensar.

Luce sintió de nuevo un nudo en el estómago. Al fin había dejado de llorar, pero Daniel le estaba poniendo las cosas muy difíciles.

—¿Por qué has venido a rescatarme, entonces? ¿Por qué has hecho todo este camino para venir a buscarme, si acabas gritándome, ignorándome? —Se secó los ojos con la manga de la camiseta negra, y la sal marina que se había impregnado en la camiseta hizo que le escocieran—. Claro que, tampoco es que me hayas tratado de un modo distinto al habitual, pero…

Daniel se giró y se llevó las manos a la frente.

—No lo entiendes, Luce. —Negó con la cabeza—. Esa es la cuestión… que nunca lo entiendes.

No había nada malicioso en su voz. De hecho, era casi demasiado dulce. Como si ella fuera demasiado tonta para entender algo que para él resultaba tan obvio, lo cual hizo que ella se enfureciera.

—¿Que no lo entiendo? —preguntó— ¿Que no lo entiendo? Déjame que te diga algo sobre lo que entiendo. ¿Te piensas que eres muy listo? Me pasé tres años becada en el mejor instituto del país.

Y cuando me echaron, tuve que presentar una demanda —¡una demanda!— para que no tiraran a la basura mi expediente con una media de excelente.

Daniel se apartó pero Luce lo siguió, dando un paso al frente por cada paso atrás que daba él. Con toda probabilidad lo estaba asustando, pero ¿y qué? Parecía pedírselo cada vez que le hablaba con condescendencia.

—Sé latín y francés, y en secundaria gané el concurso de ciencias tres años seguidos.

Le había acorralado contra la barandilla del paseo, y trató de contener las ganas de golpearle con el dedo en el pecho. No había acabado.

—También hago el crucigrama de los domingos, a veces en menos de una hora. Tengo un sentido de la orientación infalible… aunque no siempre en lo que se refiere a los tíos.

Tragó saliva e hizo una pausa para respirar.

—Y algún día seré psiquiatra, una que escuche de verdad a sus pacientes y les ayude. ¿Vale? Así que deja de hablarme como si fuera estúpida y deja de decirme que no entiendo nada solo porque yo no puedo descifrar tu imprevisible, excéntrica y terriblemente —lo miró y liberó el aire— dolorosa actitud de ahora-quiero-esto-y-ahora-quiero-lo-otro.

Se secó una lágrima solitaria, enfadada consigo misma por haberse acelerado tanto.

—Calla —dijo Daniel, pero lo dijo de un modo tan suave y tan tierno que Luce se sorprendió a sí misma y a Daniel cuando obedeció—. No creo que seas estúpida. —Cerró los ojos—. Creo que eres la persona más inteligente que conozco, y la más amable. Y —tragó saliva y abrió los ojos para mirarla directamente a los de Luce— la más hermosa.

—¿Perdona?

Él miró hacia el océano.

—Es solo que... estoy tan cansado de esto —dijo. Parecía exhausto.

—¿De qué?

Volvió la vista hacia ella, con una expresión tristísima en la cara, como si hubiera perdido algo precioso. Ese era el Daniel que conocía, aunque no podía explicarse cómo lo había conocido o de dónde lo conocía. Ese era el Daniel al que... ella amaba.

—Puedes enseñármelo —susurró Luce.

Él negó con la cabeza. Pero sus labios estaban todavía muy cerca de los de ella... y la mirada en sus ojos era muy atrayente. Era casi como si él quisiera que ella le enseñara primero.

Luce estaba tan nerviosa que le temblaba todo el cuerpo, y allí de puntillas se inclinó hacia él. Le puso la mano en la mejilla y él parpadeó, pero no se movió. Ella, en cambio, se movió muy poco a poco, como si tuviera miedo de sorprenderlo, y a cada segundo que pasaba ella misma se sentía petrificada. Y entonces, cuando sus ojos estaban tan cerca que casi bizqueaban, ella los cerró y unió sus labios a los de él.

Aquel suave contacto de sus labios, como de plumas, era lo único que los conectaba, pero Luce sintió que un fuego desconocido se apoderaba de su cuerpo, y supo que necesitaba más de todo cuanto pudiera darle Daniel. Sin duda era pedir demasiado que él la necesitara de la misma forma, que pudieran abrazarse como ella tantas veces había soñado y que le devolviera aquel beso anhelante con la misma intensidad.

Pero lo hizo.

Sus brazos musculados le rodearon la cintura. La atrajo hacia sí, y ella pudo sentir el nítido límite de sus cuerpos entrando en contacto: las piernas entrelazándose, las caderas apretadas contra las caderas, los pechos palpitando al mismo tiempo. Daniel la apoyó de espaldas a la barandilla del paseo, y la ciñó contra su cuerpo hasta que ella no pudo moverse, hasta que la tuvo exactamente donde quería. Lo hizo todo sin separar ni un instante sus labios imantados.

Luego empezó a besarla de verdad, muy suave al principio, con besos muy delicados en la oreja, y después siguió por la mandíbula, con besos largos, dulces y tiernos hasta llegar al cuello, haciendo que Luce gimiera y echara la cabeza hacia atrás. Le estiró un poco el pelo, y ella abrió los ojos y, durante un instante, vio las primeras estrellas que aparecían en la noche. Se sintió más cercana al cielo que nunca.

Al final, Daniel volvió a sus labios, y la besó con tanta intensidad… le mordió el labio inferior y a continuación le pasó la lengua por los dientes. Ella abrió más la boca, desesperada por aceptar a Daniel, ya sin temor a mostrar a las claras lo mucho que lo deseaba y equilibrar con su propia fuerza la fuerza de los besos de él.

Tenía arena en la boca y entre los dedos de los pies, el viento salobre le había puesto la piel de gallina y su corazón emanaba un sentimiento dulce y maravilloso.

En aquel momento, habría muerto por él.

Él la apartó y la miró, como si quisiera que ella dijera algo. Ella le sonrió y le dio un beso breve en los labios, disfrutando del contacto. No conocía otras palabras, ninguna forma mejor de comunicar lo que sentía, lo que quería.

—Todavía estás aquí —musitó él.

—No podrían apartarme de ti —contestó riéndose.

Daniel dio un paso atrás, la mirada se le tornó sombría y dejó de sonreír. Empezó a caminar frente a ella, frotándose la frente con la mano.

—¿Qué pasa? —preguntó Luce con timidez, al tiempo que le tiraba de la manga para que volviera a besarla. Él le pasó los dedos por la cara, luego por el pelo y al final por el cuello. Como si estuviera asegurándose de que no era un sueño.

¿Aquel era el primer beso de verdad de Luce? Ella pensaba que no debía contar a Trevor, así que técnicamente sí lo era. Y todo parecía tan perfecto, como si Daniel y ella estuvieran predestinados. Su olor era… maravilloso. Su boca tenía un sabor dulce y cálido. Era alto y fuerte y…

Se estaba separando de ella.

—¿Adónde vas? —preguntó.

A Daniel se le doblaron las rodillas y se agachó unos centímetros; se apoyó en la barandilla de madera y miró el cielo. Parecía como si le doliera algo.

—Has dicho que nada te apartaría de mí —dijo en voz baja—. Pero ellos lo harán; quizá solo se hayan retrasado.

—Pero ¿quién? —dijo Luce, mirando a su alrededor en la playa desierta—. ¿Cam? Creo que lo hemos despistado.

—No. —Daniel empezó a caminar por el paseo. Estaba temblando—. Es imposible.

—Daniel.

—Vendrá —susurró.

—Me estás asustando.

Luce lo siguió, intentando mantener el ritmo; de repente, aun sin quererlo, tuvo el presentimiento de que sabía a qué se refería: no era a Cam, sino a otra cosa, otra amenaza.

Luce se sintió confusa. Las palabras de Daniel repiqueteaban en su cabeza, y sonaban inquietantemente ciertas, pero se le escapaba el razonamiento que pudiera haber detrás de todo aquello. Como el destello de un sueño del que no podía acordarse.

—Háblame —dijo—. Dime qué está ocurriendo.

Él se volvió, con la cara pálida como una peonia y las manos extendidas en señal de rendición.

—No sé cómo pararlo —susurró—. No sé qué hacer.

16
En la cuerda floja

Luce estaba de pie en el cruce de caminos entre el cementerio, en la zona norte del reformatorio, y el sendero que llevaba al lago, al sur. Estaba atardeciendo, y los operarios ya se habían ido a casa. La luz se filtraba por las ramas de los robles que había detrás del gimnasio, y proyectaba sombras en el camino al lago. Luce se sentía tentada de ir hacia allí. No sabía qué dirección tomar. Tenía dos cartas en las manos.

En la primera, Cam se disculpaba por lo que había ocurrido —algo que Luce ya se esperaba— y le rogaba que se encontraran después de clase para hablar de ello. En la segunda, Daniel se limitaba a decir «Quedamos en el lago». Y ella estaba impaciente por ir. Todavía sentía un cosquilleo en los labios por los besos de la noche anterior. No podía dejar de pensar en sus dedos acariciándole el pelo, o en sus labios besándole el cuello.

Otros fragmentos de la noche eran más confusos, como lo que había ocurrido después de que se sentaran en la playa. Comparado con la forma en que las manos de Daniel habían recorrido su cuerpo diez minutos antes, parecía tener miedo de tocarla.

Nada pudo hacerle volver en sí. No dejó de murmurar las mismas palabras una y otra vez: «Tiene que haber pasado algo. Algo ha cambiado». Sus ojos reflejaban dolor, como si ella tuviera la respuesta, como si ella tuviera alguna idea de lo que significaban aquellas palabras. Al final se quedó dormida en su hombro mientras contemplaba el etéreo mar.

Cuando se despertó unas horas después, la estaba llevando escaleras arriba, hacia su habitación. Se sorprendió al darse cuenta de que había dormido durante todo el camino de vuelta... y todavía se sorprendió más al ver aquel extraño resplandor en el pasillo. Otra vez, la luz de Daniel, y ni siquiera sabía si él podía verla.

Todo a su alrededor estaba bañado en aquella tenue luz violeta. La puertas blancas y llenas de pegatinas de los demás estudiantes adquirieron un tono neón. Las baldosas mate parecían resplandecer. El ventanal que daba al cementerio proyectaba un brillo violeta sobre los primeros rayos de luz amarilla del exterior. Y todo ello bajo la atenta mirada de las rojas.

—Nos van a pillar —susurró ella, nerviosa y aún medio dormida.

—No me preocupan las rojas —dijo Daniel sin perder la serenidad siguiendo la mirada de Luce hacia las cámaras. Al principio, sus palabras la tranquilizaron, pero luego empezó a preguntarse por qué había algo incómodo en el tono de su voz: si Daniel no estaba preocupado por las rojas, entonces es que estaba preocupado por otra cosa.

Cuando la dejó en la cama, la besó con suavidad en la frente y luego respiró hondo.

—No desaparezcas —dijo él.

—No hay ninguna posibilidad.

—Lo digo en serio. —Cerró los ojos un momento largo—. Ahora descansa un poco... pero mañana búscame antes de clase. Quiero hablar contigo. ¿Me lo prometes?

Ella le apretó la mano y lo atrajo hacia sí para darle un último beso. Le sostuvo la cara entre las manos y se fundió con él. Cada vez que abría los ojos, él la estaba mirando. Y a Luce le encantaba.

Al final Daniel se retiró y la contempló desde el quicio de la puerta, y solo su mirada hizo que a Luce se le acelerara el corazón como antes lo habían hecho sus besos. Cuando salió al pasillo sigilosamente y cerró la puerta, Luce cayó de inmediato en un sueño profundo.

Durmió durante todas las clases de la mañana y se despertó a primera hora de la tarde, llena de vida, como si acabara de nacer. No le importaba que no tuviera excusa por haberse saltado las clases, solo le preocupaba no haber acudido a la cita con Daniel. Iba a encontrarlo tan pronto como pudiera, y él lo entendería.

Hacia las dos, cuando pensó en que debería comer algo, o quizá aparecer por la clase de Religión de la señorita Sophia, salió a regañadientes de la cama. Fue entonces cuando vio los dos sobres que habían deslizado por debajo de la puerta, lo cual la decidió por fin a salir de la habitación.

Antes que nada tenía que dejarle las cosas claras a Cam, porque si iba primero al lago sabía que luego sería incapaz de separarse de Daniel. Si iba primero al cementerio, el deseo de ver a Daniel le infundiría las fuerzas suficientes para decirle a Cam lo que el día anterior, con los nervios, no le pudo decir, pues todo degeneró espantosamente y se descontroló.

Superando sus miedos, Luce empezó a caminar hacia el cementerio. La tarde era cálida, y el aire, pegajoso a causa de la humedad. Iba a ser una de esas noches sofocantes en las que la brisa del mar lejano no era lo bastante intensa para enfriar el ambiente. No había nadie en el patio, y las hojas de los árboles estaban quietas. De hecho, Luce podía ser lo único en movimiento en todo Espada & Cruz. Todos los demás habrían acabado las clases y estarían apelotonados en el comedor; y Penn —y probablemente más gente— se estaría preguntando por Luce.

Cuando llegó al cementerio, Cam estaba reclinado en las cancelas moteadas de liquen. Tenía los codos apoyados en los postes de hierro labrado y los hombros encorvados. Estaba jugando con un diente de león con la punta de acero de su bota negra. Luce no recordaba haberlo visto tan ensimismado: la mayor parte del tiempo Cam parecía sentir un enorme interés por el mundo que le rodeaba.

Pero ahora ni siquiera llegó a mirarla hasta que estuvo delante de él, y cuando lo hizo Luce vio que tenía la cara pálida. Tenía el pelo aplastado contra la cabeza y Luce se sorprendió al pensar que tal vez se la había afeitado. La miró con expresión cansada, como si concentrarse en sus rasgos requiriera un gran esfuerzo. Parecía hecho polvo, no por la pelea de la noche anterior: tenía aspecto de no haber dormido en días.

—Has venido.

Tenía la voz ronca, pero acabó la frase con una leve sonrisa.

Luce se hizo crujir los dedos, y pensó que no sonreiría por mucho tiempo. Ella asintió y le mostró la nota.

Él intentó cogerle la mano, pero ella apartó el brazo simulando que necesitaba apartarse el pelo de los ojos.

—Supuse que estarías muy enfadada por lo de anoche —dijo apartándose de la cancela.

Dio algunos pasos adentrándose en el cementerio, y luego se sentó con las piernas cruzadas en un banco pequeño de mármol gris que se hallaba entre la primera fila de tumbas. Lo limpió, apartó algunas hojas secas y dio una palmadita a su lado.

—¿Enfadada? —preguntó ella.

—Normalmente es por lo que alguien sale disparado de los bares.

Ella se sentó de cara a él, también con las piernas cruzadas. Desde allí arriba podía ver las ramas superiores del enorme y viejo roble que había en el centro del cementerio, donde Cam y ella celebraron aquel picnic que ahora parecía tan lejano en el tiempo.

—No sé —dijo Luce—. Estoy más bien perpleja, puede que confundida. Decepcionada. —Se estremeció al recordar los ojos de aquel tipo cuando la agarró, el aluvión desquiciado de golpes de Cam, el techo oscuro y lleno de sombras…—. ¿Por qué me llevaste allí? Ya sabes lo que les pasó a Jules y a Phillip cuando se escaparon.

—Jules y Phillips fueron unos idiotas. Sus movimientos estaban controlados por pulseras de localización. Estaba claro que iban a pillarles. —Cam sonrió sombríamente, pero su sonrisa no iba dirigida a Luce—. Nosotros no somos como ellos, Luce. Créeme. Y, además, yo no pretendía meterme en otra pelea. —Se frotó las sienes, y la piel de alrededor formó un pliegue que le confirió una apariencia correosa y demasiado fina—. Pero no pude soportar la forma en que aquel tipo te habló, te tocó. Mereces que te traten con el máximo cuidado. —Sus ojos verdes se abrieron mucho—. Y yo quiero ser quien lo haga. El único.

Ella se apartó el cabello detrás de la oreja y respiró hondo.

—Cam, pareces un chico fantástico…

—Oh, no. —Se cubrió la cara con la mano—. No me vengas con la típica charla de ruptura fácil. Espero que no vayas a decir que deberíamos ser amigos.

—¿No quieres ser mi amigo?

—Sabes que quiero ser mucho más que tu amigo —dijo, y al decir «amigo» lo hizo escupiendo, como si fuera una palabra sucia—. Es por Grigori, ¿no?

Luce sintió que se le encogía el estómago. Supuso que no era tan difícil imaginárselo, pero había estado tan concentrada en sus propios sentimientos que apenas había tenido tiempo de considerar qué pensaría Cam de Daniel y ella.

—En realidad, no nos conoces a ninguno de los dos —dijo Cam levantándose y alejándose unos pasos—, pero crees que estás preparada para escoger a uno de nosotros ahora mismo, ¿no?

Era un poco presuntuoso por su parte pensar que todavía tenía alguna posibilidad —sobre todo después de lo que había ocurrido la noche anterior—, o que creyera que había algún tipo de competición entre Daniel y él.

Cam se agachó ante ella. Tenía una expresión diferente —suplicante, seria— cuando la cogió de las manos.

A Luce le sorprendió verlo tan demacrado.

—Lo siento —dijo ella apartando las manos—. Sencillamente ha pasado.

—¡Tú lo has dicho! Sencillamente ha pasado. ¿Qué fue?, déjame adivinar… anoche te miró de un modo romántico, desconocido para ti. Luce, te estás precipitando al tomar una decisión sin ni siquiera saber lo que está en juego. Podría haber *muchas cosas* en juego. —La mirada confundida de Luce le arrancó un suspiro—. Yo podría hacerte feliz.

—Daniel me hace feliz.

—¿Cómo puedes decir eso? Ni siquiera se atreve a tocarte.

Luce cerró los ojos y recordó cómo la noche anterior sus labios se habían unido en la playa, los brazos de Daniel envolviéndola. El mundo entero parecía tan en orden, tan armónico y seguro. Pero ahora, cuando abría los ojos Daniel no estaba por ninguna parte.

Solo estaba Cam.

Luce se aclaró la garganta.

—Sí, sí que se atreve. Lo hace.

Sintió que se le sonrojaban las mejillas. Luce las presionó con su mano fría, pero Cam no se dio cuenta. Cerró los puños.

—Explícate.

—La forma en que Daniel me besa no es asunto tuyo.

Luce se mordió el labio, furiosa porque Cam se burlaba de ella. Cam se rió entre dientes.

—Ah, ¿sí? Yo puedo hacerlo tan bien como Grigori —dijo, sujetándole la mano y besándole el dorso antes de dejarla caer bruscamente.

—No fue nada parecido —dijo Luce al tiempo que se volvía.

—¿Y qué tal así?

Los labios de Cam rozaron la mejilla de Luce antes de que ella pudiera evitarlo.

—Nada que ver.

Cam se lamió los labios.

—¿Me estás diciendo que Daniel Grigori te besó de la forma que mereces que te besen?

La expresión de sus ojos empezaba a adquirir un aire torvo.

—Sí —contestó—. El mejor beso que me han dado nunca.

Y aunque había sido su único beso real, Luce sabía que si le volvían a preguntar en sesenta años, en cien años, respondería lo mismo.

—Y, a pesar de todo, sigues aquí —dijo Cam, sacudiendo la cabeza con incredulidad.

A Luce no le gustaba lo que estaba insinuando.

—Estoy aquí solo para decirte la verdad sobre Daniel y yo. Para hacerte saber que tú y yo...

Cam estalló en carcajadas, una risa sonora y vacía que expandió su eco por todo el cementerio. Se rió tan fuerte y durante tanto tiempo que tuvo que sujetarse la barriga y secarse una lágrima.

—¿Qué te hace tanta gracia? —le preguntó Luce.

—Ni te lo imaginas —contestó sin dejar de reír.

Aquel tono en plan no-lo-entenderías que había empleado Cam no era muy distinto del que usó Daniel la noche anterior cuando, inconsolable, le repetía aquellas dos palabras: «Es imposible». Pero con Cam, Luce reaccionó de un modo completamente distinto. Cuando Daniel no le explicó nada, ella se sintió incluso más atraída hacia él. Hasta cuando discutían, ella deseaba estar con Daniel más de lo que nunca había querido estar con Cam. Pero cuando Cam la trató como una ignorante, en realidad se sintió aliviada. No quería sentirse cerca de él.

De hecho, en ese preciso instante, se sentía demasiado cerca de él.

Y ya tenía suficiente. Apretó los dientes, se levantó y se marchó ofendida en dirección a las cancelas, enfadada consigo misma por haber perdido tanto tiempo con aquella historia.

Pero Cam la alcanzó, se puso delante de ella y le cerró el paso. Todavía se estaba riendo de ella, aunque intentaba reprimirse mordiéndose los labios.

—No te vayas —musitó, riéndose entre dientes.

—Déjame en paz.

—Aún no.

Antes de que pudiera zafarse, Cam la estrechó entre sus brazos, la levantó y la inclinó hacia atrás, de forma que los pies de Luce dejaron de tocar el suelo. Luce gritó y opuso resistencia, pero él sonrió.

—¡Suéltame!

—Hasta el momento la lucha entre Grigori y yo ha sido bastante equitativa, ¿no te parece?

Ella lo fulminó con la mirada mientras intentaba zafarse empujándolo con las manos.

—Vete al infierno.

—Te estás confundiendo —dijo al tiempo que le acercaba la cara. Sus ojos verdes la tenían dominada, y odió que una parte de ella todavía se sintiera atraída por su mirada.

»Escucha, sé que las cosas se han descontrolado un poco durante estos últimos días —dijo en un susurro—, pero tú me gustas, Luce, me gustas mucho. No te vayas con él sin antes dejarme que te dé un beso.

Ella sintió que sus brazos habían aumentado la presión y, de repente, tuvo miedo. Se hallaban en un lugar apartado y nadie sabía dónde estaba ella.

—No cambiaría nada —le dijo, intentando mantener la calma.

—Sígueme el juego: finjamos que soy un soldado y que tú cumples mi último deseo. Lo prometo, solo un beso.

Luce pensó en Daniel: se lo imaginó esperándola en el lago, manteniéndose ocupado haciendo saltar piedras sobre el agua cuando debería tenerla entre sus brazos. No quería darle un beso a Cam, pero ¿y si él no la soltaba? El beso podría ser la cosa más nimia e insignificante, el camino más fácil para que la dejara tranquila, y entonces estaría libre para volver con Daniel. Cam se lo había prometido.

—Solo un beso… —empezó a decir, y un instante después sus labios ya se habían unido.

Su segundo beso en dos días. Mientras que el beso de Daniel había sido hambriento, casi desesperado, el de Cam fue suave, rozando en exceso la perfección, como si hubiera practicado con un centenar de chicas antes de ella.

Pero, aun así, notó que algo dentro de ella se despertaba, que algo dentro de ella quería que reaccionara, y se apoderaba del enfado que había sentido solo unos segundos antes, haciéndolo desaparecer. Cam todavía la sostenía hacia atrás y Luce se sintió segura entre sus brazos fuertes y diestros. Y necesitaba sentirse segura. Aquello suponía un cambio tremendo con respecto a, bueno, a todo lo que había vivido con Cam antes de besarlo. Sabía que se estaba olvidando de algo, de alguien… ¿de quién? No podía recordarlo. Solo estaban el beso, los labios de Cam y…

De repente, sintió que se caía. Se golpeó contra el suelo con tanta fuerza que se quedó sin respiración. Al levantarse, apoyándose en los brazos, observó que, unos centímetros más allá, la cara de Cam estaba tocando el suelo. Luce hizo una mueca involuntaria.

El sol de primera hora de la tarde proyectaba una luz turbia sobre las dos figuras que acababan de llegar al cementerio.

—¿Cuántas veces te has propuesto echar a perder a esta chica? —Luce oyó que alguien con acento sureño pronunciaba aquella frase.

«¿Gabbe?» Alzó la vista, parpadeando por la luz del sol.

Eran Gabbe y Daniel.

Gabbe se apresuró a ayudarla a levantarse, pero Daniel ni siquiera se dignó mirarla.

Luce se maldijo en voz baja. No sabía qué era peor: que Daniel la hubiera visto besando a Cam o que Daniel —estaba segura de ello— fuera a pelearse de nuevo con Cam.

Cam se levantó y se encaró a ellos, ignorando por completo a Luce.

—De acuerdo, ¿a quién de vosotros dos le toca esta vez? —gruñó. ¿Esta vez?

—A mí —dijo Gabbe dando un paso al frente con los brazos en jarras—. Ese primer azote cariñoso te lo he dado yo, cariño. ¿Qué vas a hacer al respecto?

Luce negó con la cabeza; Gabbe tenía que estar de broma. Sin duda, aquello debía de ser algún tipo de juego, pero no parecía que Cam se estuviera divirtiendo. Enseñó los dientes y se arremangó la camisa, al tiempo que levantaba los puños y se acercaba a Gabbe.

—¿Otra vez, Cam? —le regañó Luce—. ¿Es que no has tenido ya suficientes peleas esta semana?

Y por si fuera poco, esta vez iba a pegar a una chica. Él le dirigió una sonrisa sesgada.

—A la tercera va la vencida —contestó en un tono más bien malicioso. Se volvió justo cuando Gabbe le encajó una patada en la mandíbula.

Luce se echó hacia atrás cuando Cam cayó al suelo. Tenía los ojos cerrados por el dolor y las manos en la cara. De pie a su lado, Gabbe parecía impasible, como si acabara de sacar una tarta de melocotón del horno. Se miró las uñas y suspiró.

—Es una pena tener que pegarte una paliza cuando acabo de hacerme la manicura. Pero qué se le va a hacer... —dijo, y se puso a patear a Cam en el estómago, deleitándose con cada patada igual que un niño que va ganando partidas en la consola.

Tambaleándose, Cam logró ponerse en cuclillas. Luce no podía ver su cara —la tenía oculta entre las rodillas—, pero estaba gimiendo de dolor y respiraba con dificultad.

Luce se quedó quieta y miró primero a Gabbe y después a Cam, y viceversa, incapaz de entender lo que estaba viendo. Cam era dos veces más grande que ella, pero era Gabbe la que parecía tener la sartén por el mango. El día anterior Luce había visto cómo Cam le daba una paliza a un tipo enorme en el bar. Y la otra noche, fuera de la biblioteca, Daniel y Cam parecían luchar en igualdad de condiciones. Por eso Luce estaba alucinando con Gabbe, con su pelo recogido en una coleta sujeta con una cinta multicolor, que ahora tenía a Cam inmovilizado en el suelo mientras le retorcía el brazo por la espalda.

—¿Te rindes? —le preguntó en tono burlón—. Di la palabra mágica, cielo, y te dejaré ir.

—Nunca —Cam escupió en el suelo.

—Estaba deseando que dijeras eso —dijo, empujándole la cabeza con fuerza contra la tierra.

Daniel puso la mano en el cuello de Luce, y ella se relajó y lo miró, pero tenía miedo de ver su expresión. Debía de odiarla.

—Lo siento tanto —musitó—. Cam...

—¿Por qué has venido aquí a encontrarte con él?

En su voz había dolor e indignación al mismo tiempo. Le sujetó la barbilla para que lo mirara, y Luce notó que tenía los dedos helados. Los ojos de Daniel ya no eran grises, sino completamente violetas.

A Luce le tembló el labio.

—Pensaba que podía controlar la situación; ser honesta con Cam de forma que tú y yo pudiéramos estar juntos sin problemas, sin tener que preocuparnos por nada.

Daniel resopló, y Luce se dio cuenta de lo estúpido que sonaba lo que había dicho.

—Ese beso... —prosiguió Luce retorciéndose las manos. Le habría gustado poder escupirlo sin más— ha sido un enorme error.

Daniel cerró los ojos y se volvió. Abrió la boca dos veces para decir algo, pero se lo pensó mejor. Se pasó las manos por el pelo y se balanceó. Por su actitud, Luce pensó que iba a echarse a llorar pero, al final, la rodeó entre sus brazos.

—¿Estás enfadado conmigo? —Hundió la cabeza en su pecho y respiró el dulce olor de su piel.

—Solo me alegro de haber llegado a tiempo.

Los quejidos de Cam reclamaron la atención de ambos, y cuando lo miraron, hicieron una mueca. Daniel la tomó de la mano e intentó llevársela de allí, pero Luce no podía dejar de mirar a Gabbe, que acababa de hacerle una llave a Cam sin inmutarse. Cam estaba magullado y tenía un aspecto patético. Luce no entendía nada.

—¿Qué está pasando, Daniel? —musitó Luce—. ¿Cómo le puede estar dando esa paliza a Cam? ¿Y por qué se deja él?

Daniel suspiró a medias y esbozó una media sonrisa.

—No se está dejando. Lo que ves es solo un ejemplo de lo que puede hacer una chica.

Ella negó con la cabeza.

—No lo entiendo. ¿Cómo…?

Daniel le acarició la mejilla.

—¿Vamos a dar un paseo? —le preguntó—. Intentaré explicarte algunas cosas, pero creo que deberías estar sentada.

Luce también tenía algunas cosas que aclarar con Daniel. Bien, si no aclararlas exactamente, al menos sí conversar sobre ellas, para ver si él la consideraba completa y oficialmente loca. Aquello de la luz violeta, por ejemplo. Y los sueños que no podía (que no quería) dejar de tener.

Daniel la condujo hacia una zona del cementerio que Luce no había visto nunca, un lugar llano y despejado donde dos melocotoneros crecían juntos. Los troncos se inclinaban el uno sobre el otro, de forma que ambos dibujaban la forma de un corazón.

La llevó justo debajo de donde se entrelazaban las ramas y le cogió las manos para entrelazar sus dedos.

El silencio de la tarde solo se veía interrumpido por el canto de los grillos, y Luce se imaginó a los demás estudiantes en el comedor. Comiendo puré de patatas de las bandejas o sorbiendo leche a temperatura ambiente a través de unas pajitas. Era como si, de repente, Daniel y ella estuvieran en otro plano de la realidad, ajenos al resto de la escuela. Todo lo demás —excepto sus manos enlazadas, el cabello de Daniel brillando a la luz del sol de la tarde, sus ojos grises y cálidos—, todo lo demás parecía muy, muy lejano.

—No sé por dónde empezar —dijo, ejerciendo más presión en sus dedos mientras se los masajeaba, como si pudiera obtener la respuesta al hacerlo—. Tengo tanto que decirte, y no debo equivocarme.

Por mucho que Luce deseara que lo que Daniel tenía que decirle fuera una simple declaración de amor, sabía que se trataba de otra cosa. Era algo difícil de decir, algo que iba a explicar muchas cosas de él, pero que quizá también resultaría complicado de asimilar para Luce.

—¿Y si empiezas por eso de «tengo una buena noticia y otra mala»?

—Buena idea. ¿Cuál quieres primero?

—La mayoría de la gente quiere la buena primero.

—Quizá sí —dijo—. Pero tú no tienes nada que ver con la mayoría de la gente.

—Vale, dime la mala primero.

Daniel se mordió el labio.

—Entonces prométeme que no te irás sin haber oído antes la buena noticia.

No tenía ninguna intención de irse; no justo ahora, que él no intentaba evitarla y que parecía estar dispuesto a responder algunas de las muchas preguntas que habían obsesionado a Luce durante las últimas semanas.

Daniel se llevó las manos de Luce al pecho y las apretó contra su corazón.

—Voy a decirte la verdad —dijo—. No me vas a creer, pero mereces saberla. Aunque pueda matarte.

—De acuerdo.

A Luce se le hizo un nudo en el estómago, y sintió que le empezaban a temblar las rodillas. Se alegró de que la hubiera hecho sentarse.

Daniel caminaba de un lado para otro, y finalmente respiró hondo.

—En la Biblia…

Luce refunfuñó, no pudo evitarlo, fue una especie de acto reflejo como reacción a las charlas de cataquesis. Además, quería que hablaran de ellos, no que le contara una parábola moralista. En la Biblia no iba a encontrar respuesta a ninguna de las preguntas que tenía sobre Daniel.

—Escucha —le dijo, mirándola fijamente—. ¿Sabes que en la Biblia Dios da mucha importancia a la idea de que todo el mundo debe amarlo con toda su alma? ¿Y a que tiene que ser un amor incondicional, incomparable?

Luce se encogió de hombros.

—Supongo.

—Vale… —Daniel parecía estar buscando las palabras adecuadas—. Esa obligación no atañe solo a las personas.

—¿Qué quieres decir? ¿A quién más? ¿A los animales?

—Sí, sin duda a veces también —dijo Daniel—. Como con la serpiente, que fue condenada a reptar para siempre después de haber tentado a Eva.

Luce tembló al pensar de nuevo en Cam. La serpiente. El picnic. El collar. Se pasó la mano por el cuello desnudo, contenta de no llevarlo.

Él le pasó los dedos por el pelo, recorrió su mandíbula y los dejó descansar en el hueco de su cuello. Ella suspiró, en la gloria.

—Lo que intento decirte es… supongo que yo también podría decir que estoy condenado, Luce. He estado condenado durante mucho, mucho tiempo. —Hablaba como si las palabras tuvieran un sabor amargo—. Una vez tomé una decisión, una decisión en la que creía… en la que todavía creo, aunque…

—No entiendo nada —Luce lo interrumpió sacudiendo la cabeza.

—Claro que no lo entiendes —dijo agachándose a su lado—. Y yo nunca he tenido demasiado éxito explicándotelo. —Se rascó la cabeza y bajó la voz, como si estuviera hablando consigo mismo—. Pero he de intentarlo. Así que ahí va.

—De acuerdo —contestó Luce. La estaba confundiendo, y apenas había dicho nada todavía, pero intentó fingir que estaba menos perdida de lo que en realidad estaba.

—Me enamoro —explicó cogiéndole las manos con fuerza—. Una y otra vez. Y siempre acaba de manera catastrófica.

«Una y otra vez.»

Esas palabras la pusieron enferma. Luce cerró los ojos y apartó las manos. Eso ya se lo había dicho, aquel día que estuvieron en el lago. Había vivido rupturas, había salido escaldado. ¿Qué razón había para que le viniera ahora con lo de esas chicas? Le había dolido entonces, e incluso le dolía más ahora, como un punzón agudo en las costillas. Él le estrechó los dedos.

—Mírame —le suplicó—. Aquí es cuando las cosas se ponen difíciles.

Ella abrió los ojos.

—La chica de la que me enamoro cada vez eres tú.

Luce había estado conteniendo la respiración, y quiso liberar el aire, pero lo que salió de su boca fue una risa aguda y cortante.

—Claro, Daniel —dijo, haciendo ademán de levantarse—. Guau, de verdad estás condenado, eso que dices suena terrible.

—Escucha. —La sentó de golpe con tal fuerza que le dolió el hombro. Sus ojos desprendieron un destello violeta, por lo que Luce dedujo que estaba enfadado. Pues bien, ella también lo estaba.

Daniel miró hacia arriba, hacia el dosel que formaban los melocotoneros, como si pidiera ayuda.

—Te lo ruego, déjame explicarme. —Le tembló la voz—. El problema no es que te quiera.

Ella respiró profundamente.

—Entonces, ¿cuál es?

Intentó escuchar, intentó ser fuerte y no sentirse herida. Daniel ya parecía suficientemente destrozado por los dos.

—Yo vivo eternamente —dijo.

Los árboles susurraron a su alrededor, y Luce vio un atisbo de sombra por el rabillo del ojo. No aquel remolino de oscuridad enfermizo y omnipresente de la noche anterior, sino un aviso. La sombra mantenía las distancias y bullía impasible en la esquina, pero estaba esperando. Esperándola a ella. Luce sintió un profundo escalofrío que le heló los huesos. No pudo sustraerse a la sensación de que algo ominoso, negro como la noche, algo definitivo estaba preparándose.

—Lo siento —dijo mirando de nuevo a Daniel—. ¿Podrías... hummm, repetirlo?

—Tengo que vivir eternamente —repitió. Luce todavía estaba perdida, pero él siguió hablando, de sus labios brotaba un torrente de palabras—. Tengo que vivir, y ver a los niños nacer, crecer y enamorarse. Veo cómo ellos mismos tienen hijos y envejecen. Veo cómo mueren. Luce, estoy condenado a verlos una y otra vez. A todos, menos a ti. —Tenía los ojos vidriosos, y su voz se convirtió en un susurro—. Tú no puedes enamorarte...

—Pero... —lo interrumpió susurrando a su vez—. Yo... me he enamorado.

—No puedes tener hijos y envejecer, Luce.

—¿Por qué no?

—Apareces de nuevo cada diecisiete años.

—Por favor...

—Y nos encontramos. Siempre nos encontramos, de alguna forma siempre acabamos juntos, no importa adónde vaya, no importa cuánto intente alejarme de ti. No importa. Tú siempre me encuentras.

Había bajado la vista hasta sus puños cerrados, como si quisiera golpear algo, incapaz de levantar los ojos.

—Y cada vez que nos encontramos, te enamoras de mí...

—Daniel...

—Puedo intentar resistirme, o alejarme, o tratar con todas mis fuerzas de no responderte, pero eso no cambia nada. Tú te enamoras de mí y yo me enamoro de ti.

—¿Y es que eso es tan terrible?

—Te mata.

—¡Basta! —gritó—. ¿Qué te propones? ¿Asustarme para que me vaya?

—No —resopló—. De todas formas, no funcionaría.

—Si no quieres estar conmigo... —dijo ella deseando que todo fuera una broma pesada, un discurso de ruptura para acabar con todos los discursos de ruptura, pero no la verdad. Aquello no podía ser la verdad—... seguramente habrá alguna historia más verosímil.

—Sé que no puedes creerme. Y esa es la razón por la que no te lo podía decir hasta ahora, cuando debo decírtelo. Porque pensaba que entendía las reglas y... nos besamos, y ahora no entiendo nada.

Las palabras que pronunció la noche anterior le vinieron de golpe a la cabeza: «No sé cómo pararlo. No sé qué hacer».

—Porque me besaste.

Él asintió.

—Me besaste y, después de hacerlo, estabas sorprendido.

Daniel asintió de nuevo, un poco avergonzado.

—Me besaste —prosiguió Luce, buscando la forma de atar todos los cabos—, ¿y pensaste que no iba a sobrevivir?

—Sí, basándome en experiencias previas —dijo con voz ronca.

—Eso es una locura.

—Pero no tiene que ver con el beso de esta vez, sino con lo que significa. En algunas vidas podemos besarnos, pero en la mayoría no. —Le acarició la mejilla, y Luce no pudo evitar que le gustara—. He de decir que prefiero las vidas en las que podemos besarnos. —Miró al suelo—. Aunque luego, el hecho de perderte sea mucho más duro.

Luce quería enfadarse con él, por inventarse aquella historia tan rocambolesca cuando deberían estar abrazados como lapas. Pero había algo, una especie de comezón, que le decía que no se apartara de Daniel ahora, que se quedara allí e intentara escuchar todo cuanto pudiera.

—Cuando me «pierdes» —dijo ella, notando el peso de aquella palabra cuando salió de sus labios—, ¿de qué forma sucede? ¿Y por qué?

—Depende de ti, de cuánto puedes ver de nuestro pasado, de lo bien que me hayas llegado a conocer. —Movió las manos con las palmas hacia arriba—. Sé que esto suena muy...

—¿Increíble?

Él sonrió.

—Iba a decir vago. Pero intento no esconderte nada. Es un tema muy, muy delicado. A veces, en el pasado, el mero hecho de contarte esto…

Luce esperó con atención a que Daniel dijera algo, pero no lo hizo.

—¿Me ha matado?

—Iba a decir «me ha roto el corazón».

Era evidente que todo aquello le causaba dolor, y Luce quería consolarlo. Se sintió atraída hacia él, había algo en su interior que la empujaba hacia delante, pero no pudo. Fue entonces cuando tuvo la certeza de que Daniel sabía lo del resplandor violeta, y que no era ajeno al fenómeno.

—¿Qué eres? —preguntó—. Algún tipo de…

—Vago por la tierra, y en el fondo siempre sé que voy a encontrarte. Solía buscarte, pero luego, cuando empecé a esconderme de ti, del desengaño que era inevitable, fuiste tú la que comenzó a buscarme. No tardé en darme cuenta de que siempre volvías cada diecisiete años.

Luce había cumplido los diecisiete a finales de agosto, dos semanas antes de ingresar en Espada & Cruz. Había sido una celebración triste, solo Luce, sus padres y un pastel precocinado. No hubo velas, por si acaso. ¿Y qué ocurría con su familia? ¿También aparecían cada diecisiete años?

—No es tiempo suficiente para que superare la última vez —dijo—. Pero sí que basta para que baje la guardia de nuevo.

—¿Así que sabías que yo iba a llegar? —inquirió dubitativa. Él estaba muy serio, pero Luce aún no podía creerlo. No quería creerlo.

Daniel negó con la cabeza.

—No sé qué día apareces, no funciona así. ¿No te acuerdas de cómo reaccioné el día en que nos vimos? —Él miró hacia arriba, como si él mismo estuviera recordando—. Cada vez, durante los primeros segundos, me siento eufórico y me olvido de todo. Luego lo recuerdo.

—Sí —dijo ella lentamente—. Me sonreíste y luego... ¿es por eso por lo que me hiciste aquel gesto con el dedo?

Él frunció el ceño.

—Pero si eso ocurre cada diecisiete años, como dices, tú sabías que yo iba a venir. De alguna forma, lo sabías.

—No es fácil, Luce.

—Te vi ese día antes de que tú me vieras. Estabas fuera del Agustine, riéndote con Roland, y os estabais riendo tanto que a mí me entraron celos. Si tú sabes todo eso, Daniel, si eres tan listo que puedes predecir cuándo voy a venir y cuándo voy a morir, y lo difícil que eso va a ser para ti, ¿cómo podías reírte así? No te creo —dijo con un temblor en la voz—. No me creo nada de todo esto.

Daniel le secó con suavidad una lágrima con el pulgar.

—Es una pregunta estupenda, Luce. Me encanta que me la hagas, y ojalá pudiera responderla. Solo puedo decirte esto: la única forma de sobrevivir a la eternidad es siendo capaz de valorar cada momento. Eso era lo único que estaba haciendo.

—Eternidad —repitió Luce—. Otra cosa que no puedo entender.

—No importa. Ya no podría reír más de esa forma. Tan pronto como apareces, me siento abrumado.

—Lo que dices no tiene ningún sentido —repuso. Sentía la necesidad de irse antes de que oscureciera demasiado. Pero la historia de Daniel era tan absurda. Durante todo el tiempo que había pasado en Espada & Cruz, Luce casi llegó a creer que estaba loca, pero su demencia no era nada comparada con la de Daniel.

—No hay un manual para explicarle todo este… asunto a la chica a la que amas —se quejó pasándose la mano por el pelo—. Lo hago lo mejor que puedo. Quiero que me creas, Luce. ¿Qué más puedo hacer?

—Explícame otra cosa —repuso con amargura—. Invéntate una excusa más creíble.

—Tú misma dijiste que sentías como si ya me conocieras. Intenté negarlo mientras pude porque sabía que iba a pasar esto.

—Sí, sentía que te conocía de alguna parte, claro —dijo, y su voz expresaba un atisbo de miedo—. Del centro comercial, o del campamento de verano o algo así. No de una vida anterior. —Negó con la cabeza—. No, no puedo creerlo.

Se tapó los oídos. Daniel le retiró las manos.

—Y, aun así, en el fondo sabes que es verdad. —Le estrechó las rodillas y la miró fijamente a los ojos—. Lo sabías cuando subí contigo hasta la cima del Corcovado en Río porque querías ver de cerca la estatua. Lo sabías cuando te llevé durante tres calurosos kilómetros hasta el río Jordán, después de que enfermaras a las afueras de Jerusalén. Te advertí de que no comieras todos aquellos dátiles. Lo sabías cuando fuiste mi enfermera en aquel hospital italiano durante la Primera Guerra Mundial y, antes de eso, cuando me escondí en tu sótano durante la purga que el Zar llevó a cabo en San Petersburgo. Cuando escalé la torreta de tu castillo en Escocia durante la Reforma, y cuando te hice bailar sin parar durante la celebración de la coronación del rey en Versalles. Eras la única mujer vestida de negro. También hubo lo de aquella colonia de artistas en Quintana Roo, y aquella marcha de protesta en Ciudad del Cabo, en la que pasamos la noche en comisaría. La apertura del Globe Theatre en Londres, donde tuvimos las mejores butacas. Y cuando mi barco se fue a pique en Tahití, tú estabas allí, igual que cuando estuve preso en Melbourne, cuando fui carterista en el Nîmes del siglo XVIII, y monje en el Tíbet. Aparecías en cualquier lugar, siempre, y tarde o temprano sentías las cosas que acabo de explicarte. Pero no vas a aceptar que lo que sientes pueda ser verdad.

Daniel se detuvo para tomar aire y miró más allá de ella, sin ver. Entonces extendió la mano, le apretó la rodilla y ella volvió a sentir de nuevo que le transmitía aquel fuego.

Luce cerró los ojos, y cuando volvió a abrirlos Daniel le tendía una peonia blanca perfecta. Casi resplandecía. Se volvió para ver de dónde la había cogido, cómo podía no haberse dado cuenta antes, pues por allí solo había malas hierbas y frutos podridos. Sostuvieron juntos la flor.

—Lo sabías cuando cogiste peonias blancas todos los días durante un mes aquel verano en Helston. ¿Te acuerdas de eso? —La miró, como si intentara ver en su interior—. No. —Suspiró—. Claro que no. Te envidio por eso.

Pero a medida que hablaba, Luce empezó a sentir calor por toda su piel, como si respondiera a unas palabras que su cerebro no podía reconocer. Había una parte en ella que ya no estaba segura de nada.

—Hago todas estas cosas —dijo Daniel acercándose a ella hasta que sus frentes se tocaron— porque tú eres mi amor, Lucinda. Para mí, eres lo único que existe.

A Luce le temblaba el labio inferior y sus manos se quedaron flácidas entre las de Daniel. Los pétalos de la flor se deslizaron entre sus dedos y cayeron a suelo.

—Entonces, ¿por qué estás tan triste?

Todo aquello era demasiado, ni siquiera podía empezar a pensar en ello. Se apartó de Daniel, se levantó y se sacudió las hojas y la hierba de los tejanos. La cabeza le daba vueltas. ¿Había vivido… antes?

—Luce.

Ella se despidió con la mano.

—Creo que necesito ir a alguna parte sola y descansar.

Se apoyó en el melocotonero; se sentía débil.

—¿No te encuentras bien? —le preguntó Daniel, levantándose y cogiéndole la mano.

—No.

—Lo siento —Daniel suspiró—. No sé qué esperaba que pudiera suceder cuando te lo dijera. No debería…

Nunca habría dicho que alguna vez iba a necesitar un respiro de Daniel, pero en ese momento sentía que tenía que irse. La forma en que la estaba mirando, sabía que él esperaba que le dijera que se encontrarían más tarde, que hablarían largo y tendido, pero ya no estaba muy segura de que fuera una buena idea. Cuantas más cosas decía, más sentía que algo se despertaba en su interior… algo para lo que no sabía si estaba preparada. Ya no pensaba que estaba loca… y tampoco estaba segura de que Daniel lo estuviese. Para cualquier otra persona, su historia habría resultado cada vez más increíble a medida que avanzaba. Pero para Luce… no estaba segura, pero ¿y si las palabras de Daniel fueran respuestas que pudieran dar sentido a toda su vida? No podía saberlo, y sintió más miedo del que había sentido nunca.

Apartó la mano de Daniel y caminó hacia la residencia. Unos pocos paso después, se detuvo y se volvió lentamente.

Daniel no se había movido.

—¿Qué pasa? —le preguntó alzando la barbilla.

Ella se quedó allí, a cierta distancia.

—Te prometí quedarme hasta escuchar la buena noticia.

Daniel relajó la cara y esbozó una leve sonrisa, aunque en su expresión había una nota de desconcierto.

—La buena noticia —hizo una pausa para escoger bien sus palabras— es que te besé y sigues aquí.

17
Un libro abierto

Luce se desplomó sobre la cama y los muelles rechinaron. Después de irse del cementerio —y de separarse de Daniel— prácticamente había corrido hasta a su habitación. Ni siquiera se había molestado en encender la luz, y por consiguiente tropezó con la silla y se dio un buen golpe en el dedo gordo del pie. Se hizo un ovillo mientras se sujetaba el pie dolorido. Al menos aquel dolor era algo real que podía comprender, algo inteligible y de este mundo. Se alegraba de estar sola al fin.

Alguien llamó a la puerta.

No le daban un respiro.

Luce lo ignoró. No quería ver a nadie, y quienquiera que fuese pillaría la indirecta. Otro golpe. Oyó una respiración pesada y a alguien aclarándose la garganta.

Penn.

No podía ver a Penn en ese momento. O bien parecería una loca si intentaba explicar todo lo que le había ocurrido en las últimas veinticuatro horas, o bien se volvería loca intentando disimular sin decir palabra.

Al fin, Luce oyó los pasos de Penn alejándose por el pasillo. Dejó escapar un suspiro de alivio, que se convirtió en un largo y desamparado gemido.

Quería culpar a Daniel por despertar aquel sentimiento incontrolado en su pecho y, por un segundo, intentó imaginarse la vida sin él. Pero resultaba imposible, era como intentar recordar la primera impresión que se ha tenido de una casa después de haber vivido allí durante años. Así de hondo había calado en ella. Y ahora tenía que encontrar una forma de asimilar todas las cosas raras que le había contado.

Pero en una parte recóndita de su mente no podía dejar de dar vueltas a lo que Daniel había dicho sobre las veces que habían coincidido en el pasado. Quizá Luce no podía recordar los momentos que él le había descrito o los lugares que había mencionado, pero de una forma extraña, sus palabras no la sorprendieron en absoluto. Todo le resultaba de algún modo familiar.

Por ejemplo, inexplicablemente siempre había odiado los dátiles. Solo con verlos le entraban náuseas. Empezó a decir que era alérgica para que su madre dejara de incluirlos en las comidas. Y prácticamente llevaba toda su vida suplicándoles a sus padres que la llevaran a Brasil, aunque no sabía exactamente por qué. Las peonias blancas. Daniel le había dado un ramo después del incendio en la biblioteca. En cierto modo siempre habían tenido algo de inusuales pero, a la vez, le resultaban muy familiares.

En el exterior, el cielo era del color del carbón, levemente manchado de nubes blancas. La habitación estaba a oscuras, pero las flores pálidas que tenía en el alféizar resaltaban en la penumbra. Ya llevaban en el jarrón una semana, y ni un solo pétalo se había marchitado.

Luce se levantó y olió su dulce perfume.

No podía culparlo. Sí, parecía una locura, pero en algunas cosas también tenía razón… fue ella la que lo persiguió una y otra vez insinuando que tenían algún tipo de conexión. Y no era solo eso. Era ella la que veía las sombras, la que acababa involucrada en las muertes de gente inocente. Había estado intentando no pensar en Trevor y en Todd cuando Daniel empezó a hablarte de su propia muerte, y de cómo él la había visto morir tantas veces. Si hubiera logrado entenderlo, a Luce le habría gustado preguntarle a Daniel si alguna vez se sentía responsable. Si su realidad se parecía en algo a ese inconfesable, desagradable e imponente sentimiento de culpa con el que ella tenía que vivir cada día.

Se desplomó en la silla del escritorio, que de algún modo se había desplazado hasta el centro de la habitación. Ay. Cuando tanteó con los dedos para averiguar sobre qué se había sentado, dio con un libro grueso.

Se fue hasta la pared y encendió la lámpara, y tuvo que entornar los ojos a causa de la molesta luz del fluorescente. No había visto nunca el libro que tenía entre las manos. Estaba forrado con una tela gris muy clara y deshilachada en las esquinas, y había un exceso de cola marrón en la parte inferior del lomo.

Los Vigilantes: el mito en la Europa Medieval.

El libro de los antepasados de Daniel.

Era pesado y olía ligeramente a humo. Cogió la nota que alguien había introducido en la primera página.

Sí, he encontrado una llave de repuesto y he entrado en tu habitación ilegalmente. Lo siento, ¡pero esto es URGENTE! Y no podía encontrarte por ningún lado. ¿Dónde estás? Tienes que echarle un vistazo a esto, y después tenemos que vernos. Volveré a pasar dentro de una hora. Sé prudente.

Besos,
Penn

Luce dejó la nota junto a las flores y volvió a la cama con el libro. Se sentó con las piernas colgando. El mero hecho de sostener aquel libro le produjo un hormigueo extraño y cálido bajo la piel. El libro parecía tener vida propia entre sus manos.

Lo abrió con un crujido y esperó tener que descifrar un denso índice académico o sumergirse en el sumario al final del libro, antes de poder encontrar algo remotamente relacionado con Daniel.

Pero no pasó de la primera página.

Pegada en la parte interior de la cubierta había una fotografía en tonos sepia. Era una foto estilo *carte de visite* muy vieja, impresa en un papel amarillento. En la parte inferior alguien había escrito: «Helston, 1854».

Una ola de calor recorrió todo su cuerpo. Se quitó el jersey negro, pero incluso en camiseta tenía calor.

Oía la voz apagada de Daniel en su cabeza. «Tengo que vivir eternamente», había dicho. «Tú vienes cada diecisiete años. Te enamoras de mí, y yo de ti. Y eso te mata.»

Le palpitaba el corazón.

«Tú eres mi amor, Lucinda. Para mí, eres lo único que existe.»

Resiguió con los dedos el contorno de la foto pegada en el libro. El padre de Luce, que aspiraba a ser un gurú de la fotografía, se había maravillado de lo bien conservada que estaba la imagen, y de lo valiosa que debía de ser.

Luce, por otro lado, solo prestaba atención a las personas que aparecían en la fotografía. Porque, a menos que todo cuanto había dicho Daniel fuera cierto, aquello no tenía ningún sentido.

Un hombre joven, con el cabello corto y claro y ojos aun más claros posaba con elegancia con un abrigo negro. La barbilla levantada y las mejillas bien formadas hacían que su vestimenta pareciera aún más distinguida, pero fueron sus labios los que sorprendieron de verdad a Luce. La forma exacta de sonrisa, combinada con la mirada de aquellos ojos… conformaba una expresión que Luce había visto en todos sus sueños de las últimas semanas. Y, durante los dos últimos días, en persona.

Aquel joven era la viva imagen de Daniel. El Daniel que le acababa de decir que la amaba, y que ella se había reencarnado decenas de veces. El Daniel que le había dicho tantas cosas que Luce había tenido que escapar para no oírlas. El Daniel al que había abandonado bajo los melocotoneros en el cementerio.

Podía haberse tratado solo de un parecido sorprendente. Algún pariente lejano, quizá el autor del libro, que había transmitido cada uno de sus genes directamente hasta Daniel.

Pero en la foto el hombre aparecía posando junto a una mujer joven que también le resultaba alarmantemente familiar.

Luce se acercó el libro a apenas unos centímetros de la cara y estudió con detenimiento la imagen de la mujer. Llevaba un vestido de seda negra ceñido hasta la cintura, desde donde descendía amplias capas superpuestas. Unos brazaletes negros le cubrían las manos, dejando al descubierto sus blancos dedos. Los labios entreabiertos componían una sonrisa que dejaba entrever unos dientes pequeños. Tenía la piel clara, más clara que la del hombre, los ojos hundidos, perfilados por unas espesas pestañas, y una larga melena ondulada que le llegaba hasta la cintura.

Por un momento, Luce se olvidó de respirar y, aun después, no podía apartar sus cansados ojos del libro. ¿La mujer de la fotografía?

Era ella.

O bien Luce tenía razón, y Daniel le sonaba de un viaje que había olvidado al centro comercial de Savannah, donde habían posado para hacerse unas fotos vestidos de época que tampoco podría recordar... o Daniel le había dicho la verdad.

Luce y Daniel se conocían.

De un tiempo totalmente diferente.

Siguió respirando de forma entrecortada. Su vida entera se vio arrojada al tempestuoso mar de su mente, todo quedaba en tela de juicio... las molestas sombras negras, la truculenta muerte de Trevor, los sueños...

Tenía que ver a Penn. Si alguien podía llegar a explicar algo tan inverosímil, esa era Penn. Con el libro viejo e inescrutable bajo el brazo, Luce salió de la habitación y se apresuró hacia la biblioteca.

En la biblioteca hacía calor y no había nadie, pero algo en los techos altos y en las interminables hileras de libros tensó los nervios de Luce. Pasó a toda prisa frente al nuevo mostrador, que tenía un aspecto vacío y estéril. También pasó frente al enorme fichero de la biblioteca y por la interminable sección de obras de referencia, hasta que llegó a las mesas largas de la sección de estudio.

En vez de a Penn, Luce se encontró con Arriane que jugaba al ajedrez con Roland. Ella tenía los pies sobre la mesa y llevaba una gorra de revisor listada. Llevaba el cabello recogido en ella, y Luce volvió a reparar, por primera vez desde que se cortó el pelo, en la cicatriz brillante y desigual que tenía a lo largo del cuello.

Arriane estaba concentrada en el juego. Entre sus labios balanceaba un cigarrillo de chocolate y reflexionaba sobre su próximo movimiento. Roland se había recogido las rastas en la coronilla con dos gruesos nudos. Observaba atentamente a Arriane mientras golpeaba uno de sus peones con el meñique.

—Jaque mate, tío —espetó Arriane con aire triunfal, al tiempo que tiraba el rey de Roland. En ese preciso momento Luce se detuvo de golpe frente a su mesa—. Lululucinda —dijo con voz cantarina cuando alzó la vista—. Parece que te hayas estado escondiendo de mí.

—No.

—He oído cosas sobre ti —dijo Arriane, a lo que Roland respondió inclinando la cabeza con atención—. Ring, ring. Eso significa siéntate y desembucha, ahora mismo.

Luce abrazó el libro sobre su pecho. No quería sentarse. Tenía que encontrar a Penn. No podía decirle cuatro tonterías a Arriane… sobre todo con Roland delante, que ya estaba apartando sus cosas para hacerle un sitio.

—Siéntate con nosotros —propuso Roland.

Luce se sentó a regañadientes en el borde la silla. Se quedaría sólo unos minutos. Era verdad que no había visto a Arriane desde hacía días y, en circunstancias normales, sin duda habría echado de menos la estrambótica conducta de su amiga.

Pero aquellas no eran ni de lejos unas circunstancias normales, y Luce solo podía pensar en la fotografía.

—Puesto que ya he limpiado el tablero de ajedrez con el trasero de Roland, juguemos a otra cosa. ¿Qué tal a «Quién vio una foto comprometedora de Luce el otro día»? —preguntó Arriane cruzando los brazos sobre la mesa.

—¿Qué? —exclamó Luce dando un respingo. Apretó con fuerza la cubierta del libro, segura de que su expresión tensa la estaba delatando. No debía haber llevado el libro allí.

—Te daré tres pistas —dijo Arriane con los ojos en blanco—. Molly te sacó una foto ayer metiéndote en un cochazo negro después de clase.

—Ah —suspiró Luce.

—Iba a entregársela a Randy —prosiguió Arriane—. Hasta que le di lo suyo. —Chasqueó los dedos—. Ahora, para mostrarme tu gratitud, dime… ¿te están sacando de aquí para ver a un psiquiatra de fuera? —Bajó la voz hasta convertirla en un susurro y golpeó la mesa con las uñas—. ¿O tienes un amante?

Luce observó a Roland, que la estaba mirando fijamente.

—Ninguna de las dos cosas —contestó—. Me fui un momento para charlar un poco con Cam. No fui…

—¡Bingo! Apoquina, Arri —dijo Roland riéndose—. Me debes diez dólares.

Luce se quedó boquiabierta.

Arriane le dio una palmadita en la mano.

—No te lo tomes así, apostamos un poco para que no decayera el interés. Yo supuse que te habías ido con Daniel, y Roland se decidió por Cam. Me estás arruinando, Luce, y eso no me gusta.

—Estuve con Daniel —prosiguió Luce, sin saber muy bien por qué sentía la necesidad de corregirlos. ¿Es que no tenían nada mejor que hacer con sus vidas que sentarse y divagar sobre qué hacía ella en su tiempo libre?

—Ah —dijo Roland un poco decepcionado—. La cosa se complica.

—Roland —dijo Luce volviéndose hacia el chico—, he de pedirte una cosa.

—Dime. —Sacó un boli y una libreta de su blazer de rayas negras y blancas. Sostuvo el boli sobre el papel, como un camarero preparado para tomar nota—. ¿Qué quieres? ¿Café? ¿Alcohol? Lo bueno-bueno me llega los viernes. ¿Revistas guarras?

—¿*Sigarrillos*? —añadió Arriane, que seseaba por el cigarrillo de chocolate.

—No. —Luce negó con la cabeza—. Nada de eso.

—De acuerdo, pedido especial. Pero me he dejado el catálogo arriba —dijo Roland con indiferencia—. Pásate luego por mi habitación...

—No necesito que me consigas nada, solo quiero saber... —Luce tragó saliva—. Tú eres amigo de Daniel, ¿no?

Roland se encogió de hombros.

—No es alguien a quien deteste.

—Pero ¿confías en él? —inquirió—. Quiero decir que si él te contara algo que pareciera una locura, ¿te lo creerías?

Roland la miró entrecerrando los ojos, un poco perplejo, y Arriane bajó los pies al lado de Luce.

—¿De qué estamos hablando exactamente? —preguntó.

Luce se puso de pie.

—Olvídalo. —No tenía que haber sacado el tema. Todos los detalles desordenados se agolparon de nuevo en su mente. Cogió el libro de la mesa—. Tengo que irme —dijo—. Disculpadme.

Apartó la silla y se fue. Sintió las piernas pesadas y torpes, y la cabeza espesa. Una ráfaga de viento le levantó el cabello de la nuca y movió la cabeza en busca de las sombras. Nada. Solo una ventana abierta cerca de las vigas de la biblioteca. Solo un pequeño nido de pájaros en la esquina de la ventana. Luce escrutó la biblioteca de nuevo y le costó creer lo que veía. No había ni una señal de ellas, no había lenguas colgantes negras como la tinta, ni nubes escalofriantes y grises moviéndose por el techo… pero Luce podía sentir su cercanía con claridad, casi podía percibir aquel olor salado y sulfúrico en el aire. ¿Dónde se metían cuando no la acechaban? Siempre había pensado que solo se ocupaban de ella. Nunca había imaginado que podían ir a otros lugares, hacer otras cosas… atormentar a otras personas. ¿También Daniel las veía?

Al rebasar la esquina de camino a los ordenadores, en la parte trasera de la biblioteca, donde pensó que podría estar Penn, Luce se topó con la señorita Sophia. Ambas se tambalearon tras el choque, y la bibliotecaria Sophia se agarró a Luce para mantener el equilibrio. Llevaba unos vaqueros a la moda y una blusa larga blanca, con una rebeca roja bordada sobre los hombros. Las gafas metálicas verdes colgaban sobre su pecho sujetas por una cadena multicolor. A Luce le sorprendió la firmeza con que la había sujetado.

—Lo siento —balbució Luce.

—Pero ¿por qué, Lucinda? ¿Qué pasa? —La señorita Sophia posó su mano en la frente de Luce. Sus manos olían a talco para bebé—. No tienes buen aspecto.

Luce tragó saliva, intentando no echarse a llorar solo porque la bibliotecaria sintiera lástima de ella.

—No estoy bien.

—Lo sabía —dijo la señorita Sophia—. Hoy no has venido a clase y anoche tampoco asististe al evento social. ¿Quieres ver a un médico? Si no se me hubiera quemado el botiquín en el incendio, te tomaría la temperatura ahora mismo.

—No, bueno, no sé. —Luce tenía el libro en la manos y sopesó la posibilidad de contárselo todo a la señorita Sophia, empezando desde el principio… que fue… ¿cuándo?

Pero no hubo necesidad. La señorita Sophia le echó un vistazo al libro, suspiró e intercambió una mirada cómplice con Luce.

—Al final lo has encontrado, ¿eh? Venga, vamos a charlar un poco.

Incluso la bibliotecaria sabía más cosas que Luce de su propia vida. ¿O vidas? No podía imaginarse qué significaba nada de todo aquello, o cómo era posible siquiera.

Siguió a la señorita Sophia hasta una mesa apartada de la sección de estudio. Todavía podía ver a Arriane y a Roland de soslayo, pero cuando menos parecían demasiado lejos para oír nada.

—¿Cómo has llegado hasta este libro? —La señorita Sophia le palmeó la mano y se subió las gafas. Sus ojos pequeños como perlas negras parpadearon detrás de la montura con bifocales—. No te preocupes, no te has metido en ningún problema, cariño.

—No lo sé. Penn y yo habíamos estado buscándolo, fue algo estúpido. Pensamos que quizá el autor estaba relacionado con Daniel, pero no lo sabíamos con seguridad. Siempre que veníamos a buscarlo, parecía que alguien ya lo había cogido. Y entonces ayer, cuando volví a mi habitación, Penn me lo había dejado allí…

—¿Así que Pennyweather también sabe lo que hay en este libro?

—No lo sé —dijo Luce sacudiendo la cabeza. Sabía que se estaba yendo por las ramas, pero no conseguía mantener la boca cerrada.

La señorita Sophia era como la abuela simpática y chiflada que nunca había tenido. Su verdadera abuela pensaba que un gran viaje para ir de compras era bajar al colmado. Además, sentaba tan bien el mero hecho de poder hablar con alguien—. Todavía no he podido hablar con ella, porque he estado con Daniel, y normalmente siempre está muy raro conmigo, pero anoche me besó y estuvimos fuera hasta...

—Perdona, cielo —la interrumpió la señorita Sophia, de forma algo brusca—, pero ¿acabas de decir que Daniel Grigori te besó?

Luce se tapó la boca con las dos manos, no podía creer que se le hubiera escapado aquello delante de la señorita Sophia. Estaba perdiendo el control.

—Lo siento, es completamente irrelevante, y embarazoso. No sé por qué se lo he contado.

Se abanicó las mejillas, que estaban ardiendo, pero ya era demasiado tarde. Al otro lado de la sección de estudio, Arriane le gritó a Luce:

—¡Gracias por contármelo a mí! —Su rostro reflejaba perplejidad.

Pero la señorita Sophia recuperó la atención de Luce cuando le escamoteó el libro de entre las manos.

—Un beso entre Daniel y tú no es irrelevante, cielo, por regla general es imposible. —Acarició su mejilla y miró al techo—. Lo cual significa... mejor dicho, no podría significar...

Los dedos de la señorita Sophia empezaron a pasar las páginas del libro con rapidez, resiguiendo de arriba abajo cada una de ellas.

—¿Qué quiere decir con eso de «por regla general»? —Luce nunca se había sentido tan descolocada en su vida.

—Olvida el beso. —La señorita Sophia agitó la mano, con lo que Luce se echó hacia atrás—. Eso no es lo importante. El beso no significa nada a menos que… —Murmuró algo entre dientes y hojeó de nuevo algunas páginas atrás.

¿Qué sabía la señorita Sophia? El beso de Daniel lo significaba todo. Luce observó los dedos voladores de la señorita Sophia hasta que se detuvieron en una de las páginas que le llamó la atención.

—Un momento, vuelva atrás —le dijo Luce, cogiéndole la mano para frenarla.

La señorita Sophia se echó lentamente hacia atrás mientras Luce pasaba las páginas finas y translúcidas. Allí. Se llevó una mano al pecho. En el margen había una serie de esbozos en tinta negra. Hechos de forma apresurada pero con un técnica elegante y precisa por alguien con algo de talento. Luce pasó los dedos por encima de los dibujos, para asimilarlos. El contorno del hombro de la mujer, visto desde atrás, el cabello recogido en un moño bajo. Las rodillas suaves y desnudas cruzadas la una sobre la otra conducían a una cintura difuminada. Una muñeca larga y fina desembocaba en una palma abierta sobre la que reposaba una gran peonia.

Los dedos de Luce empezaron a temblar. Se le hizo un nudo en la garganta. No sabía por qué precisamente aquello, después de todo lo que había visto y oído aquel día, era lo bastante hermoso —lo bastante trágico— para que al final le hiciera saltar las lágrimas. El hombro, las rodillas, la muñeca… todo era suyo. Y lo sabía: era Daniel quien los había dibujado.

—Lucinda —la señorita Sophia parecía nerviosa, separó poco a poco su silla de la mesa—, ¿te encuentras bien?

—Oh, Daniel —musitó, deseando desesperada estar de nuevo a su lado. Se secó una lágrima.

—Está condenado, Lucinda —dijo la señorita Sophia con una voz cuya frialdad sorprendió a la muchacha—. Ambos lo estáis.

«Condenado.» Daniel había dicho que estaba condenado. Esa era la palabra que había usado para descubrir lo que estaba ocurriendo. Pero se había referido a él, no a ella.

—¿Condenados? —repitió Luce. Pero no quería oír nada más; lo único que necesitaba era encontrarlo.

La señorita Sophia chasqueó los dedos ante de la cara de Luce. Luce la miró, con lentitud, ausente, sonriendo como una boba.

—Todavía no estás despierta —murmuró la señorita Sophia. Cerró el libro de golpe, volviendo a captar la atención de Luce, y puso las manos sobre la mesa—. ¿Te ha explicado algo? ¿Después del beso, tal vez?

—Me ha dicho que… —empezó a decir Luce—. Parece una locura.

—Estas cosas a menudo lo parecen.

—Dijo que éramos… que éramos una especie de amantes malditos. —Luce cerró los ojos al recordar el largo catálogo de vidas pasadas. Al principio la idea le había parecido completamente extraña, pero ahora que se estaba acostumbrando, pensaba que era la cosa más romántica que había pasado en la historia de la humanidad—. Me habló de todas las veces que nos habíamos enamorado, en Rio, en Jerusalén, en Tahití…

—Sí, eso parece una locura —dijo la señorita Sophia—. Así que, ¿supongo que no lo creíste?

—Bueno, al principio no —respondió Luce, y recordó la acalorada discusión bajo los melocotoneros—. Empezó a sacar el tema de la Biblia, que por instinto no me interesa nada... —Se mordió la lengua—. Sin ofender, quiero decir que su clase es muy interesante.

—No te preocupes. Las personas a menudo rehúyen de su educación religiosa a tu edad, no es nada nuevo.

—Ah. —Luce hizo crujir sus dedos—. Pero es que yo no recibí una educación religiosa. Mis padres no eran creyentes, así que...

—Todo el mundo cree en algo. ¿Supongo que te bautizaron?

—No, a no ser que cuente la piscina que hay en la iglesia —dijo Luce con timidez, señalando el gimnasio de Espada & Cruz con el pulgar.

Sí, celebraba la Navidad, y había estado en la iglesia algunas veces, e incluso cuando sentía que su vida y lo que le rodeaba eran deprimentes, se renovaba su fe en que había algo o alguien allá arriba en quien valía la pena creer. Eso le había bastado hasta el momento.

Al otro lado de la sala se oyó un estrépito. Luce alzó la vista y vio que Roland se había caído de la silla. La última vez que lo había mirado se estaba balanceando sobre las dos patas de atrás, parecía que la gravedad le había ganado la partida.

Mientras se levantaba con torpeza, Arriane fue a ayudarlo. Miró hacia donde estaban ellas y les hizo un gesto para tranquilizarlas.

—¡Está bien! —gritó alegre—. ¡Arriba! —le susurró a Roland.

La señorita Sophia estaba sentada muy quieta, con las manos sobre el regazo, bajo la mesa. Se aclaró la garganta varias veces, volteó la cubierta del libro y pasó los dedos por encima de la fotografía. Luego dijo:

—¿Te reveló algo más? ¿Sabes quién es Daniel?

Luce se incorporó con lentitud en la silla y preguntó:

—¿Lo sabe usted?

La bibliotecaria se tensó.

—Yo estudio estos temas. Soy una investigadora. No me interesan los asuntos triviales del corazón.

Estas fueron las palabras que utilizó... pero todo su cuerpo, desde la palpitante vena que recorría su cuello hasta la casi imperceptible pátina de sudor que brillaba en su frente le indicó a Luce que la respuesta a su pregunta era sí.

Sobre sus cabezas, el antiguo y enorme reloj negro dio las once. El minutero aún temblaba después de haber dado la hora, y todo el artilugio sonó durante tanto tiempo que interrumpió su conversación. Cada campanada le provocaba una punzada de dolor: llevaba demasiado tiempo separada de Daniel.

—Daniel pensaba... —empezó a decir Luce—. Anoche, cuando nos besamos por primera vez, pensaba que yo iba a morir. —La señorita Sophia no pareció tan sorprendida como Luce esperaba. Luce volvió a hacer crujir sus dedos—. Pero, eso no tiene sentido, ¿verdad? Yo no me voy a ninguna parte.

La señorita Sophia se quitó las gafas y se frotó los diminutos ojos.

—Por ahora.

—Oh, Dios —musitó Luce, y sintió la misma oleada de calor que la había impulsado a marcharse del cementerio. Pero ¿por qué? Había algo que él no le había dicho... algo que ella sabía que tenía el poder de aterrorizarla o, por el contrario, de sosegarla. Algo que ella yá sabía, pero que todavía no podía creerse. No hasta que viera su cara otra vez.

El libro seguía abierto en la página de la fotografía. Del revés, la sonrisa de Daniel parecía preocupada, como si supiera —como decía que siempre sabía— lo que estaba a punto de ocurrir. No podía imaginarse por lo que debía de estar pasando en ese preciso instante. Haberle explicado la estrafalaria historia que los unía... para que ella lo despreciara sin miramientos. Tenía que encontrarlo.

Cerró el libro y se lo puso bajo el brazo. Se levantó y colocó bien la silla.

—¿Adónde vas? —le preguntó nerviosa la señorita Sophia.

—A buscar a Daniel.

—Te acompaño.

—No. —Luce negó con la cabeza, pues se imaginó a sí misma echándose en los brazos de Daniel con la bibliotecaria de remolque—. No tiene por qué, de verdad.

La señorita Sophia parecía completamente decidida cuando se agachó para hacerse un nudo doble en sus cómodos zapatos. Se levantó y posó una mano en el hombro de Luce.

—Confía en mí —dijo—. Es mejor que vaya. Espada & Cruz tiene una reputación que mantener. No creerás que dejamos que los alumnos correteen de cualquier manera por la noche, ¿verdad?

Luce evitó poner a la señorita Sophia al corriente de su reciente fuga del colegio. Refunfuñó para sus adentros. ¿Por qué no llevar a todo el alumnado para que pudieran disfrutar del drama? Molly podría sacar unas fotos, Cam podría pelearse de nuevo. ¿Por qué no empezar desde allí mismo, con Arriane y Roland...? Los cuales, por cierto, ya habían desaparecido.

La señorita Sophia, con el libro en la mano, ya caminaba hacia la salida. Luce tuvo que correr un poco para alcanzarla, y pasó frente a los ficheros, la alfombra persa que había delante del mostrador y las urnas de cristal llenas de reliquias de la Guerra Civil que había en las colecciones especiales del ala este, donde vio a Daniel dibujar el cementerio el primer día que estuvo allí.

Salieron a la noche húmeda. Una nube pasó por delante de la luna y todo el reformatorio quedó sumido en una oscuridad negra como la tinta. Entonces, como si hubieran puesto una brújula en la mano de Luce, la chica se sintió guiada hacia las sombras. Sabía exactamente dónde estaban: no en la biblioteca, pero tampoco muy lejos de allí.

Aún no podía verlas, pero podía sentirlas, lo cual era mucho peor. Sintió un picor terrible y devorador por toda la piel, que se filtraba en su sangre y en sus huesos como si fuera ácido. Las sombras se reunían, se espesaban, y hacían que el cementerio —y más allá— apestara a azufre. En ese momento eran mucho más grandes. Parecía que todo el patio estuviera impregnado de un aire que hedía a descomposición.

—¿Dónde está Daniel? —preguntó la señorita Sophia.

Luce comprendió que, aunque la bibliotecaria debía de saber bastantes cosas del pasado, no percibía las sombras. Aquella evidencia aterrorizó a Luce y la hizo sentirse sola, responsable de cualquier cosa que pudiera ocurrir a partir de ese momento.

—No lo sé —dijo, sintiendo que no podía absorber suficiente oxígeno en aquella atmósfera nocturna, pesada y húmeda. No quería pronunciar las palabras que la acercarían, que la acercarían demasiado, a todo aquello que tanto pavor le inspiraba. Pero tenía que encontrar a Daniel.

»Lo dejé en el cementerio.

Se apresuraron a cruzar el patio, esquivando los charcos de barro que había dejado el chaparrón del día anterior. A su derecha solo había algunas luces encendidas en la residencia. A través de una de las ventanas con barrotes, Luce vio a un chica que apenas conocía leyendo un libro. Iban juntas a las clases de la mañana. Era una chica de aspecto duro, con un piercing en la nariz y una forma de estornudar muy discreta... pero Luce nunca había intercambiado una sola palabra con ella. No sabía si era infeliz, o si estaba contenta con su vida, pero en aquel momento Luce se preguntó que si pudiera cambiarse de lugar con ella, con una chica que no tenía que preocuparse de vidas pasadas, o de sombras apocalípticas, o de la muerte de dos chicos inocentes... ¿lo haría?

El rostro de Daniel —bañado en luz violeta como por la mañana, de camino a su habitación— se apareció ante sus ojos: su cabello dorado y brillante, sus ojos inteligentes y tiernos, la forma en que el contacto de sus labios la alejaba de cualquier oscuridad. Por él, Luce sufriría todo eso y más.

Si al menos supiera cuánto más había...

La señorita Sophia y Luce avanzaron a paso ligero, más allá de las gradas que chirriaban, y más allá del campo de fútbol. La señorita Sophia estaba realmente en forma. A Luce le habría preocupado aquel ritmo tan rápido de no ser porque la mujer le llevaba varios pasos de ventaja.

Luce se dejaba llevar a rastras. El temor a tener que enfrentarse a las sombras ralentizaba su paso, como si tuviera que vencer la fuerza de un huracán. Y, aun así, siguió adelante. Unas náuseas abrumadoras le hicieron comprender que apenas tenía idea de lo que aquellos entes oscuros eran capaces de hacer.

Se detuvieron ante las puertas del cementerio. Luce estaba temblando, y se abrazaba a sí misma en un desesperado intento por ocultarlo. Había una chica de espaldas a ellas, mirando hacia el cementerio, más abajo.

—¡Penn! —gritó Luce, contenta de ver a su amiga.

Cuando Penn se volvió tenía el rostro pálido. Llevaba una cazadora negra, a pesar del calor que hacía, y sus gafas estaban empañadas por la humedad. Temblaba tanto como Luce.

Luce soltó un gritito.

—¿Qué ha pasado?

—He venido a buscarte —contestó Penn—, y luego un grupo de chavales ha pasado por aquí y se ha bajado corriendo en esa dirección. —Señaló las puertas—. Pero yo no p-p-podía.

—¿Y qué hay allí? —inquirió Luce—. ¿Qué hay allí abajo?

Pero cuando lo preguntaba, Luce supo qué era lo que había allí abajo, algo que Penn nunca sería capaz de ver. Una sombra negra y fría atraía de forma irremediable a Luce, solo a Luce.

Penn pestañeó sin parar. Parecía aterrada.

—No sé —respondió por fin—. Al principio, pensé que eran fuegos artificiales, pero no ha salido nada disparado hacia el cielo. —Le entró un escalofrío—. Algo malo está a punto de suceder, y no sé qué es.

Luce inhaló, y el olor a azufre la hizo toser.

—¿De qué se trata, Penn? ¿Cómo lo sabes?

Penn señaló con un brazo tembloroso el profundo desnivel que había en el centro del cementerio.

—¿Ves aquella zona allí? —dijo—. Hay algo que parpadea.

18
La guerra enterrada

L uce se concentró en la luz que parpadeaba en medio del cementerio y echó a correr en aquella dirección. Pasó a toda velocidad por las lápidas rotas, y dejó a Penn y a la señorita Sophia atrás. No le importó que las ramas retorcidas y afiladas de los robles le arañaran los brazos y la cara mientras corría, o que las matas de malas hierbas se le enredaran en los pies.

Tenía que llegar allá abajo.

La luna menguante no daba mucha luz, pero había otra fuente de luz en la parte baja del cementerio, adonde se dirigía. Parecía una monstruosa tormenta eléctrica, solo que se estaba produciendo a ras de suelo.

Las sombras la habían estado avisando, ahora se daba cuenta, desde hacía días. Había llegado el momento de convertir su espectáculo oscuro en algo que incluso Penn pudiese ver, al igual que todos los demás alumnos que habían ido corriendo hacia allí. Luce no tenía ni idea de qué podía tratarse, pero sabía que si Daniel estaba allí abajo en medio de aquel relampagueo siniestro… la culpa solo era de ella.

Los pulmones le ardían, pero la imagen de Daniel, de pie bajo los melocotoneros, la impulsó a seguir. No iba a parar hasta encontrarlo, porque de todos modos había ido hasta allí para reunirse con él, para ponerle el libro en la cara y gritarle que le creía, que una parte de ella siempre le había creído, pero que la otra tenía demasiado miedo para aceptar aquella historia incomprensible. Le diría que no iba a permitir que el miedo la intimidara, ni esta vez ni nunca más, porque ahora sabía algo, había comprendido algo que le había llevado demasiado tiempo resolver. Algo salvaje y extraño que hacía que todo lo que habían pasado se volviera más y menos creíble a la vez. Sabía quién, pero no «qué» era Daniel. Una parte de ella se había dado cuenta por sí sola de que podía haber vivido antes y haberlo amado antes. Pero Luce no había comprendido qué significaba, a qué conducía todo aquello —la atracción que sentía hacia él, los sueños— hasta ahora.

Pero nada de todo aquello tenía importancia si no podía llegar a tiempo y enfrentarse a las sombras. Nada de aquello importaba si las sombras llegaban a Daniel antes que Luce. Atajó por la pendiente donde estaban las tumbas, pero el centro del cementerio todavía quedaba muy lejos.

Detrás de ella, oyó ruido de pasos. Y a continuación una voz aguda:

—¡Pennyweather! —Era la señorita Sophia. Estaba alcanzando a Luce y gritaba hacia atrás, por encima del hombro. Luce pudo ver a Penn intentando superar una lápida caída—. ¡Eres más lenta que una tortuga!

—¡No! —gritó Luce—. ¡Penn, señorita Sophia, no vengáis aquí!

No quería que nadie más se expusiera a las sombras por su culpa.

La señorita Sophia se quedó inmóvil sobre una lápida caída y miró en dirección al cielo como si no hubiera oído a Luce. Alzó sus delgados brazos al aire, como si se protegiese. Luce miró en esa dirección con los ojos entornados y se quedó sin aliento. Algo se desplazaba hacia ellas, con la fuerza del viento helado.

Al principio pensó que se trataba de las sombras, pero aquello era otra cosa, distinta y más aterradora, una especie de velo dentado e irregular lleno de agujeros negros que dejaban entrever el cielo. Aquella sombra estaba hecha de un millón de pequeños fragmentos negros. Una tormenta indómita y palpitante de oscuridad que se extendía por todas partes.

—¿Langostas? —gritó Penn.

Luce se estremeció. El denso enjambre aún estaba lejos, pero el estruendo era más insoportable cada segundo que pasaba, como si oyesen el batir de alas de mil pájaros, como si una oscuridad inconmensurable y hostil estuviera sobrevolando la tierra. Se estaba acercando. Iba a arremeter contra ella, quizá contra todos ellos, esa misma noche.

—¡Esto no está bien! —bramó la señorita Sophia hacia el cielo—. ¡Se supone que hay un orden en las cosas!

Penn llegó jadeando junto a Luce y ambas intercambiaron una mirada perpleja. El sudor brillaba en el labio superior de Penn, y las gafas le resbalaban continuamente a causa del calor húmedo que lo impregnaba todo.

—Se le está yendo la olla —susurró Penn al tiempo que señalaba a la señorita Sophia con el pulgar.

—No. —Luce negó con la cabeza—. Sabe cosas; y si la señorita Sophia tiene miedo, no deberías estar aquí, Penn.

—¿Yo? —preguntó Penn, desconcertada, seguramente porque desde el primer día había sido ella quien había guiado a Luce—. No creo que ninguna de nosotras deba estar aquí.

Luce sintió una punzada en el pecho, como la que notó cuando tuvo que despedirse de Callie. Apartó la mirada de Penn. Ahora existía una separación entre ellas, una escisión profunda que las distanciaba, debido al pasado de Luce. Odiaba reconocerlo, y odiaba tener que decírselo a Penn, pero sabía que lo mejor, lo más seguro, era que a partir de ese momento se separaran.

—Yo tengo que quedarme —dijo respirando profundamente—. Tengo que encontrar a Daniel. Y tú deberías volver a la residencia, Penn. Por favor.

—Pero tú y yo —replicó Penn con voz ronca—, nosotras éramos las únicas…

Antes de que Penn acabara de decir la frase, Luce salió corriendo hacia el centro del cementerio, en dirección al mausoleo donde había visto a Daniel meditando el Día de los Padres. Se dirigió hacia las últimas lápidas, y luego bajó resbalando una pendiente recubierta de mantillo podrido y frío hasta llegar a un terreno llano. Se detuvo frente al roble gigante que había en el centro del cementerio.

Acalorada, frustrada y aterrada a la vez, se apoyó en el tronco.

Entonces, a través de las ramas, lo vio.

Daniel.

Dejó escapar el aire de sus pulmones y sintió que las rodillas se le aflojaban. Con una sola mirada a su figura oscura y distante, bella y majestuosa, Luce supo que todo lo que Daniel había dado a entender —incluso aquel gran secreto que ella había averiguado por su cuenta—, todo, era verdad.

Daniel se hallaba encima del mausoleo, con los brazos cruzados, mirando hacia arriba, al lugar por donde acababa de pasar la turbulenta nube de langostas. La leve luz de la luna proyectaba la sombra de Daniel, que iba creciendo hasta ocultarse en el techo plano y ancho de la cripta. Corrió hacia él, serpenteando entre el musgo y las viejas estatuas inclinadas.

—¡Luce! —La vio cuando se estaba acercando a la base del mausoleo—. ¿Qué estás haciendo aquí? —Su voz no denotaba felicidad por verla… sino más bien sorpresa y horror.

«Es culpa mía», quería gritar cuando se acercaba a la base del mausoleo. «Creo, creo nuestra historia. Perdóname por haberte dejado antes, no volveré a hacerlo.» Había algo más que quería decirle, pero aún les separaba mucha distancia, y el ruido de las sombras era terrible, y el aire demasiado denso para intentar hacerse oír desde donde se encontraba.

La tumba era de mármol macizo. Pero había un hueco en una de las esculturas en bajo relieve de un pavo real, y Luce lo usó para meter el pie. La piedra, que normalmente era fría, estaba caliente. Sus manos sudadas resbalaron varias veces antes de que lograra sujetarse para intentar llegar arriba. Para intentar llegar a Daniel, que tenía que perdonarla.

Apenas había escalado medio metro cuando alguien le dio un golpecito en el hombro. Se dio la vuelta, y al ver que era Daniel se quedó sin aliento y se soltó. Él la cogió en el aire, rodeándole la cintura con los brazos antes de que cayera al suelo. Y hacía apenas un segundo aún se encontraba allá arriba.

Ella hundió la cara en su pecho. Y aunque la verdad seguía atemorizándola, hallarse entre sus brazos la hacía sentir como el mar al encuentro de la orilla, como un viajero que vuelve por fin a casa después de un largo, duro y lejano viaje.

—Has escogido un buen momento para volver —dijo. Sonrió, pero su sonrisa estaba teñida de preocupación. Sus ojos siguieron mirando más allá de ella, hacia el cielo.

—¿Tú también lo ves? —le preguntó Luce.

Daniel se limitó a mirarla, incapaz de responder. Le temblaba el labio.

—Claro que lo ves —susurró, porque todo empezaba a encajar. La sombras, su historia, su pasado. Dio un grito ahogado—. ¿Cómo puedes amarme? —sollozó—. ¿Cómo puedes soportarme siquiera?

Él le tomó el rostro entre las manos.

—¿De qué está hablando? ¿Cómo puedes decir eso?

A Luce se le había acelerado tanto el corazón que casi le quemaba.

—Porque… —tragó saliva— porque eres un ángel.

Dejó de estrecharla entre sus brazos.

—¿Qué has dicho?

—Eres un ángel, Daniel, lo sé —dijo, y notó que en su interior se abrían unas compuertas que lo dejaban salir todo a borbotones—. No me digas que estoy loca. Sueño contigo, y son sueños demasiado reales para olvidarlos, sueños que hicieron que te amara antes de que me dijeras una sola palabra. —Daniel mantuvo la mirada impasible—. Sueños en los que tú tienes alas y me llevas volando por un cielo que no reconozco, pero aun así sé que ya he estado allí mil veces antes, exactamente igual, entre tus brazos. —Apoyó su frente en la de él—. Eso explica tantas cosas: tu elegancia al moverte, y el libro que escribió tu antepasado, por qué nadie vino a visitarte el Día de los Padres, la forma en que tu cuerpo parece flotar cuando nadas y por qué, cuando me besas, me siento como si estuviera en el cielo.

—Se interrumpió para coger aliento—. Y por qué puedes vivir para siempre. Lo único que no queda claro es qué haces conmigo. Porque yo solo soy… yo. —Alzó la vista al cielo otra vez, y percibió el negro hechizo negro de las sombras—. Y soy culpable de muchas cosas.

Daniel se había quedado lívido. Y Luce solo pudo sacar una conclusión.

—Tú tampoco lo entiendes.

—Lo que no entiendo es qué haces todavía aquí.

Ella parpadeó, negó con tristeza y empezó a marcharse.

—¡No! —Él la detuvo—. No te vayas. Lo que sucede es que tú nunca… nosotros nunca… hemos llegado tan lejos. —Cerró los ojos—. ¿Puedes decirlo otra vez? —preguntó, casi con timidez—. ¿Puedes decirme… qué soy?

—Eres un ángel —repitió ella lentamente, sorprendida de ver a Daniel cerrar los ojos y dejar escapar un gemido de placer, casi como si se estuvieran besando—. Estoy enamorada de un ángel. —Y entonces era ella la que quería cerrar los ojos y gemir. Echó la cabeza hacia atrás—. Pero en mis sueños, tus alas…

Una ráfaga de viento cálido y sibilante les alcanzó, y casi apartó a Luce de los brazos de Daniel. Él la escudó con su cuerpo. La nube de langostas-sombras se había detenido sobre un árbol más allá del cementerio y había estado emitiendo sonidos chisporroteantes en las ramas. Justo en ese momento se alzó como una masa ingente y compacta.

—Oh, Dios —musitó Luce—. Tengo que hacer algo, tengo que pararlo…

—Luce. —Daniel le acarició la mejilla—. Mírame: tú no has hecho nada malo. Y no hay nada que puedas hacer contra eso —Señaló hacia la plaga y negó con la cabeza—. ¿Cómo se te ha ocurrido pensar que eres culpable?

—Porque —contestó— durante toda mi vida he estado viendo estas sombras…

—Tenía que haber hecho algo al respecto cuando me di cuenta de lo que sucedía, la semana pasada en el lago. Es la primera de tus vidas en que ves las sombras… y eso me asustó.

—¿Cómo puedes saber que no es culpa mía? —preguntó, pensando en Todd y en Trevor. Las sombras siempre aparecían antes de que ocurriera algo espantoso.

Él le besó el pelo.

—Las sombras que ves se llaman Anunciadoras. Tienen mala pinta, pero no pueden hacerte daño; todo lo que hacen es registrar situaciones y transmitirlas a otros seres. Rumores. La versión demoníaca de una pandilla de chicas de instituto.

—Pero ¿y esas de allí?

Señaló los árboles que cercaban el perímetro del cementerio. Las ramas oscilaban, saturadas por aquella espesa negritud.

Daniel miró hacia allí sin alterarse.

—Esas son las sombras a las que han llamado las Anunciadoras. Para luchar.

Los brazos y las piernas de Luce se helaron de terror.

—¿Qué… hummm… qué tipo de batalla es esa?

—La gran batalla —respondió Daniel sin más, alzando la barbilla—. Pero por el momento solo están alardeando. Todavía tenemos tiempo.

Detrás de ellos, una tos discreta sobresaltó a Luce. Daniel se inclinó para saludar a la señorita Sophia, que estaba de pie en la sombra que proyectaba el mausoleo. Llevaba el cabello suelto, rebelde y desordenado, como sus ojos. Entonces, alguien más dio un paso detrás de la señorita Sophia. Penn. Llevaba las manos metidas en los bolsillos de su chaqueta, aun tenía la cara roja y su pelo estaba húmedo por el sudor. Miró a Luce como diciendo «No sé qué diablos está pasando, pero no podía abandonarte así como así». Luce no pudo evitar sonreírle.

La señorita Sophia se acercó y alzó el libro.

—Nuestra Lucinda ha estado investigando.

Daniel se frotó la mandíbula.

—¿Has estado leyendo ese libro viejo? No tenía que haberlo escrito nunca—. Lo dijo casi con timidez… pero Luce pudo añadir una pieza más a su rompecabezas.

—Tú lo escribiste —recapituló—. Y dibujaste en el margen. Y pegaste la fotografía.

—Has encontrado la fotografía —dijo Daniel sonriendo, y se acercó aún más, como si el hecho de mencionar la foto le trajera un torrente de recuerdos—. Claro.

—Me ha llevado un rato entenderlo, pero cuando he visto lo felices que éramos, algo se ha iluminado dentro de mí. Y entonces lo he sabido.

Luce le pasó la mano por el cuello y atrajo su cara hacia sí sin importarle que la señorita Sophia y Penn siguieran allí. Cuando los labios de Daniel entraron en contacto con los suyos, todo aquel cementerio pavoroso y oscuro desapareció: las tumbas deterioradas, los grupos de sombras que pululaban entre los árboles, e incluso la luna y las estrellas.

La primera vez que había visto la foto de Helston, se asustó. La idea de que existieran todas aquellas versiones de Luce en el pasado… era difícil de asimilar. Pero ahora, en los brazos de Daniel, de alguna manera podía sentirlas a todas ellas viviendo a la vez, un vasto consorcio de Luces que amaban al mismo Daniel una y otra vez. Había tanto amor que este desbordó su corazón y su alma, rebasó su cuerpo y llenó todo el espacio que había entre ellos.

Y al fin había escuchado lo que le había dicho cuando estaban mirando las sombras: que ella no había hecho nada malo, que no había razón para que se sintiera culpable. ¿Era verdad? ¿Era inocente de la muerte de Trevor, de la muerte de Todd, como siempre había creído? En el momento en que se lo preguntó, supo que Daniel le había dicho la verdad, y sintió como si se despertara de un largo sueño. Ya no se sintió como la chica del pelo rapado y la ropa ancha y negra, ya no era la eterna fracasada, temerosa de aquel cementerio pútrido, y encerrada en un reformatorio con razón.

—Daniel —dijo, empujándole levemente los hombros hacia atrás para poder verlo mejor—, ¿por qué no me has dicho antes que eras un ángel? ¿A qué venía toda esa historia de que estabas condenado?

Daniel la miró nervioso.

—No estoy enfadada —le aseguró ella—. Solo siento curiosidad.

—No podía —respondió—. Todo está interrelacionado. Hasta ahora, ni siquiera sabía que pudieras descubrirlo por ti misma. Si te lo decía demasiado pronto o en el momento equivocado, podías desaparecer otra vez, y yo tendría que volver a esperar, y ya he esperado mucho tiempo.

—¿Cuánto?

—No lo suficiente para olvidar que merece la pena hacerlo por ti, todos los sacrificios, todo el sufrimiento.

Daniel cerró los ojos un momento; después miró a Penn y a la señorita Sophia.

Penn estaba sentada con la espalda apoyada en una lápida negra cubierta de musgo. Tenía las rodillas dobladas hasta la barbilla y se mordía las uñas, presa del nerviosismo. La señorita Sophia tenía los brazos en jarras, y parecía tener algo que decir.

Daniel retrocedió un paso y Luce sintió una bocanada de aire frío entre ambos.

—Todavía tengo miedo de que en cualquier minuto puedas...

—Daniel... —lo interrumpió la señorita Sophia con voz reprobadora.

Pero él le hizo un gesto con la mano para que se callara.

—Estar juntos no va a ser tan fácil como te gustaría que fuera.

—Claro que no —repuso Luce—, quiero decir, tú eres un ángel, pero ahora que lo sé...

—Lucinda Price. —Esta vez era a Luce a quien se dirigía la voz airada de la señorita Sophia—. Lo que él tiene que decirte no quieres saberlo —le advirtió—. Y Daniel, no tienes ningún derecho a hacerlo. Eso la mataría...

Luce sacudió la cabeza, confundida por lo que decía la señorita Sophia.

—Creo que podría sobrevivir a un poco de verdad.

—No es un poco de verdad —dijo la señorita Sophia, dando un paso para interponerse entre ellos—. Y no la sobrevivirías, igual que no la has sobrevivido en los miles de años que han transcurrido desde la Caída.

—Daniel, ¿de qué está hablando? —Luce intentó esquivarla para cogerle la mano a Daniel, pero la bibliotecaria se lo impidió—. Puedo soportarlo —insistió Luce, que notaba cómo los nervios le retorcían el estómago—. No quiero más secretos. Lo amo.

Era la primera vez que le decía a alguien esas palabras en voz alta. De lo único que se arrepentía era de haber dirigido las dos palabras más importantes que conocía a la señorita Sophia en lugar de a Daniel. Se volvió hacia él. Los ojos de Daniel brillaban.

—Es verdad —le dijo—. Te amo.

Plas.

Plas. Plas.

Plas. Plas. Plas. Plas.

Oyeron a alguien aplaudir lentamente detrás de los árboles. Daniel se apartó y miró hacia el bosquecillo; todo su cuerpo se puso en tensión. En ese instante, Luce sintió que la embargaba un viejo temor, y se quedó paralizada al imaginar lo que iba a ver en las sombras, aterrorizada por lo que iba a ver, antes de que pasara.

—¡Oh, bravo, bravo! De verdad, estoy emocionado, me habéis llegado al alma… y no hay muchas cosas que me lleguen tan hondo últimamente, me entristece decirlo.

Cam salió de entre los árboles. Se había pintado los ojos con una reluciente sombra de color dorado que la luz de la luna hacía resplandecer en su cara, confiriéndole el aspecto salvaje de un gato montés.

—Es increíblemente tierno —dijo—. Y él también te quiere, ¿verdad, *lover boy*? ¿Verdad, Daniel?

—Cam —le advirtió—, no lo hagas.

—¿Hacer qué? —preguntó Cam, levantando el brazo izquierdo. Chasqueó los dedos una vez y una pequeña llama, como la de una cerilla, apareció sobre su mano—. ¿Te refieres a esto?

El eco del chasquido de sus dedos pareció retumbar por encima de las lápidas del cementerio, crecer y multiplicarse, rebotando de un lado a otro. Al principio, Luce pensó que aquel sonido eran más aplausos, como si un auditorio demoníaco lleno de oscuridad aplaudiera con sorna el amor de Luce y Daniel, igual que había hecho Cam. Y entonces se acordó de aquel batir atronador que había oído antes. Contuvo la respiración y el sonido adquirió la apariencia de miles de fragmentos de oscuridad revoloteando: era el enjambre de sombras con forma de langostas que se había desvanecido en el bosque y ahora reaparecía de nuevo.

El redoble era tan estridente que Luce tuvo que taparse los oídos. Penn estaba en el suelo, con la cabeza oculta entre las piernas. Pero Daniel y la señorita Sophia observaban el cielo estoicamente mientras la cacofonía aumentaba y se metamorfoseaba. Empezó a sonar como si se tratase de enormes aspersores apagándose... o como el siseo de miles de serpientes.

—¿O a esto? —volvió a preguntar Cam, y se encogió de hombros mientras aquella oscuridad espantosa y deforme se asentaba a su alrededor.

Los insectos empezaron a crecer y a desplegarse, convirtiéndose en ejemplares enormes de cuerpos negros y segmentados recubiertos con una especie de sustancia pegajosa. Entonces, como si estuvieran aprendiendo a usar sus extremidades de sombra al tiempo que se iban desarrollando, se apoyaron sobre sus numerosas patas y avanzaron, como si fuesen mantis de tamaño humano.

Cam les dio la bienvenida cuando se reunieron a su alrededor. En poco tiempo, detrás de Cam se había formado un enorme ejército que encarnaba el poder de la noche.

—Lo siento —dijo dándose una palmada en la frente—. ¿Te referías a que no hiciera esto?

—Daniel —susurró Luce—, ¿qué pasa?

—¿Por qué has puesto fin a la tregua? —le gritó Daniel a Cam.

—Ah, bueno, ya sabes lo que dicen sobre los momentos de desesperación —Hizo una mueca de desprecio—. Y verte cubriendo su cuerpo de esos besos angelicales y perfectos tuyos … me hizo sentir tan desesperado.

—¡Cállate, Cam! —gritó Luce, odiándose por haber dejado que la tocara alguna vez.

—Todo a su debido tiempo. —Los ojos de Cam se dirigieron a ella—. Sí, cariño, nos vamos a pelear por ti, otra vez. —Se acarició la barbilla y entrecerró los ojos verdes—. Esta vez creo que va a ser más espectacular, con algunas bajas más, pero qué le vamos a hacer.

Daniel estrechó a Luce entre sus brazos.

—Al menos dime por qué, Cam, eso me lo debes.

—Ya sabes por qué —le espetó Cam, señalando a Luce—. Ella todavía está aquí. Pero no por mucho tiempo.

Puso los brazos en jarras, y varias sombras negras, ahora con forma de gruesas serpientes de increíble longitud, reptaron por su cuerpo hasta llegar a sus brazos y se le enroscaron como si fueran brazaletes. Acarició la cabeza de la más grande con aire maternal.

—Y esta vez, cuando tu amor se convierta en ese trágico puñado de ceniza, será para siempre. ¿Ves? Todo es diferente esta vez.

Cam sonrió, y por un momento a Luce le pareció que Daniel temblaba.

—Ah, todo salvo una cosa… y es algo que puedo percibir fácilmente, Grigori. —Cam avanzó un paso, y su legión de sombras le siguió, obligando a Luce, Daniel, Penn y la señorita Sophia a retroceder—. Tú tienes miedo —dijo señalando de manera teatral a Daniel—, y yo no.

—Eso es porque tú no tienes nada que perder —le espetó Daniel—. Jamás me cambiaría por ti.

—Hummm —dijo Cam, dándose golpecitos en la barbilla—. Eso ya lo veremos. —Miró a su alrededor sonriendo—. ¿Tengo que decírtelo más claro? Sí. He oído que tal vez tú tengas algo mucho más importante que perder esta vez, algo que hará que el hecho de aniquilarla resulte bastante más placentero.

—¿De qué estás hablando? —preguntó Daniel.

A la izquierda de Luce, la señorita Sophia abrió la boca y empezó a proferir una serie de alaridos y sonidos salvajes. Agitó las manos sobre su cabeza desenfrenadamente y empezó a moverse como si bailara, con los ojos casi translúcidos, como si estuviera poseída. Movió los labios espasmódicamente, y Luce se sorprendió al darse cuenta de que estaba en trance y hablaba lenguas desconocidas.

Daniel tiró del brazo de la señorita Sophia.

—No, usted tiene toda la razón: no tiene ningún sentido —le susurró, y entonces Luce supuso que entendía el extraño lenguaje de la señorita Sophia.

—¿Comprendes lo que está diciendo? —le preguntó Luce.

—Permítenos traducir —gritó una voz familiar desde el techo del mausoleo. Era Arriane, y a su lado estaba Gabbe. Parecía como si las iluminaran a contraluz, y estaban envueltas en una extraña aura plateada. Bajaron de un salto sin hacer ruido y se unieron a Luce.

—Cam tiene razón —dijo Gabbe con rapidez—. Esta vez hay algo diferente… algo que tiene que ver con Luce. El ciclo podría haberse roto, y no de la forma que nos hubiera gustado. Quiero decir que… podría acabarse.

—Que alguien me diga de qué estáis hablando —interrumpió Luce—. ¿Qué es diferente? ¿Qué se ha roto? Y, además, ¿qué hay en juego en toda esta guerra?

Daniel, Arriane y Gabbe la miraron un momento, como si intentaran recordarla, como si la conocieran de algún otro lugar pero hubiera cambiado tanto en un instante que ya no pudieran reconocer su cara.

Al final Arriane habló.

—¿En juego? —Se frotó la cicatriz del cuello—. Si ellos ganan… es el infierno en la tierra. El fin del mundo tal y como todos lo conocemos.

Las figuras negras chillaban alrededor de Cam, luchando y devorándose entre sí, en una especie de precalentamiento enfermizo y diabólico.

—¿Y si ganamos nosotros? —dijo Luce sin apenas poder articular las palabras.

Gabbe tragó saliva, y respondió con el semblante grave:

—Aún no lo sabemos.

De repente, Daniel se tambaleó hacia atrás y se apartó de Luce, señalándola.

—A-a… ella no la han… —balbució cubriéndose la boca—. El beso —dijo al fin, acercándose a Luce y cogiéndola del brazo—. El libro. Por eso puedes…

—Daniel, ve al grano —apuntó Arriane—. Piensa rápido. La paciencia es una virtud, y ya sabes lo que piensa Cam de las virtudes.

Daniel estrechó la mano de Luce.

—Tienes que irte. Tienes que salir de aquí.

—¿Qué? ¿Por qué?

Miró a Arriane y a Gabbe en busca de ayuda, y al momento retrocedió, pues del techo del mausoleo empezó a surgir una multitud de destellos plateados. Como un torrente infinito de luciérnagas saliendo disparado de un tarro enorme. Cayeron como una lluvia sobre Arriane y Gabbe, e hicieron que les brillaran los ojos. A Luce le recordó los fuegos artificiales y un 4 de Julio en que la luz era perfecta y pudo contemplar los fuegos reflejados en el iris de su madre, un deslumbrante fogonazo de luz plateada, como si los ojos de su madre fueran un espejo.

Pero aquellos destellos no se esfumaban como los fuegos artificiales. Cuando caían en el césped del cementerio, se transformaban en unos seres hermosos e iridiscentes. No eran exactamente figuras humanas, pero tenían un aire similar. Rayos de luz espléndidos y resplandecientes, criaturas tan deslumbrantes que Luce supo de inmediato que eran un ejército de fuerzas angelicales, igual en tamaño y número que el de los seres oscuros que se replegaban detrás de Cam. Aquella era la verdadera apariencia de la belleza y la bondad: un conjunto de seres espectrales y luminiscentes tan puros que herían la vista, como el eclipse más espectacular, o quizá como el cielo mismo. Luce debería haberse sentido aliviada por estar en el lado que tenía que imponerse en aquella batalla. Pero empezaba a sentirse mareada.

Daniel le puso el dorso de la mano en la mejilla.

—Tiene fiebre.

Gabbe le dio unas palmaditas en el brazo a Luce y sonrió.

—No te preocupes, cielo —dijo apartando la mano de Daniel. El tono de su voz resultaba tranquilizador—. A partir de ahora nos ocupamos nosotros; tú debes irte. —Miró por encima de su hombro a toda aquella horda de negritud concentrada detrás de Cam—. Ahora.

Daniel tomó a Luce para abrazarla por última vez.

—Yo me ocuparé de ella —dijo la señorita Sophia. Todavía llevaba el libro bajo el brazo—. Conozco un lugar seguro.

—Vete —le dijo Daniel—. Iré a buscarte tan pronto como sea posible; quiero que me prometas que te irás de aquí y que no mirarás en ningún momento atrás.

Luce todavía tenía un montón de preguntas.

—No quiero separarme de ti.

Arriane se interpuso entre ellos y le propinó un empujón brusco y definitivo que la encaminó hacia las puertas del cementerio.

—Lo siento, Luce —dijo—. Ya es hora de que nosotros nos encarguemos de esta guerra. Somos bastante profesionales.

Luce sintió que Penn le cogía la mano, y un instante después ya estaban corriendo hacia las cancelas tan rápido como había descendido en busca de Daniel. De vuelta por la resbaladiza pendiente de mantillo, a través de las ramas puntiagudas del roble, por entre las destartaladas pilas de lapidas rotas. Sortearon las piedras y corrieron cuesta arriba en dirección al lejano arco de hierro forjado de la entrada. El viento caliente le hacía ondear el cabello, y el aire pegajoso se le seguía agarrando en el fondo de los pulmones. No podían guiarse por la luna porque no la encontraban, y la luz que emanaba del centro del cementerio se había extinguido. No comprendía qué estaba pasando. En absoluto. Y no le gustaba nada que todos los demás sí lo comprendieran.

Un clavo de oscuridad cayó en el suelo frente a ellas, adentrándose en la tierra y abriendo una zanja irregular. Por suerte, Luce y Penn se detuvieron a tiempo. La grieta era tan ancha como la altura de Luce, y tan profunda como… bueno, no se veía el fondo. Los bordes chisporroteaban y rezumaban espuma.

Penn dio un grito ahogado.

—Luce, tengo miedo.

—¡Seguidme, chicas! —gritó la señorita Sophia. Las guió hacia la derecha, y serpentearon entre las tumbas negras mientras a sus espaldas se sucedían las explosiones—. No es más que el fragor de la batalla —dijo entre jadeos, como si fuera una especie de guía turística—. Me temo que seguirá así durante un rato.

Luce hacía una mueca con cada estruendo, pero siguió avanzando hasta que le ardieron las pantorrillas, hasta que, detrás de ella, Penn profirió un gemido. Luce se volvió y vio a su amiga tambaleándose, con los ojos en blanco.

—¡Penn! —gritó Luce mientras extendía los brazos para cogerla antes de que se cayera. Con cuidado, Luce la ayudó a tenderse en el suelo y le dio la vuelta. Casi deseó no haberlo hecho. Algo negro y dentado había hecho un tajo a Penn en el hombro. Le había hendido la piel y había dejado una línea de carne viva carbonizada que olía a carne quemada.

—¿Es grave? —susurró Penn con la voz ronca. Parpadeó con rapidez, frustrada por ser incapaz de levantar la cabeza y verlo por sí misma.

—No —le mintió Luce negando con la cabeza—. Es solo un corte. —Tragó saliva, y al hacerlo también procuró tragarse la náusea que le ascendía hasta la garganta mientras tiraba de la manga negra y deshilachada de Penn—. ¿Te hago daño?

—No lo sé —respondió respirando con dificultad—. No siento nada.

—Chicas, ¿por qué os retrasáis?

La señorita Sophia había vuelto sobre sus talones.

Luce miró a la señorita Sophia deseando que no dijera nada sobre el mal aspecto de la herida.

No lo hizo. Asintió con rapidez, cogió a Penn y la cargó en sus brazos, como una madre que lleva a su hija a la cama.

—Te tengo —dijo—. No te preocupes, no tardaremos mucho.

—Eh. —Luce siguió a la señorita Sophia, que acarreaba a Penn como si se tratara de un saco de plumas—. ¿Cómo ha...?

—Nada de preguntas hasta que estemos muy lejos de aquí —contestó la señorita Sophia.

Muy lejos. Lo último que quería Luce era estar lejos de Daniel. Y algo más tarde, cuando ya habían cruzado el umbral del cementerio y estaban de pie en el patio del reformatorio, no pudo controlarse y miró hacia atrás. Y entendió de inmediato por qué Daniel le había dicho que no lo hiciera.

Una columna de fuego como un tornado plateado y dorado se alzaba desde el oscuro centro del cementerio. Era tan ancho, como el cementerio mismo, una trenza de luz que se elevaba cientos de metros y se abría paso entre las nubes. Las sombras negras picoteaban la luz, y a veces arrancaban fragmentos y se los llevaban, entre alaridos, hacia la noche. Mientras las hebras en espiral cambiaban de color, una veces más plateadas, otras, más doradas, el aire empezó a llenarse con un único acorde, omnipresente e interminable, y atronador como una descomunal cascada. Se oían notas graves retumbando en la noche, y notas agudas repicando aquí y allá. Era la armonía celestial más perfecta, equilibrada y magnífica que jamás se había oído en la tierra. Resultaba hermoso y aterrador a un tiempo, y todo apestaba a azufre.

Cualquiera en varios kilómetros a la redonda, sin duda pensaría que se trataba del fin del mundo. Luce no sabía qué pensar, estaba paralizada.

Daniel le había dicho que no mirara atrás porque sabía que la visión de todo aquello la incitaría a ir en su busca.

—Oh, no, de ninguna manera —dijo la señorita Sophia cogiéndola por el pescuezo y arrastrándola a través del patio. Cuando llegaron al gimnasio, Luce se dio cuenta de que la señorita Sophia había cargado con Penn todo el rato con un solo brazo.

—¿Qué es usted? —le preguntó Luce mientras la bibliotecaria abría las puertas dobles.

La señorita Sophia sacó una llave larga del bolsillo de su rebeca roja y la introdujo en un lugar de la pared de ladrillos frente al vestíbulo que ni siquiera parecía una puerta. Era la entrada a una larga escalera, y la señorita Sophia le hizo un gesto a Luce para que la precediera escaleras arriba.

Penn tenía los ojos cerrados. O bien estaba inconsciente, o sentía demasiado dolor para abrirlos. Fuera como fuese, estaba sorprendentemente quieta.

—¿Adónde vamos? —preguntó Luce—. Tenemos que salir de aquí. ¿Dónde está su coche?

No quería asustar a Penn, pero necesitaban un médico. Deprisa.

—Tranquilízate, será lo mejor. —La señorita Sophia miró la herida de Penn y suspiró—. Vamos a la única habitación de este lugar que no ha sido profanada con material deportivo; allí estaremos a solas.

En ese momento, Penn empezó a gemir entre los brazos de la señorita Sophia. La sangre negra y espesa de la herida caía sobre el suelo de mármol.

Luce observó la empinada escalera: ni siquiera podía ver el final.

—Creo que por el bien de Penn lo mejor sería que nos quedásemos aquí abajo. Vamos a necesitar ayuda muy pronto.

La señorita Sophia suspiró, dejó a Penn en el suelo y se volvió para cerrar con llave la puerta que acababan de cruzar. Luce se puso de rodillas delante de su amiga, que parecía muy pequeña y frágil. La débil luz que despedía un candelabro de hierro forjado le permitió a Luce ver hasta qué punto era grave la herida.

Penn era la única amiga con la que Luce podía identificarse en Espada & Cruz, la única con quien no se sentía intimidada. Después de ver lo que Arriane, Gabbe y Cam podían hacer, había muchas cosas que Luce no entendía, pero lo que sí sabía era que Penn era la única chica como ella en Espada & Cruz.

Aunque Penn era más fuerte que Luce, más lista, más feliz y de trato mucho más fácil. Gracias a ella Luce había superado aquellas primeras semanas en Espada & Cruz. Sin Penn, ¿dónde estaría ahora?

—Oh, Penn —suspiró—. Te pondrás bien. Vamos a curarte.

Penn balbució algo incomprensible, que puso aún más nerviosa a Luce. Luce se volvió hacia la señorita Sophia, que estaba cerrando una por una todas las ventanas del vestíbulo.

—Se desvanece —dijo Luce—. Llamemos a un médico.

—Sí, sí —contestó la señorita Sophia, pero había un matiz de preocupación en su voz. A lo único que prestaba atención era a cerrar bien todas las ventanas, como si las sombras del cementerio estuvieran de camino hacia ellas en el mismo momento.

—¿Luce? —susurró Penn—. Tengo miedo.

—No tienes por qué. —Luce le apretó la mano—. Eres muy valiente. Durante todos estos días has sido un pilar de fortaleza.

—Por favor… —les espetó la señorita Sophia desde detrás, con un tono de voz implacable que Luce nunca le había oído—. Es un pilar de sal.

—¿Qué? —preguntó Luce, confundida—. ¿Qué quiere decir?

Los ojillos redondos y brillantes de la señorita Sophia se estrecharon hasta convertirse en pequeñas ranuras negras. Arrugó la cara por completo y sacudió la cabeza con amargura. Y entonces, lentamente, sacó de la manga de su rebeca un puñal largo y plateado.

—Esta chica solo nos hace perder tiempo.

Luce abrió los ojos de par en par cuando vio a la señorita Sophia levantar el puñal sobre la cabeza de Penn, que estaba tan aturdida que no comprendía lo que estaba ocurriendo.

—¡No! —gritó, al tiempo que se abalanzaba sobre la señorita Sophia para desviar el puñal.

Pero la señorita Sophia sabía muy bien qué estaba haciendo: con destreza, bloqueó los brazos de Luce con la mano que tenía libre mientras hendía el puñal en el cuello de Penn.

Penn gruñó y tosió, y su respiración se volvió entrecortada, puso los ojos en blanco, igual que cuando pensaba; pero esta vez no estaba pensando, sino que se estaba muriendo. Al final miró a Luce; sus ojos se apagaron lentamente y dejó de respirar.

—Desagradable pero necesario —dijo las señorita Sophia, mientras limpiaba el puñal en el suéter negro de Penn.

Luce retrocedió tambaleándose, con la mano en la boca, incapaz de gritar e incapaz de apartar la mirada de su amiga muerta, incapaz de mirar a la mujer a quien consideraba de su bando. De repente, comprendió por qué la señorita Sophia había cerrado a cal y canto todas las puertas y ventanas del vestíbulo. No era para evitar que alguien entrara; era para evitar que ella escapara.

19
Fuera de la vista

Al final de la escalera había un muro de ladrillo. A Luce siempre le había provocado claustrofobia cualquier tipo de callejón sin salida, y esto era incluso peor, pues tenía un puñal apuntándole al cuello. Se atrevió a mirar atrás, a la inclinada pendiente de escaleras por la que habían subido, y desde allí la caída parecía muy larga y dolorosa.

La señorita Sophia volvía a hablar en lenguas desconocidas, murmurando algo en voz baja mientras con destreza abría otra puerta secreta. Empujó a Luce hacia una capilla diminuta y cerró la puerta tras de sí. Dentro hacía un frío de muerte y apestaba a tiza. Luce respiraba con dificultad, intentando tragar la saliva biliosa que se le acumulaba en la boca.

Penn no podía estar muerta. Todo aquello no podía ser cierto. La señorita Sophia *no podía ser tan malvada.*

Daniel le había dicho que confiara en la señorita Sophia, le había dicho que se quedara con ella hasta que él pudiera ir a buscarla...

La señorita Sophia no prestaba la menor atención a Luce, solo se movía por la sala encendiendo todas las velas, haciendo una genuflexión ante cada una de las que prendía y cantando en aquella lengua desconocida para Luce. Las velas centelleantes revelaron una capilla, limpia y bien conservada, lo cual quería decir que no hacía mucho alguien debía de haber estado allí. Pero seguramente la señorita Sophia era la única que tenía una llave para la puerta secreta. ¿Quién más podría saber que ese lugar existía siquiera?

El suelo de baldosas rojas tenía tramos inclinados e irregulares. Tapices gruesos y gastados cubrían las paredes con imágenes espeluznantes de criaturas mitad pez, mitad hombre, luchando en un mar embravecido. Había un pequeño altar blanco y elevado al fondo, y algunas hileras de banquetas de madera sobre el suelo de piedra gris. Luce, nerviosa, recorrió la sala con la vista en busca de una salida, pero no había ninguna otra puerta ni ventana.

Le temblaban las piernas de ira y miedo. Se sentía atormentada por Penn, que yacía traicionada y abandonada al pie de las escaleras.

—¿Por qué está haciendo esto? —le preguntó a la señorita Sophia mientras caminaba de espaldas hacia las puertas de la capilla—. Yo confiaba en usted.

—Ese es tu problema, cielo —contestó la señorita Sophia retorciéndole con fuerza el brazo. Volvió a ponerle el cuchillo en el cuello y la arrastró hasta la nave lateral de la capilla—. En el mejor de los casos, confiar en las personas es una actividad inútil; en el peor, es una buena forma de que te maten.

La señorita Sophia siguió conduciéndola hacia el altar.

—Ahora, sé buena y tiéndete aquí, ¿quieres?

Puesto que el puñal todavía estaba muy cerca de su cuello, Luce hizo lo que le ordenaba. Sintió una punzada fría en el cuello y se palpó con la mano. Sus dedos se mancharon de gotitas de sangre y la señorita Sophia le apartó la mano de un golpe.

—Si crees que eso es malo, entonces deberías ver lo que te estás perdiendo ahí fuera —le dijo, y Luce tembló: Daniel estaba ahí fuera.

El altar era una plataforma cuadrada y blanca, una losa de piedra no más grande que Luce. Hacía frío, y se sintió desesperadamente expuesta allí arriba, imaginando las banquetas llenas de adeptos oscuros a la espera de que se consumase el sacrificio.

Al mirar hacia arriba, Luce descubrió que la capilla tenebrosa tenía una ventana en la parte superior, un rosetón enorme con vidrios ahumados, como si fuera un tragaluz. Tenía un estampado de flores geométricas, muy elaborado, con rosas rojas y púrpura sobre un fondo azul marino, pero a Luce le hubiera gustado mucho más haber podido ver a través de ella lo que ocurría fuera.

—A ver, ¿dónde…? ¡Ah, sí! —La señorita Sophia se agachó y cogió una cuerda gruesa de debajo del altar—. No te muevas —le dijo, amenazándola con el cuchillo. A continuación se dispuso a inmovilizar a Luce en el altar pasando la cuerda por cuatro agujeros que había en la superficie, primero los tobillos y luego las muñecas. Luce intentó no retorcerse mientras era atada como una especie de ofrenda de sacrificio—. Perfecto —concluyó la señorita Sophia tras dar un fuerte tirón a los nudos.

—Usted planeó todo esto —afirmó Luce, aterrada.

La señorita Sophia sonrió con tanta delicadeza como la primera vez que Luce entró en la biblioteca.

—Podría decirte que no es nada personal, Lucinda, pero de hecho lo es —dijo riendo—. He esperado mucho tiempo a que llegara el momento en que pudiéramos estar a solas.

—¿Por qué? —preguntó Luce—. ¿Qué quiere de mí?

—De ti, solo quiero que desaparezcas —contestó—. Es a Daniel a quien quiero liberar.

Dejó a Luce en el altar y se fue hasta un atril que había a los pies de Luce. Dejó el libro de Grigori sobre el atril y empezó a pasar las páginas con rapidez. Luce recordó el momento en que lo abrió y vio su rostro al lado del de Daniel por primera vez. Cómo al fin se dio cuenta de que Daniel era un ángel. En aquel momento no sabía casi nada, pero estaba segura de que la fotografía significaba que ella y Daniel podían estar juntos.

Ahora aquello le pareció imposible.

—Estás ahí tendida derritiéndote por él, ¿no? —inquirió la señorita Sophia. Cerró el libro de golpe y golpeó la tapa con el puño—. Ese es justamente el problema.

—Pero ¿qué le pasa? —Luce forcejeó con las cuerdas que la ataban al altar—. ¿Qué le importa a usted lo que Daniel y yo sintamos el uno por el otro, o con quién salgamos? —Aquella psicópata no tenía nada que ver con ellos.

—Debería tener una charla con el que pensó que poner el destino de todas nuestras almas eternas en manos de un par de mocosos enamorados era una buena idea. —Levantó el puño y lo agitó en el aire—. ¿Quieren que se incline la balanza? Yo les enseñaré cómo se inclina.

La punta del puñal resplandeció a la luz de las velas.

Luce apartó los ojos del filo.

—Está usted loca.

—Si querer que se acabe la batalla más larga y grandiosa que nunca se ha librado es estar loca —el tono de la señorita Sophia daba por sentado que Luce era tonta por no saber todo eso—, entonces lo estoy.

Luce pensaba que no tenía sentido que la señorita Sophia pudiera hacer algo para detener aquella guerra. Daniel estaba fuera luchando. Lo que ocurría allí dentro no se podía comparar con lo que estaba sucediendo en el exterior, y tampoco tenía importancia que la señorita Sophia se hubiese pasado al otro bando.

—Dicen que será el infierno en la tierra —susurró Luce—. El fin del mundo.

La señorita Sophia se echó a reír.

—Eso es lo que te parece ahora. ¿Te sorprende mucho que yo sea uno de los buenos, Lucinda?

—Si tú eres de los buenos —le escupió Luce—, no merece la pena luchar en esta guerra.

La señorita Sophia sonrió, como si hubiera esperado que Luce pronunciara esas mismas palabras.

—Tu muerte puede que sea el empujoncito que Daniel necesita, un empujoncito en la dirección adecuada.

Luce se retorció en el altar.

—Us-usted no se atrevería a hacerme daño.

La señorita Sophia regresó a su lado y se acercó a su cara. El perfume artificial de polvos para bebé que emanaba aquella mujer le provocó náuseas.

—Por supuesto que lo haría —dijo la señorita Sophia, atusándose el alborotado cabello plateado—. Eres el equivalente humano de una migraña.

—Pero volveré. Me lo dijo Daniel. —Tragó saliva. «Cada diecisiete años.»

—Oh, no, no lo harás. Esta vez no —repuso la señorita Sophia—. El primer día que entraste en la biblioteca, vi algo distinto en tus ojos, pero no podía poner la mano en el fuego —le explicó sonriente—. Te he conocido muchas veces antes, Lucinda, y casi siempre eras aburridísima.

Luce se puso tensa, se sentía expuesta, como si se hallara desnuda sobre aquel altar. Una cosa era que Daniel hubiera compartido vidas pasadas con ella... pero ¿acaso había más gente que la había conocido?

—Esta vez, sin embargo —prosiguió la bibliotecaria—, tenías algo especial, una auténtica chispa. Pero hasta esta noche, cuando has cometido ese hermoso desliz confesándome que tus padres son agnósticos, no he estado segura.

—¿Qué pasa con mis padres? —Luce preguntó entre dientes.

—Bueno, cariño, la razón por la que volvías una y otra vez era porque todas las otras veces te habían educado religiosamente. Esta vez, cuando tus padres decidieron no bautizarte, dejaron tu pequeña alma indefensa. —Se encogió exageradamente de hombros—. Sin ritual de bienvenida a la religión, no hay reencarnación para Luce. Una laguna pequeña pero esencial en tu ciclo.

¿Era eso lo que Arriane y Gabbe habían estado sugiriendo en el cementerio? La cabeza le empezó a palpitar, un velo de puntitos rojos le nubló la vista y un pitido le llenó los oídos. Parpadeó con lentitud, y cada vez que sus pestañas se cerraban sentía como si una explosión le recorriera toda la cabeza. En el fondo era una suerte que ya estuviera tendida. Si no, quizá se habría desmayado.

Si de verdad aquello era el final... no, no podía serlo.

La señorita Sophia se inclinó sobre la cara de Luce, y le escupió ligeramente al hablar.

—Cuando mueras esta noche, morirás de verdad. Se acabó. *Kaput*. En esta vida no eres más que lo que aparentas: un niñita estúpida, egoísta, ignorante y malcriada que piensa que el mundo sigue o se acaba en función de si ella liga con algún chico guapo en el colegio. Incluso si tu muerte no constituye la culminación de algo grandioso, glorioso y largo tiempo esperado, disfrutaré de este momento, el de matarte.

Observó que la señorita Sophia levantaba el puñal y pasaba el dedo por el filo.

A Luce le daba vueltas la cabeza. Durante todo el día había tenido que asimilar muchísimas cosas, con un montón de gente diciéndole tantas cosas distintas. Ahora el puñal se hallaba suspendido sobre su corazón y de nuevo no veía con claridad. Sintió la presión de la punta del puñal en su pecho. Sintió a la señorita Sophia sondeando su esternón en busca del espacio entre las costillas, y pensó que había algo de verdad en el discurso desquiciado de la señorita Sophia. ¿Depositar tantas esperanzas en el poder del verdadero amor —que ella apenas empezaba a conocer— era una ingenuidad? Después de todo, el verdadero amor no podía ganar la guerra que se estaba librando fuera, y puede que ni siquiera lograse evitar que ella muriera en ese altar.

Pero tenía que ser capaz. Su corazón todavía latía por Daniel, y hasta que eso no cambiara, algo en lo más profundo de Luce creía en aquel amor, en su poder para hacerla mejor, para lograr que Daniel y ella se convirtieran en algo bueno y maravilloso...

Luce gritó cuando el cuchillo empezó a penetrar en su piel, pero al momento se quedó petrificada: el rosetón del techo se hizo añicos con gran estrépito y el aire que la rodeaba se llenó de luz y de ruido.

Un zumbido vacío y maravilloso. Un resplandor cegador.

Así pues, había muerto.

El puñal se había hundido más de lo que ella pensaba. Luce se estaba moviendo hacia el lugar siguiente. ¿Cómo si no podría explicar la aparición de aquellas figuras resplandecientes y translúcidas que flotaban sobre su cabeza y descendían desde el cielo, aquella cascada de destellos, de resplandor celestial? Resultaba difícil distinguir algo con claridad en medio de aquella luz cálida y plateada. Se deslizaba sobre su piel, y tenía el tacto del terciopelo más suave, como la capa de merengue sobre un pastel. Las cuerdas que le sujetaban pies y manos se estaban aflojando, y por fin se soltaron del todo, y su cuerpo —o quizá se trataba del alma— se liberó para poder flotar hacia el cielo.

Y entonces oyó a la señorita Sophia, que gimoteaba:

—¡No! ¡Todavía no! ¡Es demasiado pronto!

La mujer apartó el puñal del pecho de Luce.

Esta parpadeó con rapidez. Sus muñecas: desatadas. Sus tobillos: liberados. Había pequeños fragmentos de cristal rojo, verde, azul y dorado sobre su piel, sobre el altar y en el suelo. Le produjeron algunos cortes superficiales cuando los apartó, y le quedaron algunas marcas de sangre en los brazos. Entornó los ojos para mirar hacia el agujero que había en el techo.

De modo que no estaba muerta, la habían salvado. Los ángeles.

Daniel había ido a buscarla.

¿Dónde estaba? Apenas podía ver nada. Quería caminar por la luz hasta que sus dedos lo encontraran y se entrelazaran alrededor de su cuello para nunca, nunca, nunca más soltarlo.

Pero solo estaban aquellas figuras translúcidas que flotaban alrededor de Luce, como en una habitación llena de plumas brillantes. Cayeron como copos de nieve sobre su cuerpo, restañando las heridas que le habían producido los cristales. Franjas de luz que de alguna extraña manera parecían limpiar la sangre de sus brazos y del corte que tenía en el pecho, hasta que estuvo completamente curada.

La señorita Sophia había corrido hasta el otro extremo de la capilla y estaba manoseando la pared frenéticamente en busca de la puerta secreta. Luce quería detenerla —para que respondiera por lo que había hecho y por lo que había estado a punto de hacer—, pero, entonces parte de la luz plateada adquirió un leve tono violeta y empezó a formar la silueta de una figura.

Una fuerte vibración sacudió la sala y una luz tan espléndida como la que desprendía el sol hizo que las paredes retumbaran y que las velas temblaran y parpadearan en los candelabros de bronce. Los escalofriantes tapices ondearon sobre las paredes de piedra. La señorita Sophia se encogió de miedo, pero aquel resplandor titilante era como un masaje que en Luce penetraba hasta los mismos huesos. Y cuando la luz se condensó, dotando la sala de calidez, adoptó una forma que Luce reconocía y adoraba.

Daniel estaba frente a ella, delante del altar. Iba descalzo y sin camiseta, solo llevaba unos pantalones de lino blanco. Le sonrió, cerró los ojos y abrió los brazos. Entonces, con cautela, muy lentamente, para que Luce no se asustara, exhaló profundamente, y sus alas empezaron a desplegarse.

Se abrieron gradualmente, primero desde la base de sus hombros, dos brotes blancos que nacían de su espalda y se hacían más anchos, gruesos y largos a medida que se extendían hacia atrás, hacia arriba y hacia fuera. Luce observó las curvaturas de los bordes, deseaba acariciarlas con sus manos, con sus mejillas, con sus labios. La parte interna de sus alas empezó a resplandecer con una iridiscencia aterciopelada. Exactamente como en su sueño. Solo que ahora, cuando al final se hacía realidad, pudo contemplar sus alas por primera vez sin marearse y sin tener que forzar la vista. Pudo admirar toda la gloria de Daniel.

Él seguía brillando, como si poseyera una luz en su interior. Luce podía ver con claridad sus ojos violetas y grisáceos, y todos los detalles de su boca, sus manos fuertes, sus anchas espaldas. Podía alargar la mano y dejarse envolver por la luz de su amado.

Él alargó los brazos para abrazarla. Luce cerró los ojos al sentir el contacto, esperaba un contacto demasiado sobrehumano para que su cuerpo pudiera soportarlo. Pero no; solo era el tranquilizador contacto de Daniel.

Ella le pasó las manos por la espalda para tocarle las alas; lo hizo con nerviosismo, como si pudieran quemar, pero se deslizaron por sus dedos más suaves que el terciopelo más fino. La sensación que ella se imaginaba que proporcionaría una nube suave, esponjosa y cálida por el sol si la pudiera coger entre sus manos.

—Eres tan… hermoso —susurró en su pecho—. Quiero decir, siempre lo has sido, pero esto es…

—¿No te da miedo? —musitó—. ¿No te duele mirar?

Ella negó con la cabeza.

—Pensé que podría suceder —dijo, recordando sus sueños—. Pero no me duele.

Él suspiró, aliviado.

—Quiero que te sientas segura conmigo. —La luz centelleante caía como confeti a su alrededor, y Daniel atrajo a Luce hacia sí—. Es mucho lo que tienes que asimilar.

Ella echó la cabeza hacia atrás y separó los labios, anhelante.

Los interrumpió un portazo. La señorita Sophia había dado con las escaleras. Daniel hizo un leve gesto de cabeza y una figura resplandeciente se lanzó hacia la puerta secreta para seguir a la mujer.

—¿Qué era eso? —preguntó Luce mirando la estela de luz que desaparecía por la puerta abierta.

—Un ayudante. —Daniel la atrajo de nuevo hacia sí, sosteniéndole la barbilla.

Y entonces, a pesar de que Daniel estaba con ella y Luce se sentía amada, protegida y salvada, también sintió una punzada de incertidumbre al recordar a todos aquellos seres oscuros que había visto en el cementerio, y a Cam y a sus negros subordinados. Todavía tenía muchas preguntas sin repuesta en la cabeza, muchos acontecimientos terribles que pensaba que nunca entendería. Como la muerte de Penn, la pobre e inocente Penn, su final violento y absurdo. Aquel recuerdo la abrumaba, le temblaba el labio inferior.

—Penn se ha ido, Daniel —le dijo—. La señorita Sophia la ha matado y, por un momento pensé que también iba a matarme a mí.

—Nunca dejaría que eso ocurriera.

—¿Cómo sabías que estaba aquí? ¿Cómo logras salvarme siempre? —Negó con la cabeza—. Oh, Dios mío —le susurró consciente de que por fin la verdad se revelaba—. Daniel, eres mi ángel de la guarda.

—No exactamente. —Daniel rió entre dientes—. Aunque me lo tomaré como un cumplido.

Luce se sonrojó.

—Entonces, ¿qué tipo de ángel eres?

—Ahora mismo estoy viviendo una especie de transición —dijo Daniel.

Detrás de él, lo que quedaba de la luz plateada en la sala se unió y luego se dividió en dos. Luce se volvió para observarla, y sintió palpitar su corazón cuando el resplandor se arremolinó, igual que había sucedido con Daniel, alrededor de dos figuras.

Arriane y Gabbe.

Las alas de Gabbe ya estaban desplegadas, eran anchas, afelpadas y de un tamaño tres veces superior al de su cuerpo. Plumosas, con bordes suaves y curvados, como las alas de ángel que pueden verse en las películas y en las tarjetas de felicitación, y con un matiz rosa pálido en las puntas. Luce se dio cuenta de que estaban batiendo ligeramente… y de que los pies de Gabbe se hallaban unos centímetros por encima del suelo.

Las alas de Arriane eran más tersas, más brillantes y con unos bordes más marcados, como las de una mariposa gigante. Translúcidas en parte, resplandecían y proyectaban prismas de luz opalina sobre el suelo de piedra. Como Arriane misma, eran extrañas, atrayentes y rebeldes.

—Tenía que habérmelo imaginado —dijo Luce, y en su rostro se esbozó una sonrisa.

Gabbe sonrió a su vez y Arriane hizo una pequeña reverencia.

—¿Qué ocurre allí fuera? —preguntó Daniel al percibir la expresión preocupada de Gabbe.

—Tenemos que sacar a Luce de aquí.

La batalla. ¿Aún no se había acabado? Si Daniel, Gabbe y Arriane estaban allí, entonces es que habían ganado… ¿no? Luce miró inmediatamente a Daniel, pero su expresión no delataba nada.

—Y alguien tiene que ir tras Sophia —dijo Arriane—. No podría haber estado trabajando sola.

Luce tragó saliva.

—¿Está del lado de Cam? ¿Es alguna especie de… demonio? ¿Un ángel caído? —Era uno de los pocos términos que recordaba de la clase de la señorita Sophia.

Daniel apretaba los dientes. Incluso sus alas parecían tensos de ira.

—No es un demonio —musitó—, pero a duras penas puede ser un ángel. Pensábamos que estaba con nosotros. Nunca debimos permitir que se nos acercara tanto.

—Era uno de los veinticuatro miembros del consejo —añadió Gabbe. Dejó de levitar y replegó sus alas color rosa pálido en la espalda para poder sentarse en el altar—. Una posición muy respetable. Tenía muy bien escondido su lado oscuro.

—Tan pronto como subimos, fue como si se hubiera vuelto loca —dijo Luce. Se pasó la mano por el cuello, donde le había cortado con el puñal.

—Es que están locos —dijo Gabbe—. Pero son muy ambiciosos. Ella forma parte de una secta secreta. Debí darme cuenta antes, pero los signos ahora resultan mucho más claros. Se autodenominan los Zhsmaelim. Todos visten igual y poseen cierta… elegancia. Siempre pensé que hacían más ruido que otra cosa. Nadie se los tomaba muy en serio en el Cielo —le explicó a Luce—, pero ahora lo harán. Su acción de esta noche le valdrá el exilio, y puede que vaya a ver a Cam y a Molly más de lo que tenía previsto.

—Así que Molly también es un ángel caído —dijo Luce con lentitud. De todo lo que le habían dicho ese día, aquello era lo que más sentido tenía.

—Luce, todos somos ángeles caídos —explicó Daniel—. Lo que sucede es que unos estamos en un bando… y otros en otro.

—¿Hay alguien más —tragó saliva— en el otro bando?

—Roland —respondió Gabbe.

—¿Roland? —Luce estaba asombrada—. Pero si erais amigos, y él era tan carismático, tan genial.

Daniel se limitó a encogerse de hombros, pero era Arriane quien parecía más preocupada. Batió las alas con tristeza, desacompasadamente, y levantó una nube de polvo.

—Algún día lo recuperaremos —dijo en voz baja.

—¿Y qué hay de Penn? —preguntó Luce sin poder evitar que las lágrimas se le agolparan en la garganta.

Pero Daniel negó con la cabeza, al tiempo que le apretaba la mano.

—Penn era mortal. Una víctima inocente en una guerra larga y sin sentido. Lo siento, Luce.

—¿De modo que la lucha de ahí fuera…? —preguntó Luce. Su voz sonaba ahogada. Aún no estaba preparada para hablar sobre Penn.

—Una de las muchas batallas que libramos contra los demonios —repuso Gabbe.

—¿Y quién ganó?

—Nadie —contestó Daniel con amargura. Cogió uno de los grandes trozos de cristal que había caído del techo y lo arrojó al otro lado de la capilla. Se fragmentó en cientos de pedacitos, pero no parecía que aquello le hubiera desahogado lo más mínimo—. Nunca gana nadie. Es casi imposible que un ángel aniquile a otro. Todo consiste en darnos un montón de mamporrazos hasta que nos cansamos, y lo damos por terminado.

Luce se asustó cuando una imagen cruzó su mente: era Daniel alcanzado en el hombro por uno de aquellos largos rayos oscuros que habían alcanzado a Penn. Abrió los ojos y examinó su hombro derecho. Tenía sangre en el pecho.

—Estás herido —le susurró.

—No —respondió él.

—No le pueden herir, él es…

—¿Qué es eso que tienes en el brazo, Daniel? —preguntó Arriane señalando su pecho—. ¿Es sangre?

—Es de Penn —dijo Daniel con brusquedad—. La he encontrado al pie de las escaleras.

A Luce se le encogió el corazón.

—Tenemos que enterrar a Penn —dijo—. Al lado de su padre.

—Luce, cariño —dijo Gabbe al tiempo que se incorporaba—. Ojalá tuviéramos tiempo para hacerlo, pero ahora mismo tenemos que irnos.

—No voy a abandonarla. No tiene a nadie más.

—Luce —dijo Daniel frotándose la frente.

—Ha muerto en mis brazos, Daniel, porque no he sabido hacer nada mejor que seguir a la señorita Sophia hasta esta sala de tortura. —Luce los miró a los tres—. Porque ninguno de vosotros me advirtió de nada.

—Vale —concluyó Daniel—. Haremos las cosas como es debido con Penn. Pero luego tenemos que sacarte de aquí.

Una ráfaga de viento que se coló por el agujero del techo hizo que las velas parpadearan y que algunos cristales que aún colgaban de la ventana rota se balancearan. Un segundo después, cayeron en una lluvia de esquirlas cortantes.

Pero Gabbe se deslizó a tiempo desde el altar y se situó junto a Luce para protegerla. No pareció inmutarse.

—Daniel tiene razón —afirmó—. La tregua solo se aplica a los ángeles, y ahora que hay muchos más que saben lo del —se aclaró la garganta—, hummm, cambio en tu estatus de mortalidad, seguro que muchos indeseables de ahí fuera se van a interesar por ti.

—Y muchos otros —añadió Arriane mientras las alas la elevaban del suelo— aparecerán para evitarlo —dicho lo cual, se posó al otro lado de Luce.

—Sigo sin entenderlo —dijo Luce—. ¿Por qué eso importa tanto? ¿Por qué importo yo tanto? ¿Solo porque Daniel me ama?

Daniel suspiró.

—En parte sí, por muy inocente que suene.

—Ya sabes que a todo el mundo le encanta odiar a un par de tortolitos felices —dijo Arriane.

—Cariño, es una historia muy larga —añadió Gabbe, la voz de la razón.

—Solo te podemos contar un capítulo cada vez.

—Y como con mis alas —remató Daniel—, en gran medida lo tendrás que averiguar por ti misma.

—Pero ¿por qué? —preguntó Luce. Aquella conversación resultaba tan frustrante: se sentía como una niña a la que decían que ya lo entendería cuando fuera mayor—. ¿Por qué no podéis simplemente ayudarme a comprenderlo?

—Podemos ayudarte —le respondió Arriane—, pero no podemos soltártelo todo de golpe, igual que no se puede despertar a un sonámbulo de golpe. Es demasiado peligroso.

Luce se abrazó a sí misma.

—Me mataría —dijo Luce al final, unas palabras que los demás trataban de evitar.

Daniel le pasó el brazo por la cintura.

—En el pasado lo hizo. Y por esta noche ya has tenido suficientes encuentros con la muerte.

—Entonces, ¿qué? ¿Ahora solo tengo que dejar el colegio? —Se volvió hacia Daniel—. ¿Adónde me vas a llevar?

Frunció el ceño y apartó la mirada.

—Yo no puedo llevarte a ninguna parte; llamaría demasiado la atención. Tendremos que confiar en otra persona. Hay un mortal con quien podemos contar.

Miró a Arriane.

—Iré a por él —dijo Arriane elevándose.

—No me separaré de ti —le dijo Luce a Daniel. Le temblaba el labio—. Justo acabo de recuperarte.

Daniel le besó la frente, con lo que encendió una sensación de calor en Luce que se extendió por todo su cuerpo.

—Por suerte, aún nos queda un poco de tiempo.

20
Amanecer

lba. Empezaba el último día que Luce vería Espada & Cruz hasta... bueno, no sabía hasta cuándo. El arrullo de una paloma salvaje sonó en el cielo de color azafrán cuando Luce salió por las puertas cubiertas de kudzu del gimnasio. Se dirigió lentamente hacia el cementerio, cogida de la mano de Daniel. Permanecieron en silencio mientras cruzaban el césped del patio.

Justo antes de que dejaran la capilla, de uno en uno, los demás habían replegado las alas. Era un proceso laborioso y solemne que los sumió en una especie de somnolencia cuando volvieron a adoptar forma humana. Al observar la transformación, Luce no podía creerse que aquellas alas brillantes y enormes pudieran volverse tan pequeñas y frágiles, hasta desaparecer en la piel de los ángeles.

Cuando acabaron, pasó la mano por la espalda de Daniel. Por primera vez, se mostró pudoroso y sensible al tacto de Luce. Pero su piel era tan suave e impecable como la de un bebé. En su cara, y en la de todos los demás, Luce aún podía ver los destello de esa luz plateada que resplandecía en todas direcciones.

Después trasladaron el cuerpo de Penn escaleras arriba, hasta la capilla, limpiaron los cristales que quedaban en el altar y colocaron allí su cuerpo. Era imposible enterrarla esa mañana, no con el cementerio atestado de mortales, como Daniel aseguró que estaría.

A Luce le resultó terrible aceptar que tendría que conformarse con susurrarle unas palabras de despedida a su amiga dentro de la capilla. Todo cuanto se le ocurría decir era: «Ahora estás con tu padre. Sé que él está feliz por tenerte a su lado de nuevo».

Daniel enterraría a Penn como era debido tan pronto como las cosas se calmaran en la escuela, y Luce le enseñaría dónde estaba la tumba del padre de Penn para que pudiera ponerla a su lado. Era lo mínimo que podía hacer.

Se sentía apesadumbrada mientras cruzaban el patio. Llevaba los vaqueros y la camiseta sucios y arrugados. Necesitaba limpiarse las uñas y se alegraba de que no hubiera espejos cerca para no ver cómo llevaba el pelo. Deseaba poder rebobinar la parte oscura de la noche —sobre todo, haber podido salvar a Penn— y quedarse con las partes buenas. La emoción de descubrir la verdadera identidad de Daniel, el momento en que apareció frente a ella en toda su gloria, ver cómo les crecían las alas a Gabbe y a Arriane. Había tantas cosas que habían sido maravillosas.

Y otras muchas habían acabado en una destrucción terrible.

Podía sentirlo en el ambiente, como una epidemia. Podía leerlo en las caras de los numerosos alumnos que vagaban por el patio. Era demasiado pronto para que ninguno de ellos estuviera despierto por voluntad propia, lo cual significaba que debían de haber visto u oído algo de la batalla que se había librado la noche anterior. ¿Qué podían saber? ¿Ya habría alguien buscando a Penn? ¿A la señorita Sophia? ¿Qué pensarían que había ocurrido? Todos se habían reunido en pequeños grupos y hablaban en voz baja. Luce habría querido quedarse por allí y escuchar a hurtadillas.

—No te preocupes. —Daniel le apretó la mano—. Imita una de esas miradas perplejas que ponen y nadie se dará cuenta de nada.

Aunque Luce tenía la sensación de que todos la miraban, Daniel tenía razón. Ninguno de los demás estudiantes se fijó especialmente en ellos.

En las puertas del cementerio parpadeaban las luces azules y blancas de la policía, reflejándose en las hojas de los robles. La entrada estaba bloqueada por una cinta amarilla.

Luce vio la silueta de Randy a contraluz. Caminaba de un lado para otro frente a la entrada del cementerio y gritaba por un Bluetooth que llevaba enganchado en el cuello de su polo sin forma.

—¡Creo que deberías despertarlo! —bramaba a través del dispositivo—. Ha ocurrido algo en la escuela. Te lo repito… No lo sé.

—Tengo que advertírtelo —le dijo Daniel mientras la alejaba de Randy y de las luces parpadeantes de los coches de policía tomando el robledal que bordeaba el cementerio—. Puede que lo de allí abajo te parezca extraño. El estilo de guerra de Cam es más sucio que el nuestro. No es sangriento, es… es diferente.

Luce pensaba que a esas alturas ya no había demasiadas cosas que pudieran escandalizarla. Algunas estatuas por el suelo sin duda no iban a escandalizada. Anduvieron por el bosque haciendo crujir las hojas secas bajo sus pies. Luce pensó en que la noche anterior aquellos árboles se habían visto ocupados por la atronadora nube de sombras con apariencia de langostas. Sin embargo, no quedaba ni una sola señal.

Poco después, Daniel señaló un segmento de la valla de hierro del cementerio que estaba retorcido.

—Podemos entrar por aquí sin que nos vean, pero tenemos que hacerlo rápido.

Al abandonar la protección que brindaban los árboles, Luce fue comprendiendo lentamente a qué se refería Daniel con lo de que el cementerio había cambiado. Se encontraban de pie en el límite, no muy lejos de la tumba del padre de Penn, pero era imposible ver unos metros más allá. El aire era tan turbio que quizá no debía calificarse como aire. Era denso, gris y arenoso, y Luce tuvo que abanicarlo con sus manos para poder ver lo que tenía enfrente.

Se frotó los dedos.

—Esto es…

—Polvo —dijo Daniel cogiéndole la mano para guiarla. Él podía ver a través del polvo, y no se asfixiaba ni tosía como Luce—. En la guerra, los ángeles no mueren, pero sus batallas dejan esta alfombra de polvo a su paso.

—¿Y qué efectos tiene?

—No demasiados, aparte de dejar perplejos a los mortales. Más tarde se disipará y vendrá un montón de gente a estudiar lo que ha pasado. Hay un científico loco en Pasadena que piensa que es a causa de los ovnis.

A Luce le entró un escalofrío al recordar aquella nube negra voladora no identificada. Aquel científico no andaba muy desencaminado.

—El padre de Penn estaba enterrado por aquí —dijo señalando la esquina del cementerio. Aunque el polvo resultaba espeluznante, le alivió que las lápidas, las estatuas y los árboles del cementerio siguieran en pie. Se puso de rodillas y limpió la capa de polvo que cubría la tumba que había supueso que era la del padre de Penn. Sus dedos temblorosos frotaron aquella inscripción que casi le hizo llorar.

STANFORD LOCKWOOD
EL MEJOR PADRE DEL MUNDO

El espacio que había al lado de la tumba del señor Lockwood estaba vacío. Luce se puso en pie y pisó el suelo con tristeza, detestaba la idea de que su amiga tuviera que acompañarlo en aquel lugar. Detestaba no poder estar presente siquiera para ofrecerle a Penn un funeral decente.

La gente siempre hablaba del Cielo cuando alguien moría, de lo seguros que estaba de que los muertos irían allí. Luce nunca había acabado de comprender todo eso, y ahora se sentía menos todavía menos cualificada para hablar de lo que podía ocurrir después de la muerte.

Se volvió hacia Daniel con lágrimas en los ojos. A él se le desencajó la cara al verla tan triste.

—Me ocuparé de ella, Luce —dijo—. Sé que no será como querías, pero haremos todo lo que podamos.

Rompió a llorar desconsolada. Se sorbió la nariz, sollozaba y deseaba que Penn volviera con tanta fuerza que pensaba que iba a desmayarse.

—No puedo dejarla, Daniel. ¿Cómo podría hacerlo?

Daniel le secó las lágrimas con delicadeza con el dorso de la mano.

—Lo que le ha ocurrido a Penn es terrible, un grandísimo error. Pero cuando hoy te vayas no la habrás abandonado. —Le puso una mano en el corazón—. Ella esta contigo.

—Aun así, no puedo…

—Sí que puedes, Luce. —Su voz era firme—. Créeme. No tienes ni idea de cuántas cosas valientes e increíbles puedes hacer. —Apartó la mirada y la dirigió a los árboles—. Si queda algo bueno en este mundo, lo sabrás muy pronto.

Les sobresaltó un único pitido de la sirena de un coche de policía. Una puerta del coche se cerró de un portazo, y no muy lejos de donde estaban oyeron el crujir de unas botas sobre la grava.

—Pero ¿qué diablos…? Ronnie, llama a comisaría y dile al sheriff que venga aquí.

—Vámonos —murmuró Daniel cogiéndole la mano.

Luce pasó la mano con tristeza por la lápida del señor Lockwood, y luego regresó con Daniel por la zona de tumbas que había en la parte este del cementerio. Llegaron a la zona maltrecha de la valla de hierro y regresaron rápidamente al robledal.

A Luce la alcanzó una ráfaga de viento frío. En las ramas que había sobre sus cabezas distinguió tres sombras pequeñas pero furiosas colgando boca bajo como murciélagos.

—Date prisa —le ordenó Daniel.

Al pasar, las sombras se retrajeron y silbaron, como si supieran que no debían meterse con Luce cuando Daniel estaba a su lado.

—Y, ahora, ¿hacia dónde? —le preguntó Luce cuando estuvieron en el límite del robledal.

—Cierra los ojos.

Lo hizo. Los brazos de Daniel le rodearon la cintura desde atrás y sintió cómo le apretaba su pecho robusto contra la espalda. La estaba elevando del suelo. Quizá un palmo, después algo más alto, hasta que las hojas suaves de las copas de los árboles le rozaron los hombros y le hicieron cosquillas en el cuello mientras Daniel la transportaba. Y luego más alto aún, hasta que pudo sentir que ambos habían dejado atrás el bosque y les iluminaba la luz del sol matinal.

Tuvo la tentación de abrir los ojos, pero intuyó que sería demasiado. No estaba segura de estar preparada. Y, además, la sensación del aire fresco en la cara y el viento haciendo ondear su cabello era suficiente. Más que suficiente, era divino. Como la sensación que experimentó cuando la rescataron de la biblioteca, como surfear sobre un ola en el océano. Ahora sabía con seguridad que Daniel también había estado detrás de eso.

—Ya puedes abrir los ojos —le dijo en voz baja.

Luce sintió el suelo bajo sus pies y vio que estaban en el único lugar en que quería estar: bajo el magnolio, en la orilla del lago.

Daniel la atrajo hacia sí.

—Te quería traer aquí porque este es uno de los lugares, uno de los muchos lugares, donde de verdad he querido besarte estas últimas semanas. El otro día, cuando te zambulliste en el agua, me costó contenerme.

Luce se puso de puntillas e inclinó la cabeza hacia atrás para besar a Daniel. Aquel día también ella había deseado besarle, y ahora necesitaba hacerlo. Era el momento perfecto para el beso, y era lo único que podía aliviar a Luce, recordarle que había una buena razón para seguir adelante, aunque Penn ya no estuviera. La suave presión de los labios de Daniel la apaciguó, como una bebida caliente en pleno invierno, cuando todas las partes de su cuerpo se sentían tan frías.

Él la apartó demasiado pronto, y la miró con unos ojos que reflejaban mucha tristeza.

—Hay otra razón por la que te he traído aquí. Esta roca conduce al camino que debemos tomar para llevarte a un lugar seguro.

Luce bajó la vista.

—Oh.

—No es un adiós para siempre, Luce. Espero que ni siquiera sea por mucho tiempo. Tendremos que ver cómo evolucionan… las cosas —Le acarició el cabello—. Por favor, no te preocupes, siempre iré a buscarte. No voy a dejar que te vayas hasta que esté seguro de que lo entiendas.

—Entonces me niego a entenderlo —repuso

Daniel se rió en voz baja.

—¿Ves aquel claro de allí? —Señaló más allá del lago, a una media milla: había un montículo con hierba que sobresalía del bosque. Luce no se había fijado en él antes, pero en ese momento vio un avioncito blanco con luces rojas que parpadeaban en las alas.

—¿Es para mí? —preguntó. Después de todo lo que había pasado, la visión de un avión apenas la sorprendió—. ¿Adónde voy?

No podía creer que iba a dejar aquel lugar que odiaba pero en el que había vivido tantas experiencias intensas en tan solo unas semanas. ¿En qué se iba a convertir Espada & Cruz?

—¿Qué va a pasar con este lugar? ¿Y qué les voy a contar a mis padres?

—Por el momento, intenta no preocuparte. Tan pronto como estés a salvo, nos ocuparemos de todo lo que sea necesario. El señor Cole puede llamar a tus padres.

—¿El señor Cole?

—Está de nuestro lado, Luce, puedes confiar en él.

Pero ya había confiado en la señorita Sophia; y apenas conocía al señor Cole. Era tan… profesor, y con aquel bigote… ¿Se suponía que tenía que separarse de Daniel y subirse al avión con su profe de historia? La cabeza le empezó a palpitar.

—Hay un sendero que bordea el agua —continuó diciéndole

Daniel—. Podemos tomarlo por allí. —Le rodeó la cintura con su brazo—. O bien —propuso— podemos nadar.

Cogidos de la mano fueron hasta el filo de la roca. Dejaron los zapatos bajo el magnolio… aunque esa vez no fueran a volver. Luce no pensaba que zambullirse en el agua fría del lago con la camiseta y los vaqueros fuera una idea tan buena, pero con Daniel sonriendo a su lado, todo lo que hacía parecía lo único que se podía hacer.

Levantaron los brazos por encima de sus cabezas y Daniel contó hasta tres. Sus pies despegaron del suelo en el mismo momento, sus cuerpos se arquearon en el aire de la misma forma, pero en lugar de descender, como Luce esperaba que sucediera instintivamente, Daniel la elevó usando solo la punta de sus dedos.

Estaban volando. Luce iba de la mano de un ángel y estaba volando. Las copas de los árboles parecían inclinarse ante ellos, y su cuerpo parecía más ligero que el aire. Por encima del horizonte de árboles podía verse la luna, que se sumergía cada vez más cerca, como si Daniel y Luce fueran la marea. El agua se movía bajo ellos, plateada y tentadora.

—¿Estás preparada? —le preguntó Daniel.

—Sí.

Luce y Daniel empezaron a descender hacia el lago fresco y profundo. Se sumergieron en el agua con las puntas de los dedos, completando el salto del ángel más largo que jamás hubiera realizado nadie. Luce dio un grito ahogado al salir a la superficie, el agua estaba fría, pero al momento se echó a reír.

Daniel volvió a cogerle las manos y le hizo un gesto para que se uniera con él en la roca. Primero subió él, y luego la ayudó. El musgo formaba una alfombra fina y suave sobre la cual se tendieron. La camiseta negra de Daniel se le pegaba al pecho. Ambos se colocaron de lado, mirándose, apoyados en los codos.

Daniel posó la mano en la curva de su cintura.

—El señor Cole estará esperando cuando lleguemos al avión —dijo—. Esta es nuestra última oportunidad para estar solos. Creo que podríamos despedirnos de verdad aquí. Además —añadió—, quiero darte algo. —Se sacó un medallón de plata que Luce le había visto llevar en el reformatorio. Lo puso en la palma y Luce descubrió que se trataba de un guardapelos, una rosa gravada en una de las caras.

—Te pertenecía —le dijo—. Hace mucho tiempo.

Luce lo abrió, y en su interior halló una foto diminuta, protegida por un pequeño cristal. Era una foto de ellos dos; no miraban a cámara: se miraban a los ojos y reían. Luce tenía el pelo corto, como ahora, y Daniel llevaba pajarita.

—¿De cuándo es? —preguntó levantando el medallón—. ¿Dónde estamos?

—Te lo diré la próxima vez que nos veamos —respondió.

Alzó la cadena por encima de la cabeza de Luce y se la puso alrededor del cuello. Cuando el medallón rozó su clavícula, sintió que desprendía un calor intenso que le calentó la piel fría y mojada.

—Me encanta —susurró tocando la cadena.

—Sé que Cam también te dio aquel collar de oro —dijo Daniel.

Luce no había pensado en ello desde que Cam le había obligado a ponérselo en el bar. No se podía creer que aquello hubiera ocurrido el día anterior. Solo de pensar que lo había llevado le entraban ganas de vomitar. Ni siquiera sabía dónde estaba el collar, y tampoco quería saberlo.

—Me lo puso —dijo, se sentía culpable—. Yo no…

—Lo sé —le interrumpió Daniel—. Pasara lo que pasara entre Cam y tú, no fue culpa tuya. De alguna manera conservó gran parte de su encanto angelical cuando cayó. Es muy engañoso.

—Espero no volver a verlo nunca. —Se estremeció.

—Me temo que quizá no sea así. Y hay muchos más como Cam ahí fuera. Tendrás que confiar en tu instinto. No sé cuánto tiempo te llevará ponerte al día de todo lo que nos ha ocurrido en el pasado. Pero, mientras tanto, si tienes un presentimiento, incluso sobre algo que piensas que no conoces, deberías confiar en el. Seguramente estarás en lo cierto.

—¿Así que debo confiar en mí misma incluso cuando no puedo confiar en los que tengo alrededor? —preguntó, intuyendo que aquello era parte de lo que Daniel quería decir.

—Intentaré estar ahí para ayudarte, y cuando estemos separados siempre que pueda te daré noticias mías —dijo Daniel—. Luce, la memoria de todo lo que has vivido sigue en ti, aunque no puedas recordarlo todavía. Si algo te da mala espina, aléjate.

—¿Adónde vas?

Daniel miró el cielo.

—A buscar a Cam —respondió—. Tenemos que ocuparnos de algunas cosas.

El tono taciturno de sus palabras inquietó a Luce. Se acordó de la gruesa capa de polvo que Cam había dejado en el cementerio.

—Pero luego volverás conmigo —dijo—, cuando lo hayas solucionado. ¿Lo prometes?

—No… no puedo vivir sin ti, Luce. Te amo. No depende solo de mí, pero… —Vaciló, y finalmente negó con la cabeza—. No te preocupes de todo eso ahora. Solo tienes que saber que volveré a por ti.

Poco a poco, contra su voluntad, ambos se levantaron. El sol empezaba a asomar por encima de los árboles, y emitía destellos parecidos a estrellas en la superficie del agua. No había que nadar mucha distancia para llegar a la orilla embarrada que conducía al avión. Luce deseó que estuviera a millas de distancia. Habría nadado con Daniel hasta el anochecer, y durante todos los amaneceres y atardeceres que habrían de venir.

Volvieron a zambullirse en el agua y empezaron a nadar. Luce se aseguró de que el medallón quedaba por dentro de su camiseta. Si era importante que confiara en sus instintos, estos le decían que nunca se separara de su collar.

Observó a Daniel cuando empezaba a nadar lenta y elegantemente, y aquella imagen volvió a impresionarla. Esta vez, a plena luz del sol, sabía que las alas iridiscentes que había visto delineadas por las gotas de agua no eran producto de su imaginación: eran reales.

Ella iba detrás, cortando el agua brazada tras brazada. Demasiado pronto, tocó la orilla con los dedos. Odió poder oír el zumbido del motor del avión allá arriba, en el claro. Iban a llegar al lugar donde debían separarse, y Daniel casi tuvo que arrastrarla fuera del agua. Había pasado de sentirse fresca y feliz a estar empapada y muerta de frío. Caminaron hacia el avión, Daniel apoyaba su mano sobre su espalda.

Luce se sorprendió al ver que el señor Cole bajaba de un salto de la cabina con una gran toalla blanca.

—Un pajarito me ha dicho que quizá necesitase esto —dijo extendiéndola ante Luce, que se envolvió en ella, agradecida.

—¿A qué llamas pajarito? —Arriane surgió de detrás de un árbol, seguida de Gabbe, que traía consigo el libro de los Vigilantes.

—Venimos a decir *bon voyage* —anunció Gabbe, y le entregó el libro—. Toma —se limitó a decirle, pero la sonrisa que le brindó parecía más bien una mueca.

—Dale lo bueno —dijo Arriane dándole un codazo a Gabbe.

Gabbe sacó un termo de su mochila y se lo entregó a Luce. Al desenroscar la tapa pudo comprobar que era chocolate caliente, y olía de maravilla. Luce sostuvo el libro y el termo con los brazos envueltos en la toalla y de pronto se sintió rica con tantos regalos. Pero sabía que en cuanto se subiera a ese avión se sentiría vacía y sola. Se apoyó en el hombro de Daniel, quería disfrutar de su cercanía mientras pudiera.

La mirada de Gabbe era clara y firme.

—Bueno, nos vemos pronto, ¿vale?

Pero Arriane desvió los ojos, como si no quisiera mirar a Luce.

—No cometas ninguna estupidez, como por ejemplo convertirte en un montoncito de ceniza. —Arrastró los pies—. Te necesitamos.

—¿Vosotros me necesitáis a mí? —preguntó Luce. Necesitó a Arriane para que la introdujera en Espada & Cruz. Necesitó a Gabbe aquel día en el enfermería. Pero ¿por qué iban a necesitarla a ella?

Las dos chicas solo sonrieron más bien con tristeza antes de regresar al bosque. Luce se volvió hacia Daniel, intentando olvidar que el señor Cole se encontraba a solo unos pasos.

—Os dejaré un momento a solas —dijo el señor Cole captando la indirecta—. Luce, cuando encienda el motor, quedarán tres minutos para despegar. Nos vemos en la cabina.

Daniel la levantó del suelo y apoyó su frente en la de Luce. Cuando sus labios se tocaron, ella intentó aprovechar cada instante de aquel momento. Iba a necesitar ese recuerdo como necesitaba el aire.

Porque ¿y si cuando Daniel se fuera, todo volvía a parecer un sueño? Un sueño en parte terrible, pero un sueño a pesar de todo. ¿Cómo podía sentir lo que creía que sentía por alguien que ni siquiera era humano?

—Bueno —dijo Daniel—. Ten cuidado. Déjate guiar por el señor Cole hasta que yo vuelva.

El avión emitió un silbido: el señor Cole les indicaba que había llegado el momento de despegar.

—Intenta recordar lo que te he dicho —le susurró Daniel.

—¿Qué parte? —preguntó Luce, un poco asustada.

—Todo lo que puedas pero, sobre todo, que te quiero.

Luce empezó a sollozar. Su voz se quebraría si intentaba decir cualquier cosa. Era hora de irse.

Corrió hasta la puerta abierta de la cabina, y las ráfagas de aire caliente de las hélices, casi la tiran al suelo. Había una escalerilla de tres peldaños y el señor Cole le tendió la mano para ayudarla a subir. Pulsó un botón y la escalera se introdujo en el avión. La puerta se cerró.

Miró el abigarrado tablero de mandos. Nunca había estado un avión tan pequeño, ni en una cabina. Había luces parpadeantes y botones por todas partes. Observó al señor Cole.

—¿Sabe cómo pilotar esto? —le preguntó al tiempo que se secaba los ojos con la toalla.

—Ejército del Aire de Estados Unidos, División Cincuenta y nueve, a su servicio —le respondió saludándola marcialmente.

Luce le devolvió el saludo con torpeza.

—Mi mujer siempre le dice a la gente que no me saque el tema de mis días como aviador en Nam —dijo mientras empujaba hacia atrás una palanca de cambios ancha y plateada. El avión empezó a temblar y a moverse—. Pero tenemos un largo viaje por delante y cuento con un público entregado.

—Un público al que han entregado, querrá decir —dejó escapar Luce.

—Muy buena. —El señor Cole le dio un codazo—. Estaba bromeando —añadió riendo con ganas—. No te torturaría con eso.

A Luce, la forma en que se volvió hacia ella mientras reía le recordó a su padre, que hacía lo mismo cuando veían una comedia, y le hizo sentir un poco mejor. Las ruedas iban a toda velocidad y ahora la «pista» que tenían ante ellos parecía corta. Debían emprender el vuelo pronto o acabarían en el lago.

—¡Sé lo que estás pensando! —gritó el profesor por encima del ruido del motor—. ¡No te preocupes, hago esto todo el tiempo!

Y justo antes de que se acabara la orilla, tiró con fuerza de una barra situada entre ambos, y el morro del avión se alzó hacia el cielo. Perdieron de vista el horizonte por un momento, y a Luce se le revolvió el estómago. Pero un segundo después, el avión se estabilizó y la vista que tenían enfrente se redujo a los árboles y el cielo lleno de estrellas. Debajo quedaba el lago centelleante, que se alejaba más a cada segundo. Habían despegado hacia el oeste, pero el avión estaba virando y pronto, en la ventana de Luce, apareció el bosque que Daniel y ella acababan de sobrevolar. Lo contempló pegando la cabeza al cristal y, antes de que el avión volviera a tomar un rumbo estable, le pareció ver un leve reflejo violeta. Cogió el medallón y se lo llevó a los labios.

A continuación vieron el reformatorio, y al lado el brumoso cementerio. El lugar donde pronto iban a enterrar a Penn. Cuanto más alto volaban, mejor podía ver Luce la escuela en la que se había revelado su mayor secreto, aunque nunca habría imaginado que lo haría de ese modo.

—Han montado un buen espectáculo ahí abajo —dijo el señor Cole negando con la cabeza.

Luce no tenía ni idea de hasta que punto él sabía lo que había ocurrido la noche anterior. Parecía un tipo tan normal, y aun así se tomaba todo aquello como si nada.

—¿Adónde vamos?

—A una pequeña isla apartada de la costa —dijo señalando hacia el mar, donde el horizonte se oscurecía—. No está muy lejos.

—Señor Cole —le dijo Luce—, conoce a mis padres.

—Buena gente.

—¿Cree que sería posible…? Me gustaría hablar con ellos.

—Claro, ya pensaremos en algo.

—Jamás podrán creerse nada de esto.

—¿Puedes tú? —le preguntó dirigiéndole una sonrisa irónica mientras el avión tomaba altura y se estabilizaba en el aire.

Esa era la cuestión. Ella tenía que creerlo, todo… desde el primer parpadeo de las sombras, pasando por el momento en que los labios de Daniel rozaron los suyos, hasta la imagen de Penn muerta en el altar de la capilla. Todo aquello tenía que ser real.

¿Cómo, si no, podría soportarlo hasta que viera de nuevo a Daniel? Sujetó el guardapelo que llevaba alrededor del cuello, ya que atesoraba en su interior toda una vida de recuerdos. Sus recuerdos, le había dicho Daniel, que ella misma tenía que redescubrir.

El contenido de aquellos recuerdos era algo que Luce no sabía, como tampoco sabía adónde la llevaba el señor Cole. Pero aquella mañana se había sentido parte de algo en la capilla, de pie al lado de

Arriane, Gabbe y Daniel. Ni perdida, ni atemorizada, ni displicente… se había sentido importante, y no solo para Daniel, sino también para todos ellos.

Miró por el parabrisas. Por entonces ya debían de haber dejado atrás las marismas, y la carretera por la que la habían llevado hasta aquel terrible bar donde se encontró con Cam, y la larga franja de playa donde besó a Daniel por primera vez. Ya estaban sobre mar abierto; allí, en algún lugar, se hallaba su próximo destino.

Nadie le había dicho que iba a haber más batallas que librar, pero Luce sintió en su interior que aquello era el principio de algo largo, importante y duro.

Juntos.

Y, tanto si se trataba de batallas truculentas como de contiendas redentoras, Luce no quería seguir siendo un peón. Un sentimiento extraño se iba abriendo paso a través de su cuerpo, algo que se había ido acumulando durante todas sus vidas anteriores, que se había alimentado de todo el amor que había sentido por Daniel y que en el pasado se había visto malogrado demasiadas veces.

Aquel sentimiento impulsaba a Luce a desear resistir junto a él, y a luchar, luchar por mantenerse viva y tener suficiente tiempo para vivir con Daniel. Luchar por lo único que sabía que era lo bastante bueno, lo bastante noble y poderoso para arriesgarlo todo.

Luchar por amor.

Epílogo
Dos grandes luces

La observó durante toda la noche mientras dormía con un sueño agitado en el estrecho camastro. Una solitaria linterna del ejército que colgaba de una de las vigas bajas de madera de la cabaña iluminaba su figura. El tenue resplandor realzaba el cabello negro y brillante sobre la almohada, sus mejillas suaves y rosadas después del baño.

Cada vez que el mar rugía fuera, en la playa desolada, ella se revolvía en la cama. La camiseta sin mangas se le pegaba al cuerpo, de forma que, cuando la fina manta se le enrollaba alrededor, él podía ver aquel pequeño hoyuelo que se le marcaba en el hombro izquierdo. Lo había besado tantas veces antes…

A veces suspiraba en sueños, luego respiraba con normalidad, más tarde gemía desde algún lugar de sus sueños. Pero si era de placer o de dolor, eso no podía saberlo. Por dos veces, ella había pronunciado su nombre.

Daniel quería descender flotando hacia ella, abandonar su posición junto a las cajas de munición viejas y arenosas que había en el desván. Pero ella no podía saber que él estaba allí; no podía saber que estaba cerca. Ni lo que le iban a deparar los días siguientes.

Detrás de él, por la contraventana manchada de sal, vio una sombra de refilón. Entonces se oyó un ligero golpeteo en el cristal. Se obligó a dejar de contemplar el cuerpo de Luce, fue hasta la ventana y descorrió el pestillo. Fuera llovía a cántaros. La luna se ocultó tras una nube negra, y no había ninguna luz que iluminara el rostro del visitante.

—¿Puedo entrar?

Cam llegaba tarde.

Aunque Cam tenía el poder para materializarse de la nada ante Daniel, este le abrió la ventana para que saltara dentro. Había una gran pompa y solemnidad aquellos días. Tenía que quedar claro para los dos que Daniel le daba la bienvenida a Cam.

La cara de Cam todavía permanecía en la sombra, pero nada indicaba que hubiera viajado miles de kilómetros bajo al lluvia. Su cabello oscuro y su piel estaban secos. Las alas áureas, compactas y sólidas, eran la única parte de su cuerpo que brillaba, como si estuvieran hechas de oro de veinticuatro quilates. Aunque las replegó a su espalda, cuando se sentó al lado de Daniel en una caja de madera astillada, las alas de Cam gravitaron hacia las de Daniel. Era el estado natural de las cosas, una dependencia inexplicable. Daniel no podía moverse un ápice sin dejar de ver con claridad a Luce.

—Está preciosa cuando duerme —dijo Cam con suavidad.

—¿Por eso deseabas que durmiera eternamente?

—¿Yo? Nunca. Yo habría matado a Sophia por lo que trató de hacer, en lugar de dejar que se escapara, como hiciste tú. —Cam se inclinó hacia delante y apoyó los codos en la barandilla del desván. Abajo, Luce se arropaba bajo las mantas—. Solo la quiero a ella. Ya sabes por qué.

—Entonces, me das lástima. Acabarás decepcionado.

Cam le sostuvo la mirada a Daniel y se frotó la mandíbula mientras reía entre dientes, con crueldad.

—Oh, Daniel, me sorprende que no puedas ver más allá. Todavía no es tuya. —Volvió a recrearse en la contemplación de Luce—. Puede que ella lo piense; pero los dos sabemos lo poco que comprende.

Las alas de Daniel se tensaron y las puntas empezaron a abrirse, hasta quedar muy cerca de las de Cam. No podía evitarlo.

—La tregua dura dieciocho días —dijo Cam—. Aunque tengo la sensación de que nos necesitaremos el uno al otro antes de que acabe.

Se levantó y empujó la caja con los pies. El ruido en el techo hizo que los ojos de Luce parpadearan ligeramente, pero los dos ángeles se ocultaron entre las sombras antes de pudiera fijar la mirada en ningún punto.

Se pusieron el uno frente al otro, ambos seguían estando cansados a causa de la batalla, y ambos sabían que aquello solo había sido un avance de lo que estaba por venir.

Poco a poco, Cam extendió su pálida mano derecha.

Daniel extendió la suya.

Y mientras Luce soñaba con las alas más gloriosas desplegándose —jamás había visto nada parecido—, dos ángeles se estrechaban la mano junto a las vigas del techo.

Agradecimientos

Muchísimas gracias a toda la gente de Random House y Delacorte Press por hacer tanto tan rápido y tan bien. A Wendy Loggia, cuya generosidad y entusiasmo me han animado desde el principio. A Krista Vitola, por su ayuda imprescindible entre bastidores. A Brenda Schildgen de UC Davis, por la experiencia y la inspiración. A Nadia Cornier, por ayudarme a llevar todo esto hacia delante. A Ted Malawer, por su orientación editorial aguda, elegante y divertida. A Michael Stearns, antiguo jefe, y ahora colega y amigo: sencillamente, eres un genio.

A mis padres y mis abuelos; a Robby, Kim y Jordan; y a mi nueva familia de Arkansas. No tengo palabras para describir vuestro apoyo inquebrantable. Os quiero a todos.

Y a Jason, que me habla de los personajes como si fueran personas de carne y hueso, hasta que puedo imaginármelos por mí misma. Me inspiras, me das fuerzas y me haces reír todos los días, por eso tienes mi corazón.